Über mich

Wie schön, dass du mein Buch liest.

Ich bin Maja, Münchnerin, glücklich verheiratet und Mutter eines schon erwachsenen Sohns. Neben dem Schreiben und meiner Familie liebe ich Yoga, meine Freunde, Gin Tonic, den Englischen Garten, Schnee und das Meer.

Schöne Sprache hat mich schon immer begeistert. Und irgendwie habe ich auch immer schon geschrieben. Bis zu meinem ersten Buch hat es allerdings über vierzig Jahre gedauert.

Inzwischen schreibe ich leidenschaftlich gern Liebesromane. Ich erzähle Geschichten über moderne Frauen und das, was sie bewegt: Traum- und Albtraummänner, Freundschaft und Leidenschaft, Betrug und Vertrauen, Erwartungen und Enttäuschungen und natürlich - vor allem! - die ganz große Liebe :))

Viel Spaß mit Marie, Nik und Leo,
alles Liebe und bis bald!

Maja

ISBN: 978-3986600488

© 2022 Kampenwand Verlag
Raiffeisenstr. 4 · D-83377 Vachendorf
www.kampenwand-verlag.de

Versand & Vertrieb durch Nova MD GmbH
www.novamd.de · bestellung@novamd.de · +49 (0) 861 166 17 27

Text: Maja Overbeck
Lektorat: Dorothea Kenneweg | lektorat-fuer-autoren.de
Korrektorat: Lektorat Meerwoerter | astrid-topfner.com
Covergestaltung: Laura Newman | design.lauranewman.de
unter Verwendung von Motiven: engy14 | 123rf.com
Buchdesign: Franziska Buhl, Kampenwand Verlag
Druck: CUSTOM PRINTING
Wał Miedzeszynski 217, 04-987 Warszawa, Polen

MAJA
OVERBECK

Mehr,
ALS DU DENKST

LIEBESROMAN

Für die Liebe

KAPITEL 1

Marie

JETZT

Dicke Tropfen klackern auf das Autodach wie Kieselsteine. Natürlich wird es auch morgen regnen. Es regnet immer an meinem Geburtstag. Egal wo ich ihn in den letzten fünfunddreißig Jahren verbracht habe, es ist mir noch nie gelungen, dieses vermeintliche Naturgesetz auszutricksen. Das hämmernde Geräusch unterlegt Leos Businessstimme wie der treibende Rhythmus eines Raps. Leo spricht anders, wenn er geschäftlich telefoniert. Immer gehetzt, als wartete schon der nächste Termin in der Leitung. Und vor allem doppelt so laut. Dass er dabei nicht allein ist, kann er sogar im Auto ausblenden. Ich beobachte ihn von der Seite. Er ist, auch zehn Jahre nachdem wir geheiratet haben, einer der bestaussehendsten Männer, die ich kenne. So viel natürliche Perfektion auf einmal ist eigentlich eine Zumutung für den Rest der Welt: markantes Kinn, hohe Wangenknochen, pfeilgerade Nase, stahlblaue Augen. Wenn er so ernst dreinblickt wie jetzt gerade, hat Leo etwas von einem griechischen Gott. Hermes, Apoll, Achill – ich kenne mich nicht besonders gut aus in der Mythologie. Und gab es überhaupt blonde Götter? Egal. Sein übermenschlich gutes Aussehen lässt ihn zumindest ziemlich respekteinflößend wirken, kühl und kompromisslos. Ich schätze, das ist Teil seiner Erfolgsstrategie im Beruf.

Als ich ihn kennenlernte, war es anders. Damals wirkte Leos gutes Aussehen einfach nur außerordentlich anziehend. Wie ein Magnet mit Extrakraft. Mögliche Abschreckungseffekte verscheuchte Leo instinktiv mit seinem jungenhaften Charme, weil sie sich ziemlich kontraproduktiv auf sein wichtigstes Ziel ausgewirkt hätten: möglichst viele Frauen in möglichst kurzer Zeit flachzulegen.

Wenn er lächelt, kann man ihn immer noch sehen, den unwiderstehlichen Jungen. Auch wenn seine Augen meist von dunklen Schatten umrandet werden, das freche Blitzen darin wirkt verzaubernd wie eh und je. Und eins gelingt meinem Mann in seiner verschmitzten Schönheit nach wie vor: garantiert davon abzulenken, was wirklich in ihm vorgeht.

Leos linker Daumen klopft im Regentakt aufs Lenkrad. Die rechte Hand wandert zu dem weißen Kopfhörerstummel, zurück auf den Oberschenkel und wieder ans Ohr. Er ist nervös. Als er bemerkt, dass ich ihn beobachte, stabilisiert er alle zehn Finger ums Lenkrad, so fest, dass sich weiße Flecken auf den Knöcheln bilden. Er zieht die Mundwinkel nach oben und löst den festgebissenen Kiefer mit einem Lächeln in Richtung Fahrbahn.

Ich trage auch Kopfhörer, die altmodischen mit Kabel. Ich mag die Vorstellung nicht, dass zwei Teile eines elektrischen Geräts quer durch mein Gehirn miteinander kommunizieren. Chris Martin singt gegen Leo und den Regen an und hält die gute Laune hoch, mit der ich in den Wagen gestiegen bin, was nicht einfach ist, wenn man ungewollt Teil eines von Leos

Jobgesprächen wird. Endlich verabschiedet er sich, lächelt diesmal in meine Richtung, immer noch sichtlich gestresst. »Sorry.«

»Alles okay?«, frage ich.

»Ja. Alles bestens.« Er schluckt hart und pult sich den rechten Kopfhörer aus dem Ohr. »Ich hoffe, das war's für heute.« Dauerlächelnd bemüht er sich, seine gewohnte Haltung einzunehmen: gute Laune pur, garniert mit einem Hauch Nimm-das-Leben-nicht-zu-ernst. Die Fältchen um seine Augen sehen wie Strahlen aus. »Machst du uns beiden Musik?«

Ich stöpsle meinen Kopfhörer aus und verbinde mein Handy mit dem Bluetooth des Wagens. »Bist du sicher?«, frage ich.

»Hm?« Leos Gedanken sind schon weitergewandert. Nur sein Lächeln hat er zurückgelassen.

Die Musik springt auf die Lautsprecher und er verzieht prompt das Gesicht.

»Ich hab dich gewarnt!«, sage ich lachend und stelle den Ton leiser. Dann ziehe ich ein Bein auf den Sitz und lehne mich an die kühle Fensterscheibe. »Jetzt sag schon!«

Leo drehte den Kopf zu mir. Sein Blick ist verwirrt, als käme er von weit weg. »Was? Sweets, sorry. Was meinst du?« Er sieht zurück auf die Spur, tastet nach meinem Oberschenkel und streichelt ein paar Mal mit dem Daumen hin und her.

»Verrat mir doch endlich, wo wir hinfahren. Bitte!« Ich beuge mich so weit zu ihm rüber, dass ich ihm von unten ins Gesicht lächeln kann. »Ich hasse Geheimnisse.«

Leo grinst. Dann setzt er den Blinker und nimmt die Ausfahrt *Kufstein Süd*.

»Oh.« Ich bemühe mich, meine Überraschung zu verbergen. Meine Enttäuschung, ehrlich gesagt. Denn, warum auch immer, seit Leo mir heute Morgen den Gutschein für *ein kinderfreies Wochenende* überreicht hat, seit wir auf der Autobahn in Richtung

13

Süden düsen, hat sich mein vorgezogenes Geburtstagsgeschenk in meiner Vorstellung zu einem Italientrip entwickelt.

Pack für vier Tage, in einer Stunde geht's los. Ein totaler Überraschungscoup zum Frühstück. Während Leo kurz danach die Zwillinge in die Schule gebracht hat, konnte ich vor Aufregung kaum die Reisetasche packen.

Leo und ich, wir machen so was nicht, wir fahren nicht allein irgendwohin, nie. Nicht dass es uns nicht guttun würde. Es ergibt sich nur einfach nicht. Er lebt während der Woche in Berlin, und wenn er am Wochenende nach München kommt, ist er froh, zu Hause zu sein. Wenn wir wegfahren, dann in den Schulferien. Und selbst da reise ich mit den Kindern, und Leo kommt auf ein paar Tage dazu, weil er eigentlich immer unabkömmlich in irgendeinem Projekt steckt. Und jetzt dieses Geschenk. Aus heiterem Himmel sozusagen – nur, dass unser Ehehimmel nicht unbedingt heiter ist. Bedeckt eher, mit vereinzelten sonnigen Abschnitten.

Doch die Wetter-App hat mir verraten, dass jenseits des Brenners Hochsommer ist, während in München eine Kaltfront die nächste jagt. Und wieso sollte das nicht auch auf unsere Beziehung überspringen? Ich habe Flatterkleidchen eingepackt und den neuen Bikini. Voller Vorfreude habe ich uns am Lago di Garda Aperol Spritz trinken sehen oder womöglich durch Florenz bummeln – und hab gleich noch ein heißes Abendoutfit und die passende Wäsche dazugelegt.

Ich schlucke meinen kurzen Anflug von Enttäuschung hinunter. Wer sagt denn, dass es in Österreich nicht wahnsinnig romantisch werden kann?

»Ui. In die Berge?«, frage ich, lächle und küsse meinen Mann auf die Wange.

»Vielleicht.« Leos Kaumuskeln entspannen sich. Er wippt zu *Viva la Vida* mit dem Kopf, das will was heißen. Normalerweise schaltet er gnadenlos aus, wenn ihm ein Song nicht gefällt. Und zwischen seinem und meinem Musikgeschmack liegt der Grand Canyon. Doch vielleicht ist diese Zuwendung ja schon Teil eines wirklich besonderen Wochenendes.

»Stanglwirt?«, frage ich vorsichtig nach einem Luxushotel, das in dieser Richtung liegt. Leos Eltern haben dort viel Zeit verbracht, bevor sie sich vor Kurzem entschlossen haben, ein Feriendomizil in Kitzbühel zu kaufen.

Ich bin froh, als Leo mit Kopfschütteln antwortet. »Ganz kalt!«

Trotzdem ziehe ich eine Schnute. »Komm schon, einen Tipp wenigstens, das ist echt nicht fair.«

»Sei nicht so ungeduldig!« Er lacht zufrieden.

Das Handy pingt in der Ablage.

Leo dreht die Musik ab. »Liest du mir kurz die Nachricht vor, bitte?«

Ich seufze und lese. Es geht um irgendeinen Baustopp. Leo diktiert mir eine Antwort und ich tippe, und für die nächste halbe Stunde habe ich weder Zeit, weiter zu drängeln, noch aus dem Fenster zu sehen, um selbst irgendwelche Schlüsse zu ziehen.

Als Whatsapp endlich Ruhe gibt und ich hochgucke, scheint mir tatsächlich die Sonne mitten ins Gesicht. Die Straße schlängelt sich durch wilde Wiesen. An den Berggipfeln vor uns hängen noch neblige Restwolken, doch ansonsten strahlt der Himmel uns in kräftigem Blau entgegen. Ich öffne das Fenster, strecke die

Nase in die Sonne und atme tief ein. Die Luft riecht frisch mit einem Hauch warmer Kuh. Irgendwo bimmeln Glocken.

»Hey Sonne!«, juchze ich, während meine Hand nach links tastet.

Leo lacht, als ich ihn übermütig auf den Hals küsse. »Vergiss es!«, antwortet er auf meinen quengelnden Blick. Dann fährt auch er sein Fenster runter, grinst und gibt Gas.

Ich lasse mich in den Sitz fallen und mir vom warmen Fahrtwind das letzte bisschen Skepsis aus dem Kopf blasen. Leo dreht die Musik hoch. »Da-da-da da-da-daaa.« Wir singen gemeinsam. Es klingt schauderhaft. Ich verstumme, während Leo ungerührt weitermacht: »I want something just like this.« Allein ist er richtig gut. Er sieht zu mir rüber und singt nur für mich. Fast hatte ich vergessen, welche Wirkung Leos Charme haben kann. Wie der Duft aus einer Tüte frischer Semmeln, wohlig warm und unwiderstehlich.

Leo nimmt eine besonders scharfe Kurve mit extra Schwung.

Ich quietsche vor Schreck. Dann mündet der Asphalt in einen Schotterweg und keine zwanzig Meter weiter rollen wir auf einen sandigen Parkplatz. Ein paar braune Kühe heben neugierig den Kopf, als Leo den Wagen neben ihrer Weide parkt. Ich beuge mich nach vorn und klappe die Sonnenblende hoch. Direkt vor mir liegt nichts als Wiese, grüner und saftiger, als jede Vorstellung sie malen würde. Drei alte Holzstufen führen vom Parkplatz zu einem Trampelpfad, und mittendrin im Meer von Blumen und Gräsern sitzt wie vom Himmel gefallen eine Berghütte. Ich gucke weiter, suche nach dem dazugehörigen Hotel, Mountain Resort – nach irgendetwas, das zu meiner Vorstellung von *Leo in den Bergen* passt.

»Und? Was sagst du?« Seine blauen Augen leuchten.

»Sind wir … da?«, stottere ich.

»O ja.« Er seufzt übertrieben. »Ich dachte, du magst so was – Hüttenromantik und so …« Lächelnd öffnet er seine Tür.

»Warte mal!« Ich halte ihn am Arm fest und strahle ihn an, als er sich zu mir dreht. »Danke.«

»Jetzt guck erst mal!« Er steigt aus.

Die Kuhglocken bimmeln, Bienen summen und irgendwo plätschert ein Bach. Als ich aussteige, werden meine Sinne fast überfordert vom intensiven Duft nach gemähtem Gras und Kuhdung, den sanften Geräuschen, den knalligen Farben dieses Ortes, der zu meiner Vorstellung von diesem Wochenende ungefähr so gut passt wie eine IMAX-Naturdoku zu einer italienischen Filmkomödie. Mein Herz hüpft wie ein Flummi vor Aufregung, als ich ein paar Schritte in Richtung Hütte laufe, dann wieder umdrehe, um nach Leo zu sehen. Der Boden des kleinen Wegs ist ganz weich und ich würde am liebsten gleich die Schuhe ausziehen.

Leo wirft gerade den Kofferraum zu. Von hinten schmeiße ich meine Arme um seine Hüften und schmiegte mich an ihn. »Das ist … du bist … verrückt!«

Er befreit sich lachend, dann wirft er einen Blick auf sein Handy und beginnt zu tippen. Ich will nicht länger warten, laufe wieder los, diesmal bis zur Hütte. Der Weg mündet auf einem großzügigen Holzplateau, auf dem ein Biertisch und Bänke stehen. Im Gras daneben warten zwei Liegestühle in der Sonne darauf, von uns in Beschlag genommen zu werden. Jetzt sehe ich auch, woher das Plätschern kommt: von einem alten, hölzernen Brunnentrog gleich neben der Terrasse. Überall stehen Töpfe mit bunten Blumen und alles sieht gleichzeitig herrlich natürlich und wie für ein Instagram-Shooting inszeniert aus.

Die Hütte selbst ist größer, als ich aus der Entfernung angenommen hatte. Im ersten Stock hängen Blumenkästen vor den quadratischen Holzfensterchen. Ich sehe mich nach Leo um, der endlich mit den Taschen über den Schultern den Weg entlangkommt. Es poltert, als er auf die Terrasse tritt.

»Ist das – eine Pension?«, frage ich.

Er lächelt und sieht zufrieden in die Runde. »Nö. Die Hütte ist unsere. Fürs Wochenende.« Für einen Moment genießt er meine aufgerissenen Augen, dann wischt er über sein Handy. »Ah, hier steht's ja: Der Schlüssel liegt unter den Blumen.« Er nickt in Richtung Fensterbrett, auf dem kräftig blaue Hyazinthen aus einem alten Blechtopf wuchern.

»Was Kleineres gab's wohl grad nicht …«, murmle ich lachend.

Leo kann den Stolz über seine gelungene Überraschung kaum verbergen. »Jetzt geh schon rein!«, sagt er grinsend.

Ich laufe an ihm vorbei, dann greife ich unter den Blumentopf und stecke schließlich den altmodischen Schlüssel, den ich dort finde, ins Türschloss. Die Klinke knarzt beim Hinunterdrücken. Gesunder Duft nach Wald schlägt mir entgegen, als ich den Kopf instinktiv einziehe, während ich über zwei Stufen nach drinnen stolpere.

»Wow!« Von innen ist die Hütte mindestens ebenso hübsch wie von außen. Alles ist mit hellem Holz getäfelt. An den Wänden hängen Schwarz-Weiß-Fotografien von Murmeltieren und Skifahrern und Bergblumen. Vor uns führt eine schmale Stiege in den ersten Stock. Leo tritt hinter mich und legt mir die Hände auf die Schultern.

»Na los!« Er schiebt mich sanft nach rechts und durch eine weitere Tür in eine Stube mit großem Tisch und hellblauem Kachelofen.

Es riecht einfach wunderbar, und auch hier sieht es aus, als hätten die Besitzer besondere Freude daran, ihre Gäste mit liebevollen Details zu empfangen: Auf dem alten Holztisch steht ein lockerer Strauß aus Blumen und Gräsern, auf den Fensterbrettern wachsen in Töpfen alle möglichen Kräuter. Frisches Obst liegt in einer Schale, und die vielen bunten Kissen auf der gemütlich entlang des ganzen Raums geschwungenen Holzbank lassen mich fast bedauern, dass draußen Sommer ist.

Ich komme aus dem Grinsen nicht mehr heraus. »So hübsch!«, sage ich zu Leo und drücke ihm einen Kuss auf den Mund. Das Ganze ist so gar nicht der Geschmack meines Mannes, dessen Architektenherz für Designerhotels, schicke Restaurants und coole Bars schlägt. Es macht sein Geschenk irgendwie noch besser. Ich sehe ihm in die Augen. »Genau, was wir brauchen.« Ich verhake meinen Zeigefinger in seinem, drehe mich in Richtung Tür und werfe ihm einen eindeutigen Blick über die Schulter rüber. »Wollen wir die Schlafzimmer angucken?«

Draußen hupt es. Abrupt lasse ich Leos Hand fallen. »Was war das?«

Auf seinem Gesicht breitet sich wieder das zufriedene Lächeln einer gelungenen Überraschung aus. Es scheint noch nicht genug zu sein. Es hupt wieder, diesmal gleich dreimal hintereinander. Jeder der blechernen Töne fährt mir bis in die Knochen. Ich kenne nur eine Person, die ihre Ankunft gern auf diese Art ankündigt.

»Ist das etwa …?«, frage ich, während ich inständig hoffe, dass ich mich täusche.

Leo zuckt die breiten Schultern. »Vielleicht sollten wir mal nachsehen«, sagt er, läuft an mir vorbei und ist schon aus der Tür.

Ich bleibe wie angewurzelt an Ort und Stelle, verstehe nicht, will nicht verstehen. Schließlich gebe ich mir einen Ruck. Wie in Trance tappe ich ihm hinterher.

Eine winkende Frau kommt in einem engen Rock mit Tiermuster auf die Hütte zugestakst wie eine junge Giraffe beim Laufen lernen. Der Sommerwind zerzaust ihre grau-blond gestreiften Haare, ihre blauen Augen strahlen bis hierher. Mit der einen Hand hält sie einen verpackten, aber unübersehbar großen Blumenstrauß hinter dem Rücken, mit der anderen eine Magnumflasche vor den Bauch. Ihr triumphierendes Lächeln lässt keinen Zweifel daran, dass sie große Freude über ihre Ankunft erwartet.

»Huhu«, ruft sie, als sie die Terrasse betritt.

Beim Parkplatz beäugen zwei Kühe den schwarzen Aston Martin meines Schwiegervaters, als erwarteten sie jeden Moment, dass Daniel Craig aussteigt.

Leo küsst seine Mutter. »Mama! Habt ihr's gleich gefunden?«

»Aber sicher doch, wo ist das Geburtstagskind?«

»Erst morgen«, sage ich, trete hinter Leo hervor und bemühe mich um ein herzliches Lächeln. »Sabina! Was für eine Überraschung.«

»Ja, herrlich, oder?« Sie beugt sich zu mir. »Hallo Mariechen!«

Ich bin froh um den Abstand, den die dicke Flasche zwischen uns schafft, während Sabina mich links und rechts küsst. Die Luft halte ich trotzdem an, um möglichst wenig ihres blumigen Parfüms einzuatmen.

»Marie!« Leos Vater Henry hat die Terrasse erreicht. Er platziert seinen Boardtrolley auf dem Holz, zupft erst sein weißes Poloshirt, dann die geföhnten Haare zurecht und kommt schließlich mit ein paar energischen Schritten zu mir. »Wie schön!«

Als er mich aus seiner gewohnt hölzernen Umarmung entlässt, sehe ich mich suchend nach Leo um. Statt ihn zu finden, fällt mir der nächste Wagen auf dem Parkplatz auf. Diesmal ist es ein mir unbekannter weißer Porsche mit einer mir dagegen sehr wohlbekannten Frau auf dem Beifahrersitz. Ich unterdrücke ein Stöhnen. *Dein Ernst, Leo?*

Offensichtlich! Schon steigt die blonde Frau aus, mit einem Gesicht, als sei auch für sie das Ziel der Reise eher überraschend. Teresa. Mit Schwung schmeißt sie die Tür zu und überprüft ihren Lippenstift im Seitenfenster. Auf der Fahrerseite steigt ein dunkelhaariger Riese mit Baseballkappe aus. Wahrscheinlich ihr neuester Freund. Teresa drückt ihm ihr Handy in die Hand und posiert mit angewinkeltem Bein vor den Kühen. In meinem Magen verklumpt sich das entsetzte Grummeln zu einem riesigen, verzweifelten Kloß. Wir sind nicht wirklich eng mit Leos deutlich jüngerer Schwester, obwohl auch sie in München lebt. Sie ist hauptberuflich Influencerin, und wann immer man auf sie trifft – im Übrigen jedes Mal mit neuer Begleitung – ist sie so umfassend damit beschäftigt, Selfies zu schießen, dass für ein Gespräch keine Zeit bleibt. Und jetzt sollen wir das gerade an meinem Geburtstag nachholen? *WTF, Leo?*

»Hey!« Leo ist zurück. Er stellt einen Armvoll Bierflaschen, die er irgendwo aus der Hütte gezaubert hat, auf dem Tisch ab, und wir begrüßen die Neuankömmlinge.

Sabina reißt ihren Champagner hoch. »Schätzchen, wir wollen kein Bier!«

»Aber ich hab doch noch gar nicht …«, wage ich einen Versuch.

21

»Ja, und? Heute feiern wir dieses wunderbare Wiedersehen. Eine tolle Idee, oder?« Sabina streicht ihrem Sohn über den Kopf, als wäre er zehn. »Wenn ich ehrlich bin, war ich daran ein bisschen beteiligt.« Sie kichert und bleckt die schneeweißen Zähne. »Die Hütte ist ein Tipp von unserer Nachbarin in Kitzbühel.« Wieder tätschelt sie ihren Sohn, diesmal am Arm. »Und ich wette, dein Ehemann hat dafür gesorgt, dass wir morgen nicht auf dem Trockenen sitzen.«

Ich suche Leos Blick und finde ihn. Er strahlt mich voll ungetrübter Begeisterung an und ich frage mich, wie ich mit meinen Erwartungen so völlig danebenliegen konnte. Gequält erwidere ich sein Lächeln. »Dann such ich mal ein paar Gläser, okay?«, stammle ich heiser und flüchte nach drinnen.

In der Stube reiße ich mechanisch eine Schranktür nach der anderen auf, bis ich auf Weingläser stoße. Die sollten es tun. Für einen Moment lasse ich mich auf die Bank sinken und lehne mich an den Ofen. Seine Kacheln kühlen mir angenehm den Rücken. Draußen höre ich Sabina und Teresa schnattern.

Plötzlich fliegt die Tür auf und Leo steht vor mir. »Was machst du, Sweets?«, fragt er. »Hast du die Gläser gefunden?« Er wendet sich dem offenen Schrank zu. »Ach, hier. Kommst du?«

Ich hole Luft. »Hast du eigentlich darüber nachgedacht, auch meine Mutter einzuladen?«

Leo guckt über die Schulter. Er macht das Gesicht eines ertappten Schuljungen, von dem er genau weiß, wie gut es ihm steht. »Ja. Aber ich dachte nicht, dass das eine gute Idee wäre.« Er grinst schuldbewusst. »Du sollst dich doch entspannen, und Clarissa und Sabina auf einem Haufen …«

»Ich weiß nicht, ob ich mich entspannen kann, wenn meine Mutter allein zu Hause sitzt, während wir meinen Geburtstag mit deiner Familie feiern.«

Leo hat sich wieder dem Schrank zugewendet. Er zuckt nur die Schultern. »Sie muss es ja nicht erfahren.«

Ich schnaube. »Ach so? Und was soll ich ihr sagen, wenn sie morgen anruft, um mir zu gratulieren?«

»Dass wir zu zweit in die Berge gefahren sind.«

Genau das, was ich mir gewünscht hätte.

Mit zwei Gläsern in jeder Hand legt er den Arm um mich. »Sweets, jetzt genieß doch einfach die Zeit. Es wird was ganz Besonderes, wart's ab!«

»Ich wünschte, du hättest mich gefragt«, sage ich leise.

Glas klirrt, als Leo abrupt seinen Arm wegnimmt. »Ich wollte dich überraschen. Schon vergessen? Kann ich es dir eigentlich jemals recht machen, Marie?« Sein Blick ist plötzlich eiskalt. »Vielleicht holst du noch Wasser für deine Gäste. Und was zu knabbern. Müsste alles in der Küche bereitstehen.« Mit diesen Worten verschwindet er nach draußen.

Wie betäubt bleibe ich zurück und starre auf die Tür. *Meine Gäste?* Ich lasse mich zurück auf die Bank fallen und stiere an die hübsche Holzdecke. Ich atmete ein paar Mal tief durch. Es hilft nicht. Eine Träne bahnt sich ihren Weg über meine verschwitzte Wange. Dann noch eine. Und noch eine. Wütend wische ich sie weg. Sie laufen weiter. Verdammt.

»Hallihallo!« Es klopft im Türrahmen, und als ich aufschaue, steht ein Geist im knallroten Kleid vor mir.

»Charly!« Ich springe hoch und direkt in die weichen Arme meiner besten Freundin. Wie eine Boje, die mich vor dem Ertrinken rettet, so fest drücke ich sie an mich.

»Alles okay?«, murmelt sie irgendwann in meine Schulter. »Ich müsste mal wieder Luft holen.«

Lachend löse ich meine Umarmung. »Jetzt schon.«

Sie legt den Kopf schief. »Hey.« Ihre Stimme wird ganz sanft. »Was ist denn los?«

Ich wische die letzten Tränen weg. »Ich freu mich nur so, dich zu sehen.«

Charlys grüne Augen lassen mich nicht aus. »Und wieso sind dann alle draußen in der Sonne, während du dich hier verkriechst?«

»Ich hole Wasser.«

»Und das bringt dich zum Weinen?«

Ich lächle verzweifelt gegen die nächsten Tränen an. »Keine Ahnung. Ich bin nur ein bisschen überfordert.«

Durchs Fenster dringt vielstimmiges Lachen herein. Es klingt nach Spaß. »Ist schon viel besser jetzt«, sage ich. »Lass uns einfach zu den anderen gehen!«

»Klar.« Charly rührt sich nicht. »Ich wüsste trotzdem gern, was dich überfordert.«

Vehement schüttle ich den Kopf. »Gar nichts. Mein Mann hat eine Traumhütte gemietet, die Sonne scheint, die Kids sind untergebracht, du bist hier … Alles ist super!« Ich schiele zur Decke, weil ich es einfach nicht fühlen kann. Dabei finde ich mich so furchtbar undankbar, dass ich meine Gefühle sogar vor meiner besten Freundin verstecken möchte.

»Bis auf die Tatsache, dass du dir was anderes gewünscht hättest.«

Ich stöhne, dann nicke ich so unmerklich wie möglich.

Charly lächelt. »Dein Mann ist halt ein Familientier. Und es gibt wirklich schlimmere *Families* als die Walkers, oder?«

Ich nicke, schon überzeugter.

»Wenn man mal von deiner Schwägerin absieht.« Sie winkelt affektiert das Bein ab, schürzt die Lippen und streckt den Arm für ein imaginäres Selfie.

Ich pruste los.

»Aber komm, deine Schwiegereltern sind die coolsten. Ich kenne wenig Sechzigjährige, die so feiern können. Und sie mögen dich von Herzen.«

Sie hat recht. Meine Schwiegermutter ist mit all ihren Macken eine Seele von Mensch. Genau wie ihr Sohn.

»Also ich freu mich auf die Party.«

Draußen johlt es wieder.

»Wir verpassen übrigens gerade den Champagner!«

»Okay, okay, kannst aufhören mit deiner Werbekampagne. Ich bin ja schon überzeugt.« Es stimmt, was ich sage, meine Stimmung schlägt gerade um. Ich sehe die Sonne durch die kleinen Fenster gleißen, und plötzlich kann ich es kaum erwarten, mit meiner besten Freundin ein Glas Champagner zu trinken und den Sommer zu genießen.

»Ich hab dich lieb!«, sage ich. Dann nehme ich sie an der Hand und ziehe sie hinter mir her nach draußen.

*

Die Familie Walker hat die Terrasse eingenommen, ganz wie ich sie kenne: Sabina hat sich den einzigen Lehnstuhl aus Teak gesichert. Ihre High Heels liegen irgendwo auf dem Holz herum, den ungeöffneten Champagner hat sie direkt vor sich platziert. Der Rest des Tisches ist mit Bierflaschen übersät – angesichts der Tatsache, dass nur fünf Leute am Tisch sitzen und ich nur zehn Minuten weg war, mit erstaunlich viel leeren. Henry klebt sein Haifischlächeln im Gesicht, und mit seinem pfeilgeraden

Rücken und den verschränkten Händen sieht es so aus, als säße mein Schwiegervater an einem seiner Konferenztische und würde potenziellen Kunden eins seiner Immobilienprojekte anpreisen. Irgendein Handy liegt in der Mitte des Tisches auf einem umgedrehten Blumentopf. Der Playlist nach muss es Teresas sein. Gerade läuft David Guetta. Wenn ich den spielen würde, hätte Leo mir schon den Saft abgedreht. Doch jetzt sitzt er total gechillt neben seiner Mutter, trägt die Pilotenbrille in den Haaren und seine Wangen leuchten rot vor guter Laune.

»Da ist sie ja!«, ruft Teresa, schnappt sich die vermeintliche Musikanlage und schießt ein Foto von Charly und mir.

Leo springt auch auf und klettert über die Bank. »Hey.« Er kommt zu uns, sieht mir in die Augen. »Alles klar?«

Charly läuft um den Tisch und schiebt sich neben Teresas Freund auf die Bank, der sich als Dennis vorgestellt hat. Meine Schwiegermutter hält Leo den Champagner hin. »Jetzt aber!«

»Oh, yes.« Er schnappt sich die Flasche. »Würdest du kurz diese wunderbare Musik anhalten?«, sagt er in Richtung Teresa. Dann dreht er sich zu mir und rollt die Augen, und ich gucke lachend in den gleißend hellen Himmel. *Alles ist gut.*

Der Korken ploppt. Leo hantiert mit der Magnumflasche, ohne einen Tropfen zu verschütten, dann verteilt er die Gläser.

Er legt seine warme Hand an meine Taille und prostet gleichzeitig in die Runde. »Wie schön, dass ihr alle gekommen seid, um mit mir meine wundervolle Frau zu feiern. Auf Marie!«

Alle heben ihr Glas in unsere Richtung, und ich wünschte, wir hätten uns hingesetzt. »Danke«, sage ich. »Aber ich bin doch erst morgen dran. Auf euch! Schön, dass ihr da seid.«

Als ich mich von Leo lösen will, hält er mich fest. Er neigt den Kopf und drückt lächelnd seine Lippen auf meine. Während ich seinen Kuss erwidere, rutscht seine Hand tiefer bis auf meinen Po. Mit sanftem Ruck zieht er mich näher. Sein Mund öffnete sich und seine Zunge beginnt zu spielen, ziemlich unpassend vor diesem Publikum. Jemand beginnt zu klatschen. »Zugabe!«, grölt Dennis. Leo macht weiter. Unwillkürlich muss ich an das Wochenende zu zweit denken, das es nicht geben wird. Als ich Teresas Handy mehrfach klicken höre, schiebe ich Leo sanft zur Seite. Ich nehme einen großen Schluck und sortiere meine Haare. Über den Tisch suche ich nach Halt bei Charly. Irgendwie guckt sie zwar in meine Richtung, doch sie reagiert nicht auf meinen Blick. Und jetzt fällt mir auf, dass auch alle anderen sich weniger für Leos Liebesschauspiel zu interessieren scheinen als für etwas in unserem Rücken.

Sabina springt als Erste auf. »Da ist er ja endlich!«

Langsam drehe ich mich um. Jemand kommt den Weg hinauf. Er steht direkt unter der blendenden Sonne, doch das Adrenalin, das mir beim Anblick seiner dunklen Silhouette durch den Körper schießt, lässt keinen Zweifel daran, wer er ist. Als er ein Stück aus dem Gegenlicht tritt, wird alles um ihn herum unscharf. Meine Augen haben auf Portraitmodus geschaltet.

Ich habe Nik seit zehn Jahren nicht gesehen. Nicht gesehen, nicht gehört. Doch wie er da über den Feldweg heranschlendert, trotz der Wärme in dunkler Jeans und schwarzem T-Shirt, eine abgewetzte Reisetasche über der Schulter, kommt es mir vor, als hätte jemand damals auf *Pause* gedrückt und jetzt ohne Vorwarnung zurück auf *Play*.

Er hätte sich doch verändern müssen. So, wie wir uns verändert haben. So, wie *alles* sich verändert hat. Doch er ist mir so vertraut, dass mir übel wird. Die schlanke Figur, die fast schwarzen Haare, die leicht nach vorn fallenden Schultern und

27

vor allem seine Art zu gehen, so geschmeidig, als liefe er barfuß über die Steppe. Ich würde ihn auch erkennen, wenn da hundert Typen den Feldweg hinaufgelaufen kämen. Plötzlich spüre ich seinen Blick, obwohl seine Augen hinter dunklen Sonnenbrillengläsern gut versteckt sind. Meine Beine geben nach. Ich bin nicht bereit für das hier. Kein bisschen.

»Leo?« Ich taste nach einer Hand, doch da ist nichts mehr, woran ich mich festhalten könnte, denn Leo ist bereits losgerannt.

»Yessss«, brüllt er Nik entgegen. Als er ihn erreicht, wirft er beide Arme um ihn und drückt ihn an sich. Ich rühre mich nicht vom Fleck. Jetzt erreicht auch Sabina die beiden, die bereits Arm in Arm zurückkommen. Leo und Nik sind gleich groß. Auf den Zentimeter genau. Warum sollte sich daran etwas verändert haben? Als Sabina ihre Arme ausstreckt, löst Leo sich von Nik. Von der Seite boxt er ihm in den Bauch, wirbelt ihm durch die Haare. Nik lacht nur. Dann begrüßt er Sabina. Leo kriegt sich gar nicht mehr ein. Er tänzelt weiter neben Nik herum wie ein aufgeregter Schäferhund. Sabina übernimmt jetzt die andere Seite, streichelt an Niks Arm auf und ab, als müsste sie ihn wärmen. Als die drei fast die Terrasse erreicht haben, ruft sie: »Guckt mal, wer gekommen ist!«

Inzwischen sind auch alle anderen aufgestanden. Henry und selbst Teresa laufen dem Trio entgegen und geben mir die Gelegenheit, mich irgendwie zu sammeln, während ich mich fühle, als hätte ich nicht ein Glas, sondern die ganze Flasche Champagner getrunken.

Henry klopft Nik auf die Schulter. »Schön, dass du da bist, mein Junge.«

Teresa küsst ihn links und rechts. »Ganz schön lange her.«

Kein Wunder, dass ich hier die Einzige bin, die verwirrt ist: Ich bin anscheinend auch die Einzige, für die Niks Eintreffen eine Überraschung ist.

Länger kann ich mich nicht verstecken. Leo bringt Nik in meine Richtung. Sein Arm klebt auf der Schulter des Überraschungsgasts, und er guckt so selig, wie ich ihn lange nicht gesehen habe. Es zieht unter meinen Rippen bis nach hinten an die Schulterblätter. Ich erkenne dieses Gefühl sofort, auch nach dieser langen Zeit: Ich fühle mich überflüssig. Leo und Nik brauchen einander und sonst eigentlich niemanden auf der Welt.

Nik hat seine Sonnenbrille hochgeschoben. Als unsere Augen sich aus kaum noch zwei Metern Entfernung zum ersten Mal treffen, kommt mir in den Sinn, dass er Leos übertriebenen Kuss gesehen haben muss. Ich atmete tief ein.

»Hallo Nik«, sage ich, überrascht, wie fest meine Stimme klingt. »Was zum Teufel machst du hier?«

»Was er hier macht?«, schaltet Leo sich von rechts ein. Er hält Nik weiter fest, als hätte er Angst, dass der jeden Moment wieder abhauen könnte. »Er ist zurück!«

Ich verstehe gar nichts, doch jetzt lächelt Nik nur für mich, und in meiner Brust beginnt es zu kribbeln, als hätte sich dort ein ganzes Bienenvolk eingenistet.

»Sie sind lang«, sagt er.

Es ist verdammt schwer, Nik nicht in die Augen zu sehen, während ich gleichzeitig damit beschäftigt bin, mich an deren Farbe zu erinnern. Whiskey, Baileys, Zedernholz …. Nichts von damals habe ich vergessen, nicht die kleinste Kleinigkeit. Und doch braucht mein verwirrtes Gehirn eine Weile, bis es auf

Niks Worte reagiert. Er spielt auf meine Haare an, natürlich. Sie waren immer lang, früher und jetzt wieder. Nur damals eben, für diese paar Monate hatte ich sie abschneiden lassen. Wie konnte ich das vergessen? Energisch schiebe ich mit beiden Händen ein paar Strähnen hinter die Ohren und weiß nicht wohin mit all den Erinnerungen, die wegen dieses kleinen Details plötzlich auf mich einprasseln wie unerwarteter Platzregen.

Endlich löst Leo seinen Arm von Nik. »Ich hol dir ein Glas.«

»Es sieht – schön aus«, sagt Nik, als Leo in der Hütte verschwunden ist.

Ein Kompliment? Als Allererstes? Hält er das für eine gute Idee? Ich zucke die Schultern. »Sind schon lange so.« Ich konzentriere mich weiter auf sein unrasiertes Kinn. »Herzlich willkommen!« Es klingt weder besonders freundlich noch halbwegs so locker, wie es soll.

»Leo hat mich eingeladen«, erwidert Nik leise. »Ich hoffe –. Er meinte, du würdest dich freuen.«

Ich nicke, schnell, laut und deutlich. Setze dieses Nicken aller Verunsicherung entgegen und dem Wirbel der Gefühle in meinem Bauch. Dann sehe ich Nik mutig in die Augen. Es geht – ganz gut. Also riskiere ich noch ein Lächeln.

Nik fängt es auf und erwidert es.

Wer zuerst wegsieht. Das haben wir damals schon gespielt. Und Nik hat jedes Mal gewonnen. Auch jetzt sind seine Augen die Ruhe selbst. Braun wie heller Bernstein trotz der dunklen Haare. Und doch so tiefgründig wie die Nacht.

»Ja hallo, eine Überraschung für die Überraschungsgäste?« Charly platzt in unseren Augenblick und rettet mich vor der unausweichlichen Niederlage.

»Hello Stranger!« Sie platziert sich neben uns, die Hände in den kantigen Hüften. »Kommst du gerade aus Übersee, oder warum vergessen die beiden hier über deine Ankunft all ihre anderen Gäste?«

Ich werfe ihr einen schuldbewussten, wenn auch flüchtigen Blick zu. Mehr traue ich mich nicht, mit Nik nur einem halben Meter neben uns. Was, wenn sie reagiert und er es sieht? Immerhin hat sie mich zurück in die Realität geholt. Ich sehe mich kurz nach den anderen um und stelle erleichtert fest, dass alle gechillt am Tisch sitzen und der Rest des Champagners offensichtlich spannender ist als Nik und mein Wiedersehen.

»Tut mir leid«, sagt er lächelnd. »Nik. Freut mich sehr«. Er verstärkt seine Antwort mit einem unmerklichen Kopfnicken, und ich muss mich abwenden, weil meine Knie nachgeben angesichts dieser vertrauten Geste.

»Und wieso habe ich mir das gedacht«, murmelt Charly ohne den leisesten Hauch eines Lächelns.

»Haha.« Ich kichere hysterisch. »Meine Freundin Charly«, sage ich und gucke in die Blumenwiese.

»Und das habe ich geahnt«, sagt Nik. »Wie gesagt, ich freu mich, dich endlich kennenzulernen.«

»Wenn du meinst«, sagt Charly. »Peking war das, oder Hong Kong …?«

»Shanghai.«

»Whatever.« Sie zuckt mit den Schultern, und ich könnte sie knutschen für ihre Coolness – und für die Lüge. Denn meine beste Freundin müsste wohl an plötzlicher Amnesie leiden, um vergessen zu haben, wohin Nik vor zehn Jahren verschwunden ist. »Und jetzt? Machst du … Urlaub?«, fragt sie weiter.

Leo kommt zurück, in der einen Hand ein Weinglas, in der anderen die Champagnerflasche. »Nö«, sagt er und schenkt ein. »Er bleibt.«

Ich verschlucke mich an Luft, halte Leo hektisch mein Glas hin und versuche dann erfolglos mein Herz mit noch mehr Champagner abzulenken.

»Ach, echt«, sagt Charly, und selbst ihre Stimme klingt inzwischen ein bisschen wackelig.

Leo hat Nik wieder im Arm. »Zehn Jahre haben wir uns nicht gesehen. Als gäbe es keine Flugzeuge. Nicht mal zu unserer Hochzeit hat der Kerl sich blicken lassen. Und dann ruft er mich letzte Woche mitten aus München an.« Er dreht sich zu mir. »Kannst du das glauben, Sweets?« Er drückt seinen Mund auf meinen. »Wenn das kein Anlass für ein Familienfest ist!« Noch ein Kuss.

Hitze schießt mir in den Kopf. »Ja, Wahnsinn!« Ich mache einen Schritt rückwärts. Leo weiß tatsächlich schon länger von Niks Rückkehr – lange genug zumindest, um meinen Geburtstag als Anlass zu nehmen, dieses *Familienereignis* zu zelebrieren. Ich massiere mir die Schläfen, während ich versuche zu verarbeiten, was ich gerade gehört habe.

»Boah, es wird immer heißer hier«, presse ich heraus. »Wollen wir mal rüber in den Schatten? Zu den anderen?«

»Gute Idee.« Leo schiebt Nik in Richtung Tisch.

Jemand greift nach meiner Hand und hält mich fest. *What the …?*, formen Charlys Lippen, während mir aus ihren aufgerissenen Augen blankes Entsetzen entgegenspringt.

Ich nicke so unauffällig wie möglich. »Später«, zische ich flehend. Dann lasse ich sie stehen und eile zum Tisch. »Wie sieht's aus bei euch? Soll ich mal nachsehen, was der wundersam gefüllte Kühlschrank noch so zu bieten hat?«, frage ich und alle lachen.

KAPITEL 2

Marie

DAMALS

Für die meisten Menschen ist der Geburtstag ein Festtag. Freunde und Familie tun alles, um ihn besonders schön zu gestalten, und das Universum zeigt sich garantiert von seiner besten Seite. Bei mir ist es anders. Mein Geburtstag schafft es jedes Jahr aufs Neue in die Top Ten der schlimmsten Tage meines Lebens. Mal kippte meine beste Freundin ihren Kakao über mein Prinzessinnenkostüm, mal fiel ich vom Pony und brach mir das Bein, mal verließ uns mein Vater – wenn auch nur für drei Tage – und zum Achtzehnten ließ ein Wasserrohrbruch meine Partylocation im Schlamm versinken.

In diesem Jahr gibt es einen neuen Höhepunkt: Statt mir mit einem innigen Geburtstagskuss zu gratulieren, hat sich heute um exakt zehn Minuten nach Mitternacht mein Freund von mir getrennt. Der Grund dafür? Ich bin ihm zu zickig – habe ich doch tatsächlich um fünf nach zwölf etwas beleidigt nachgefragt, ob er sich um Sekt kümmern könnte, statt weiter mit irgendeiner neuen Kunststudentin auf der Tanzfläche zu flirten. Das war's. Tino und ich sind nach sechs Monaten Geschichte.

Eigentlich ist das okay. Er hat dunkle Locken und lange Wimpern, und er spricht Englisch mit heißem italienischem Akzent, aber wenn ich ehrlich bin, war ich wohl mehr in die Tatsache verliebt, dass er Italiener ist, als in ihn. Ich hatte noch nie einen italienischen Freund. Und noch nie einen so großen Freundeskreis. Italiener treten ausschließlich in Rudeln auf. Plötzlich Teil so einer eingeschworenen Truppe zu sein, war schon ziemlich cool, zumal einer, die immer weiß, wo gerade die besten Partys hier in Brighton stattfinden. Was man von meinen Kommilitonen nicht gerade behaupten kann. Die sitzen lieber in der Bibliothek und schreiben Essays.

Leider gibt es ein Problem: Italiener halten zusammen, und so muss ich meinen Geburtstag nicht nur ohne Freund, sondern komplett allein verbringen. Wie gesagt, ein neuer Höhe- oder besser gesagt Tiefpunkt dieses unsäglichen Tages.

Vor lauter Selbstmitleid trinke ich schon den dritten warmen Cider aus der Dose. Eigentlich hat Mrs Smith, die das Zimmer ihrer ältesten, seit Kurzem verheirateten Tochter an mich vermietet, Männer und Alkohol im Haus verboten. Doch ihre beiden anderen Töchter sehen das nicht so eng, also warum sollte ich? Außerdem ist es ein Notfall, wenn man mutterseelenallein Geburtstag feiert und es, obwohl es Juli ist, mal wieder Hunde und Katzen regnet. Dafür hätte selbst Mrs Smith Verständnis.

Nach dem dritten Drink ist mir langweilig. Plötzlich erscheint mir der Gedanke, mich allein in die Stadt zu begeben, nicht mehr ganz so abwegig – im Gegenteil: Meinen fünfundzwanzigsten Geburtstag in einem Zimmer mit Blümchentapete zu feiern, wird mich sonst wahrscheinlich spätestens, wenn es Dunkel wird, zum Heulen bringen. Ich gucke in den Spiegel und beschließe, dass es dem Anlass entsprechend ruhig etwas mehr Make-up sein darf. Dazu ein etwas passenderes Outfit. Ich schmeiße mich in das Silberlamékleid, das ich zuletzt Silvester getragen habe, und schminke mir Smokey Eyes. Schon viel besser. Nur die Haare hängen schlaff und langweilig über den nackten Schultern. Das bringt mich auf eine Idee …

*

»Are you sure?« Der Friseur, dessen Namen ich bereits vergessen habe, grinst mich im Spiegel an. Über der einen Hand hängen meine langen Haare in ihrer gesamten langweiligen Pracht, mit der anderen schneidet seine Schere ein paar Mal gierig in die Luft.

»Well …«, sage ich. »Yes!«

»Okay then.« Diesmal schnappt die Schere zu.

Ein Pfund braune Haare fallen zu Boden – und mein Herz gleich mit. Ich sehe mein entsetztes Gesicht im Spiegel und gucke schnell auf mein Handy.

»I warned you«, sagt Pete – sein Name ist mir schlagartig wieder eingefallen.

»It's okay«, murmle ich.

»Wow, ganz schön mutig!«

Mein Kopf schnellt hoch. Pete stöhnt und ich sehe direkt in das breite Grinsen von Leo Walker.

»Ja, hi!« Zwei stechend blaue Augen blitzen mich an.

Na, bestens. Ich zucke mit den Schultern. »Findest du?«, frage ich, während Pete mir den Kopf gerade dreht.

»No more moving, please!«

Mit einem genüsslichen Seufzer lässt Leo sich in den Stuhl neben mir fallen. Er grinst weiter und begutachtet unverhohlen, was Pete mit dem, was von meinem Haar übrig ist, veranstaltet.

Ausgerechnet. Leo Walker ist Landsmann von mir und der größte Abschlepper der Uni überhaupt. Selbst wenn du ihn nicht kennst, kennst du *Leo Walker*. Weil er einfach nicht zu übersehen ist: groß, surferblond, ein Gesicht markant wie ein Duftmodel auf einem Körper, der wahrscheinlich jeden Tag seines Lebens in Form gebracht wird. Haufenweise Stories umranken seinen Ruf als Flachleger des gesamten weiblichen Campus, zum Beispiel die, dass seine Unersättlichkeit weder vor Professorinnen haltmacht, noch davor, es mit ihnen direkt nach den Vorlesungen in der Damentoilette zu treiben.

Die Friseurin freut sich. Sie begrüßt Leo und bittet ihn zum Waschen nach hinten. Er springt aus dem Stuhl wie ein Sportler von der Ersatzbank. »Bis gleich!« Mit einem Augenzwinkern verschwindet er, und ich bete, dass Pete Vollgas gibt.

Als Leo zurückkehrt, wird meine neue Frisur gerade erst geföhnt, und ich weiß nicht, ob ich lachen oder weinen soll. Solange ich denken kann, hatte ich lange Haare.

Ich hole Luft. »Wie findest du es?«, frage ich mutig nach links, noch bevor Leo sich setzen kann.

Er schmeißt sich in den Sessel, dreht ihn in meine Richtung und stützt das Kinn auf die Hand. »Umwerfend. Hast du heute schon was vor?«, fragt er und lächelt. »Leo, übrigens.«

Ich ahne, dass dieses Lächeln manchen Frauen reicht, um willenlos zu werden. Es ist nicht spöttisch oder irgendwie eingebildet, sondern einfach nur offen. Und es versprüht so ansteckend gute Laune, dass ich für einen kurzen Moment all die Desaster dieses Tages vergesse.

»Marie«, sage ich.

»Freut mich sehr, Marie-mit-den-kurzen-Haaren.«

Pete ist fertig. Er sprüht noch irgendwas und zupft ein paar Mal, dann lächelt er stolz. »Marvellous, isn't it?«, sagt er zu Leo im Spiegel.

»It is, indeed.«

»Na gut, dass ihr euch einig seid.« Ich drücke mich hoch – und stelle fest, dass ich doch noch ein kleines bisschen schwanke.

Leo springt mit mir auf. Seine Friseurin kreischt vor Schreck.

»Oh sorry, just a second«, sagt er und beruhigt sie mit seinem Lächeln. »Du kannst jetzt nicht einfach gehen!« Er legt seine Hand an meinen Oberarm. »Bitte! Warte auf mich.«

Ich lache, weil er so niedlich ist und ich nicht verhehlen kann, dass die Tatsache, dass Leo Walker gerade mit mir flirtet, diesen Tag irgendwie besser macht.

Er steht immer noch. »Du bist in Eile, oder?«

Langsam schüttle ich den Kopf. Es fühlt sich seltsam an. Unwillkürlich greife ich in meinen Nacken und ein kleiner Adrenalinstoß lässt mich seufzen.

Leo hat es bemerkt. »Was hältst du davon, wenn wir was trinken gehen? Auf den Mut.«

Ich grinse ihn an. »Um diese Uhrzeit?«

Er grinst zurück. »Dein Outfit würde auf jeden Fall passen.«

Eins zu Null. Langsam fängt die Sache an, Spaß zu machen. »Und dein Haarschnitt?«, frage ich.

Er sieht sich nach der Friseurin um, die uns inzwischen allein gelassen hat. »Zehn Minuten?«, sagt er und nimmt die Hände wie im Gebet zusammen. »Please …«

Ich gebe mir einen Ruck. »Okay«, sage ich. »Aber weißt du was, ich warte drüben im *Surf Club*.«

*

Der *Surf Club* ist eine Institution in Brighton. Ein Pub, das mit ein paar alten Boards an den Wänden auf Surferbar macht, obwohl ich hier in Brighton noch keinen einzigen Wellenreiter im Wasser gesehen habe. Aber es funktioniert. Selbst im

Hochsommer wie jetzt ist der Laden immer voll, überwiegend mit Studenten, die einen Großteil der Einwohner Brightons ausmachen, und die zu jeder Tages- und Nachtzeit feiern.

Ich hänge meine nasse Jacke über den Berg anderer an den nicht mehr sichtbaren Haken und verschwinde erst einmal auf die Toilette. Der Blick in den Spiegel löst einen kleinen Schock aus. Ich wende mich weg. Es hilft nichts, ab ist ab. Während ich zur Bar zurücklaufe, wandern meine Hände trotzdem immer wieder an meinen Kopf. Spontan rubble ich kräftig durch. Zumindest kann der Regen dieser Frisur nicht viel anhaben.

»Ey!« Eine Engländerin im weißen Minirock sieht mich wütend an. »Well, thanks for that!« Sie wischt sich demonstrativ übers Gesicht, dann rauscht sie an mir vorbei, bevor ich reagieren kann. Ich grinse immer noch, als ich die Bar erreiche – irgendwie auch ganz cool, was mein neuer Haarschnitt so kann.

Ich schiebe mich auf den letzten freien Barhocker und bestelle einen Kaffee. Wer weiß, was der Abend noch bringt, doch es ist gerade mal halb sechs, da kann es auf keinen Fall schaden, für den Moment den Kopf zu klären.

Der *Surf Club* ist wie erwartet schon um diese Uhrzeit gut gefüllt. Entspannt lasse ich den Blick schweifen, denn eins ist sicher: Die Wahrscheinlichkeit, dass ich Tino hier begegne, geht gegen Null. Da mag der Laden noch so angesagt und die Stimmung noch so gut sein, schlechtes Essen ist für die Italiener-Gang eine Todsünde, und hier gibt es nur Dosensalate und Mac 'n Cheese.

Und dann sehe ich Leo. Frisch geföhnt – mit ähnlicher Frisur wie ich – winkt er mir schon vom Eingang zu.

»Marie. Du bist da!«, ruft er, als er näher kommt. Kaum, dass er mich erreicht, legt er seine Hand an meinen nackten Arm und zieht mich an sich. »Schön!«

Als er mich loslässt, fühle ich mich plötzlich beobachtet.

Leo lehnt sich über die Bar. »Liz!«

Die Barmaid dreht sich sofort um, und gefühlt fünf weitere Frauen in der Nähe auch.

»Was möchtest du trinken?«

Ich zögere kurz, dann erinnere ich mich daran, dass ich immer noch Geburtstag habe, und sage: »Moscow Mule …?«

Leo stutzt, bevor sich ein zufriedenes Grinsen auf seinem Gesicht ausbreitet. Ich wette, er denkt, ich bestelle seinetwegen so früh harten Alkohol. »Tolle Idee. Zwei Mules bitte, Liz.«

Ich sehe mich um und begegne einigen neidischen Blicken. Irgendwie tut es mir fast leid, denn als Leo sich lächelnd zurück zu mir dreht, stelle ich verwundert fest, dass ich ihn wirklich sympathisch finde – aber mehr auch nicht. Der Hottie des Campus steht so nah bei mir, dass ich sein Aftershave erraten kann, und ich spüre rein gar nichts. Kein Kribbeln in der Brust, kein hektischer Atem, kein nervöses Suchen nach schlagfertigen Sätzen, ich bin einfach nur entspannt und richtig gut gelaunt.

Liz platziert die Getränke vor Leo, und ich amüsiere mich über den musternden Blick, mit dem sie mich bedenkt. Als Leo sein Glas hebt und mir verführerisch in die Augen sieht, erwidere ich seinen Blick – nur, um sie ein bisschen zu ärgern. Aus der Nähe prickelt sein Lächeln auf meiner Haut wie die Sonne an einem der ersten Frühlingstage.

»Der Hammer übrigens«, sagt er. »Auf die Gefahr hin, dass ich mich wiederhole.«

»Was meinst du?« Ich nehme einen großen Schluck.

»Die neue Frisur. Also«, sagt er, »deine langen Haare waren schon …« Er hebt die Hände gefaltet zur Decke. »Aber das jetzt ist … hmm. Très français, Madame. Und … très sexy.«

Prompt verschlucke ich mich am Eiswürfel. Ich huste, weil es jetzt doch ein bisschen kribbelt und weil Leos Blick auch nicht mehr einfach nur offen ist.

»Wieso weißt du … ich meine, kennst du … meine *alte* Frisur?«, stottere ich.

Er schmunzelt nur geheimnisvoll. »Ich weiß auch, dass du aus München kommst.«

»What? Woher das denn?«

»Wenn ich etwas über eine schöne Frau wissen will, habe ich meine Quellen. Und übrigens, ich bin auch Münchner.«

Seine Anmache ist mir zu platt und sein Lächeln zu erwartungsvoll. Andererseits … »Danke für das Kompliment«, sage ich schließlich und hole Luft. »Findest du die Haare so wirklich gut? Mal ganz ehrlich?«

»Ja.« Leo zieht sich einen freigewordenen Barhocker heran, ohne den Blick von mir zu nehmen. »Warum glaubst du mir nicht?«

Ich beobachte ein paar Schwedinnen, die mir nicht unbekannt sind. Sie versuchen zu dritt, Leos Aufmerksamkeit von meinen Haaren abzulenken. Mal sehen, wie lange sie dafür brauchen.

»Na ja, es war eine ziemliche Spontanaktion«, sage ich.

Mit faszinierend synchronen Bewegungen haben die Schwedinnen ihre Jacken ab- und viel nackte Haut freigelegt. Ihre Blicke sind wie Streifzüge von drei hungrigen Löwinnen.

Leo hat sie bis jetzt noch nicht einmal wahrgenommen. »Wirklich? Heißt das, der Friseur hat dich überredet? Gut, der Mann!« Er stellt seinen Drink ab. »Darf ich vielleicht – mal anfassen?« Er guckt wie ein neugieriger Junge und ich nicke lächelnd.

Seine warmen Finger greifen entschlossen in meine Haare. Es fühlt sich gut an. Sanft streift seine Hand meinen Nacken, bevor er sie zurücknimmt. Er weiß, was er tut, ganz genau, und sein Blick prüft, ob ich es auch weiß.

Ich werde ihn nicht anhimmeln wie all die anderen hier. Wie sicher er sich ist, mit einer Frau zu flirten, während ein Dutzend andere schon darauf warten, im Falle sinkenden Interesses, in die Lücke zu grätschen. Und doch ist es ein schöner Moment. Und mein Geburtstag. Und es fühlt sich einfach ungefährlich an, ein bisschen mit Leo zu flirten. Nur ein kleiner verdienter Spaß, der diesen Tag rettet.

»Nein«, sage ich, lege den Kopf schief und packe den Blick aus, den ich auflege, wenn *ich* weiß, was ich tue. »Überredet hat er mich nicht. Ich wollte nur irgendwas Krasses machen.«

Leos Augen blitzen. Aus irgendeinem Grund ist er fasziniert. »Krass ist immer gut«, sagt er. »Aber ich verstehe gar nichts.« Er zieht den Barhocker noch ein Stück näher und setzt sich so darauf, dass seine Knie meine links und rechts umschließen, ohne sie zu berühren. »Hilfst du mir?«

Ich zögere. Das Gespräch gerade jetzt auf meinen Freund zu bringen, der erst seit heute Nacht mein Ex-Freund ist, erscheint mir unpassend. Ich fixiere Leo, werfe einen Blick auf die gebräunte Brust unter den geöffneten Knöpfen seines hellblauen Hemds und stelle erneut fest, dass er wirklich attraktiv ist. Er hat diesen makellosen American-Dream-Boy-Charme, wie dem *Gossip-Girl*-Cast entsprungen.

»Sagen wir, es ist etwas passiert, das ich so nicht erwartet hatte. Und ich wollte etwas tun, was mich garantiert davon ablenkt.«

Ich lächle ihn mit der Direktheit an, mit der man nur Typen angucken kann, von denen man nichts will.

Leo reißt die Augen auf. »Und hat es funktioniert?«, fragt er begeistert.

In meiner Brust sticht es jetzt doch. Nur ganz leicht, aber doch, eindeutig: verletzt. Ich greife nach meinem Glas. »Zusammen damit ganz gut«, sage ich und proste ihm zu.

In Leos Augen taucht ein neuer Ausdruck auf, ganz weich sieht er plötzlich aus. »Ich wüsste wirklich gern –«

»Da bist du!«

Leo und ich drehen gleichzeitig den Kopf.

»Nik!« Leo springt auf und rückt seinen Hocker zur Seite, während ich mich bemühe, nicht zu starren. Nachdem ich erst vor ein paar Minuten ganz klar festgestellt habe, wer garantiert *nicht* mein Typ ist, weiß ich in diesem Moment, wie sich das Gegenteil anfühlt.

»Marie, das ist Nik.« Leo legt dem Typen die Hand auf die Schulter. »Mein bester Freund, WG-Partner und größter Konkurrent auf dem Weg zum Stararchitekten.« Er legt die andere Hand ein bisschen sehr vertraut auf meinen Oberschenkel. »Nik, das ist Marie.«

Aus irgendeinem Grund warte ich darauf, dass er auch mich mit ein paar Schlagworten beschreibt, doch mein Name muss genügen.

»Hi«, sage ich.

»Hi, Marie.« Leos Freund lächelt. So sparsam, dass man es sich auch einbilden könnte. Dabei senkt er den Kopf wie für eine kleine Verbeugung. »Nik«, wiederholt er. »Tut mir leid, wenn ich störe.«

»Tust du nicht«, sage ich, während ich an seinen Augen hängen bleibe. Sie haben die Farbe von Single Malt Whiskey und sie bringen seine ansonsten ziemlich finstere Gestalt zum Leuchten.

Sein Lächeln wird etwas deutlicher, nur eine Spur, doch es genügt, um mein Herz plötzlich schneller schlagen zu lassen.

»Sie ist nur höflich«, sagt Leo neben mir.

»Ach so?« Nik sieht immer noch mich an und zieht eine Augenbraue hoch. »Kein Problem.« Er dreht sich zu Leo. »Ich wollte dir nur kurz sagen, dass ich jetzt allein was essen gehe. Weil du dein Telefon ignorierst.« Er klopft Leo auf die Schulter. »Bis später.« Dann wendet er sich mir zu und nickt wieder auf diese Art, die mir weiche Knie macht. »Marie, war mir eine Freude!«

»Nein.«

Die beiden starren mich gleichzeitig an und ich schnappe nach Luft. »Ich hätte auch Hunger«, erkläre ich mit kaum weniger schriller Stimme. »Einen Megakohldampf, ehrlich gesagt.« Meine Hand malt demonstrativ Kreise auf meinen Bauch. »Hab heute noch nichts gegessen.« Ich hoffe, dass mein Lächeln über die absurde Panik hinwegtäuscht, mit der ich gerade verhindern möchte, dass dieser Nik einfach wieder verschwindet.

Leo sieht mich tatsächlich ein bisschen verwundert an, doch dann grinst er. »Okay«, sagt er langsam. »Dann gehen wir doch alle was essen.«

*

Draußen schüttet es immer noch wie aus Kübeln. Doch kaum aus der Tür, rennt Nik einfach los. Ohne nachzudenken, laufe ich ihm hinterher. Leo folgt mir fluchend. »Seid ihr jetzt alle beide verrückt?«

Ich drehe mich um, tipple ein Stück rückwärts und beginne dabei zu kichern.

»Total crazy, die Frau«, ruft er mir zu, als er mich einholt. »Ich hab nicht mal 'ne Jacke, die ich dir anbieten kann.«

»Oh shit!« Ich lache lauter. »Meine hängt noch im *Surf Club*. Egal.« Ich drehe mich um und gebe richtig Gas. Die Regentropfen prasseln cool auf meine kurzen Haare, der Straßenmatsch spritzt mir an die nackten Beine, sodass ich froh um die Doc Martens bin, und mein Kleid kann ich nach heute Abend wahrscheinlich wegwerfen. So muss Geburtstag sich anfühlen, genau so.

Leo lacht mit mir. »Ganz tolle Idee.« Er zieht eine Grimasse und streicht mit Schwung die nassen Haare nach hinten. »Nik! Wo willst du eigentlich hin?«

Jetzt dreht Nik sich im Laufen um. »Pizza?« Er lächelt mich an, so ganz anders als Leo. Ohne Erwartungen – dafür mit Wirkung.

»Ja, klar, warum nicht«, kreische ich mit meiner neuen überdrehten Geburtstagsstimme. *Alles, nur nicht Pizza bitte,* denke ich dabei und springe albern über eine Pfütze, um meine Unsicherheit zu verbergen.

Wir laufen die West Street hinunter, und ich entspanne mich, als Nik nach North Lane abbiegt. Hier liegt, soweit ich weiß, keiner von Tinos Lieblingsläden.

Mario's Superpizza blinkt uns in ganz und gar nicht italienischen Leuchtbuchstaben zwischen zwei Coffee Shops entgegen. Nik schiebt die Tür mit Schwung auf und lässt mich dann vorbei. Im winzigen Vorraum greift er über meine Schulter, um mir auch die nächste Tür zu öffnen. Dabei berührt sein Körper meinen Rücken, und ich reibe mir fröstelnd die nassen Arme, während ich für eine Sekunde den Duft nach Tabak und Ozean in meiner Nase halte. Feuchte Hitze schlägt uns entgegen. Ich bleibe abrupt stehen, drehe mich um und treffe prompt Niks Augen.

»Okay?«, fragt er.

Ich nicke stumm. Was ist los mit mir? Warum irritiert dieser Typ mich so?

Leo ist da. »For three«, sagt er der Bedienung.

Sie nehmen mich zwischen sich, als wir durch den Laden laufen, und ich starre auf Niks Rücken, kann einfach nicht wegsehen. Er ist schmaler als Leo, was kein Wunder ist, denn mit Leo-the-Body-Walkers Kreuz kann es so leicht keiner aufnehmen. Mich belustigt diese Art aufgepumpte Plastikmuskeln eher – was man von der natürlichen Männlichkeit im nassen Shirt vor mir nicht behaupten kann. Als käme er gerade aus dem Meer, fallen Niks dunkle Haare ihm nass bis in den Nacken. Sie sind länger als meine, denke ich und male mir aus, wie es wäre, einfach hineinzufassen. Ich sollte nichts mehr trinken, auf keinen Fall. Wie auf Kommando fährt Nik sich jetzt achtlos über den Kopf, und das macht es nicht besser, denn nun habe ich auch noch mit den Erinnerungen an einen angespannten Bizeps und ein Stück braungebrannten Rücken zu kämpfen.

»Marie.«

Jemand greift meine Hand. Die Berührung holt mich zurück in den Raum und ich zucke zusammen.

»Ciao Marie!« Von rechts unter mir lächelt mich Raffaela an, die den Master in *Creative Writing* macht, genau wie ich. Ihr gegenüber – es darf nicht wahr sein – sitzt Marco, einer von Tinos besten Freunden. Er grinst breit wie Adriano Celentano.

»Ciao Raffa.« Mein Lächeln ist verkrampft. »How are you?«

Raffaela ist aufgesprungen. Sie legt die Hände flach an meine Schulterblätter, küsst die Luft neben meinen Wangen. »Where is Valentino?«, haucht sie mit dem bewusst italienisch gerollten R. Fand ich das mal sexy? Eigentlich klingt es ziemlich beknackt! Nik hat nichts bemerkt und ist weitergelaufen, doch Leo lehnt sich von hinten gegen mich und guckt über meine Schulter.

»Hi everybody!«

»Hi«, flötet Raffaela und gibt sich keine Mühe, meine unerwartete Begleitung nicht anzustarren.

»Sie haben heute Morgen Schluss gemacht«, erklärt Marco von unten. Ich verstehe, was er sagt, obwohl er Italienisch spricht. Aus irgendeinem Grund hoffe ich inständig, dass Leo es nicht tut.

»Ich weiß.« Raffaela mustert mich von unten bis oben, dann bleibt ihr Blick erneut an Leo hängen.

»Happy Birthday«, sagt Marco. Er bleibt sitzen, aber er glotzt jetzt auch.

»Geburtstag?«, fragt es vorwurfsvoll in meinem Nacken.

»Compleanno? Oh!« Raffaela beugt sich vor, um mir zu gratulieren. Als sie auf der rechten Seite fast mit Leo kollidiert, kichert sie.

»Danke, grazie«, sage ich steif. »Also dann, wir müssen mal weiter.« Ich nicke in Richtung Nik, der zwei Meter entfernt steht und uns beobachtet. Als unsere Blicke sich treffen, lächelt er. Meine Knie werden weich. »Ciao Raffa, ciao Marco. Schönen Abend noch«, sage ich schnell. Dann folge ich Nik.

Leo kennt keine Gnade. Sobald wir sitzen – ich auf der einen, beide Jungs auf der anderen Seite des Tisches – bestellt er eine Flasche Prosecco. Und dann legt er los. Eine indiskrete Frage nach der anderen wirft er über den Tisch. *Wer ist dieser Valentino? Habt ihr euch echt heute getrennt?* Und: *Ist er der Grund für deine neue Frisur?*

Ich antworte ihm, obwohl ich nicht die geringste Lust dazu habe. Doch ich fühle mich tatsächlich ein bisschen verpflichtet, weil ich ihm die Geschichte den ganzen Nachmittag verheimlicht habe.

»Leo – ich glaube, Marie würde gern das Thema wechseln«, sagt Nik irgendwann, ruhig, aber bestimmt. Dabei fängt er mein Lächeln auf und seine Augen verengen sich. Etwas krabbelt meinen Rücken hinauf und ich halte plötzlich die Luft an. Als ich es bemerke, atme ich lauter aus als geplant und sehe schnell zu Leo.

Er zwinkert. »*Etwas tun, was dich ablenkt* ... jetzt ist mir einiges klar.«

Der Kellner bringt den Prosecco. »Danke. Ich mach das schon«, sagt Leo und nimmt ihm die Flasche aus der Hand. Er füllt die drei Gläser und verteilt sie.

»Happy Birthday! Auf dich, Marie, auf eine umwerfende neue Frisur und auf andere Dinge, mit denen man sich ablenken kann.« Er grinst so frech, dass ich rot werde und mich nicht traue, Nik anzusehen.

»Und auf Valentino, unbekannterweise, der genau zum rechten Zeitpunkt das Feld geräumt hat!« Mit Schwung steht Leo auf, beugt sich über den Tisch und küsst mich auf die Wange. Dann lässt er sich zurückfallen und lächelt noch mehr gute Laune über den Tisch.

Ich hebe mein Glas und lasse mich auf seinen Blick ein. Er ist ein Poser, keine Frage, aber ein sehr netter. Und er hat es definitiv drauf, zu spüren, was eine Frau braucht. Seine Aufmerksamkeit ist heute der reinste Aufputschcocktail für mein Selbstbewusstsein.

»Danke!« Ich trinke einen Schluck und schenke ihm ein noch etwas süßeres Lächeln. Doch dann zieht es meinen Blick zu Nik.

»Happy Birthday«, sagt er leise. Er bleibt auf Abstand, doch als sich unsere Blicke treffen, kribbelt mein leerer Magen. »Puh, ich sterbe vor Hunger«, sage ich und nehme noch einen Schluck.

Nik reicht mir die Karte.

Leo prostet in Richtung Raffaela und Marco, die irgendwo in meinem Rücken sitzen. »Gleich fallen ihnen die Augen raus.«

Ich lache laut auf. Und angesichts der Vorstellung, dass Valentino bestimmt jetzt schon weiß, dass ich meinen Geburtstag nicht allein verbringe – so ganz und gar nicht allein –, wird meine gute Stimmung gleich noch ein bisschen besser.

»Okay. Ein neues Thema.« Leo verzieht sein Gesicht, als überlegte er intensiv, und ich muss schon wieder lachen.

»Here we go: Was studierst du eigentlich?«

»Creative Writing.« Ich bin nicht sicher, ob mir dieses Gesprächsthema besser gefällt …

»Wow. Klingt toll. Und was heißt das genau?«

Ich erkläre es ihnen, während die Pizza kommt. Sie ist groß und dick und ertrinkt in englischem Käse. Valentino würde ausrasten. Ich genieße sie umso mehr.

»Also du musst ständig irgendwas schreiben?«, fragt Leo. Er schneidet ein Stück seiner Pizza ab und bohrt seine Gabel in den weichen Teig. »Willst du die mit Salami probieren?«

Ich schüttle den Kopf. Er reicht das Stück nach links, wo Nik es kommentarlos von der Gabel nimmt.

»Also?«, fragt er, während Nik ihm jetzt ein Stück von seiner Pizza auf den Teller schiebt.

Ich lache, weil die beiden wie ein altes Ehepaar wirken. »Ja, das ist der Sinn der Sache«, antworte ich dann.

»Was für ein Albtraum«, sagt Leo. »Und was schreibst du so?«

»Alles Mögliche. Essays, Kurzgeschichten, Reportagen – und jetzt gerade ein Drehbuch. Ich versuche es zumindest.«

»Darf ich mal was lesen?« Leo legt den Kopf schief. »Du bist die erste Autorin, die ich kenne.«

Ich wedle mit dem Zeigefinger. »Ich bin keine *Autorin*. Und nein, auf keinen Fall.«

»Warum nicht?«, fragt Nik.

Mein Atem macht einen kleinen Stolperer. Ich hasse diese Frage. Die Vorstellung, dass Fremde meine Texte lesen, ist mir einfach ein Horror. Zu wissen, wie idiotisch diese Angst ist, wenn man irgendwann mit dem Schreiben Geld verdienen möchte, macht es nicht besser. Doch all das ist nicht das eigentliche Thema gerade. Es ist dieser Nik. Wie nervös er mich macht. Wie er mich ansieht. So intensiv, dass ich mich durchleuchtet fühle. Macht er sich lustig? Weil ich eine von denen bin, die sich ohne Weiteres von Leo herumkriegen lassen? Findet er mich bescheuert, weil ich meinen Geburtstag mit zwei Unbekannten verbringe? Die ganze Zeit denke ich darüber nach, was dieser Wildfremde über mich denkt. Es bringt mich völlig aus dem Takt. Und der Gedanke, dass er wiederum das bemerken könnte, macht es noch schlimmer.

»Keine Ahnung.« Ich atme aus. »Wahrscheinlich, weil es nicht gut genug ist.«

Nik erwidert nichts, sieht mich nur weiter an.

Ich fühle mich nackt. Nicht unbekleidet, sondern eher ungeschützt. Ich kann diesem Blick nicht standhalten und gleichzeitig zieht er mich an wie eine dunkle Höhle, die einem Angst macht und die man doch unbedingt erkunden möchte. Ich fahre mir durch die nicht mehr vorhandenen Haare. »Reden wir lieber mal von euch! Was studiert ihr denn?«

»Architektur«, sagen beide wie aus einem Munde. Und dann erzählt Leo die Details und ich entspanne mich ein bisschen.

Leo hat inzwischen Wein bestellt. Während ich mich deutlich zurückhalte, flirtet er immer offensiver. Es stört ihn nicht im Geringsten, dass wir zu dritt sind – im Gegenteil. Vielleicht machen sie das öfter, vielleicht ist es ihre Masche?

Und wenn schon. Ich habe meinen Spaß dabei. Leo ist ein großartiger Unterhalter, und ich habe inzwischen so viel getrunken, dass ich Nik öfter mal cool in die Augen sehen kann. Auf den zweiten Blick ist er gar nicht so ernst, wie ich dachte. Ich mag seinen trockenen Humor. Überhaupt habe ich heute Abend so viel gelacht wie schon lange nicht mehr.

Leo füllt die Weingläser ein weiteres Mal. Seine Hand ist schon vor einer Weile auf meine gewandert. Jetzt kehrt sie zurück, und seine Finger versuchen sanft, sich mit meinen zu verschränken. Ich lasse es zu.

»Sag schon, Marie, was müsste ich tun, damit du mir vorliest.« Seine Wangen leuchten. »Wir haben einen Kamin in unserem Haus, weißt du. Meinst du nicht ... du, dein Text, das Feuer und ich – das wäre doch ziemlich heiß.«

Ich grinse. »Hmhm. Genau. Und das im Sommer. Träum weiter!«

»Oh, keine Sorge, das tue ich!«

Ich lache, schüttle den Kopf und bemühe mich, nicht rüber zu Nik zu gucken. »Jungs, es ist wirklich schön mit euch«, sage ich und stelle fest, dass ich inzwischen ein bisschen lalle. »Ich würde gern noch die ganze Nacht mit euch feiern ... aber ich hab morgen früh einen Termin bei meiner Professorin. Ich verabschiede mich jetzt.«

Leo löst unsere Hände, fährt dann mit zwei Fingern über meinen Handrücken. »Ach, schade ...« Er sieht mich so sehnsüchtig an, dass ich lachen muss.

»Wollen wir die Rechnung bestellen?«

»Ich mach das!« Leo macht eine Zahlgeste in Richtung Kellner.

Als die Rechnung kommt, zücke ich mein Portemonnaie.

»Tss. Lass stecken, so weit kommt's noch.« Leo reicht dem Kellner seine Kreditkarte.

»Ich würde wirklich gern was beisteuern …« Ich sehe verzweifelt zu Nik.

Er zuckt lächelnd mit den Schultern.

»Grappa? Averna?«, fragt der Kellner.

»Danke. Aber ich muss los.«

Draußen hat es aufgehört zu regnen. Als hätten wir uns abgesprochen, laufen wir alle drei in die Mitte der Fußgängerzone und bilden einen kleinen Kreis. Für einen Moment bleiben wir einfach still stehen. Die Luft ist noch feucht, aber warm. Es ist eine richtige Sommernacht geworden, von denen es hier nur wenige gibt. Ich kann die Nähe der beiden spüren und mir wird ganz wohlig und ein bisschen melancholisch zumute. Vielleicht sollte ich einfach weiterfeiern. Auf den Termin mit Professor Connelly pfeifen. Doch dann könnte ich den Master gleich abbrechen. Sie ist sowieso nicht besonders gut auf mich zu sprechen. Ich atme tief ein, dann sehe ich auf meine Uhr. Es ist zehn Minuten nach Mitternacht. »Das war ein schöner Geburtstag.« Ich lege den Kopf in den Nacken und betrachte die Sterne, die sich milchig gegen die Wolken durchsetzen. »Danke. Für die Einladung, für den Abend, für alles …« Ich wende mich Leo zu.

Er nimmt mich an den Händen und legt noch eine extra Schippe Charme in dieses letzte Herzensbrecherlächeln. »Ich darf dich wohl nicht – begleiten?«

Wieder zögere ich. Hätte dieser besondere Abend nicht eine ebensolche Nacht verdient? Ein Bild huscht durch meinen Kopf.

Leo kommt nicht darin vor. Ich schüttle nur den Kopf. Für mehr reicht es gerade nicht.

»Also keinen Geburtstagssex heute«, sagt Leo nonchalant, und ehe ich mich versehe, liegt seine Hand in meinem Nacken und er zieht mich an sich. Seine Lippen landen zärtlich nur knapp neben meinen. Es ist ein bisschen viel, aber es fühlt sich trotzdem gut an. Als würden wir uns schon lange kennen. »Dann vielleicht ein andermal«, flüstert er mir ins Ohr und sein Atem kitzelt meinen nackten Hals.

Ich befreie mich und bemerke erst jetzt, dass wir nicht mehr zu dritt sind. »Nein, das glaube ich nicht«, sage ich, während ich mich suchend umsehe. Ein Stück entfernt von uns sehe ich Niks dunklen Rücken. *Ein eingespieltes Team*, denke ich.

»Nik!«, rufe ich.

Langsam dreht er sich um. Im fahlen Schein der Laternenbeleuchtung glänzen seine wilden Haare fast schwarz. Meine Schritte sind wacklig, als ich zu ihm rüberlaufe, und ich befürchte, dass es nicht nur am Alkohol liegt. Plötzlich verlässt mich der Mut. Ich bleibe stehen, schlucke, warte, während mein verdammtes Herz Amok läuft. *Was zum Teufel …?* Ich stiere auf meine Stiefel und weiß sehr wohl, was der Grund für meine Unsicherheit ist. Dafür, dass ich, sobald Nik mich ansieht, zu einem schüchternen Teenager mutiere. Selbst in dieser Dunkelheit gibt er mir das Gefühl, in mein Innerstes zu gucken und, schlimmer noch, genau zu wissen, was darin vorgeht.

Er rührt sich nicht. Wieso kann er mir nicht einfach entgegenkommen? So ein Idiot! Ich hebe das Kinn, sehe entschlossen dorthin, wo ich seine Augen vermute. Meine letzten Schritte haben es eilig. Ich fasse ihn am Oberarm und ziehe mich an ihn heran. Und da spüre ich seine Hand in meiner Taille. Nur ganz leicht, doch ich zucke unter seiner sanften Berührung zusammen. Er beugt sich mir entgegen und unsere Wangen berühren sich. Mein Herz explodiert.

»Bye, Nik«, krächze ich in sein Ohr, dann lasse ich ihn abrupt los und fühle mich, als hätte ich ihn auf den Mund geküsst.

Seine Hand bleibt noch eine Sekunde, wo sie ist. »Bye, Marie«, sagt er. »Wir sehen uns.«

KAPITEL 3

Nik

JETZT

Durch das winzige Fenster an der Stirnseite der Hütte strömt alles Mögliche herein, Grillengezirpe, Kuhglockenläuten, jede Menge Mücken – nur keine frische Luft. Ich liege in Unterhose auf der Matratze, die der Hüttenwirt hier als Notbett für zusätzliche Gäste auf den Boden gelegt hat, und stiere ins dunkle Nichts des Dachbodengiebels. Es ist heiß hier oben, aber ich habe mehr Platz als alle anderen Gäste, mal abgesehen davon, dass ich der Einzige bin, der sein Zimmer nicht teilen muss. Wenn, dann nur mit Spinnen und Mäusen, doch selbst das bezweifle ich, denn dieser Dachboden ist aufgeräumter als meine neue Wohnung. Ich sollte Leo eine Whatsapp schreiben, damit er da unten wenigstens sein idiotisch schlechtes Gewissen mir gegenüber beruhigt. Drei Paare, drei Doppelzimmer, na ja, hüttenromantische Kojen eher. Maries Freundin Charly wurde im Kinderbett bei Teresa und Dennis untergebracht. Also bin ich heilfroh um meinen Platz hier oben. Und wenn ich heute Nacht kein Auge zutue, dann liegt es nicht an der Unterkunft.

Direkt unter mir wird gestritten. Laut. Ich kann nichts verstehen, doch ich ahne, wer es ist und worum es geht. Leo hat am Abend einen Anruf erhalten. Verdammt spät für einen Job-Call war es, schon nach zehn. Fast eine Stunde war er dann mit dem Telefon verschwunden, während Charly mit Wunschdisco und Obstlerrunden alles getan hat, um Marie bei Laune zu halten. Als Leo zurückkam, war Marie besoffen und beide völlig gestresst. *Ich muss nach Berlin*, hat er nur gesagt, da ist sie schon ausgetickt, ohne auch nur zu fragen, warum. Gebrüllt hat sie, sich einen Dreck um die anderen geschert. *Wenn das sein Ernst sei, solle er doch am liebsten gleich abhauen und sich in sein geliebtes Berlin verziehen.* Sie war so absurd wütend, so völlig außer Kontrolle, dass ich seitdem nicht aufhören kann, mich zu fragen, was da los ist. Es ist ein verdammt unglückliches Timing, dass er abfahren muss, und zwar gleich morgen früh, an ihrem Geburtstag – doch ist das für ihn nicht schlimmer als für sie?

Ich drehe mich auf den Bauch und drücke mir das Kissen über den Kopf. Ich will aufhören, darüber nachzudenken, doch wie soll ich mich entspannen bei diesem Lärm?

Ich hätte gar nicht kommen sollen. O Mann. Es gab so viele Gründe gegen Leos Idee, Maries Geburtstag als Familienfest zu feiern und damit gleichzeitig meine Rückkehr nach München. Aber Leo ist Leo, und er hatte Verstärkung von Sabina, also habe ich mich überzeugen lassen von all den Gründen *dafür*. Ich bin zurück aus China, und ich war lange genug auf der Flucht vor meiner Familie, vor meinem besten Freund – und vor ihr. Ich dachte, ich sei auf dieses Wiedersehen vorbereitet. Doch so intensiv und ausführlich ich es mir ausgemalt habe, die Praxis, Marie heute gegenüberzustehen, war von meinen theoretischen Übungen weiter entfernt als China von Deutschland.

Sie ist immer noch wunderschön. So schön, dass meine Augen sich in ihrer Nähe heute ständig selbstständig gemacht haben. Wie neugierige Kinder, die genau dorthin laufen, wo es gefährlich ist, sobald man sie loslässt. Zu Maries neuen langen Haaren, zu ihrer kindlich rundlichen Stirn, den riesigen braunen Augen, den geschwungenen Schlüsselbeinen. Und dann tiefer zu ihren … Spätestens da habe ich realisiert, was ich tue. Mich bei mir selbst entschuldigt damit, dass ich es einfach vergessen hatte. Vergessen, dass ihr Lächeln kribbelt, wärmt, brennt, süchtig macht. Ich hatte vergessen, dass meine Vernunft sich zurückzieht, sobald ich sie ansehe, und Träumen das Feld überlässt, wenn ich nicht aufpasse, zerstörerischen Träumen, die ich nicht haben will. Ich hatte es tatsächlich vergessen. Doch jetzt weiß ich es wieder, und das ist gut so.

Vorhin hat Marie sich zwar schnell beruhigt. Nur hat sie kein Wort mehr mit Leo geredet. Ich hatte sie nicht so gnadenlos in Erinnerung. Leo hat alles gegeben, um die Stimmung hochzuhalten, doch gegen Maries Eiseskälte konnten weder seine Playlist noch der laue Sommerabend ankommen. Das Warten auf zwölf Uhr war eine einzige Qual. Als es endlich so weit war, hat Marie Leo beim Anstoßen demonstrativ ausgelassen, und auch all wir anderen bekamen nur flüchtige Umarmungen. Immerhin hätte ich mir die Angst vor dieser allerersten Berührung zwischen uns sparen können: Sie war vorbei, bevor ich überhaupt darüber nachdenken konnte.

Ich schmeiße das Kissen zur Seite. Unten ist es ruhig geworden. Dafür bin ich schweißgebadet und hellwach. Ich drehe mich um, verschränke die Hände unter dem Hinterkopf, schließe die Augen und versuche, mich von meinen Gedanken zu lösen.

Plötzlich knarrt es an der Luke, die auf den Dachboden führt. Ich fahre hoch und schon sehe ich einen selbst im Halbdunkeln vertrauten Kopf. »Leo!«

»Pssst. Autsch. Scheiße!« Leo ist mit dem Kopf gegen den Querbalken gestoßen. Die Bohlen knarzen, als er gebückt und mit der Hand an der Stirn zu mir rüberkommt. Im Dämmerlicht, das der Mond durch das kleine Fenster wirft, erkenne ich ein Grinsen. Dann lässt er sich mit einem grunzenden Seufzer neben mich auf die Matratze sinken und streckt die Beine von sich. Eine Wolke abgestandenen Alkohols zieht mir in die Nase. Ich rücke ein Stück zur Seite. Bis auf die nackten Füße ist Leo voll angezogen in Shorts und Hoodie. Ich starre ihn an.

»Sorry, Alter, wollte dich nicht wecken«, sagt er.

»Hast du nicht.«

»Wieso?«

»Jetlag«, sage ich. »Wie spät ist es denn?«

»Kurz nach drei.«

»Puh.« Ich versuche Leos Gesicht zu erkennen. Er sieht hundeelend aus.

Als ich Leo vor einer Woche wiedergesehen habe, war ich – bei aller Freude – gelinde gesagt geschockt.

Es war mir klar, dass er sich verändert haben würde. Haben wir alle nach zehn Jahren. Doch wenn ich ehrlich bin, sieht Leo aus, als wären es mehr. Er ist immer noch unfassbar attraktiv. Sein perfekter Köper strotzt vor Kraft, seine Muskeln drängen geradezu durch seine Klamotten, und ich könnte wetten, dass weiterhin ausnahmslos jede Frau seinem Lächeln erliegen würde – wenn er es denn wollte.

Es sind seine Augen, die mir einen richtigen Schreck eingejagt haben. Müde und leer sehen sie aus, tief von dunklen Ringen umrahmt. Zuerst dachte ich an Berlin und seine Clubs und daran, dass Leo eben schon immer ein Lebemann war. Doch seit ich von seinem Job gehört habe, von dem legendären Erfolg der

Immobilienholding seines Vaters, deren Geschäfte er führt, gehe ich davon aus, dass es nicht die Partys sind, die ihn so auslaugen.

Er gibt sich größte Mühe, seine Müdigkeit zu überspielen. Noch lauter kommt er mir vor als früher, noch mehr vom Wunsch getrieben, zu gefallen. Getrieben, ja, das trifft es am besten. Selbst jetzt, wo wir hier im Halbdunkeln sitzen, kann ich sehen, wie seine Augen flackern. Sie weichen mir aus, ununterbrochen in Bewegung, und ich gebe schließlich auf, seinen Blick fangen zu wollen, weil ich sonst selbst ganz nervös werde.

»Ich wollte mich verabschieden«, sagt Leo leise. Seine heisere Stimme klingt geisterhaft. »Ich hau ab. Kann sowieso nicht schlafen.«

»Was, jetzt?«

Leo schnaubt. »Yep. Was soll ich sagen. Du hast es ja mitgekriegt. Marie will auch lieber, dass ich verschwinde.« Er peilt abwechselnd seine großen Zehen an. »Tut mir echt leid, wir holen alles nach.« Er lacht. »Tja, ich hätte dir meine Eheprobleme gern erspart – gleich zur Begrüßung.« Sein bitterer Unterton dreht mir den Magen um.

Ich weiß nicht, was ich sagen soll. »Scheiße.« Was Besseres fällt mir nicht ein. Die Situation überfordert mich.

Das Fiepen einer Mücke unterbricht unsere Stille.

Leo klatscht sich auf den Oberschenkel. »Auch das noch!«

Wir lachen beide. Doch wir klingen alles andere als entspannt.

»Tust du mir einen Gefallen?«, sagt Leo.

»Klar, was denn? Brauchst du Alka-Seltzer?« Aus irgendeinem Grund war ich immer derjenige, dem es nicht ganz so schlecht ging, wenn wir damals gefeiert haben. Der, der noch in der Lage war, die Kopfschmerztabletten zu orten.

Leo lacht wieder, diesmal etwas lockerer. »Es geht schon, danke.« Er legt mir den Arm um die Schulter. »Sorgst du dafür, dass Marie einen schönen Tag hat morgen – ich meine heute?«

Ich schlucke. »Ist er denn wirklich so dringend, dein Termin?«, frage ich.

Selbst im Halbdunkeln erkenne ich, wie Leo die Brauen zusammenzieht. »Machst du mir Vorwürfe? Du auch noch?« Seine Stimme ist viel zu laut. Er springt auf. »Ja, das ist er. Wir versuchen seit Monaten einen zweiten Investor für ein neues Projekt in Pankow zu gewinnen. Es geht um hunderte Millionen. Jetzt ist er plötzlich bereit für ein Treffen und kommt spontan nach Berlin.« Er steht mir gegenüber, mitten im Raum, die Hände in den Hüften. »Marie versteht nicht, warum ich mir die Termine nicht aussuchen kann. Es interessiert sie auch nicht besonders, was ich überhaupt tue.«

Ich springe auf, laufe zu ihm und stelle mich direkt vor ihn. Seine Wimpern zucken, als er mir in die Augen sieht.

»Ich hatte gehofft, bei dir wäre das anders.«

»Ist es«, sage ich. Ich lege meine Hände auf seine Schultern. »Ist es wirklich. Ich mach mir nur Sorgen um dich. Du solltest so nicht fahren.«

Leo lacht und befreit sich aus meinem Griff. »Musst du nicht. Ist nur bis München, von da nehm ich den ersten Flieger. Ich bin das gewohnt.«

Was immer er damit meint. Betrunken Autofahren? Spontane Millionenmeetings? Nächtlichen Streit mit seiner Frau? Ich ahne, dass Reden zwecklos ist. Warum sollte Leo sich, gerade was das angeht, verändert haben? Wenn er einen Plan hatte, konnte ihn noch nie jemand davon abhalten. Ich am allerwenigsten.

»Okay«, sage ich. »Ich gebe mein Bestes, versprochen.«

Leo hebt den Daumen. »Wir sehen uns bald.«

Ich nicke und versuche zu verdrängen, dass er sich für die Position des Ersatzehemanns wohl keinen Ungeeigneteren hätte aussuchen können.

∗∗∗

Die Treppe knarzt. Unüberhörbar, wenn auch nicht besonders laut. Wer immer sie heruntergetappt kommt, ist müde, aber leicht. Und er oder sie ist ein ziemlich früher Vogel. Abrupt stelle ich den Stapel Teller ab, den ich gerade nach draußen bringen wollte, und werfe einen Blick auf meine Handyuhr. Zehn nach sechs. So schnell hatte ich nicht mit Gesellschaft gerechnet. Deshalb habe ich mir auch nichts dabei gedacht, bei dieser Affenhitze die ersten Geburtstagsvorbereitungen in Boxershorts zu treffen. Ich starre auf die geschlossene Tür und rechne sicherheitshalber mit dem Schlimmsten: dass hier gleich die Person hereinmarschiert, wegen der ich so früh wach bin – in jeder Hinsicht. Ein dumpfes Geräusch reißt mich aus meiner Erstarrung.

»Au. Scheiße!«

Ich muss grinsen. Diese Balken sind überall. Der in der Mitte der Treppe hat mich vorhin auf die gleiche Art begrüßt. Die Tür quietscht durchdringend laut, und wer immer sie öffnet, hält erst mal genauso entsetzt inne wie ich auf der anderen Seite.

»Achtung«, sage ich leise, »Stufe.«

Die Warnung kommt zu spät. Es quietscht wieder und dann stolpert eine große blonde Frau in Hotpants direkt in meine Arme. »Verdammt!« Sie starrt mich durch ihre etwas verschmierten Brillengläser an, dann ihre an meinen nackten Oberkörper gequetschten Brüste, dann wieder mich. Kann es sein, dass sie über Nacht vergessen hat, wer ich bin?

61

»Morgen!« Ich lache etwas gequält, während sie sich mit vorwurfsvollem Blick befreit. Na toll, ich war auch nicht unbedingt scharf auf diese unerwartete Intimität, aber hätte ich sie vielleicht fallen lassen sollen?

Charly hat unsere Begegnung anscheinend die Sprache verschlagen. Sie glotzt mich nur weiter an wie eine unerwünschte spirituelle Erscheinung.

Wie sie da mit ihren bestimmt eins achtzig in der Stube steht, in blauer Schlafshorts zu feuerrotem T-Shirt, einen blonden Pferdeschwanz hoch auf dem Kopf, sieht sie aus wie Superwoman im Heimattheater. Und je länger ich über die Situation nachdenke, desto schwieriger wird es, mir das Lachen zu verkneifen. Aber Maries beste Freundin auszulachen, wäre wohl nicht gerade die beste Idee für diesen noch ziemlich frühen Tag.

»Du«, stößt sie schließlich hervor. Sie stöhnt, als wäre das eine echte Zumutung, dann macht sie einen Schritt auf mich zu. »Darf ich kurz.« Unsanft schiebt sie mich zur Seite und stolpert an mir vorbei in die Küche.

Ich höre, wie der Wasserhahn aufgedreht wird. Kurz darauf kommt sie zurück. Ein paar Tropfen hängen an den Gläsern ihrer goldgerahmten Brille.

»Morgen.« Sie wischt sich über die vollen Lippen.

»Besser?« frage ich.

»Geht. Du hast nicht zufällig Aspirin dabei?«

Jetzt muss ich doch lachen. »Leider.« Ich schüttle den Kopf. »Ausnahmsweise nicht.«

»Schade.«

Ich schlucke das Lachen runter, weil Charly guckt, als sei es ganz und gar nicht angebracht. »Und, wie war deine Nacht so?«

»Eng«, sagt sie.

»Du bist aber auch ganz schön früh.« Ich versuche es erneut, diesmal mit einem charmanten Lächeln. Fehlanzeige.

»Meine Freundin hat Geburtstag«, sagt sie. Dann macht sie zwei Schritte zum Fenster und reißt es auf. »Ah, Luft. Hier drin erstickt man ja.« Es klingt, als sei das meine Schuld. Mit einem lauten Stöhnen lässt sie sich auf die Holzbank rutschen und streckt die braungebrannten Beine von sich. Sie mustert mich schamlos von oben bis unten, dann zielt ihr prüfender Blick direkt in meine Augen.

»Krass.«

»Hm?« Ich lasse mich an der anderen Seite des Raums auf der Bank nieder.

»Dass du echt zurückgekommen bist«, sagt sie. »Nik, das Phantom. Hätte nicht gedacht, dass ich irgendwann mal das Vergnügen haben würde.«

So, wie sie es sagt, bin ich nicht sicher, wie sie das mit dem Vergnügen meint. Ich hebe die Handflächen und lächle bemüht.

»Warst damals schon ziemlich schweigsam«, sagt sie, und das verschlägt mir prompt den Rest meiner Sprache.

»Ja, sorry, ich weiß alles über dich«, spricht sie meine Gedanken aus.

»Alles?«

»Alles.« Sie zuckt nicht einmal mit den Wimpern.

»Okay. Das ist ... gut zu wissen«, sage ich, während mir durch den Kopf geht, ob das *Alles*, von dem sie spricht, womöglich umfassender ist als mein eigenes, und ob die Situation vielleicht weniger irritierend wäre, wenn ich wenigstens ein T-Shirt übergezogen hätte.

»Also auch ...« Ich unterbreche mich selbst. Wer weiß, ob es überhaupt stimmt, was sie da behauptet. »Das ist ziemlich überraschend«, sage ich stattdessen.

Sie legt den Kopf schief, und ihre Augen wandern ein weiteres Mal ungeniert bis mindestens zu meinem Bauchnabel und wieder zurück. »Nö. Ich bin die beste Freundin, schon vergessen?«

Abrupt springt sie auf und läuft in die Küche. »Gibt's Kaffee?«, ruft sie. »Kaffee wäre echt gut!«

Von draußen bimmeln die Kühe in mein Ohr. Hätte mir jemand vor drei Wochen erzählt, wo ich mich heute befinden würde, ich hätte ihn für geisteskrank erklärt. Langsam schwinge ich mich auf und folge Charly durch den Rundbogen in die Küche.

»Den wollte ich gerade machen.« Ich werfe ihr das zuckersüßeste Lächeln rüber, das ich zustandebringe. »Soll ich?«

Sie zuckt mit den Schultern. »Nik-das-Phantom, willst du dich bei mir einschleimen?«

Diesmal halte ich ihren Blick. »Vielleicht.«

Sie nickt und tatsächlich huscht ein winziges Lächeln über ihr Gesicht. »Hab auch so ein Gefühl.«

»Mal im Ernst«, sage ich. »Ich brauche dringend deine Unterstützung.«

»Echt? Wobei denn?« Sie bindet ihren Pferdeschwanz neu.

Ich erzähle ihr von Leos Auftrag. »Und ehrlich gesagt weiß ich nicht, wie er sich das vorgestellt hat.« Ich reiße die Kühlschranktür auf. »Oder siehst du hier drin irgendwas außer Getränke?«

»Typisch!« Sie wendet sich ab. »Der Typ ist doch der Wahnsinn.« Mit plötzlicher Energie springt sie zu den blau bemalten Schränken und reißt einen nach dem anderen auf. »Mann, Leo!« Sie dreht sich zurück zu mir. »Egal. Trotzdem besser, dass er weg ist.«

Ich halte die Luft an.

»Hast du das nicht gehört heute Nacht?«, fragt sie.

Ich nicke langsam. »Doch.«

»Das geht die ganze Zeit so. Ich hätte ihn schon lang zum Teufel gejagt …«

Das reicht. »Hör zu, Charly, versteh mich nicht falsch, aber –«

»Alles klar«, unterbricht sie mich. »Du bist *Team Leo*.«

»Ja, das bin ich wohl«, sage ich langsam.

Sie klopft mir auf die Schulter. »Ist schon in Ordnung. Ist mir nur so rausgerutscht. Es bleibt unter uns, okay? Marie soll nicht wissen, dass ich so über ihn rede. Eigentlich mag ich ihn auch.«

Ich nicke, doch die Anspannung in meiner Brust bleibt.

»Und nur zur Info.« Charly zieht die Augenbrauen zusammen und mustert mich erneut von oben bis unten. »Dich kann ich nicht leiden.« Sie seufzt. »Aber Marie«, sagt sie weiter, »hat einen schönen Geburtstag verdient.« Sie stemmt die Hände in die Hüften. »Also lass uns anfangen.«

Charly kocht Kaffee mit den Kapseln, die ich im Schrank entdeckt habe. Es hat ihr immerhin ein Lächeln entlockt. Ich räume das restliche Geschirr aus der Spülmaschine und mache dabei ordentlich Lärm, um die unangenehme Stille zu übertönen. Wir haben beschlossen, dass wir zuerst den Tisch decken und mit ein paar Wiesenblumen geburtstagstauglich machen. Danach wollen wir in irgendein Dorf fahren und einkaufen – gemeinsam, auch wenn mir Charlys demonstrative Abneigung ordentlich auf den Zeiger geht.

»Warum bist du eigentlich zurückgekommen?«, fragt sie plötzlich in mein Geklapper. Sie hält mir einen Becher dampfenden Kaffee hin, während sie aus dem Fenster sieht.

»Was interessiert's dich?«, sage ich. Ich hab die Nase voll, mich *einzuschleimen*, wie sie es nennt. Sie will es unfreundlich? Bitteschön!

Ihr Kopf schießt hoch. Das hat sie nicht erwartet. »Tut's nicht«, sagt sie. »Nicht im Geringsten.«

»Gut«, erwidere ich. »Ich gehe jetzt raus den Tisch decken.«

Weiß strahlt die Sonne mir durch die Bäume hinter der Kuhweide ins Gesicht. Nach der stickigen Stimmung in der Hütte empfängt mich die frische Luft wie eine angenehm kühle Dusche. Ich atme tief ein. Der intensive Güllegeruch von gestern ist über Nacht verflogen. Jetzt riecht es nach Gras und nach Wald und nach – frischen Semmeln. Als ich einen Schritt nach vorn mache, stolpere ich fast über einen überdimensionalen Strohkorb, den jemand direkt vor der Tür platziert hat. Auf dem blauen Tuch, das den Inhalt bedeckt, liegt ein handgeschriebener Zettel: *Hi Leo, ich wollte nicht stören. Hoffe, es passt alles. Ansonsten einfach kurz melden! F.* Darunter eine Handynummer.

Ich gehe in die Knie, ziehe den karierten Stoff zur Seite und fange an zu grinsen. Sieht ganz so aus, als wäre mein Freund doch kein so schlechter Ehemann …

»Charly«, rufe ich.

»Was denn?«, fragt es direkt hinter mir. »Musst ja nicht so schreien.«

Ich grinse sie nur an und deute auf den Korb.

Gemeinsam durchstöbern wir den Inhalt: Unter der großen Tüte mit Semmeln kommen mehrere Gläser selbstgemachter Marmelade, Butter, Käse, ein Laib Brot, zwei Milchflaschen und ein Paket Eier zum Vorschein. Als ich Anstalten mache, alles auf den Biertisch zu packen, stöhnt Charly und rollt mit den Augen.

»Nicht die Butter in die Sonne! Bring das lieber in den Kühlschrank und wir holen es nachher wieder. Außerdem …« Sie mustert mich ein weiteres Mal auf die Art, die keinen Zweifel daran lässt, wie überflüssig ihr meine Anwesenheit erscheint.

66

»Vielleicht wär's ganz gut, wenn du dir bei der Gelegenheit was überziehst … bevor Marie hier auftaucht.«

KAPITEL 4

Nik

DAMALS

Die Klingel mit dem unverwechselbaren Läuten von Big Ben hat es nicht schwer, sich gegen das jämmerliche Plätschern unserer Dusche durchzusetzen.

Alter, kannst du irgendwann mal an deinen Schlüssel denken? Ich schnappe ein Handtuch, dann tappe ich klatschnass aus dem Bad und poltere die Treppe hinunter.

»Hi Nik.« Ihre Augen strahlen wie dunkle Monde.

»Hi …« Ich starre wie ein Idiot in das Gesicht, das nicht das meines Freundes ist, und versuche verzweifelt, mich an den Namen der hübschen Frau, zu dem es gehört, zu erinnern. Doch mein Gehirn ist damit beschäftigt, zu überlegen, ob ich das winzige Handtuch fest genug um meine nassen Hüften gebunden habe. Ich taste unauffällig nach unten. *Okay. Sauknapp, aber sicher.*

Ihre Augen flackern kurz bei dem Versuch, nicht zu registrieren, was meine Hände machen. »Ist Leo da?«, fragt sie und späht an mir vorbei ins Haus.

Verdammt, Leo. »Nein – ist er nicht.« Ich rühre mich nicht. Als würde das etwas daran ändern, dass ich hier zu drei Viertel nackt mal wieder Leos Launen ausbaden darf.

Sie starrt mich ungläubig an. »Wieso nicht?«

Ich hole Luft. Hebe die Schultern. *Weil er Leo ist. Du bist nicht das erste Date, das er vergisst.*

»Tut mir leid«, sagt sie in mein Schweigen. »Wie sollst du das wissen. Ist wohl ein Missverständnis.« Sie greift in beide Taschen ihrer glänzenden Bomberjacke, zieht ihr Handy heraus und schaltet das Display ein. »Kurz nach sieben«, sagt sie mehr zu sich selbst. Eine kleine Linie gräbt sich in niedlichem Zickzack zwischen ihre Augenbrauen. *Marie.* Jetzt ist er mir wieder eingefallen.

Ich sehe ihr dabei zu, wie sie wild über ihr Handy wischt, während mein Körper sich nach Klamotten sehnt. Für ein Date mit Leo Walker hat sie sich ungewöhnlich wenig rausgeputzt. Vor allem, wenn ich an das Kleid vom letzten Mal denke. Heute trägt sie Jeans statt Ultramini. Okay, Doc Martens waren es damals auch. Die Frauen, mit denen Leo ausgeht, tragen eigentlich mindestens zehn Zentimeter unter den Fersen. Marie ist klein, zierlich und wohl das, was man eine Naturschönheit nennt. Augen in der Farbe von dunklem Holz, weiche Wangen, ein ungeschminkter, ziemlich sinnlicher Mund, der immer zu lächeln scheint. Ihre kurzen Haare fallen ihr heute strähnig in die rundliche Stirn. Verdammt sexy. Zumindest, was das angeht, sind Leo und ich uns wohl einig, auch wenn er eigentlich auf lange Beine und schwedisch blond steht. Apropos, wo zum Teufel ist er?

Sie dreht ihr Handy in meine Richtung. »Da.«

9 Burlington Street um 7. Ich koche. I'm sehr auf dich.

Sie sieht mich prüfend an, während ich auch über den restlichen Chat zwischen ihr und Leo fliege. »Macht er das öfter?«, fragt sie.

»Ganz ehrlich?«

»Also ja.« Ihre Augen wandern zum Himmel, der heute ausnahmsweise hellblau ist.

Ich sollte aufhören, sie anzusehen, denn je länger ich es tue, desto hübscher wird sie. Ja, es ist mir schon neulich abends aufgefallen, wie sollte es nicht. Doch sie war mit Leo verabredet. Und selbst wenn ich mich ziemlich über seinen *Stilwechsel* wundere, ist sie damit für mich tabu.

Es gibt dieses Gesetz zwischen uns, unangetastet, seit wir mit dreizehn beide in Vanessa Mayer verliebt waren: *Keine Konkurrenz.* Damals verbrachten wir ein paar Wochen gemeinsam schmachtend, bis Leo genug davon hatte, sich das hübscheste Mädchen der Klasse mit seinem Freund *rein theoretisch* zu teilen. Auf sein Drängen hin warfen wir ein Zwei-Mark-Stück, und als der Gewinner-Adler Leo von meinem Handrücken anblitzte, war ich fast ein bisschen erleichtert. Der Deal, den Leo sich damals überlegt hatte, war, dass er bei Vanessa zum Zuge kam – und ich bei der nächsten Frau, in die wir uns beide verlieben würden. Tatsächlich hat es nie ein nächstes Mal gegeben. Vielleicht, weil sich unser Geschmack zügig in verschiedene Richtungen entwickelte. Vielleicht auch, weil ich mich instinktiv zurückziehe, sobald ich Leos Jagdfieber nur wittere.

Die Sache mit Vanessa hatte ich tatsächlich vergessen. Keine Ahnung, warum sie mir jetzt wieder einfällt.

»Saupeinlich«, sagt Marie, seufzt und stopft das Handy zurück in ihre Jackentasche. Dann sieht sie mir in die Augen.

Wow. Ich gebe mir einen Ruck. »Kann ich dir ein Bier anbieten? Als kleine Entschädigung …« Ich erinnere mich plötzlich an mein Outfit. »Also, ich würde mir kurz was überziehen«, ergänze ich grinsend.

Ihr Lächeln haut mich um. »Gern«, sagt sie und legt den Kopf schief. »Hast du nichts anderes vor? Ich meine, keine Sorge, ich überleb das mit Leo. Du musst dich auf keinen Fall verpflichtet fühlen.«

Ich grinse immer noch. »Tu ich nicht«, sage ich. »Ich hab den ganzen Tag Pakete ausgefahren und Bier steht kalt.« Ich halte die Tür auf und mache eine peinliche Hereinspaziert-Geste. »Willkommen. Pass auf, dass du nicht ausrutschst. Ist ein bisschen nass geworden.«

Sie lacht. »Okay.« Dann stapft sie an mir vorbei. Im Gehen zieht sie ihre Jacke aus. Als sie sich fragend zu mir dreht, bin ich froh, im Halbdunkeln zu stehen, denn das Oberteil, das sie trägt, ist – ziemlich sommerlich. Unter den hauchdünnen Trägern ist nichts als gebräunte Haut zu sehen, und ich hatte definitiv vergessen, dass sie nicht *überall* zierlich ist. So viel zum Thema nicht rausgeputzt … An einem geknoteten Lederband baumelt ein schwarzer Stein. Wie ein Pfeil zielt er genau in Maries Dekolleté. Ihre Hand umschließt ihn in dem Moment, in dem mein Blick tiefer wandert. Ertappt schnappe ich nach ihrer Jacke und werfe sie über unseren überfüllten Garderobenständer. Dann laufe ich vor in Richtung Küche.

»Männer-WG«, sage ich mit einem schuldbewussten Blick auf das dreckige Geschirr, das sich in der Spüle stapelt. Ich nehme zwei Cider aus dem Kühlschrank und öffne sie. Dann zeige ich rüber ins Wohnzimmer und drücke ihr die kalten Flaschen in die Hand. »Fühl dich wie zu Hause. Ich bin sofort zurück.«

»'kay.« Ihre Augen strahlen. »Bis gleich.«

Ich stolpere fast, als ich immer zwei Stufen der knarzenden Treppe gleichzeitig nach oben nehme. Die Tür meines Zimmers fliegt etwas zu laut ins Schloss. Ich atme aus. Marie. Wie konnte ich diesen Namen vergessen? Auf meinem Bett liegen Klamotten verstreut, obenauf die Royal-Mail-Kluft von heute. Ich klaube alles zusammen und werfe den Haufen in den Schrank. Dann ziehe ich Boxer, ein frisches T-Shirt und Jeans heraus. Ich schüttle das Wasser aus den Haaren und schiebe sie aus dem Gesicht. Zum Föhnen ist keine Zeit.

Marie steht mit der Flasche in der Hand vor der Fenstertür und guckt in unseren Mikrogarten. Wahrscheinlich zählt sie die leeren Alkoholflaschen, die in Reih und Glied auf der Terrasse stehen. Ihr Nacken wird von unserer Seventies-Lampe in oranges Licht getaucht. Ich bleibe in der Tür stehen, entdecke einen kleinen Leberfleck neben dem Knoten ihres Lederbands und genieße für einen Moment einfach den Blick. Es kribbelt angenehm in meiner Brust, während sich die Müdigkeit meines Kurier-Tages verflüchtigt.

Hinter mir klingelt ein Telefon. Marie fährt herum und ich fühle mich ertappt. Doch als sie zu ihrer Jacke eilt, lächelt sie im Vorbeigehen.

»Ja?«

»Marie! Entschuldigung!«

Ich kann Leo bis hier hören.

Sie kommt zurück, das Handy am Ohr. *Leo*, formen ihre Lippen tonlos, während sie die Augen verdreht und mit ihrer freien Hand ihren Träger zurechtzieht. »Dein Freund Nik war so nett, mich reinzulassen«, sagt sie in den Hörer und dann lächelt sie mich an, und das Kribbeln verstärkt sich.

Leo redet auf Marie ein. Ich kann nicht mehr verstehen, was er sagt, doch es scheint ihr zu gefallen. Ihre Aufmerksamkeit ist jetzt ganz bei ihm, und sie kichert ein paar Mal, während ihre Finger in ihren Haaren herumspielen.

»Na gut«, sagt sie schließlich. »Mach dir keinen Stress. Wir sind hier.«

Sie legt auf, entdeckt mich in der Küche und kommt über die zwei Stufen zu mir. »Das war Leo«, sagt sie.

Ich räume ziellos ein paar Teller in die Spülmaschine.

Marie lehnt sich neben mich. »Seine Professorin hat ihn aufgehalten.«

»Ah.«

»Er kommt jetzt.«

»Alles klar.« Ich vermeide ihren Blick. »Noch ein Cider inzwischen?« Mit Schwung schmeiße ich die Spülmaschine zu und schicke das Kribbeln zum Mond.

*

»Dieses Haus ist ja wohl übercool.« Marie fläzt mit angezogenen Füßen in der Ecke unseres Cordsofas und trinkt den französischen Rotwein, den Leo mitgebracht hat. Sein Arm liegt lässig über der Rückenlehne, und er sitzt so knapp neben ihr, dass es gerade noch unaufdringlich ist. Er trägt Jeans und weißes T-Shirt, und die beiden geben ein hübsches Paar ab – obwohl das im Grunde für jedes von Leos Dates gilt. Seine blauen Augen leuchten wie Scheinwerfer, lassen ihr hübsches Opfer keine Sekunde aus dem Fokus, während er vor allem Fragen stellt, zuhört und nur hier und da ganz gezielt ein bisschen über sich erzählt.

Und Marie fühlt sich wohl. Dass er sie hat warten lassen, hat sie vergessen. Sie lacht, sie redet und genießt sichtlich die Aufmerksamkeit. Und trotzdem nehme ich mit einer gewissen

Genugtuung wahr, dass sie ihm noch nicht verfallen ist – zumindest nicht in diesen ersten Stunden.

Es fing damit an, dass sie mich mit einem deutlichen *Nicht-dein-Ernst* daran gehindert hat, mich mit meinem Glas auf mein Zimmer zu verziehen. Es hat mich nicht weniger irritiert als Leo. Normalerweise können die Frauen gar nicht schnell genug allein sein mit ihm – erst recht nicht, wenn er sie in sein Haus einlädt. Nun sitzen wir also zu dritt im Wohnzimmer, und ich kann nicht sagen, dass es komisch wäre, im Gegenteil, es fühlt sich harmonisch an, wir haben einfach Spaß. Am Anfang hing ich noch ein wenig abseits im Korbsessel, so unsichtbar wie möglich, jederzeit bereit, mich zu verziehen. Doch je länger der Abend andauert, desto lockerer mache ich mich, und desto weniger Lust habe ich, zu gehen. Marie spricht so viel mit mir wie mit Leo. Wenn ihre braunen Augen meine suchen, vergesse ich einfach, dass mein Freund womöglich dringend darauf wartet, dass ich endlich das Feld räume. Ich vermeide es schlicht, ihn anzusehen, und gönne mir noch ein paar weitere Momente.

»Kostet es nicht ein Vermögen?«

Leo zuckt die Schultern. »Geht schon.« Er zeigt auf Maries Anhänger, den er schon eine ganze Weile im Visier hat. »Darf ich?« Jetzt beugt er sich vor und greift danach.

Marie fährt blitzschnell die Hand aus, hält ihn fest, zieht die Augenbrauen zusammen. »Nope.«

Ich kann mir ein Grinsen nicht verkneifen.

Leo lacht auch. »Okay, okay. Tut mir leid.«

»Passt schon«, sagt Marie, lässt ihn los und schenkt ihm ihr Lächeln. Dann dreht sie sich zu mir. »Verrätst du mir, wie ihr zu einem ganzen Haus kommt? Zu so einem noch dazu?«

Das Haus im typischen Regency-Stil und sein Einrichtungs-mix aus Sabinas handverlesenen Mid-Century-Sammlerstücken und männlichem Studentenchaos haben noch jeden fasziniert.

»Ich meine, mal abgesehen von der Größe«, fährt Marie fort. »Ihr solltet mal mein Zimmer sehen. So groß wie eure Gäste-toilette. Mit Blümchentapete und Spitzengardinen. Ich fühl mich darin wie ein Elefant in der Puppenstube.«

Während ich lache, wandert mein Blick nun doch zu Leo und ich sehe seine Augen überschäumen vor Begeisterung. Wir finden Marie wohl beide alles andere als trampelhaft.

»Es gehört meinen Eltern.« Leo streicht sich durch die Haare und zieht eine Grimasse. Er mag es lieber, wenn die Frauen ihn anhimmeln, nicht sein Haus. »Noch Wein?«

Marie nickt. »Gern. Lecker ist der. Wieso kauft man ein Haus in Brighton?«

Ich grinse. Mir gefällt ihre Art, sie stellt einfach Fragen, ganz ohne Bewunderung.

Leo lächelt auch. Ich ahne, dass es ihm ähnlich geht. »Mein Vater kauft lieber, als zu mieten. Als klar war, dass Nik und ich nach Brighton gehen, konnte ich ihn nicht davon abhalten.«

Marie schiebt die Unterlippe vor. »Krass. Ist er trotzdem okay, dein Dad? Ich meine, trotz der ganzen Kohle?«

Leo lacht wieder. »Ja. Ist er.«

»Cool.« Sie springt auf, läuft rüber zum Esstisch, an dem wir nie essen, weil dort all unsere Modelle stehen. »Sind die von euch?«

Leo ist schon dicht neben ihr. »Yep. Interessierst du dich für Architektur?«

Marie zuckt mit den Schultern. »Keine Ahnung. Für die hier schon.«

Jetzt ist Leo nicht mehr zu bremsen. Mit leuchtenden Augen und schwingenden Fingern präsentiert er ihr sein Masterprojekt über das Schulhaus der Zukunft. Und Marie wirkt, als sei sie wirklich interessiert – wenn nicht an Leos Detailvortrag, dann zumindest an ihm. Es würde mich nicht wundern, wenn sich der Abend am Ende doch noch so entwickelt, wie Leo ihn ursprünglich geplant hat.

Ich drücke mich aus dem Sessel hoch, gähne übertrieben, um mich bemerkbar zu machen. »Leute, ich bin weg.«

Marie guckt. Ich kann in ihren Augen nicht lesen, oder vielleicht verbiete ich es mir auch, doch ihr Blick ist schwarz und intensiv, und mein Herz beginnt zu hämmern, während Leo weiterredet und sie trotzdem nicht wegsieht. Schließlich macht sie drei Schritte zu mir, legt die Hand zart in meinen Nacken und zieht mich nach unten.

»Ciao Nik, schlaf gut«, flüstert sie. Dann lässt sie los und ist, bevor ich ihren Duft ausatmen kann, zurück bei Leo. Der bemerkt erst jetzt, dass Bewegung in den Abend kommt.

»Hey man, good night«, sagt er zufrieden grinsend, auch wenn Marie sich noch nicht wieder seinem Modell zugewandt hat. Er wird sie anders zu unterhalten wissen.

Ich tappe nach oben, werfe meine Klamotten auf den Boden und lasse mich aufs Bett fallen. Die Wärme von Maries Worten an meinem Hals spüre ich noch immer.

*

Es hämmert an meiner Tür. Einmal, zweimal, nach dem dritten Mal fliegt sie auf und scheppert gegen den Schrank. »Good morning, darling!«

»Verpiss dich!«, knurre ich und ziehe mir das Kissen über den Kopf.

»Come on, boy, just do it«, plärrt Leo über mir.

Ich verfluche ihn lauthals, während ein Gedanke sich in meine müde Brust schleicht: Leo ist unerschütterlich in seiner übermenschlichen Frühmorgenmotivation – außer, wenn er die Nacht durchgevögelt hat. Dann bringen ihn morgens keine zehn Pferde aus dem Bett, selbst wenn der Frauenbesuch sich schon lange verabschiedet hat.

Ich öffne also vorsichtig die Augen und schiebe das Kissen zur Seite. Da steht sie. Die geballte gute Laune, manifestiert in einem Körper, an dem jeder Muskel sitzt wie gemeißelt, und der – wenn mich meine langjährige Erfahrung nicht täuscht – nach Bewegung dürstet, weil er heute Nacht nicht genug davon gekriegt hat.

Ich grinse Leo in sein Hollywoodlächeln.

»Wow, hattest du feuchte Träume?«, fragt er. »Oder warum bist du plötzlich so gut gelaunt?«

»Vielleicht«, sage ich und schiebe mich hoch.

Während ich aufstehe und im Schrank nach lauftauglichen Klamotten suche, tippelt Leo schon auf den Gang raus und zieht das Lauftrikot, das locker auf seiner Schulter drapiert war, über den Kopf.

Der Anblick meiner Royal-Mail-Uniform verscheucht schlagartig den Hauch von Wochenendgefühl, der sich gerade einschleichen wollte.

»Der Strand ruft, mein Lieber. Los jetzt!«, kommt es von draußen.

Ich checke das Handy auf meinem Nachttisch. Seufze. In knapp zwei Stunden beginnt schon meine nächste Schicht. »Ich hör nix. Höchstens Kunden, die auf ihre Pakete warten.«

Leo steckt den Kopf zurück durch die Tür. »Heute schon wieder?«

Ich nicke.

»Musst du nicht Montag deinen Vorentwurf abgeben?«

»Hm.«

»Und wann –?«

»Später!«, unterbreche ich ihn genervt. »Los jetzt!« Ich ziehe die Zimmertür hinter mir zu.

Leo schüttelt den Kopf. »Ey, Nik, …«

Mein Blick bringt ihn zum Schweigen.

»Sorry, ich sag nix mehr!«

Es ist ein Dauerthema zwischen Leo und mir: Geld. Genauer gesagt das Geld, das seine Eltern für mich ausgeben.

Sabina und Henry fühlen sich für mich verantwortlich, seit ich acht bin. Drei Jahre zuvor hatten Leo und ich uns kennengelernt, weil Leos Eltern in dem Kaff am See, in dem ich aufgewachsen bin, ein Ferienhaus gekauft hatten. Seit diesen Sommerferien waren wir unzertrennlich. In dem Jahr, als ich acht wurde, rauschten meine Eltern nach einer Maiparty mit ihrem Kadett frontal gegen einen Baum, und ich wurde als Vollwaise unter die Obhut meiner Großeltern gestellt. Meine Oma gab sich redlich Mühe, mir eine Ersatzmutter zu sein, auch wenn sie eigentlich mit ihrer Trauer und dem Alkoholismus meines Opas genug zu tun hatte. Als Leos Mutter vom Tod meiner Eltern erfuhr und von der desolaten Situation meiner Großeltern, setzte sie Himmel und Hölle in Bewegung, damit die Walkers als Pflegefamilie anerkannt wurden. Sie ist so, meine Pflegemutter, sie hat eine Idee, sie setzt sie um – auch wenn der Rest der Welt sie für verrückt erklärt.

In meinem Fall wollte es der Zufall, dass Sabina und Henry sich vergeblich ein zweites Kind gewünscht und schon länger über ein Pflegekind nachgedacht hatten. Sabina sah es als deutlichen Wink des Schicksals und als ihre Pflicht, ihren Wunsch nach einem Gefährten für ihren Leo mit einer guten Tat zu vereinen. Meine Oma hatte ihren Argumenten nichts entgegenzusetzen, wahrscheinlich war sie heilfroh, von der plötzlichen Last befreit zu werden. Die Jugendbehörde hatte Sabina schon vorher auf ihre Seite gebracht.

Meinen neunten Geburtstag feierte ich also in München Grünwald mit meinem besten Freund Leo und seinen Eltern, die fortan dafür sorgten, dass meiner glücklichen Kindheit nichts mehr im Wege stand.

Leo und ich sind Brüder. Daran gibt es keinen Zweifel. Und seine Eltern sind wahrscheinlich die besten Menschen, denen ich in meinem Leben begegnet bin. Sie haben vom ersten Tag an alles getan, damit ich mich wie ihr Sohn fühle. Sie haben nie Unterschiede zwischen ihrem leiblichen Kind und mir gemacht, auch dann nicht, als Sabina knapp ein Jahr nach meinem Einzug doch noch schwanger wurde. Ich bin ein Teil der Familie Walker. Und trotzdem – oder gerade deshalb – bin ich der Meinung, dass sie mich lange genug unterstützt hat. An der University of Brighton zu studieren, kostet pro Jahr etwa fünfzehntausend Pfund. Ich habe versucht, ein Stipendium zu bekommen, doch es hat nicht geklappt. Ich wollte an einer deutschen Uni studieren, doch Leo und sein Vater haben darauf bestanden, dass ich mit nach Brighton gehe. Ich habe es schließlich angenommen. Unter einer Bedingung: Ich werde das Geld zurückbezahlen. Henry nutzt jede Gelegenheit, um mir zu versichern, wie gern er in meine Zukunft investiert, und ich glaube ihm. Trotzdem:

Genug ist genug. Deswegen arbeite ich sechs Tage die Woche. Ich fahre Pakete aus. Der Job ist nicht besonders gut bezahlt. Aber ich kann mir die Schichten frei einteilen. Und ich kurve gern mit dem kleinen Lieferwagen durch die Gegend, es entspannt mich sogar. Leo versteht mich nicht. Er sagt, sein Vater hat so viel Geld, dass er damit zehn Söhnen das Studium finanzieren könnte, ohne es auch nur zu bemerken. Er sagt, es sei wichtiger, dass ich gute Noten bekomme, denn das ist das Einzige, was Henry wirklich als Gegenleistung erwartet. Ich weiß das. Ganz unabhängig werde ich erst nach dem Studium sein.

Ich ziehe die Royal-Mail-Hose aus dem Klamottenhaufen und schmeiße sie für später aufs Bett.

Leo tippt auf seinem Handy herum. »Sechzig Minuten? Haben wir dann noch genug Zeit?«

Ich sehe ihn verwundert an.

»Zusammen zu frühstücken, meine ich. Ich mache Rühreier.«

»Haben wir, ja, wieso …« Ich verstehe nicht. Solche Anwandlungen kenne ich nicht von ihm.

»Gut.« Er hebt den Daumen, grinst breit. »Ich will unbedingt noch mit dir reden«, ruft er und läuft zur Treppe. »Ich brauch ein paar Ratschläge.«

Die Stufen ächzen unter seinen dynamischen Schritten.

Ich folge ihm.

Plötzlich bleibt er stehen, und ich pralle fast gegen ihn.

Er dreht sich um, als hätte er nichts bemerkt. »Ich glaube, ich bin verliebt.«

Mein leerer Magen rebelliert plötzlich. Ich bin froh, dass meine Hand auf dem Geländer liegt.

»Krass, oder?« Sein Gesicht ist ein einziges Grinsen.

»Hm. In wen denn?«, frage ich heiser, weil mir nichts Besseres einfällt.

Leo kichert ziemlich hysterisch. »Alter, pennst du wieder? In Marie natürlich.«

KAPITEL 5

Marie

JETZT

Auf Teresas Instagram-Feed wird mein Geburtstag bestimmt über fünfhundert Herzen bekommen. Wir sitzen um den wunderschön gedeckten Biertisch und frühstücken seit Stunden die Köstlichkeiten, die der unbekannte Hüttenwirt vorbeigebracht hat und die Teresa immer wieder neu für ihre Fotos in Szene setzt. Die Sonne brennt so heiß, dass wir schon mehrfach den Tisch verschieben mussten, um in den Schatten zu flüchten. Alle haben für mich gesungen, angeführt von Charly. Sie singen immer wieder, laut und schief, sobald jemand sein Glas hebt, und das passiert ziemlich oft, denn es gibt meinen Lieblingsprosecco, kistenweise. Er verträgt sich wahrscheinlich nicht so gut mit der Sonne, dafür umso besser mit dem selbstgebackenen Hefezopf. Ich schmiere mir gerade das vierte Stück und pfeife auf die Bikinifigur. Er schmeckt himmlisch, fluffig und süß. Dazu Butter und selbstgemachte Himbeermarmelade, das hilft gegen die Anflüge von Traurigkeit, die mich überfallen, wenn ich mich für einen Moment nicht auf all das Schöne konzentriere.

Flori und Luke haben mir per Face Time gratuliert und ich habe ihnen versprochen, dass wir nachfeiern, wenn ich zurück bin, mit Schwarzwälder Kirschtorte und Kindersekt, so wie wir eigentlich jeden Geburtstag feiern.

Meine Mutter war bei ihrem Anruf mehr damit beschäftigt, mir zu erzählen, dass mein Vater heute zum Abendessen kommt, als sich dafür zu interessieren, wie und wo genau ich feiere. Und mein Vater, nun gut, zumindest am Geburtstag bemühen wir uns um einen freundlichen Ton. Doch er kann nicht darüber hinwegtäuschen, dass wir wohl beide stets froh sind, wenn wir einen unserer Pflichtanrufe hinter uns gebracht haben.

Leo hat nicht angerufen. Er war verschwunden, als ich aufgewacht bin. Hat mir nur das zusammengeknüllte Laken hinterlassen, sich rausgeschlichen wie ein Feigling nach einem One-Night-Stand, nur dass in unserem Fall der Sex fehlte. Zum ersten Mal, seit wir uns kennen, hat er mir nur per Whatsapp gratuliert.

Happy Birthday, liebe Marie. Ich wünsche dir einen schönen Tag.

Zum Heulen hat mich diese Nachricht gebracht, und ich habe sie gelöscht, damit sie mir nicht den *schönen Tag* verdirbt. Ich versuche, nicht mehr an sie zu denken, nicht an die Nachricht, nicht an unseren Streit, überhaupt nicht an uns. Doch mein Magen tut es. Unter all dem süßen Teig liegt ein bitterer Kloß gerollt aus Traurigkeit und Enttäuschung und einem Hauch schlechtem Gewissen. Ich war in Fahrt gestern, habe Leo wüst beschimpft, und den trüben Nachgeschmack der schlimmen Dinge, die wir uns an den Kopf geworfen haben, kann auch die schönste Sonne nicht so schnell verbrennen.

Er hat diesen Platz ausgesucht. Vielleicht wäre er wirklich gern hier, vielleicht ist mein Gefühl, dass alles wichtiger ist als ich, ungerecht. Vielleicht bin ich tatsächlich der *undankbarste Mensch, den er kennt*, weil ich ihm vorgeworfen habe, dass er – wenn überhaupt irgendwas – nur bedauert, das Familienwochenende zu verpassen, und natürlich, am allermeisten, die Feier der Rückkehr seines besten Freundes.

Charly sitzt neben mir, und zwischendurch fragen ihre Augen: *Alles okay?* Ich antworte mit Schulterzucken und Seufzen. *Ja, klar.* Dann drückt sie meine Hand und ihr Lächeln sagt: *Ich hab dich lieb,* und meins darauf: *Ich weiß.*

Die Mitte des Tisches wird eingenommen von Sabinas üppigem Blumenarrangement in kräftigem Pink und Orange. Direkt vor mir stehen blühende Wiesenkräuter in einem Bierglas. Nik hat sie mir nach dem Singen überreicht. Und dann hat er mich auf die Wange geküsst. *Alles Liebe.* Ich muss seinen Strauß die ganze Zeit anschauen und aufpassen, dabei nicht allzu dümmlich zu grinsen, denn irgendwie macht er mich wirklich *happy* und er zieht sogar die Schmetterlinge an unseren Tisch. In meinem Bauch flattern auch ein paar herum. Leider wirken sie nicht gerade beruhigend auf das Chaos, das dort sowieso schon herrscht.

Nik sitzt am anderen Ende des Tisches mit Dennis und Henry. Ich versuche mich an das Gefühl zu gewöhnen, dass er hier ist. Dabei bin ich dankbar um Sabinas Blumensichtschutz. Die ganze Zeit schon vermeide ich konsequent, ihn anzusehen. Als könnte ich blind davon werden, direkt in die Sonne zu gucken. Ich diskutiere intensiv mit meiner Schwiegermutter über die Einrichtung ihres neuen Hauses in Kitzbühel und mit Teresa über die besten Instagram-Reels. Wenn Nik etwas sagt, dann höre ich seine schöne Stimme durch all das Gebrabbel. Sie bringt etwas in mir zum Schwingen. Einen winzigen Teil, der *damals* nicht losgelassen hat. Ich muss ihn beobachten, gut aufpassen, dass er nicht größer wird.

Das Telefon klingelt. Charly guckt schneller als ich, erst auf das Display und dann in meine Augen. Ich nicke ihr zu, dann klettere ich über die Bank und laufe ein Stück in Richtung der Kuhweide, bevor ich abnehme.

»Hi!«

»Happy Birthday, Marie. Alles Liebe.« Leo klingt so aufgesetzt wie seine Whatsapp.

»Danke. Wo bist du?«

»Im Büro. Wir machen gerade Pause.«

Ich schlucke die Frage hinunter, ob es die erste Chance heute für diesen Anruf ist. Immerhin bin ich diejenige, die gerade einer Kuh die Stirn kraulen darf.

»Es ist schön hier«, sage ich. »Wunderschön.«

»Ach, das freut mich. Genieß es«, sagt er. Dann ruft er: »Bin gleich da.«

»Das tue ich.«

»Was? Sorry, Marie, was meintest du?«

»Ich genieße den Tag.«

»Ach so, na das ist doch bestens. Also sind alle happy?«

»Schätze schon.« Ich sehe in die lieben Augen der Kuh, während meine eigenen brennen.

»Übrigens, wenn irgendwas ist, der Vermieter der Hütte, Fritz heißt er, kann alles möglich machen. Ich hatte Nik den Kontakt geschickt.« Er räuspert sich. »So, jetzt muss ich leider wieder. Also ruft den Typen an, wenn euch nach Kaviar und Champagner ist, haha. Dicken Kuss.« Er legt auf.

Die Kuh ist zurück zu ihren Kolleginnen gebummelt. Ich stiere ihr hinterher. Jemand tritt neben mich und legt den Arm um meine Schulter. Charly. Ich lasse meinen Kopf sinken, und sie legt ihren obendrauf. Wir passen zusammen wie zwei Legosteine.

In dieser Position haben wir auf unseren Backpackerreisen früher stundenlang geschlafen.

»Ich kann gerade nicht zurück zu den anderen«, sage ich leise.

»Musst du nicht«, erwidert sie. »Wollen wir ein Stück laufen?«

»Kann ich das bringen?«

Sie lächelt. »Ja, klar. Du bist das Geburtstagskind.«

Ich bestehe darauf, dass wir uns zumindest verabschieden. Sabina lächelt. »Ich sollte mich ja auch ein bisschen bewegen … Aber es ist viel zu gemütlich hier. Hast du noch einen Schluck für mich?« Sie hält Dennis ihr Glas über den Tisch entgegen und strahlt Charly und mich an. »Was für ein Tag! Übernehmt euch nicht, meine Lieben.«

Ich gehe davon aus, dass auch meine Schwiegermutter ahnt, dass die Abreise ihres Sohnes für mich nicht gerade zu einer unbeschwerten Geburtstagsstimmung beigetragen hat. Außerdem war unser Streit gestern Abend nicht zu überhören, selbst wenn man gewollt hätte, da mache ich mir keine Illusionen. Sabina genießt nur vor allem gern ihr gutes Leben. Und im Grunde hat ihre manchmal etwas brachiale Art, all das zu ignorieren, was sie dabei stören könnte, auch viel Gutes. Teresa erwidert unsere Verabschiedung nur flüchtig. Sie ist damit beschäftigt, ihrem Freund das nächste Fotobriefing zu geben. Nik ist verschwunden. Auf dem Weg ums Haus laufen wir ihm fast in die Arme.

»Charly und ich machen einen Spaziergang«, sage ich, und es klingt in etwa so wie *Ich habe eine Wassermelone getragen*.

»Okay«, antwortet er. »Viel Spaß.«

Sein Lächeln schwingt noch in meiner Brust, als wir schon am Waldrand sind. Wir laufen stumm nebeneinander. Auch darin ist Charly perfekt. Es gibt niemanden, der so intuitiv ahnt, ob ich bereit bin, über etwas zu sprechen – oder eben nicht. Im Moment spürt sie allerdings auch, dass ich im Gegensatz zu ihr all meine Puste für den unerwartet steilen Weg brauche. Charly ist von Natur aus superkonsequent und macht, während ich abends müde auf die Couch falle, so fürchterliche Dinge wie *Boot-Camp-Training*. Sie ist fitter als ihre leuchtorangen Turnschuhe. Wahrscheinlich könnte sie doppelt so schnell laufen, doch sie ist auch in dieser Hinsicht ein Herz und passt sich unmerklich meinem Schlurftempo an.

Trotz der Anstrengung und all der Verwirrung dieses Geburtstags weiß ich nicht, wann ich das letzte Mal so entspannt durch einen Wald gelaufen bin. Normalerweise bin ich auf Wanderungen damit beschäftigt, meinen Sohn nicht aus den Augen zu verlieren und gleichzeitig meine Tochter hinter mir herzuziehen.

Allein dieser Duft. Ich kann mich nicht erinnern, wann ich ihn so intensiv genießen konnte. Am liebsten möchte ich ihn abfüllen und zu Hause versprühen, wenn mal wieder dicke Luft herrscht. Moos und Erde und Fichten, manchmal ein Hauch Fuchs dazwischen, nur ganz kurz. Ganz oben über den Wipfeln der Bäume hängt das Blau, und die Sonne blitzt uns durch die kahlen Stämme direkt ins Gesicht und erinnert uns daran, dass auch im kühlen Wald Sommer ist.

»Wo laufen wir eigentlich hin?«

Charly zuckt mit den Schultern. »Zum See?«, fragt sie dann, weil genau das in diesem Moment auf einem an einen Stamm genagelten Holzschild steht.

»Ui, ja«, sage ich und gebe plötzlich Gas, weil es endlich wieder bergab geht. Als der Wald sich schließlich lichtet, werden wir noch schneller. Und dann bleiben wir gleichzeitig abrupt stehen und staunen.

Es sieht aus wie auf einer Vintage-Postkarte. Alle Farben werden von der gleißenden Mittagssonne überbelichtet. Vor uns liegt tatsächlich ein See, mehr ein Weiher. Er ist fast kreisrund und völlig eingeschlossen von den Fichten, deren Zweige an manchen Stellen bis ins Wasser hängen. Der Weg führt direkt zum Ufer, wo er in einem winzigen Stück Wiese mündet. Sogar ein kleiner Steg ragt von dort ins Wasser.

»Krass!« Charly ist schon losgelaufen, und ich folge ihr.

»Wow.« Ich flüstere, als wir das Ufer erreichen, und selbst das erscheint mir noch zu laut, weil es hier womöglich noch stiller ist als im Wald. Dort, wo die Sonne hinscheint, leuchtet der See mystisch grün. Auf dem sandigen Grund wuchern Schlingpflanzen. Schon vom Hinsehen fühlen sie sich glitschig an. An anderen Stellen ist das Wasser tiefschwarz und sieht noch weniger einladend aus.

»Ich bin drin«, ruft Charly und schlüpft schneller aus den Klamotten, als ich mir Gedanken über die Fisch- und Froschdichte in diesem Tümpel machen kann. So splitternackt mit dem Zopf auf dem Kopf sieht sie aus wie eine nicht jugendfreie Version der bezaubernden Jeannie.

»Jippieh«, quickt sie und springt mit einer Arschbombe ins Wasser. So viel zur andächtigen Waldstimmung. Zwei Sekunden später liegen meine Klamotten neben ihren, und ich tänzle ein wenig verklemmt über den schmierigen Steg, bis meine Zehen über die Kante ragen.

»Los!«, ruft Charly. »Es ist herrlich!«

Ich gebe mir einen Ruck, springe und ziehe die Arme um die Beine. Für einen winzigen Moment fühle ich mich so frei, als würde ich heute fünfzehn und nicht fünfunddreißig. Meine Landung ist härter und frischer als erwartet, und es riecht ein bisschen modrig, als ich prustend nach oben komme. Charly ist verschwunden. Fast in der Mitte des Sees taucht sie plötzlich wieder auf. Irgendwas Giftgrünes hängt ihr im Gesicht. Sie zieht eine Grimasse und schmeißt es kichernd in meine Richtung. »Bäh.«

Wir kichern ununterbrochen weil uns die ganze Zeit Pflanzen am Bauch kitzeln, und wir beide vergeblich versuchen, so flach auf dem Wasser zu bleiben, dass sie uns nicht erwischen. Charlys Hintern leuchtet weiß im Grün, und als sie hektisch mit ihm wackelt, verschlucke ich mich vor Lachen am Tümpelwasser. Dann drehen wir uns auf den Rücken und strecken die Arme aus. Weiße Wölkchen ziehen über uns hinweg.

»Ich hab dich lieb!«, sage ich in den Himmel.

»Shit, ich muss mal«, antwortet Charly dumpf und es klingt, als würde ein Karpfen mit mir sprechen, weil meine Ohren im See hängen.

»Untersteh dich!« Ich drehe mich hektisch um und verwickle mich prompt strampelnd im Wassergestrüpp.

Ein durchdringendes Pfeifen lässt mich innehalten. Charly starrt an mir vorbei in Richtung Ufer, als wäre da ein Waldgeist aufgetaucht. Langsam drehe ich mich um. Da steht tatsächlich wer auf dem Steg. Weniger Geist, mehr attraktiver Mann mit großem schwarzem Hund. Letzterer nimmt gerade Anlauf und springt, ohne abzubremsen, ins Wasser, direkt in unsere Richtung.

»Shit«, sagt Charly und ich muss schon wieder lachen.

»Hallo«, ruft der Mann.

Ich versuche die Pflanzen zu vergessen, während ich auf der Stelle schwimme, möglichst senkrecht jetzt, damit der Typ weder Hintern noch Brüste zu sehen bekommt. Gerade als mir erleichtert einfällt, dass ich meine Spitzenunterwäsche, die ich trage, weil ich nichts anderes dabeihabe, in mein Kleid eingerollt habe, ruft Charly: »Achtung, wir sind nackt!«, und ich gehe fast unter vor lauter Lachen.

Der Typ muss denken, dass wir irgendwo entlaufen sind.

»Das sehe ich«, antwortet er und lacht auch.

»Sieht er nett aus?«, flüstert Charly ins Wasser. Ohne ihre Brille kann sie wahrscheinlich nicht mal seine Haarfarbe erkennen.

»Hmhm«, murmle ich zurück. »Wie Chris Hemsworth.«

»What?« Sie reckt den Kopf, dann ruft sie laut: »Wir würden jetzt rauskommen, also nur damit Sie Bescheid wissen.«

»Alles klar«, sagt er und rührt sich nicht vom Fleck. So vor der Waldkulisse mit von der Sonne beleuchtetem Bart sieht er wirklich ziemlich superheldenmäßig aus. Etwa auf unser Alter schätze ich ihn. Riesengroß, braungebrannt und noch muskulöser als Leo. Ich frage mich, wo er so plötzlich hergekommen ist. Guckt er hier öfter nach Nacktschwimmerinnen? Dass er so gut aussieht, entspannt die Situation nicht gerade. Zumindest für mich. Charly scheint anderer Meinung zu sein. Sie plantscht zum Steg, hängt die Arme aufs Holz und stellt das Kinn auf. Ich folge ihr etwas widerwillig.

»Hi« sagt Charly.

Will sie jetzt auch noch Smalltalk machen?

»Hi«, ruft der Typ zurück. Immerhin ist er inzwischen rüber zur Wiese gelaufen. Doch er glotzt immer noch, und das Lächeln, das er uns rüberwirft, ist mir einen Tick zu erwartungsvoll.

»Du bist Marie, oder?« Er meint eindeutig mich.

Ich reiße die Augen auf. »Ja. Aber wieso …?«

»Ich bin Fritz«, erwidert er, und als ich wohl ziemlich verständnislos gucke, fügt er hinzu. »Ich vermiete die Hütte.« Dann

dreht er sich in Richtung Wald. »Jetzt lass ich euch mal rauskommen.«

Fritz, der Hüttenwirt – den hatte ich mir nun wirklich anders vorgestellt. Wir krabbeln endlich aus dem Wasser. Ich fühle
mich beobachtet, als wir über den Steg tippeln, weil der Hund
uns nicht von der Seite weicht. Der Plan, uns von der Sonne
trocken zu lassen, fällt aus. Patschnass schlüpfen wir in unsere
Sachen.

»Du kannst wieder«, sagt Charly, kaum dass sie ihr T-Shirt
über dem Kopf hat, und ich lasse im letzten Moment mein Kleid
über die Hüften fallen. Charly schlüpft in ihre Shorts, dann öffnet sie ihre Haare und schüttelt sie kopfüber aus. Sie greift nach
ihrer Brille, putzt sie mit ihrem T-Shirt trocken und platziert sie
schließlich auf der Nase.

Fritz dreht sich um.

Ich laufe zu ihm. »Hi noch mal« sage ich und strecke meine
Hand aus. »Eine tolle Hütte hast du.«

Aus der Nähe wirkt er noch riesiger. Er drückt meine Hand
mit so festem Griff, wie ich es erwartet hatte. Dabei sieht er allerdings an mir vorbei. Ich drehe mich um. Charly kommt jetzt
erst langsam zu uns rüber. Dabei starrt sie Fritz ähnlich gebannt
an wie er sie schon etwas länger. Er quetscht noch immer meine
Hand, trotzdem fühle ich mich plötzlich wie unsichtbar.

»Hast du die Hütte erst kürzlich renoviert? Sie ist so schön
und das Holz riecht so gut. Und wow, wer hat denn eigentlich den Hefezopf gebacken, den hab ich quasi allein gegessen
…« Ich plappere gegen das Gefühl an, dass hier irgendwas nicht
stimmt – nicht mit Charly und genauso wenig mit diesem Fritz.

»Ich«, sagt Fritz, der sich offensichtlich gefangen hat. »Freut
mich, dass er dir geschmeckt hat. Und herzlichen Glückwunsch
zum Geburtstag übrigens.«

»Oh, du weißt das?«, sage ich. »Danke.«

Er lächelt. »Ich hoffe, du hast einen guten Tag.«

»Ja. Ziemlich gut. Deine Terrasse ist ein Traum. Und dein Frühstück war zauberhaft.«

Fritz grinst und streicht sich über den Bart. »Schön, dass es dir gefällt. Dein Mann war sehr besorgt. Er hat ziemlich oft angerufen.«

Das klingt ganz nach Leo. »Er ist ein Perfektionist«, sage ich.

»Schade, dass er abreisen musste.«

Zum ersten Mal seit Stunden spüre ich den Druck im Magen. Ich drehe mich zu Charly. Sie lächelt mich an, ein bisschen zu breit, wenn ich mich nicht täusche.

»Wollen wir los?«, trällert sie in einer ungewohnt hohen Oktave.

Fritz sieht auf die Sportuhr an seinem Handgelenk. »Ich muss auch. Passt es euch, wenn ich das Abendessen so gegen fünf bringe?«

»Das Abendessen?«, pruste ich. Charly sieht nicht aus, als interessierte sie sich für Essen oder für meinen Geburtstagsabend oder überhaupt für irgendwas außer für die trainierten Oberarme von Fritz-Hüttenwirt-Hemsworth.

»Du bringst es?«, frage ich.

Fritz reagiert nicht. Er ist damit beschäftig, meiner Freundin so intensiv in die Augen zu sehen, dass es bis in meine Brust kribbelt.

»Ich hatte ehrlich gesagt noch gar nicht darüber nachgedacht«, sage ich, obwohl ich langsam das Gefühl bekomme, dass sich niemand für das interessiert, was ich hier zu sagen habe. »Das ist ja supertoll!«, fahre ich trotzdem fort. »Und fünf ist gut – oder?« Ich ramme Charly meinen Ellenbogen in die Seite »Oder?!«

»Au. Was?« Sie ist völlig neben der Spur.

»Ich schmeiß den Grill für euch an.« Immerhin, Fritz spricht mit mir.

»Mega«, sage ich. »Also wenn du irgendwelche Hilfe brauchst, wir sind ja viele und könnten …«

»Nein, alles gut«, unterbricht er mich. »Ich komm mit dem Pick-up. Bis später dann. Komm, Sunny!« Er versenkt seinen stahlblauen Blick ein weiteres Mal in den Augen meiner Freundin, dann läuft er über die Wiese und verschwindet im Wald.

Charly springt auf. »Wollen wir?« Sie läuft los.

Ich bleibe stehen, rühre mich keinen Zentimeter. »Was war das denn?«

Sie guckt über die Schulter. »Kommst du? Deine Gäste warten«, ruft sie.

Ich schüttle den Kopf.

»Was ist denn?«

»Was das war, will ich wissen. Da gerade zwischen dir und ihm.« Ich deute mit dem Daumen über meine Schulter in die Richtung, in der Fritz verschwunden ist.

Sie verdreht die Augen. »Nervensäge. Wir kennen uns. Jetzt komm endlich.« Sie läuft wieder los und diesmal folge ich ihr.

»Wie? Du kennst Fritz?«

Charly nickt, während ich hinter ihr den Berg raufschnaufe.

»Und woher bitte?« Unwillig gebe ich Gas. Als ich sie endlich eingeholt habe, schnappe ich nach ihrer Hand. »Jetzt warte doch mal.«

Endlich bleibt sie stehen.

»Sag schon, woher kennst du ihn?« Noch während ich spreche, wird mir klar, dass das freche Grinsen in Charlys Gesicht nur eins bedeuten kann. »Nee, oder? Ihr habt nicht …?«

Sie nickt und verscheucht einen Mückenschwarm. Ihr Grinsen ist ansteckend.

»Du hattest Sex? Mit dem Hüttenwirt?« Meine Ungläubigkeit ist inzwischen nur noch gespielt.

»Mit Fritz. Ja.« Sie zuckt mit den Schultern. »Und?«

»Das glaubt mir kein Mensch.«

»Du wirst es auch keinem erzählen.«

Wir lachen und ich schüttle den Kopf. »Ich sollte mal einen Roman über dich schreiben. Oder besser eine Serie. *My best friend's secret love life* oder so.«

»Wieso geheim?«

Ich pruste laut los. »Na, dann hau mal die Details raus! Ich wusste zum Beispiel nicht, dass du deinen Radius bis in die Alpen ausgedehnt hast.«

»Hab ich nicht. Fritz war damals in München. Auf irgendeiner Landwirtschaftsmesse.«

»Und da habt ihr euch …?«

»… getindert.« Sie zieht ihr Handy aus der Tasche. »Wir müssen echt los. Deine Gäste …«

»Und wie war's so?«, frage ich ungerührt weiter. »So viel Zeit muss sein. Oder hast du es vergessen, weil es so schlecht war?«

Sie grinst. »Nein. Ich erinnere mich. Gut sogar. Vor allem daran, dass er mich …«

»Ahh, nein!« Ich reiße plötzlich beide Hände zu den Ohren. »Lass gut sein. Vielleicht will ich heute Abend noch ein Bier mit deinem Tindermatch trinken, ohne rot zu werden.« Jetzt grinse ich ziemlich frech. »Es sei denn, du hast was dagegen, wenn ich ihn einlade.«

Charly zieht die Augenbrauen hoch. »Eine ganz gute Idee von dir«, sagt sie. »Und vielleicht versteht er sich auch mit Nik.

Denn das«, sie zuckt mit den Brauen, »wäre doch für alle Beteiligten eine Erleichterung.«

Ich lege den Kopf schief. Mir fällt wieder ein, dass Charly Nik heute Morgen ziemlich offensichtlich links liegen gelassen hat. »Du magst ihn nicht besonders, oder?«, frage ich. »Hat er dir irgendwas getan?«

»Nö. Mir nicht!« Abrupt dreht sie sich um und rennt weiter den Berg rauf.

KAPITEL 6

Marie

DAMALS

Das Telefon klingelt. Ich habe wieder vergessen, es auf lautlos zu stellen. Der Satz, der sich gerade in meinem Kopf geformt hatte, ist weg, also kann ich ebenso gut nachsehen, wer anruft. *Leo Walker*. Ich muss lächeln. Der Star des Campus bemüht sich auf eine Art um mich, die mir in meinem Datingleben noch nicht begegnet ist. Seit letztem Freitag schreibt er mir zu jeder Tages- und Nachtzeit. Im Grunde chatten wir ununterbrochen. Ziemlich rasant haben wir uns dabei vom netten Geplänkel ins heiße Flirten bewegt. Also Leo, ich bin nur gefolgt. Seine Direktheit fasziniert mich. Er lässt keinen Zweifel daran, was er von mir will, und trotzdem sind seine Nachrichten nie peinlich. Wenn es danach ginge, wie er mich verbal um den Finger wickelt, steckt mehr *Creative Writer* in ihm als in mir. Und wenn ich darüber nachdenken würde, dass neunzig Prozent meiner Kommilitoninnen schlaflose Nächte hätten, wenn sie solche Nachrichten von ihm bekämen, würde ich mir wahrscheinlich etwas darauf einbilden.

Doch für so was habe ich keine Zeit. Außerdem finde ich ihn einfach nur nett. Und sein übertriebener Charme bringt mich zum Lachen. Neulich hat er mich tatsächlich in seine Badewanne eingeladen, nur weil ich ihm von meinem verspannten Nacken erzählt hatte. Ganz ohne Hintergedanken – natürlich.

Im Moment träume ich ganz gern von Ölbädern, um mich von der Misere auf meinem Bildschirm abzulenken, auch wenn es für den Fortschritt meiner Geschichte wenig förderlich ist.

Jetzt hat er zum ersten Mal angerufen. Vielleicht hätte ich doch drangehen sollen. Neben mir auf dem Schreibtisch klingelt es schon wieder. Grinsend nehme ich das Telefon und lass mich damit rücklings auf mein Bett fallen. »Leo!«

»Ich wusste doch, dass du da bist.« Seine Stimme hat diesen tiefen männlichen Ton. Er gefällt mir. Wie einer Million anderer Frauen auch.

»Hm. Du hast mich mitten im Satz unterbrochen.«

»Und du hast dich von mir unterbrechen lassen. Darf ich mir darauf was einbilden?«

»Wenn du wüsstest, wovon ich mich alles ablenken lasse …«

Er lacht. »Wie viele Seiten hast du heute schon geschrieben?«

»Willst du mir die Laune verderben?«

»Im Gegenteil. Wo bist du gerade?«

»Wo soll ich sein? In meinem Zimmer.«

»Kann es sein, dass du da inzwischen Wurzeln geschlagen hast?«

»Nee. Ich geh zwischendurch Kaffeetrinken.«

»Aber nicht mit mir.«

Ich lache müde. »Leo. Ich hab echt keine Zeit. Kann ich irgendwas für dich tun?«

»Ja. Kannst du.« Er macht eine demonstrative Pause, in der ich sein hübsches Strahlegrinsen förmlich vor mir sehe. »Komm morgen mit zum Surfen«, sagt er schließlich.

Ich stöhne. »What the …? Hast du mir nicht zugehört?«

»O doch.« Er lacht vergnügt. »Aber du brauchst dringend eine Pause. Warst du schon mal in Wittering?«

»Nö.«

»Siehst du. Es ist ein Traum da. Ein echter Strand, kein Vergnügungspark. Natur pur.«

»Schön. Und?«

»Die Wellen sollen morgen früh perfekt sein. Und wir sind am Nachmittag zurück, ich schwöre. Dann kannst du noch den ganzen Abend …«

»Leo«, unterbreche ich seinen Marketingmonolog. »Ich surfe nicht. Und ich habe. Keine. Zeit.« Was ich nicht sage, ist, dass mich allein der Gedanke daran überfordert, Leo bei einem Treffen darüber aufklären zu müssen, dass die virtuelle Marie genauso gern mit Worten spielt wie er und vielleicht deshalb womöglich fälschlicherweise den Eindruck erweckt haben könnte, dass mit der echten Marie was laufen könnte.

»Ich bring es dir bei«, drängt er ungerührt weiter. »Du musst dir mal ein bisschen Spaß gönnen. Für die Inspiration.«

Ich stöhne. Ich sollte auflegen und einfach weiterarbeiten. Inspirierender, realer Spaß mit Leo Walker – auf diesen Extrakick muss mein Text leider verzichten.

»Wir holen dich ab. Den Wagen haben wir schon klargemacht.«

Wir? Ich stutze. »Wer ist *wir*?«

»Mein Freund Nik und ich. Du erinnerst dich doch an ihn? Er ist morgen dabei. Wir surfen immer zusammen.«

Was wie eine Entschuldigung klingt, bringt mein Herz plötzlich in Fahrt. Ob ich mich erinnere?

»Vielleicht«, höre ich mich sagen, während ich meine Erinnerungen mit einer Vorstellung von Nik in Surfershorts auffrische, »hast du recht. Ich sollte wirklich mal hier raus. Und

Natur ist doch immer inspirierend.« Ich versuche so lässig wie vorher zu klingen und hoffe, dass Leo den U-Turn meiner Meinung allein seinen Überredungskünsten zuschreiben wird.

»Na endlich!« sagt er. »Gute Entscheidung. Also dann bin ich morgen pünktlich um sieben bei dir. Oder soll ich früher kommen und dich wecken?«

Ich lache erleichtert. Nein, er hat nichts bemerkt. »Danke, das schaff ich allein«, sage ich. »Außerdem steh ich schon die ganze Woche so früh auf.«

»Ach, du Ärmste. Ich bring dir Kaffee mit. Wie möchtest du ihn?«

Ich muss schon wieder lachen. Nach Monaten mit einem Macho-Italiener kann einem eigentlich nichts Besseres passieren als Leo Walker.

»Schwarz gern. Ohne Zucker. Das wäre echt sweet von dir«, flöte ich.

»Aber klar. Zieh dich übrigens warm an. Es soll morgen kräftig blasen, deshalb die guten Wellen. Hast du einen Neopren?«

»Leo …«

»Okay. Okay, du surfst nicht, ich weiß. Ich besorg dir einen.«

»Das ist echt nicht nötig.« Keine zehn Pferde und kein Leo kriegen mich bei diesen Temperaturen ins Wasser. Ich interessiere mich ausschließlich für den anderen Teil des Programms. Den geselligen. Am Strand. Mit Nik.

»Also morgen früh. Sieben sharp. Ich freu mich.«

»Ich mich auch«, sage ich und stelle fest, dass Leo schon aufgelegt hat. Hochmotiviert springe ich auf. Ich platziere das Handy auf meinem Bett und lege sorgsam mein dickes Kopfkissen drüber. Ich muss jetzt Gas geben.

Zurück am Laptop scrolle ich zu meinem letzten Satz. Ich lösche ihn, dann versuche ich den Rest des Absatzes zu lesen. Mein Herz flattert fröhlich weiter. Und meine Gedanken fliegen überall hin, nur nicht zu meinem Text. Schließlich landen sie bei Freitagabend. Bei diesem Date mit Leo, das nur er so bezeichnet hat. Ich wäre niemals darauf eingegangen – schon gar nicht bei ihm zu Hause – hätte ich nicht gewusst, dass er mit seinem besten Freund zusammenwohnt. Dem Freund, der seit meinem Geburtstag mein Herz auf Trab hält. Der schon wieder der Grund dafür ist, dass ich aus dem Fenster gucke und an alles Mögliche denke, nur nicht an meine Geschichte. Ich und Surfen. Na bestens. Außerdem kann ich selbst nach hundertfachem Repeat unserer kurzen Begegnungen beim besten Willen keinen einzigen Hinweis darauf finden, dass das Interesse auf Gegenseitigkeit beruhen könnte. Wenn er gewollt hätte, hätte sich Nik einfach meine Nummer besorgen können. Hätte, hätte … Leo will jedenfalls. Offensichtlich. Wenn ich auf seine charmanten Nachrichten antworte, stelle ich mir vor, sie seien von Nik. Der wahrscheinlich eine Freundin hat … Und ich wirklich andere Sorgen!

Ich atme tief aus, schicke die karamellfarbenen Augen ins Nirwana und lenke meine Aufmerksamkeit zurück zu meiner Hauptfigur. *Emmi*, das passt besser zu ihrem Charakter als *Joy*. Vielleicht sollte ich vorher nur noch ganz kurz überlegen, was ich morgen anziehe …

***

Es ist früh und kalt und nass. Der Scheibenwischer quietscht über die Windschutzscheibe und sorgt dafür, dass ich wach bleibe. Ich sitze auf der Rückbank hinter den beiden Jungs, eine kratzige Decke aus dem Laderaum über den hochgezogenen nackten Beinen. Dem Geruch nach gehört sie dem Hund des Buseigentümers. Ich versenkte mein Kinn in meiner zugeknöpften Jeansjacke und verfluche meine Eitelkeit. Ich wollte zum Wiedersehen mit Nik nicht im Regenoutfit aufschlagen. Schön blöd. Kaum angesehen hat er mich, weder mein Surferkleidchen noch mein Lächeln registriert. Sein Hallo war ungefähr so einladend wie der Nieselregen. Am liebsten wäre ich auf direktem Weg zurück in mein Bett gekrochen, daran konnte auch Leos *Ich-hatte-vergessen-wie-sexy-diese-Haare-sind* nichts ändern und auch nicht die warme Bäckertüte, die er mir in den Arm gelegt hat wie einen Strauß Rosen.

Ich reibe mir über die Beine, schiele auf die Lüftung, die ganz auf Blau steht, und versuche mein Bibbern zu unterdrücken. Wenn ich eins auf keinen Fall will, dann hier die empfindliche Tussi geben. Denn genauso hat Nik bei unserer Begrüßung geguckt – als wenn mal wieder einer von Leos Aufrissen den Männertrip versaut. Ganz großartig.

An der Ampel dreht Leo sich um. »Alles gut bei dir?«

Ich löse den verkrampften Griff um meine Beine und nicke lässig im Takt von Jack Johnson. Mit einem schuldbewussten Lächeln halte ich ihm die Tüte hin, aus der ich gerade ein zweites Croissant stibitzt habe. »Wollt ihr auch?«

Leo legt den Gang ein. »Danke, später.«

»Du vielleicht?« Meine Frage an Nik fällt einer jaulenden Windböe zum Opfer. Außerdem ist er in sein Handy vertieft, seit wir losgefahren sind.

»Ich würde trotzdem nach Wittering«, sagt er jetzt. »Der Swell ist perfekt.« Er hält Leo das Display unter die Nase. Ich kann mir vorstellen, dass er es echt draufhat mit dem Surfen, zumindest sieht er so aus. Boardshorts und ausgeleiertes T-Shirt, so ein Bei-mir-ist-immer-Sonne-Outfit. Nur die Strickmütze passt zum Wetter. Ich vermeide es, seinen gebräunten Nacken anzusehen, überhaupt in seine Richtung zu gucken, aus Sorge, er könnte mich dabei im Rückspiegel ertappen. Für diese Sorge gibt es allerdings keinen Grund, denn er scheint vergessen zu haben, dass überhaupt jemand hinter ihm sitzt.

Die Bässe des nächsten Songs fahren mir in den Magen. Leo dreht am Regler und grinst über die Schulter. »Sorry.« Wenigstens er erinnert sich an meine Anwesenheit.

»Wem gehört der Wagen eigentlich?«, frage ich.

»Einer Freundin«, sagt er.

War klar. »Krasse Boxen«, sage ich.

»Hm.«

So viel zur Konversation. Die beiden faseln weiter von Swell und Wind und diskutieren immer noch, wo beides am besten ist. Ich lehne mich zurück, halte die Klappe und komme mir verdammt überflüssig vor. Zwischendurch starre ich total mutig auf Niks hübschen Nacken, weil er sowieso nichts bemerkt. Wie in aller Welt kam ich auf die Idee, dass er sich darüber freuen könnte, mich dabeizuhaben? O Mann. Statt gemütlich auszu-schlafen, reihe ich mich hier freiwillig in die Reihe von Leos Anhängseln ein.

Ich unterdrücke ein Gähnen. Mister Perfect sieht es und lacht. Wie kann jemand um diese Uhrzeit so viel Aktivität ver-breiten? Wie der Werbung für einen amerikanischen Herrenduft entsprungen sieht Leo aus. Und er riecht auch so. Hellwach und schweißlos sportiv.

»Müde?« Er schickt seine Ausstrahlung in den Rückspiegel. Seine Augen haben die Farbe, die der Himmel in meiner Vor-stellung von heute hatte. Mir wird tatsächlich gleich ein bisschen wärmer. Immerhin einer freut sich, dass ich mitgekommen bin. Und er hat es nicht verdient, dass ich ihn als Alibi nutze. Genauso wenig wie der Kerl neben ihm, dass ich mir von seinem Desinteresse die Laune verderben lasse.

Wir entscheiden uns für West Wittering. *Wir*, weil ich tatsächlich gefragt werde und so zumindest sicherstelle, dass es Kaffee am Strand gibt.

Wir parken auf der Wiese, und wenn ich dachte, dass die beiden Typen, mit denen ich unterwegs bin, die einzigen Verrückten sind, die bei diesem Wetter surfen wollen, habe ich mich getäuscht. Auf dem Parkplatz tummeln sich die Autos, als wäre da draußen echter Hochsommer und das graue Etwas vor uns die Adria.

Leo reißt die Tür auf. »Los geht's!« Ein Windstoß weht kaltnasse Luft herein.

Das Animateurlächeln kann mich nicht überzeugen. »Ich weiß nicht. Wollt ihr nicht erst mal? Ich warte so lange.«

»Nee«, sagt Leo. »Ich pack jetzt die Boards aus und dann geht's los.« Er läuft um den Wagen und öffnet die Heckklappe. Damit weicht auch das letzte bisschen Wärme aus dem Wagen. Ich seufze, steige widerwillig aus und riskiere einen Blick.

Strand, Wasser, Wolken. Ein Aquarell in Grau. Eintönig und magisch. Am Horizont hängen Schäfchenwolken, deren dreckiges Weiß der einzige Anhaltspunkt dafür ist, wo Wasser aufhört und Himmel beginnt. An manchen Stellen erinnern feuchte Nebelschwaden noch an den abziehenden Regen, an anderen ist die Luft bereits glasklar. Das Meer sieht aus wie glattgestrichen, nur eine kilometerlange Linie aus Wellen rollt in wunderschöner Gleichmäßigkeit auf den Strand.

»Schön, oder?« Nik steht plötzlich neben mir.

Ich nicke. Die nächste Böe weht mir Sand ins Gesicht. »Ein bisschen wärmer könnte es sein«, sage ich zähneknirschend.

Er lacht. Wir sehen uns für einen Moment in die Augen und ich vergesse die Kälte. Er greift nach seiner Mütze. »Hier.« Als er sie mir behutsam über den Kopf zieht, setzt mein Herz aus.

Ich spüre die Wärme seiner Hände noch, als er sie längst weggenommen hat. »Danke.«

Er nickt. »Ich geh mal kurz …« Er zeigt in Richtung einer kleinen Holzhütte, in der offensichtlich Toiletten untergebracht sind. Während ich ihm nachsehe, zupfe ich die Mütze zurecht und grinse wahrscheinlich wie ein Groupie, das den Drumstick seiner Lieblingsband ergattert hat. Ganz wohlig warm wird mein Kopf. Und auch an meinen Beinen spüre ich den Wind kaum noch, als ich wie auf Wolken um den Wagen laufe.

Abrupt bleibe ich stehen – Leo sitzt auf der Ladefläche und zwängt sich gerade in seinen Neopren. Erleichtert stelle ich fest, dass er noch Badeshorts drunter trägt. Als er mich sieht, springt er auf. Er schiebt demonstrativ in den Anzug, was unten noch rein muss, und lässt das Oberteil lässig auf den Hüften hängen. Sein Grinsen lässt ahnen, dass er um den Effekt seiner makellos haarlosen Brust weiß. Gut, dass er nicht Gedanken lesen kann, denn ich frage mich gerade nur, ob er sie wohl rasiert. Er zielt tief in meine Augen.

»Bereit?«

Mir vergeht das Lächeln. Ich ziehe die Schultern hoch und reibe mir über die Oberarme. »Weiß nicht.«

Mit einem Schritt ist er bei mir und wirft seine muskulösen nackten Arme um mich.

Ich quieke vor Schreck und schwanke ein bisschen, während er ein paar Mal sanft über meinen Rücken rubbelt.

»Besser?«, fragt er, als er losgelassen hat.

Ich rolle mit den Augen. »Ein bisschen.«

»Gut.« Er lächelt noch mal aufmunternd. »Dann los, die Wellen rufen.«

Als er nach meiner Hand greift und daran zieht, bleibe ich einfach stehen.

»Was ist los?« Er legt den Kopf schief.

Ich erwidere sein Lächeln. »Sorry. Ich glaube, es ist mir doch too much. Das Wetter, und … ich bin echt nicht gerade die Sportlichste.«

Leo macht einen Schritt zurück, um mich ungeniert von oben bis unten zu mustern. Dabei hält er weiter meine Hand, und ich lasse ihn, weil seine so schön warm ist. »Glaub ich dir nicht«, sagt er. »Dieser Körper ist wie gemacht fürs Surfen.«

Ich verdrehe nur die Augen, rühre mich nicht.

»Aber weißt du was? Ich hab eine bessere Idee.« Er lässt mich los und klettert in den Wagen. Eine Sekunde später fliegt ein rotes Schaumstoffboard neben meine Füße. Gleich darauf ein zweites. »Ich wusste doch, dass es für was gut ist, die mitzunehmen.«

Ich gucke immer noch skeptisch.

»Weißt du, was das ist?«, fragt er.

»Ja, schon. Bodyboards. Aber, ich weiß nicht …«

»Komm schon. Du wirst es lieben. Wir machen es so: Du probierst es einmal aus. Mit mir. Wenn es dir nicht gefällt, darfst du in die Strandbude, und ich sage kein Wort mehr. Versprochen.« Er zeigt nach links, und tatsächlich liegt dort hundert Meter den Strand runter noch ein größeres Holzhaus, an dessen

Hauswand Surfboards in allen Farben zum Verleih lehnen. Auf dem Terrassendeck davor stehen verregnete blaue Holzstühle.

»Von innen ist es auch saugemütlich«, betont Leo. »Du kannst dir bestellen, was du willst, von mir aus Champagner, aber einen Versuch musst du machen. Okay?« Er nimmt wieder meine Hand, setzt einen Schlafzimmerblick auf, für den wahrscheinlich neunundneunzig Prozent aller Frauen mit ihm sogar in Eiswasser steigen würden. »Bitte!«

»Champagner in der Holzbude. Na dann …«, erwidere ich. »Und was ist mit Nik?«

»Was soll mit mir sein?«

Ich fahre herum. Nik steht neben uns. Ich habe ihn nicht kommen hören. Auch er trägt inzwischen seinen Neopren bis zu den Hüften. Mir wird heiß unter seiner Mütze und ich entziehe Leo meine Hand.

»Na ja, ich dachte, ihr wolltet zusammen …«, stottere ich, weil Nik mich anlächelt und weil dieses seltene Ereignis mich völlig aus dem Konzept bringt.

Er lacht. »Ich komm allein zurecht. Keine Sorge.« Er schnappt sich sein Surfboard und klemmt es unter den Arm. Dann hebt er die andere Hand, »Have fun«, und läuft über die Wiese in Richtung Sand, bevor ich reagieren kann.

»Ist er jetzt sauer?«, stammle ich, während ich Niks nacktem Oberkörper nachstarre, dessen feingliedrige Muskeln es vielleicht nicht mit Leos aufnehmen können, dafür umso mehr mit meinem Geschmack.

»Nik? Wieso sollte er?«, gluckst Leo neben mir.

»Weil du mich einfach mitgeschleppt hast. Zu eurer Verabredung.«

»Habe ich das?« Er grinst. »Das ist kein Problem, glaube mir. Beim Surfen ist Nik nur mit den Wellen verabredet.« Leo nickt in Richtung Meer und ich folge seinem Blick. Nik wirft gerade sein Brett in den breiten Teppich des Weißwassers und schwingt sich lässig bäuchlings darauf. Mit ruhigen Zügen paddelt er über die Brandung. Irgendwann weit draußen im glatten Wasser dreht er das Board und setzt sich auf. Mir ist, als blickte er in unsere Richtung. Ich hebe spontan die Hand und winke idiotisch. Statt einer Reaktion wirft Nik sich in diesem Moment zurück auf sein Brett und beginnt zu paddeln. Die Welle erreicht ihn und er springt leichtfüßig auf. Filmreif surft er sie hinunter, macht ein paar Schwenks, bevor er sich mit elegantem Kopfsprung ins Wasser stürzt. Das Ganze dauert nicht länger als dreißig Sekunden.

Ich bin sprachlos. »Wow.«

Leo zuckt mit den Schultern. »Hab ich doch gesagt. He's a natural.«

»Bist du auch so gut?«, frage ich, während Nik schon wieder nach draußen paddelt.

Leo schüttelt den Kopf und zieht eine Grimasse. »Zu schwer. Ich bin besser am Ball. Und an der Bar.« Er grinst selbstbewusst.

Ich grinse zurück, schlucke, dann wird mein Blick zurück aufs Wasser gezogen, wo Nik gerade die nächste Welle nicht weniger beeindruckend surft.

»Wollen wir?«, sagt Leo.

Ich könnte auch hier stehen bleiben und gucken. Stundenlang zur Not. »Also gut. Wie abgemacht. Aber nur *ein* Versuch.« Ich reiße mich los.

Ich trage den Neopren von dieser Freundin, und als das Meerwasser hineinsickert, wird mir warm statt kalt. Leo zeigt mir, wie ich die Welle auf dem kurzen Board ideal nehme, und wer hätte das gedacht: Es funktioniert. Ich erwische sie auf dem höchsten

Punkt und es fühlt sich an wie Schweben. Ich juchze vor Glück, lasse mich so lange treiben, bis mein Bauch und das Board auf dem Sand stranden.

Leo neben mir lacht sich kaputt. »Genug?«, fragt er.

»Auf keinen Fall!«

*

Irgendwann, als meine Füße zu Eisklötzen gefroren sind, ich mindestens drei Liter Salzwasser geschluckt habe und der Neopren langsam doch die Kälte durchlässt, habe ich genug. Leo begleitet mich zum Bus. Er schnappt sich sein Surfboard, wirft mir einen Killerblick zu, »Bis gleich, du Granate«, dann ist er wieder los.

Während ich mich umziehe, fühle ich mich herrlich. Neugierig spähe ich aufs Wasser. Ich entdecke Leo sofort und ein Stück daneben Nik. Lässig warten sie auf ihren Boards. Dann kommt die Welle, wie abgestimmt paddeln sie gleichzeitig los. Mein Herz pocht in meiner kühlen Brust, als die beiden nebeneinander surfen, in perfekt synchroner Einheit, wie choreografiert. Als sie gleichzeitig ins Wasser hechten, lächle ich. Nicht nur, weil Leo, dieser Komplimentefischer, natürlich kaum weniger gute Figur auf dem Brett macht als sein Freund, sondern vor allem, weil mich dieser Moment der Freundschaft rührt.

Ich platziere den Wagenschlüssel zurück auf dem Reifen. Während ich in Richtung Strandbude laufe, schicke ich meiner Freundin Charly ein Foto nach München.

Die Surferboys würden dir auch gefallen. Miss you soooo.

Charly reagiert nicht. Dafür sehe ich, dass meine Mutter versucht hat, mich zu erreichen.

In der Surferbude ist es, wenig überraschend, total voll, aber umso gemütlicher. In Sitzsäcken, alten Sesseln und Sofas hängen Leute jeden Alters ab, viele lächeln freundlich, als ich durch die Tür komme. Ich rubble mir durch die nassen Haare und fühle mich wie eine von ihnen. An der Bar bestelle ich einen Kakao, dann schiebe ich mich auf einen Barhocker direkt vor dem beschlagenen Fenster mit Blick aufs Meer. Ich nehme einen großen Schluck, während ich die Nummer meiner Mutter wähle.

»Marie.«

Schlagartig zerplatzt meine Wohlfühlblase. Allein daran, wie sie meinen Namen ausspricht, kann ich die Stimmung meiner Mutter erkennen. Ich hole Luft.

»Hallo Mama. Du hast angerufen.«

»Ja. Mir geht's nicht gut.«

Die Kälte kehrt schlagartig zurück in meine Glieder. Ihre Stimme ist brüchig. Sie hat geweint. Sie weint ständig, ich weiß es. Ich verdränge es, wenn wir ein paar Tage nicht sprechen. Ich trinke einen Schluck Kakao.

»Was ist denn passiert, Mama?«, frage ich leise.

Sie schluchzt in mein Ohr, und ich konzentriere mich auf die Regentropfen am Fenster. Warte stumm, bis sie sprechen kann.

»Dein Vater will ausziehen«, sagt sie schließlich und schluchzt noch lauter.

Das Meer verschwimmt vor meinen Augen. Jemand schneidet ein großes Loch in meinen Bauch. »Wann hat er das gesagt?« Ich muss mich anstrengen, meiner Stimme Ton zu geben.

»Heute Morgen«, sagt sie.

»Habt ihr gestritten?«

»Nein. Es war beim Frühstück. Ich habe Eier gemacht, schön locker mit Schinken und Petersilie, so, wie er sie liebt. Er hat sie nicht angerührt.«

Draußen kommen Leo und Nik den Strand hinauf.

»Einfach ins Büro abgehauen ist er.« Sie schluckt, mehrmals, es hört sich an, als trinke sie ein ganzes Glas leer.

Ich hoffe, es ist Wasser. »Vielleicht hat er es nicht so gemeint«, sage ich.

»Meinst du? Er will reden heute Abend. Ich hab Schiss, Marie.«

Leo kommt zur Tür herein, er entdeckt mich, winkt und lächelt.

»Ich muss Schluss machen, Mama. Papa hat es wahrscheinlich nicht so gemeint. Ihr könnt das bestimmt klären.« Ich nehme das Handy vom Ohr. »Bye, Mama«, sage ich leise, dann lege ich auf, bevor sie etwas erwidern kann.

*

»Miss Bodyboard! Du hättest sie wirklich sehen sollen.« Leos Augen funkeln mich an, während er die Holzgabel in einen Fischhappen pickt.

»Möchtest du wirklich nichts?« Er hält mir den Pappteller hin.

Ich schüttle den Kopf und lächle gequält.

»Alles okay bei dir?«, fragt Nik.

Um seinem prüfenden Blick auszuweichen, drehe ich den Kopf in Richtung Meer, während ich tief Luft hole. »Ehrlich gesagt, nicht ganz.«

»Was ist denn?«, fragen Leo und Nik gleichzeitig. Wäre ich nicht so durch den Wind, ich würde sie am liebsten beide in den Arm nehmen.

»Meine Mutter hat vorhin angerufen. Anscheinend will mein Vater ausziehen.« Ich atme aus. »Deswegen bin ich ein bisschen neben der Spur.«

Leo legt den Arm um meine Schulter. »Ach, Mist, das tut mir leid.« Er zieht mich ein Stück näher.

Ich begegne Niks Blick und fühle mich unwohl. Irgendwo brummt es. Leo lässt mich los, greift in seine Hosentasche und zieht sein Handy heraus. »Sorry, das ist jetzt *meine* Mutter.« Er wirft mir einen entschuldigenden Blick zu. »Mum, hi. Ja, alles bestens …« Mit dem Telefon am Ohr läuft er zur Tür.

Draußen taucht er vor dem Fenster wieder auf, stapft über die Stufen in den Sand hinunter und weiter in Richtung Meer. Dabei schirmt er das Handy am Ohr mit der zweiten Hand ab. Ich starre ihm nach, ohne ihn wirklich zu sehen.

»Ist es schlimm für dich?«

Ich schrecke aus meiner Versenkung auf, nicke und drehe langsam den Kopf. Niks Augen leuchten selbst in diesem düsteren Wetter und sein Blick ist voller Mitgefühl.

»Ich komme mir so blöd vor. Eigentlich betrifft es mich ja nicht mehr.«

Er lächelt. »Musst du nicht. Und wenn du lieber fahren willst, sag es einfach. Du musst hier nicht durchhalten.«

»Danke.« Ich nehme einen Schluck. Sehe nach draußen, wo die Windböen inzwischen so stark sind, dass sie Sand aufwirbeln. »Ich bin froh, dass ich hier bin«, sage ich leise. »Mit euch.«

Wir sitzen eine Weile einfach nebeneinander. Sehen gemeinsam den wilden Wellen zu. In mir ist es ganz ruhig. Ich spüre die traurige Gewissheit, dass mein Vater jetzt Ernst macht. Es ist kein Schock, ich wusste, dass es passiert. Früher oder später. Ich weiß nur nicht, was es bedeutet.

»Sind deine Eltern noch zusammen?«, frage ich, als mir die Gedanken zu viel werden.

Nik stiert weiter aufs Wasser. »Sie sind tot«, sagt er. »Schon, seit ich acht bin. Ich kann mich kaum noch an sie erinnern.« Ruckartig dreht er den Kopf. »Ein Autounfall.«

»O Gott, das tut mir leid«, sage ich leise, während meine Brust sich zusammenzieht.

»Ist schon okay. Es ist lange her. Es geht mir gut.« Seine Augen sind ganz weich. »Ich bin bei Leos Familie aufgewachsen – falls du das noch nicht weißt.«

»Nein, das wusste ich nicht.« Ich schlucke. »Es muss dir lächerlich vorkommen, wie ich fühle.«

Er schüttelt den Kopf. »Es tut dir weh. Daran ist nichts lächerlich.«

Ich würde gern den Kopf auf seine Schulter legen. Oder ihn in den Arm nehmen. Doch ich verharre, wo ich bin, und ignoriere all die Fragen in meinem Kopf. Wie durch Watte höre ich das Murmeln der anderen Surfer im Raum und die Brandung draußen, weit weg, anderswo. Er lächelt. Dann spüre ich seine warme Hand auf meiner, und mein Herz rast plötzlich wie verrückt.

»Entschuldigt!«

Ich zucke zusammen. Die Wärme auf meiner Hand ist verschwunden. Stattdessen liegt jetzt eine andere auf meiner Schulter.

»Alles okay?«

Ich nicke. »Können wir vielleicht trotzdem bald fahren? Du weißt ja …« Ich schaffe es, zu grinsen. »Das Exposé.«

»Shit.« Leo schlägt sich gegen die Stirn. »Das hatte ich verdrängt. Und es hilft wohl nichts, wenn ich versuche, dich zu überreden …«

Ich ziehe die Augenbrauen hoch und er hebt die Hände.

»Okay, okay … let's go.«

Leo lässt mich vorgehen, hält mir die Tür auf und bietet mir seine Jacke an, sobald uns der Wind um die Ohren saust.

Auf dem Weg zum Wagen laufe ich hinter den beiden. Bruchstückhaft höre ich, wie Leo Nik von dem Gespräch mit seiner Mutter berichtet und dass sie eine Familienreise durch England plant. Meine Gedanken beginnen wieder zu kreisen, und ich ahne, dass es sich nicht vermeiden lässt, dass auch ich bald meine Familie sehe.

 *Nik*

DAMALS

as kannst du nicht bringen!« Das Wasser kocht zischend über, als Leo die Nudeln mit Schwung hineinschmeißt. Er tritt auf das Pedal des Mülleimers, als stampfte er mit dem Fuß auf. Scheppernd fällt der Deckel zu. Dann kommt er zum Esstisch, wo ich versuche, mich auf die Daten für meine Modellanimation zu konzentrieren, und baut sich vor mir auf wie der Türsteher vom *The Fabric* in London. »Echt nicht.«

Langsam klappe ich das Laptop zu. Ich habe Schiss vor dieser Diskussion und eigentlich keine Zeit dafür.

»Ich spreche mit Sabina«, sage ich. »Aber ich werde nicht mitkommen. Es geht nicht. Nicht jetzt.«

Er will meine Entschlossenheit mit seinem Lächeln wegbrennen. Er kennt es nicht anders. »Komm. Es sind doch nur zehn Tage. Das wird richtig geil. Einmal noch, bevor es ernst wird, bevor hier alles vorbei ist. Mum und Dad absolvieren ihr Kulturprogramm, und wir können machen, was wir wollen. Du kennst sie doch. Hauptsache, wir sind dabei …«

»Leo …«, ich versuche ruhig zu bleiben, ihm sein Unverständnis nicht übel zu nehmen. Er hat Sabina im Nacken. Und ja, ich kenne meine Pflegeeltern, insbesondere meine Pflegemutter, deren spontane Idee diese Reise ist. Ich habe die coolsten

Eltern bekommen, die man sich vorstellen kann, ich bin Sabina und Henry für ewig dankbar. Aber bedeutet das, dass ich auch für ewig springen muss, wenn Sabina eine Idee hat? Dass ich die Chance meines Lebens riskieren muss, um mit ihr in Cornwalls Seebädern zu dinieren? Ich weiß, ich bin nicht fair. Sie möchte uns diese Reise zu unserem Abschluss schenken. Eine schöne Idee. Abgesehen davon, dass das Geschenk nicht stattfinden darf, wenn wir den Master geschafft haben, sondern während wir mittendrin stecken, nur weil es *jetzt* besser in den übervollen Terminkalender der Walkers passt.

»Das Projekt geht vor«, sage ich so emotionslos wie möglich. »Es ist eine unglaubliche Chance für mich.«

»Die du nicht brauchst.« Leos Augen funkeln und sein Lächeln wird noch verführerischer. Ich kenne diesen Gesichtsausdruck. Er hat sich nicht verändert, seit Leo fünf ist. Zeit seines Lebens hat seine ansteckende Begeisterung gereicht, um mich von seiner Meinung zu überzeugen.

Er stützt die Hände auf den Tisch und beugt sich zu mir. »Henry kann dir jeden Job besorgen, den du willst. Das weißt du doch.« Er realisiert sofort, dass er die falsche Taktik gewählt hat. »Und mit deinen Noten nimmt dich sowieso jedes Architektenbüro mit Kusshand«, schwenkt er um. »Glaub mir, du hast dieses schnöde Uni-Projekt gar nicht nötig.« Er verzieht das Gesicht und richtet sich seufzend auf, weil ich noch immer nicht reagiere. »Außerdem haben sie verdammt viel für dich getan, Mann. Und vielleicht muss das als Grund reichen.«

Gleich wird mir übel vor lauter Pathos. Der Stuhl schleift quietschend über das Parkett, als ich aufspringe und zum Fenster laufe, um nicht zu explodieren. Ich frage mich, ob Leo womöglich neidisch ist. Weil nur ich die Einladung bekommen habe, mit Professor Harris an dem Nachhaltigkeitsprojekt für

Shenzen mitzuarbeiten. Ich hasse es, dass er mich so unter Druck setzt, dass mir solche Gedanken kommen.

»Ja. Haben sie«, sage ich betont ruhig. »Und genau deshalb gebe ich wirklich alles, um das Beste daraus zu machen. Spontanurlaub mitten in der heißen Phase der Masterarbeit zählt aber nicht dazu.«

Leo seufzt. »Alter, das geht mir doch genauso. Der Zeitpunkt ist ungünstig. Und Sabina hätte uns fragen müssen. Aber so ist sie nun mal.« Er lächelt verträumt. »Sie wollte uns überraschen. Und jetzt ist schon alles gebucht.«

Ich rolle mit den Augen und schlucke meine harsche Antwort, dass das ihr Problem ist, runter.

»Du kennst sie doch.« Leos Ton ist inzwischen flehend. »Sie ist ein bisschen verpeilt. Bitte!«

Ich möchte brüllen. »Ja, ich kenne Sabina«, sage ich. Und deshalb ist es wahrscheinlich das erste Mal, dass ich mich einem Wunsch meiner Pflegemutter widersetze. Ich fühle mich beschissen dabei. Doch gleichzeitig kann ich nicht nachgeben. Es ist eine einmalige Chance. Für mich. Für mein eigenständiges Leben.

»Bitte.« Leo legt die Hände wie zum Gebet zusammen.

Es ist eng in meiner Brust, als ich den Kopf schüttle. »Tut mir leid«, sage ich heiser. »Sie muss das verstehen. Und wenn nicht – dann nehme ich das in Kauf.«

Leo nickt endlich und der Druck um meinen Brustkorb lockert sich etwas. »Okay, du meinst es wirklich ernst. Na bravo, dann muss ich mir wohl mit unserer kleinen Schwester die Nächte um die Ohren hauen.«

Er macht ein so dramatisches Gesicht, dass ich grinsen muss. »Du wirst es überleben.«

Auf dem Herd blubbert es.

»Was ist eigentlich mit der Pasta?«, frage ich.

Leo springt auf. »Ach, fuck.« Er guckt auf die Uhr. »Siebzehn Minuten. Ich glaube, wir gehen besser raus was essen!«

*

Im *Surf Club* steht die Luft. Liz winkt uns zu, kaum dass wir durch die Tür sind. Sie kommt um die Bar herum, begrüßt Leo mit einer Umarmung und mich mit einem Kuss auf den Mund.

»Hi, schön, euch zu sehen.« Ihr Blick ist einladend und einen Hauch vorwurfsvoll. Ich hätte nicht mit ihr schlafen sollen. Auch wenn es über ein Jahr her ist, fühle ich mich noch immer schlecht, wenn ich ihr begegne. Während Leo ein paar weibliche Bekannte begrüßt, frage ich mich, ob es ihm wohl jemals so geht. Ob er überhaupt noch Unterschiede spürt bei seiner Frequenz. Ob es ihn überhaupt interessiert, wenn seine Dates vermeintliche Lockerheit nur vortäuschen.

Ich achte normalerweise sehr genau darauf und verziehe mich rechtzeitig, wenn eine Frau mehr als nur Spaß möchte. Ich will einfach keine Beziehung. Habe keine Zeit dafür und brauche meinen Kopf für andere Dinge. Bei Liz habe ich die Signale übersehen. Sie ist verdammt hübsch. Sie flirtet gern. Wir haben ein paar Mal nach ihrer Schicht noch weitergetrunken, und irgendwann bin ich mit zu ihr nach oben. Sie wohnt direkt über der Bar. Es hat sich unkompliziert angefühlt. Es war gut. Doch seitdem setzt sie jedes Mal diesen Blick auf, wenn sie mich begrüßt. Intensiv, vorwurfsvoll, anstrengend. Vielleicht bin ich heute allerdings auch einfach gestresst von der Reisediskussion mit Leo.

Wir schieben uns durch die Studententraube um die Bar nach hinten, wo an winzigen Tischen Snacks serviert werden.

»Ich hab euch einen freigehalten«, sagt Liz. »Was wollt ihr?« Sie guckt nur mich an, länger als nötig.

»Ein Pint und Mac 'n Cheese«, sage ich.

»Nehm ich auch. Danke, Sweetie.« Leo gibt sein Bestes. Er weiß von meinem Problem und macht es zu seiner Aufgabe, die Aufmerksamkeitslücke zu füllen.

Wir lassen uns auf die Stühle fallen und checken die Lage im Raum. Genau gleichzeitig entdecken wir sie. Marie. Neben einem Typen, der breitbeinig zwei Drittel des Sofas einnimmt, auf dem sie sitzen. Im Ausschnitt seines zu engen T-Shirts baumeln Goldketten. Er erinnert mich an einen italienischen Schnulzensänger und er passt zu Marie wie Supermarktfusel zu Kaviar. Um das Sofa der beiden herum lungert ein Rudel Italiener, deren Geschnatter so laut ist, dass es die Musik übertönt.

Leo steht schon. Er macht sich auf den Weg, schiebt freundlich lächelnd zwei, drei Italienerinnen zur Seite. Marie zuckt überrascht, als er sich zu ihr beugt und sie selbst für seine Verhältnisse ziemlich rasant begrüßt: Hand an den Hinterkopf, zwei Küsse direkt neben den Mund. Dann quetscht er sich tatsächlich noch dicht neben sie aufs Sofa. Er flüstert ihr etwas ins Ohr, während er zu mir rüberdeutet. Als ihr Blick mich findet, legt sie den Kopf schief und winkt. Ihr Lächeln schwingt in meinem leeren Magen. Ihre knallroten Lippen und die dunkel geschminkten Rehaugen erinnern mich an unsere erste Begegnung. Irgendetwas ist seitdem passiert. Schon damals fand ich sie ziemlich hübsch, doch ich konnte sie ansehen, ohne dass mein Herz gleich einen Aufstand veranstaltet hat. Jetzt hämmert es immer noch gegen meine Brust, obwohl Marie sich längst wieder Leo zugewandt hat. Der erzählt natürlich irgendeine gute Story, locker aus dem gekrempelten Ärmel seines dunkelblauen Hemds geschüttelt, und nicht nur Marie, sondern alle Frauen in der Runde lachen begeistert.

»Und, wie geht's dir?« Liz bringt das Bier.

Als sie es auf dem Tisch platziert, streifen ihre Locken meine Wange. Ich kann ihr Shampoo riechen, ich mag ihren Duft nach Kokos und Sommer, das ist es nicht.

»Viel zu tun«, antwortet mein schlechtes Gewissen.

Sie schiebt ihren Minirock zurecht. »Schade.«

Ich sehe ihr in die Augen, erwidere ihr Lächeln und halte ihren sehnsüchtigen Blick. Er lenkt mich davon ab, dass Leo bei Marie sitzt und dass ich mich ärgere, nicht hinübergegangen zu sein.

»Da kann man wohl nichts machen.«

Ich schüttle den Kopf.

Als sie sich zu mir beugt, spüre ich zuerst ihre Hand auf meinem Oberschenkel und dann ihre Lippen an meinem Ohr. Ihr Atem kitzelt. »Du weißt ja, wo du mich findest, falls du deine Meinung änderst.« Sie streicht mir die Haare aus dem Gesicht und wirft noch einen eindeutigen Blick hinterher.

»Liz, please.«

Abrupt richtet sie sich auf. »Ich geh mal das Essen holen.«

Leo kommt zurück. »Was für ein Pfosten!« Er rückt sich den Stuhl so zurecht, dass er Marie und ihre Freunde im Blick hat. »Ihr Exfreund. Dumm wie Brot.«

Während ich überlege, ob ich Lust auf dieses Gespräch habe, sehe ich, wie Marie aufsteht. Wir recken beide die Köpfe – der eine insgeheim, der andere demonstrativ – als sie sich ein ganzes Stück neben uns in Richtung Toiletten durch die Menge schiebt.

»Marie!«

Sie bleibt stehen und rollt mit den Augen, als sie erkennt, wer da über alle Köpfe hinweg nach ihr gerufen hat. Doch sie dreht tatsächlich um und kommt zu uns rüber. Ich sehe Leos zufriedenes Grinsen im Augenwinkel.

»Hi Nik«, sagt sie. »Wie geht's?«

Aus der Nähe betrachtet, ist sie noch hübscher. Ihre dunklen Augen mustern mich in dieser besonderen Kombination aus forsch und vorsichtig, und ihr schiefer Mund, auf dem die knallrote Farbe unpassend und attraktiv zugleich wirkt, lächelt so zurückhaltend wie neugierig.

Ich springe auf. »Hi. Gut«, sage ich zu leise und wünsche mir einen charmanten Spruch herbei. »Und dir?«

»Auch.« Sie streicht sich eine verschwitzte Strähne aus der Stirn und wendet sich Leo zu. Würde ich auch tun. »Das war nicht okay«, sagt sie.

Leo zuckt die Schultern. »Er ist ein Idiot.« Er steht auch auf, langsam, wirkungsvoll. »Komm, setz dich!« Er schnappt sich einen freien Stuhl vom Nachbartisch und zieht ihn zu uns.

Marie rührt sich nicht. »Trotzdem.«

»Was willst du noch von ihm? Warum gehst du mit ihm aus?«

»Es gibt keinen Grund, es nicht zu tun.« Für einen Moment schiebt sie die Unterlippe vor wie ein trotziges Kind. »Es geht dich auch nichts an, okay?« Ihre Mundwinkel wandern nach oben, um ihren Worten so eindeutig strahlend zu widersprechen, dass es in meinem Magen brennt. Er ist dabei, auch diese Nuss zu knacken. Habe ich etwas anderes erwartet?

Jetzt nimmt er ihre Hand, spielt mit ihren Fingern. »Ich bin eifersüchtig«, sagt er. »Ich möchte nicht, dass du dich mit anderen Männern triffst!«

Marie befreit sich. »Bullshit!«

»Was findest du an ihm? Ist er gut im Bett?« Leos Grinsen lässt keinen Zweifel daran, dass er besser ist.

»Pff.« Sie lacht nur.

»Also nicht? Scheiße, was dann, ist er ein Ferrari-Erbe?«

»Nein.« Marie kichert und dreht sich zum Gehen.

»Was dann?« Leo lässt nicht locker.

»Vielleicht mag ich seine Haare«, sagt sie und läuft los.

»Marrriiie!«

Die Leute neben uns starren.

»Du brichst mir das Herz«, brüllt Leo ungerührt in die Menge. Marie verschwindet in der Damentoilette.

Leo dreht sich zurück zu mir.

Ich habe inzwischen angefangen, die Mac 'n Cheese in mich hineinzustopfen. Sie waren schon kalt, als Liz sie gebracht hat. Sehen aus wie gelber Isolierschaum und schmecken auch so. Keine Ahnung, warum alle sie bestellen. Zumindest stopfen sie das ziehende Loch in meinem Bauch.

»Dieser Typ!« Leo klatscht sich vor die Stirn. »Valentino.« Er haucht den Namen gen Himmel. »Kann doch nicht ihr Ernst sein.« Er beginnt den Kampf mit dem Käse und wir kauen eine Weile stumm vor uns hin.

»Du musst dich unbedingt mit ihr treffen, wenn ich weg bin«, platzt er heraus.

»Wieso?« Ich stelle mich blöd.

»Er will sie zurück. Ist doch klar.« Leo legt die volle Gabel zurück auf den Teller. »Und in zehn Tagen kann viel passieren.« Er beugt sich vor. »Alles.«

Ich reagiere nicht.

»Sie ist nicht dein Typ, ich weiß, aber um mal was Essen zu gehen, dafür reicht's doch.« Er grinst. »Mir zuliebe.«

»Ich muss arbeiten«, sage ich und kann nicht verhindern, dass mein Ärger darüber durchklingt, dass ich das schon wieder erwähnen muss, ganz zu schweigen von Leos absurd falscher Einschätzung meines Frauengeschmacks.

Er schaufelt sich einen Berg Makkaroni in den Mund. Beim Kauen setzt er den Retrieverblick auf, den er eigentlich für Frauen reserviert hat.

»Please, Nik.«

Ich muss doch lachen und verschlucke mich prompt.

»Versprochen?« *Vorprochen?*

»Mal sehen«, sage ich und spüle den Käseklotz und all meine wirren Gedanken mit einem großen Schluck Bier runter.

KAPITEL 8

Nik

JETZT

Ich überspringe die letzten beiden Stufen, doch auch auf dem Flurboden klingen meine vorsichtigen Schritte wie Elefantengetrampel. Immerhin, die Angeln der Hüttentür sind gut geölt. Ich schiebe mich durch einen Spalt ins Freie, atme aus und tief ein, dann laufe ich ums Haus und lasse mich auf die Bank an der Hüttenwand sinken. Bestimmt ist sie nicht zufällig so platziert, dass die Sonne morgens als Erstes hierhin scheint. Vor mir grasen die Kühe, hinter ihnen brennt der Himmel und das Holz wärmt mir angenehm den Rücken. Es könnte schlechter sein, auch wenn es erst kurz vor fünf ist und es keinen einzigen Knochen in meinem Körper gibt, der nicht laut nach Schlaf schreit. Ob es immer noch am Jetlag liegt oder am Alkohol gestern oder an den ratternden Gedanken über die Zukunft, die ich gut im Griff habe, außer wenn ich mich hinlege und schlafen will, ist eigentlich egal. Denn in diesem Moment, als die Sonne den ersten Strahl durch den Nebel schickt, bin ich einfach nur glücklich über meine Entscheidung. Ich lasse den Kopf an die Hauswand sinken, schließe die Augen und grinse, als mich das Krähen eines Hahns davon abhält wegzunicken.

Es poltert auf dem Holzdeck. Ich denke als Erstes an Charly und hoffe irgendwie, dass es nicht schon wieder sie ist, die mich hier aufstöbert – auch wenn ich heute wohlweislich schon T-Shirt und Shorts trage.

»Ach, Nik!«

Instinktiv lege ich den Zeigefinger auf den Mund, als überraschenderweise Henry noch etwas verstrubbelt um die Ecke kommt. Mein Pflegevater unterschätzt sein lautes Organ gern.

»Ist dir auch so heiß?«, raunt er, als er näher kommt.

Ich grinse und denke, *kein Wunder, im dunkelblauen Seidenpyjama.* Als befänden wir uns an Deck eines Kreuzfahrtschiffs, sieht Henry darin aus. Wahrscheinlich hat Sabina ihn sowohl ausgesucht als auch eingepackt.

Ich rutsche ein Stück zur Seite und deute auf den Platz neben mir.

Er setzt sich auf die Kante der Bank, rechte Winkel in den Beinen und im Rücken. Während er den Blick schweifen lässt, nickt er zufrieden. »Ein ganz ordentlicher Platz«, sagt er. »Bis auf die Qualität der Matratzen.«

Seine Augen bleiben schließlich auf mir liegen. »Alles in Ordnung, Junge?«

Instinktiv rutsche ich hoch und setze mich ähnlich gerade hin wie er. »Ja. Denke schon.«

»Schön, dass du wieder da bist. Was ist eigentlich der Plan?«

»Was meinst du?«

»Na ja, jetzt, wo du zurück bist. Wenn ich recht verstanden habe, deiner Großmutter wegen, richtig?«

Ich nicke.

»Hm. Demenz war das?«

»Ja.«

»Und dein Großvater ist kürzlich verstorben.«

Ich bestätige auch das mit einem Nicken.

»Mein Beileid.«

»Danke.«

»Ich frage mich nur, was du jetzt vorhast – ich meine, du warst, soweit ich weiß, ziemlich erfolgreich in China.« Er streicht sich durch die Haare, während seine Augen sich inzwischen für die Möbel auf der Terrasse interessieren. »Aber dir ist sicher bewusst«, sagt er weiter, »dass München ein anderer Markt ist. Deutschland, Europa insgesamt. Für einen freien Architekten – keine Chance.« Er winkt demonstrativ ab.

»Ich arbeite nicht als freier Architekt«, sage ich ruhig. »Ich habe seit Jahren meine eigene Firma. Unser Büro –«

»*Unser* Büro?«, unterbricht er mich. »Was heißt das?«

»Ich habe mit zwei chinesischen Partnern ein Büro für Interior Design gegründet. Wir gestalten Showrooms für große internationale Marken.« Ich unterbreche mich selbst in meiner Werberede. Mein Herz klopft mehr, als mir lieb ist. »Wenn es dich interessiert, zeige ich dir später unsere Website.«

»Tss.« Henry schüttelt den Kopf. »Innenarchitektur? Wieso das denn?«

»Es hat sich so ergeben. Meine Partner kommen aus dem Bereich. Ich habe ihnen geholfen, deutsche Automobilkunden zu akquirieren. Ziemlich erfolgreich. Wir arbeiten inzwischen für Daimler, Volkswagen, BMW …«

»Wie auch immer, Nik«, unterbricht er mich erneut. Er legt seine schwere Hand auf meine Schulter und sieht mir stechend in die Augen. »Du könntest jetzt wieder echte Architektur machen.«

Ich unterdrücke meinen aufsteigenden Ärger. Am meisten nervt mich mein Bestreben, ihm zu gefallen. Es sollte mir egal sein, was er denkt.

»Was meinst du damit?«, frage ich und erzwinge ein Lächeln.

Seine stahlblauen Augen durchbohren mich jetzt regelrecht. Ich sehe zu den Kühen, um wenigstens diesem Blick zu entkommen, während die Hand auf meiner Schulter sich anfühlt wie ein Betonklotz.

»Wir suchen einen Toparchitekten, Nik. Ehrlich gesagt, händeringend.« Sein Griff schraubt sich tiefer. »Unsere Architektur ist scheiße. Leo interessiert sich nicht dafür. Hat er nie. Er ist ein Verkäufer, er wickelt die Investoren um den Finger wie kein anderer. Du kennst ihn ja. Dass unsere Projekte optisch mittelmäßig sind, realisiert er nicht einmal. Steig bei uns ein, Nik. Ich biete dir hier und jetzt eine Partnerschaft an. Mit dir könnten wir endlich auch über die Architektur von uns reden machen. Weltweite Wahrzeichen bauen. Ich will Arenen, Olympiastadien. Und wenn schon Shopping Malls, dann welche mit Wow.«

Ich atme ein. Als er sich vor mir aufbaut – selbst im Schlafanzug respekteinflößend – springe auch ich auf.

»Ich weiß das sehr zu schätzen, Henry«, sage ich langsam. Dann zwinge ich mich, ihm in die Augen zu sehen. »Aber danke, nein. Ich glaube an meine Firma.«

»… die in China sitzt.« Er lacht polternd, als hätte ich einen guten Witz erzählt. »Ich hatte ganz vergessen, was für ein Träumer du bist. Come on … Blöd bist du aber doch nicht.«

Er klopft mir ein paar Mal auf die Schulter. »Weißt du was, Junge, es ist fünf Uhr früh. Ich geh jetzt mal zurück ins Bett. Sonst krieg ich Stress mit meiner Frau, die meint, ich müsste dringend mal *ausschlafen*.« Seine großen Hände malen Anführungszeichen in die Luft. »Und was unser Gespräch angeht, das vertagen wir auf München. Oder du kommst demnächst mal nach Berlin. Womöglich taugt dir die Hauptstadt noch besser … Aber das besprechen wir dann. Wir sehn uns gleich!«

KAPITEL 9

Marie

Er steht keine drei Meter vor mir, die Haare im Nacken zerzaust wie das T-Shirt von der Nacht. Stockstill steht er und beobachtet die aufgehende Sonne, die genau vor ihm durch die Bäume strahlt. Sie taucht ihn in eine neblige Aura, so kitschig wie ein Jesus-lebt-Plakat. Er hat mich noch nicht bemerkt. Meine Füße sinken in die Wiese, die feucht ist, aber wärmer, als ich dachte.

»Gibt es solche Sonnenaufgänge auch in China?«, frage ich, als ich direkt neben ihm stehe.

Er fährt herum, sichtlich erschrocken, wahrscheinlich über mein Nachthemd oder meine plötzliche Nähe oder beides. »Guten Morgen«, sagt er schließlich. Dann dreht er sich zurück und lächelt so verschmitzt die Bäume an, dass ich neidisch auf sie werde. »Nein. In Shanghai scheint nie die Sonne.«

Ich boxe ihn an den Arm. »Hey. Ganz dünnes Eis. Vielleicht erinnerst du dich dunkel daran, dass ich noch nie in China war. Und besonders viel hast du ja auch nicht erzählt bis jetzt.«

Wir sehen uns in die Augen und mein Herz schlägt Funken.

»Warst ja ziemlich beschäftigt gestern«, sagt er.

Ich versuche zu erkennen, ob das ein Spruch ist – oder ob er womöglich bemerkt hat, dass ich den ganzen Tag tunlichst vermieden habe, mit ihm allein zu sein. Und jetzt im Nacht-hemd. Toll. Hätte ich vielleicht mal einen Blick aus dem Fester werfen können? Dann wäre ich ihm nicht halbnackt in die Arme gelaufen.

»Was willst du denn wissen?«, fragt er in meine Gedanken.

Sein T-Shirt ist am Ausschnitt ausgeleiert, und ich weiß plötz-lich wieder, wie er genau dort riecht, wo sein gebräunter Hals in die Schulter übergeht.

»Alles«, sage ich.

Er bohrt mit den Zehen Löcher ins Gras »Das ist 'ne ganze Menge«, sagt er. »Zum Beispiel?«

Zum Beispiel, warum du gegangen bist. Warum du dich bei mir nie gemeldet hast. Oder, warum du jetzt wiedergekommen bist.

»Wie sind die chinesischen Frauen?«, sage ich, weil mir nichts Besseres einfällt.

Er lacht. »Hübsch. Wenn auch nicht so hübsch wie manche deutsche.«

Ich reibe mir über die Arme, weil ein Windstoß mir eine un-passende Gänsehaut verpasst. Dann recke ich meine Nase in den Himmel. »Ah, das tut gut nach der heißen Nacht.«

»Ich dachte, Leo ist weg«, murmelt Nik.

Ich sehe ihn wohl ziemlich entsetzt an. Dann lachen wir beide gleichzeitig los, und eine kleine Ahnung beschleicht mich, wie es sich anfühlen könnte, wenn wir einfach alles hinter uns ließen und Freunde würden: leicht und wohlig warm im Bauch.

»Ich wollte mich drüben an die Hauswand setzen«, sage ich. »Den Kühen Guten Morgen sagen. Kommst du mit?«

»Wenn ich nicht störe.«

Entschlossen sehe ich ihm in die Augen. »Tust du nicht.«

Wir sitzen nebeneinander auf der Bank ans warme Holz der Hütte gelehnt. Ich habe die Beine hochgezogen, weil ich beschlossen habe, mich nicht mehr darum zu kümmern, was Nik wie irritieren könnte. Ja, ich will, dass wir Freunde werden, und Freunde können ohne Probleme im kurzen Nachthemd miteinander reden. Oder einfach schweigend Kühe beim Frühstück beobachten. Ich frage mich, ob ich meinen Kopf an seine Schulter lehnen kann. Bei Charly würde ich das jetzt tun.

Doch dann fällt mir etwas ein.

Eine Sache, die unbedingt geklärt werden muss. »Leo weiß nichts – davon. Und das soll auch so bleiben.« Die Worte schlittern aus meinem Mund, bevor ich mir Gedanken über die richtige Formulierung machen konnte. Weiß er überhaupt, was ich meine?

Nik runzelt die Stirn. Nur für den Bruchteil einer Sekunde streift mich sein Röntgenblick. Er genügt, um mich davon zu überzeugen, dass er keine Gedächtnislücken hat. Jetzt stiert er zum Parkplatz, holt Luft.

»Ist das nicht deine Freundin?«, sagt er langsam.

Mein Kopf fährt herum. Ja, es ist eindeutig Charly, die da mit Sandalen in der Hand den Weg vom Parkplatz heraufgetappt kommt. Ich bin so verwirrt, dass ich kein Wort rausbringe. Außerdem sieht diese Charly verdammt anders aus als die, die zuletzt gestern mit mir auf dem Holzdeck in geburtstagstauglichem Glitzerfummel zu einer von Teresas Playlists getanzt hat. Und später mit Fritz. Ziemlich eng mit Fritz, okay, ich ahne was … Doch mein Film hat einen Riss zwischen dem Moment, als ich mich irgendwann ins Bett verabschiedet habe – betrunken, aber doch nicht so … – und dem Bild der Frau, die gerade mit bis zur Taille wallenden Haaren auf Nik und mich zukommt, in einem gestreiften XXL-Shirt, das ich nicht kenne und das offenlässt, ob sie noch was anderes als lange Beine darunter trägt. Doch eins ist sicher: Es ist eindeutig Charly. Und die ist immer für eine Überraschung gut.

»Morgen«, sagt sie, als sie vor uns steht. »Was macht ihr denn hier?«

»Wir haben hier übernachtet«, sage ich. »Und du so?«

Charly hebt die linke Hand und die rechte Augenbraue und grinst. Ihre Wangen glühen in zartem Rosé und ihre grünen Augen glitzern in der Sonne, und das macht eigentlich jede weitere Erklärung überflüssig.

»Ich geh dann mal schlafen«, sagt sie und läuft an uns vorbei in die Hütte.

»Cooles Shirt«, rufe ich ihr hinterher. Doch die Tür ist bereits zugefallen.

*

Fritz hat wieder Frühstück gebracht. Es hat mich nicht wirklich überrascht, wie erfreut er war, als ich ihn gefragt habe, ob er bleiben will. Charly ist eben Charly. Nur wieder aufgetaucht ist sie noch nicht. Doch Fritz ist cool. Er lässt sich nichts anmerken – außer, dass er jedes Mal, wenn die Hüttentür aufgeht, einen mehr oder weniger geheimen Blick riskiert. Gefragt hat er allerdings noch nicht nach ihr.

Aktivität hängt über der Terrasse. Geradezu ekelhaft agil drauf sind alle und gucken nur befremdet, wenn ich was von Kater erwähne – die unauffälligste Bezeichnung, die mir für das Potpourri an Gründen für meine lethargische Stimmung eingefallen ist. Während ich gerade in der Küche war, ist Fritz' Vorschlag, eine leichte Wanderung zu machen, auf einstimmige Begeisterung gestoßen. Auf einen Bärenkopf will er mit uns, klingt das etwa *leicht*? Doch niemand hört auf meine Proteste, Geburtstag war gestern. Teresa und Sabina sind schon zum Frühstück im identischen Dry-fit-Shirt erschienen, knallrot, Ton in Ton mit Teresas Lippenstift. Henry trägt Trekkinghose mit dem Selbstverständnis seines neuen Zweitwohnsitzes, und Dennis sieht in seinem Trachtenjanker aus, als wollte er gleich los aufs Oktoberfest. Nik und ich gehen uns wieder aus dem Weg. Zurück auf Los. Nach Charlys Abgang ist er ihr gleich hinterhergesprungen. Jetzt gefällt er sich in der Rolle des Co-Animateurs. Er und Fritz machen richtig Dampf, sammeln die Teller ein, treiben zum Aufbruch, weil nachmittags Gewitter angesagt sind. Das auch noch. Und immer noch keine Spur von Charly. Wahrscheinlich hat sie von den Plänen durchs Fenster gehört und stellt sich tot.

Als ich die Treppe hochkomme, fest entschlossen, sie aus ihrem Schönheitsschlaf zu reißen und Unterstützung einzufordern, kommt sie gerade aus dem Bad. Sie riecht frisch geduscht und in ihren Wangen kann ich mich spiegeln. Ihr Outfit verheißt nichts Gutes, Jeansshorts und ein Holzfällerhemd, unterm Busen geknotet. Die Wanderschuhe baumeln ihr bilderbuchhaft über der Schulter. Weiß sie etwa schon länger von der Schnapsidee?

»Geht's los?«, fragt sie prompt. Sie lächelt immer noch ziemlich entrückt, und ich ahne, dass ich in der Frage, ob jemand mit mir den Tag hier im Liegestuhl verbringt, meine letzte Verbündete bereits vor Stunden an die Gegenpartei verloren habe.

*

Es ist noch heißer als gestern. Vom Wind heute Morgen ist nichts mehr zu spüren. Wenn die Sonne hinter den dicken

Wolken rauskommt, brennt sie uns unerbittlich direkt auf die Köpfe, weil wir, anders als gestern zum See, jenseits der Bäume mitten über herrliche Wiesen laufen. Der Weg ist steil und steinig, doch es duftet nach wilden Kräutern, und unter den Wolken reiht sich Bergreihe hinter Bergreihe bis ins Unendliche des klaren Horizonts. Mir läuft der Schweiß in den Nacken und ich schnaufe wie eine Dampfwalze, doch meine Beine fühlen sich erstaunlich leicht an, und mit jedem Schritt verdrängt die unübersehbare Magie dieses Tages ein Stück mehr meiner lähmenden Gedanken.

Ganz anders der Rest der Truppe. Keine Stunde nach unserem Start ist die Motivation der Walkerfrauen total im Keller und das Tempo ihrer vermeintlich dynamischen Männer zu einem langsamen Schlurfen verkümmert. Dabei trifft das Meckern über zu viele Mücken, zu wenig Bäume, zu große Steine und zu kleine Pausen vor allem den armen Fritz. Mein Mitleid mit ihm hält sich allerdings in Grenzen, denn irgendwie hat er uns seine Rolle als Bergführer ja ziemlich aufgedrängt. Während er mit Hilfe von Nik also alles gibt, um die Familie Walker bei Laune zu halten, gucken Charly und ich, dass wir Abstand gewinnen.

Als wir irgendwann sicher außer Hörweite sind, werfe ich ihr ein großes »Und« mit drei Fragezeichen rüber.

»Er kann's halt«, antwortet sie und lächelt so schamlos, dass ich glatt neidisch werden könnte.

»Details, bitte!«, insistiere ich.

»Fünf zu drei.«

»Ahh. Nein. Das doch nicht!« Ich halte mir die Ohren zu. »Ich meine, was das jetzt bedeutet …«

»Na ja.« Charly streicht sich im Kreis über die Lippen. »Vielleicht, dass ich heute noch mal … außer Haus schlafe. Wer weiß …« Sie grinst.

Ich rolle mit den Augen. »Und sonst?«

Charly bleibt stehen. »Du meinst, ob ich mich nach ihm verzehren werde, wenn wir wieder in München sind?«

Ich lache und nicke. »So was in der Art, ja.«

»Warte, lass mich überlegen«. Sie nimmt den Zeigefinger ans Kinn und guckt zum Himmel. »Äh … nein.«

»Aber …« Ich seufze.

»Er ist gut im Bett. Und er ist Bergbauer«, sagt sie. Dann dreht sie sich in Richtung der anderen und bleckt die Zähne. »Schluss jetzt, sie kommen.«

Fritz erreicht uns als Erster. »Lasst uns 'ne Pause machen«, schlägt er vor. »Dann sehen wir weiter.« Er stellt seinen Rucksack ab und holt eine Picknickdecke heraus, die Sabina und Teresa sofort in Beschlag nehmen. Der Rest lässt sich ins Gras fallen. Die Stimmung steigt, als Fritz weiterkramt und schließlich auch noch eine perfekte Brotzeit hervorzaubert.

»Kannst du die Landjäger mal weitergeben? Du bist nicht der Einzige, der Kohldampf hat!«, sagt Charly zu Nik. Im nächsten Moment wendet sie ihm und Fritz wieder demonstrativ den Rücken zu und beginnt ein Gespräch mit Teresa.

Dass sie ihre Lover gern links liegen lässt, kenne ich. Diese Kunst betreibt sie in Vollendung. Aber ihre zur Schau gestellte Abneigung gegen Nik macht es mir nicht gerade einfacher, *Normalität* mit ihm zu üben. Die Männer haben allerdings beide auf Durchzug geschaltet. Nik lässt Charlys Zickenalarm an seinem Lächeln abprallen und Fritz ignoriert sie noch hartnäckiger als sie ihn.

Inzwischen hat die Sonne sich endgültig hinter die Wolkenmassen verzogen, die dunkel am Horizont kochen.

Fritz guckt auf die Uhr, dann wieder zum Himmel. »Ich glaube, wir sollten umkehren.«

»Und was ist mit dem Gipfel?«, nörgle ich, dann zücke auch ich mein Handy. »Die Gewitter sind für abends angesagt, jetzt ist es kurz nach zwei.« Ich halte Fritz die Wetter-App unter die Nase.

»Bei unserem Tempo brauchen wir noch mindestens eine Stunde da hoch. Das ist mir zu riskant«, antwortet er.

»Wandern ohne Gipfel?«, sagt Charly von rechts. »Das ist ja wie …« Sie wirft Fritz über mich hinweg einen eindeutigen Blick zu.

Er retourniert ihn auf eine Art, dass mir der Schweiß ausbricht.

Nik steht plötzlich vor mir. »Ich würde auch noch weiterlaufen«, sagt er. »Wer weiß, wann ich wieder in die Berge komme.«

Fritz hat sich losgerissen. »Wie ihr wollt. Ich begleite die anderen zurück.«

Charly schießt wieder Augenpfeile. So hat sie sich das nicht vorgestellt. Ich auch nicht. Charly, Nik und ich? Meine Beine werden spontan müde bei dem Gedanken.

»Ich glaube, ich bin doch zu kaputt«, sagt sie gerade, als mir aufgefallen ist, dass ich der Variante, mit Nik allein auf Gipfeltour zu gehen, noch weniger abgewinnen kann.

»Dann bleiben wohl nur wie beide«, sagt er. »Wie sieht's denn aus, Marie? Bist du auch *zu kaputt*?« Charly bemerkt die Spitze nicht einmal. Nik fährt sich durch die Haare und lächelt nur. Kann es sein, dass ich die Einzige bin, die hier Probleme sieht? Sprachlos schüttle ich den Kopf.

»Okay«, sagt Fritz. »Dann folgt ihr einfach weiter dem Weg. Wahrscheinlich braucht ihr nicht länger als vierzig Minuten.

Aber denkt dran, dass ihr noch zurückmüsst. Also keine größere Pause, bitte.« Er checkt den Himmel und hebt den Daumen. »Passt schon.«

Ich bin mir da nicht so sicher. Mein Verstand brüllt *So what?* gegen mein Herz an, das beim Anblick von Niks verschwitztem Nacken ganz und gar nicht freundschaftlich zu hämmern begonnen hat.

Sie brechen auf. Alle außer Nik und mir. Wir beobachten, wie sie langsam den Berg hinunterwandern, als hätten wir alle Zeit der Welt. Schließlich biegt Henry als Letzter um die Kurve. Fliegen summen über einem Kuhfladen. Irgendwo im Tal kreischt eine Motorsäge. Und zwischen uns breitet sich Schweigen aus, kaum weniger bedrohlich als die Gewitterwolken am Horizont.

Hastig springe ich auf. »Na dann!« Meine Stimme ist laut und vergnügt, und ich spurte direkt los. Nach ein paar Metern holt er mich ein. Der Weg ist zu schmal, um nebeneinander zu laufen. Niks gleichmäßiger Atem in meinem Nacken treibt mich an. Ich presche voraus, als liefen wir auf Zeit, und schließlich müssen wir das ja auch. Wir sprechen kein Wort. Wären wir einfach Freunde, wäre Nik Charly, würde es mir nicht einmal auffallen. Selbstverständlich würden wir unsere Luft für den Bergaufsprint nutzen. Doch der Rucksack voll ungesagter Dinge zwischen Nik und mir wiegt schwer, und als endlich das metallene Kreuz in Sicht kommt, schaffe ich kaum die letzten Meter, so erschöpft bin ich.

Am Gipfel empfängt uns der Wind schwülwarm. Ein Greifvogel zieht seine Kreise über uns. Sein Schrei jagt mir eine Gänsehaut über den Körper.

»Ist das ein Adler?«

»Ein Milan«, sagt Nik.

Ich sehe ihn erstaunt an.

Er grinst. »Vielleicht.«

Im Gewitterlicht wirken seine Augen dunkler als sonst. Der Wind spielt mit seinen Haaren. Ich sollte lieber den Ausblick genießen. Langsam drehe ich mich weg von ihm.

Der Wind ist warm, doch er schickt mir Gänsehaut über meinen nackten Arm dicht neben seinem.

»Das ist mir klar«, sagt er.

»Was?« Kaum, dass ich es ausspreche, erinnere ich mich an heute Morgen. An dem Moment, als wir von Charlys Ankunft unterbrochen wurden.

Niks Worte hängen über dem Tal. Irgendwo da hinten, in Italien vielleicht, scheint die Sonne.

»Gut«, antworte ich kaum hörbar. »Ich wollte nur sicher sein. Er muss es nicht wissen. Es war schlimm genug für Leo, dass du plötzlich weg warst. Dass ihr euch nicht ein einziges Mal besucht habt.«

Nik schweigt.

»Und für mich auch«, wage ich mich vor. *Für mich hat es nicht mal für Nachrichten gereicht.* Ich hole ein paar Mal tief Luft, um die bitteren Erinnerungen zu verscheuchen. Als ich mich zu ihm drehe, lächle ich. »Aber ich hab's überlebt.«

Niks Blick ist viel weicher als meine Stimme. Doch als meine Augen seine treffen, weicht er mir aus. Er dreht sich in Richtung Abstieg.

»Dann hoffe ich, dass ihr mir jetzt vergeben könnt«, sagt er.

Ihr. Er und wir. So ist es. So war es von Anfang an. Egal was ich mir gewünscht hätte.

»Ich werd's versuchen«, antworte ich seinem Rücken. »Machen wir noch ein Bild?«

Als er zurückkommt, halte ich ihm mein Handy hin. Er nimmt es mir aus der Hand, streckt einen Arm aus und legt den anderen locker auf meine Schulter. Ich lehne mich mutig an ihn und wir grinsen beide ins Display. Wie Freunde.

KAPITEL 10

Marie

DAMALS

Der Typ vor mir muss dringend mal duschen. Ich beobachte die Schuppen in den Haarnestern an seinem Hinterkopf, als würden sie jeden Moment anfangen zu krabbeln. Dann reiße ich mich los, zwinge meine Augen zurück auf den Bildschirm, während meine Gedanken aus der Bibliothek fliegen.

»Sie müssen sich mehr reinhängen, Marie«, hallt Professor Connellys sonore Stimme in meinem Kopf wider. »Sie haben Talent, aber Sie ruhen sich darauf aus. Sie sind faul. Und Sie verschwenden meine Zeit. Sie wollen schon wieder über Ihr Exposé reden? Der Text müsste längst stehen. Sie sollten inzwischen überarbeiten. Die Überarbeitung ist das Entscheidende. Beim Überarbeiten entstehen die Meisterwerke. Legen Sie endlich los, Marie, trauen Sie sich!«

Jedes der Worte meiner Professorin traf mich pointiert wie eine Akupunkturnadel. Und obwohl ich wusste, wie sehr sie Ausreden hasst, startete ich einen Verteidigungsversuch.

»Es tut mir wirklich leid, Professor. Ich weiß, ich sollte schon viel weiter sein. Aber meine Eltern trennen sich gerade. Es fällt mir schwer, mich voll zu konzentrieren. Und außerdem —«

Professor Connelly beugte sich vor und stützte ihr spitzes Kinn auf ihren makellos weißen Handrücken. Diese mir allzu bekannte Geste genügte, um mir die Stimme mitten im Satz abhandenkommen zu lassen, gerade als ich anfangen wollte, ihr das Problem meiner Hauptfigur zu schildern.

Wie zwei riesige Lupen fixierten mich ihre Augen durch die zentimeterdicken Gläser ihrer schwarzen Hornbrille, die zu ihrem aristokratischen Aussehen passte wie Baggy Jeans zu Lady Mary Crawley. Für einen Moment versuchte ich stumm ihren Blick zu halten, während ich so verzweifelt wie erfolglos nach einem Funken Mitleid darin suchte. Dann gab ich mich geschlagen.

»Wenn Sie nach Hause fahren müssen, dann tun Sie es.« Connellys Stimme war scharf artikuliert. Sie schreibt nicht nur brillante Texte, sie spielt auch Theater, und nach allem, was ich gehört habe, tut sie auch das herausragend gut. Ein kreatives Multitalent. Kein Wunder, dass sie für unbegabte Studentinnen wie mich wenig übrighat.

»Doch nehmen Sie Ihre Probleme nicht als Ausrede«, fuhr sie gnadenlos fort. »Im Gegenteil: Sie sollten dankbar sein. Probleme sind der Schlüssel für gutes Schreiben.«

Sie tippte mit ihren perfekt manikürten Händen auf ihr Handy. »Nächsten Montag, zur selben Zeit. Kommen Sie endlich mit Ihrem Rohentwurf. Dann sehen wir weiter.«

Wie betäubt starrte ich in das Notizbuch, das geöffnet auf meinen Oberschenkeln lag. Die Kästchen, die ich zum Abhaken neben all meine Fragen gemalt hatte, blitzten mir leer entgegen.

»Und bitte keine Ausreden mehr, hm?« Sie klang geradezu sanft, während sie ihre Brille mit beiden Händen zurechtrückte. Dann nickte sie einmal kurz und schloss dabei die Augen. Es war das Zeichen, dass die Audienz beendet war.

Am liebsten hätte ich losgeheult, und nur die Gewissheit, dass Professor Connelly mich dann nie wieder ernstnehmen würde, ließ mich die Tränen runterschlucken. Dumpf klappte das Notizbuch zu. Der unbequeme Holzstuhl wetzte über den Boden, als ich hektisch aufsprang.

Professor Connelly lächelte ungerührt. »Dann sehen wir uns in einer Woche?«

»Ja.«

Als ich die Tür hinter mir schloss, besonders vorsichtig, weil ich aus irgendeinem unerfindlichen Grund keinen Lärm machen wollte, fühlte ich mich erbärmlich. Wie eine Erstklässlerin, die einen Anpfiff von der Schulleiterin kassiert hat.

Der Typ vor mir räkelt sich, und der halbe Satz, der sich gerade in meinem Kopf geformt hat, ertrinkt in der Schweißwelle, die herüberweht. Ich stöhne und überlege, ob ich den Platz wechseln soll. *Keine Ausreden mehr*, ermahnt mich Professor Connelly in meinem Kopf. Also bleibe ich. Ich tippe eine klägliche Ersatzversion des verlorenen Satzes und lösche sie gleich wieder. So wird das nie was. *Eine Woche*. Nachdem ich in den letzten zwei Monaten nicht über die Eingangsszene hinausgekommen bin.

»Marie!«, sagt es leise neben mir.

Ich schrecke hoch und werfe dabei meine Wasserflasche um. Sie kullert über den Tisch. Jemand fängt sie auf und stellt sie zurück an ihren Platz. Als ich in die hellbraunen Augen sehe, plumpst mein Herz ins Nichts.

»Hallo«, ächze ich, und meine Stimme klingt, als hätte sie tagelang nicht gesprochen, was sogar ungefähr den Tatsachen entspricht.

Nik lächelt. »Tut mir leid, ich wollte dich nicht erschrecken.« Er guckt auf meinen Bildschirm. »Dein Exposé?«

Ich schüttle den Kopf. Mein Herz ist zurück an seinem Platz und schlägt Alarm. »Drehbuch. Entwurf«, stammle ich, während ich mich daran erinnere, dass ich zuletzt vorgestern geduscht habe. Womöglich rieche ich nicht viel besser als mein Vordermann.

»Ich dachte, ihr seid verreist?« Es klingt wie ein Vorwurf. Und das ist es auch. Denn ehrlich, das Allerletzte, was ich jetzt gebrauchen kann, ist Nik. An meinem Geheimplatz, der muffigen Shakespeare-Bibliothek. Hier verkriechen sich eigentlich nur die gammligen Möchtegerndichter. Und ich. Weil ich hier garantiert nicht abgelenkt werde. Haben die Architekten nicht diesen schicken Glaskasten zum Lernen?

Nik schüttelt den Kopf. »Nur Leo ist gefahren. Ich muss an meinem Entwurf arbeiten.«

»Und wieso hier?« Ich klinge wie ein trotziges Kind.

Er hebt die Hände und lächelt tatsächlich schuldbewusst. »Wahrscheinlich aus demselben Grund wie du. Ich muss mich konzentrieren.«

Ich lächle zurück, und es kribbelt in meiner Brust, als unsere Blicke für eine klitzekleine Extrasekunde aneinander hängen bleiben. Niks Haare sind feucht. Er trägt schwarze Jogginghose und T-Shirt. Genau wie ich. Nur sieht er darin aus wie ein frisch geduschter Surfgott und ich wie die Studentin, der kurz vor Abgabe ihrer Masterarbeit die frischen Klamotten ausgegangen sind.

»Ich geh dann mal den letzten Platz sichern.« Er zeigt in Richtung des einzig unbesetzten Tischs weiter vorn. »Entschuldige die Störung.«

»Nein, nein. War nett, dich zu sehen.«

»Also dann«, er hebt die Hand, »wünsche ich dir konzentriertes Arbeiten.«

»Danke, dir auch«, erwidere ich hölzern und denke: *Kannste vergessen!*

Die nächste halbe Stunde verbringe ich damit, zu beobachten, wie Nik seine alte Ledertasche lässig auf den Tisch schmeißt, wie er seinen ziemlich großen Rechner auspackt und sich auf seinen Stuhl fallen lässt, ohne sich einmal umzusehen. Wie die Sonne, die gebrochen durch die milchigen Scheiben der winzigen Fenster scheint, seine Haare zum Glänzen bringt. Ich starre auf seinen Rücken, erinnere mich daran, wie er ohne sein T-Shirt aussieht, und stelle mir vor, dass seine langen Finger irgendwas Schönes entwerfen, ein Strandhaus vielleicht. Schließlich klappe ich genervt meinen Laptop zu. Es hat keinen Zweck. Ich stopfe die Sachen in meinen Rucksack. Dann schlüpfe ich, obwohl es draußen inzwischen nicht mehr regnet, in meinen karierten Mantel und binde den Gürtel extrafest, um mein schlimmes Outfit sicher darunter zu verstecken. Ein letzter Blick nach vorn. Nik hängt in seinem Stuhl, seine Finger bearbeiten die Tastatur. Das rhythmische Geräusch macht mich verdammt neidisch. Wieso muss ein Architekt überhaupt *schreiben*? Und worüber auch immer, es scheint ihm leichtzufallen. Völlig vertieft ist er, hat sich nicht ein einziges Mal bewegt, seit er sich hingesetzt hat. Ich überlege, ob ich einfach abhaue. Wenn ich jetzt sofort nach Hause fahre, das Chaos dort ignoriere und gleich weitermache, könnte ich diese Szene heute noch fertig bekommen. Das wäre wichtig, sehr wichtig sogar. Und der Wille wäre auch da, wirklich …

Es sind nur fünf Schritte bis zu seinem Tisch. »Hast du Lust auf einen Kaffee?«

Diesmal habe ich ihn überrascht. Er rutscht hoch und sieht so erschreckt aus, dass ich meinen Mut fast bereue. Doch dann lächelt er.

»Gute Idee.«

»Okay«, sage ich. »Dann warte ich draußen auf dich.« Ich drehe mich um und stolziere aus der Bibliothek, während mein Herz sich so aufführt, als hätte ich Nik gerade gefragt, ob wir zu mir gehen.

*

Draußen ist es hell und warm. Alle Bänke sind belegt, und auch auf den Rasenflächen zwischen den Universitätsgebäuden tummeln sich kaum weniger Leute als am Beach. An so einem Tag in der Bibliothek zu schmoren, kann nicht kreativitätsfördernd sein. Da würde mir sogar Professor Connelly zustimmen. Und so viel Dopamin hatte ich auch schon lang nicht mehr in den Adern. Ich setze meine Sonnenbrille auf.

»Hey, hier bist du!«

Da ist er schon.

»Wollen wir zum *Surf Club*?«, frage ich, während ich die Stufen hinunterlaufe.

»Ach so …« Nik ist auf dem Treppenabsatz stehen geblieben.

Als ich mich verwundert umdrehe, realisiere ich, dass er seine Sachen nicht dabeihat.

»Ich dachte, wir holen uns einen aus dem Automaten.«

Autsch. Der Automat steht drinnen, neben dem Eingang zur Bibliothek.

Neugierig guckt er auf den Rucksack über meiner Schulter. „Du bist schon fertig?"

„Nö." Ich schiebe mutig die Sonnenbrille hoch, um mich selbst davon zu überzeugen, dass ich das hier jetzt durchziehe. Es gibt Momente, die verpasst man für immer, wenn man nur brav seine Hausaufgaben macht. Und ich bin mir sicher, dass dies genau so einer ist. „Ich nutze nur jede Gelegenheit, um mich ablenken zu lassen", ergänze ich.

„Oh." Er grinst und hält meinen Blick. „Kenne ich. Ist nicht gut."

Ich schüttle den Kopf, ohne wegzusehen. „Gar nicht gut", wiederhole ich langsam, während ich vergessen habe, wovon wir eigentlich reden. Niks gebräunte Haut matcht perfekt mit seiner Augenfarbe. Er hat sich länger nicht rasiert. Selbst die Andeutung eines Schnauzers steht ihm. Sie lässt ihn nur noch verwegener aussehen.

„Wann hast du denn Abgabe?"

Herzlichen Dank für die Erinnerung! Ich schlucke. „Meine Professorin will Montag den ersten Entwurf sehen. Und wenn ich das nicht schaffe, wird es echt eng mit dem Master."

„Klingt stressig. Und wie weit bist du?"

„Gerade hab ich die Eingangsszene gelöscht."

Er lacht. „Na ja. Und der Rest?"

„Muss noch geschrieben werden."

Der Versuch, sein Entsetzen zu überspielen, misslingt. „Oh."

„Ja, das sagtest du schon. Und?" Trotzig ziele ich zurück in seine Augen. Ich wollte entspannen. Schlechtes Gewissen kann ich allein.

„Ja, gut, ähm, wie lang ist so ein Drehbuch normalerweise?" Sein Lächeln wirkt langsam ziemlich aufgesetzt.

„Um die neunzig Seiten", sage ich betont lässig, obwohl mein Magen sich gerade zusammenzieht. Als hätte ich die Zahl erst aussprechen müssen, damit mir klar wird, wie unerreichbar sie klingt. Vielleicht kommt mein Carpe-Diem-Impuls doch zum falschen Zeitpunkt.

Niks Gesichtsausdruck trieft inzwischen vor Mitleid. »Wow. Ist das nicht …? Ich meine … es klingt nach verdammt viel bis Montag.«

Das reicht. Aus dem flauen Gefühl in meinem Bauch wird ein wütendes Feuer. Am liebsten würde ich ihn einfach stehen lassen mit seinem hübschen betretenen Gesicht.

»Danke, dass du mich darauf hinweist«, zische ich.

Nik lächelt jetzt, das soll wohl ermutigend sein. »Tut mir leid, ich hab ja keine Ahnung.«

»Ach, vergiss es einfach.« Ich sollte abhauen. Dieses Geplänkel hier kostet mich eine halbe Stunde, in der ich fünfhundert Wörter schreiben könnte.

»Woran liegt's denn?«, fragt Nik. »Wenn ich fragen darf?« Seine sanfte Stimme tropft wie Baldrian ins Wutzentrum meines Gehirns und mein Fluchtimpuls legt sich prompt zurück auf die Couch.

»Meine Professorin sagt, ich bin faul.« Ich betrachte jetzt die große Linde vor der Cafeteria, als wäre sie ein viel interessanterer Typ als Nik.

»Und was meinst du?«

Seine Stimme würde mich auch blind anziehen. »Keine Ahnung.« Ich hole Luft. »Ich hätte sie einbinden sollen. *Mit ihr in den Dialog gehen,* wie sie es nennt. Dann wüsste sie zumindest, *dass* ich schreibe. Nur eben noch nicht das Richtige. Aber ich kann das einfach nicht. Andere irgendwas Unfertiges von mir lesen lassen …« Ich sehe ihn jetzt doch an, weil ich unbedingt wissen möchte, ob er versteht.

Und noch bevor er etwas erwidert, weiß ich, dass er es tut. Ich sehe es in seinen Augen.

»Ehrlich gesagt, weiß ich nicht mal, wie ich in diesen Kurs gekommen bin«, fahre ich fort. »Alle anderen haben fette Erfahrung mit Drehbuchschreiben. Eine Kommilitonin hat schon zwei Stoffe an Produktionsfirmen verkauft. Ich bin die Einzige, die einfach nur zum Lernen da ist. Lächerlich.«

Er hört mir zu. Und das ermutigt mich, noch weiter zu jammern. »Und dann noch das Drama mit meinen Eltern. Kann sein, dass echte Künstler ihre Krisen zum Schreiben nutzen, ich jedenfalls krieg gerade gar nichts gebacken.« Zum ersten Mal formuliere ich, was mich bewegt. Alles auf einmal. Eine Tirade des Selbstmitleids – im unpassendsten Moment ever. »Sorry, ich quatsch dich voll«, sage ich schnell. »Wir haben noch nicht mal Kaffee geholt, und du bereust wahrscheinlich jetzt schon, dass du die Bibliothek überhaupt verlassen hast.«

Ich schmeiße die Hände vors Gesicht, dann blinzele ich durch die Finger und bin erleichtert, dass Nik nicht so aussieht, als wenn ihn mein Gejammer abgeschreckt hätte. Seine Augen leuchten so warm wie sein Lächeln. Der Wind bläst ihm die Haare ins Gesicht. Sie sehen weich aus und wild.

»Ich hab eine Idee«, sagt er in meine verwirrten Gedanken. »Sie ist ein bisschen verrückt.«

Ich verziehe mein Gesicht. »O je, ich weiß nicht, ob ich *verrückt* gerade gebrauchen kann.«

»Hättest du Lust, bei uns im Haus zu schreiben?«

Mein nervöses Kichern bleibt mir im Hals stecken und ich starre ihn an. So ungläubig, dass er schon zurückrudert.

»Okay. Keine gute Idee.«

»Doch. Doch. Ich verstehe nur nicht«, stottere ich, während ich so unauffällig wie möglich gegen den Galopp anatme, den mein Puls gerade eingeschlagen hat.

Auch Nik holt hörbar Luft. »Also: Leo reist noch bis Sonntag mit seinen Eltern durch Cornwall. Und ich bin hiergeblieben, um mit meinem Projekt voranzukommen. Das Problem ist nur, ich bin so daran gewöhnt, dass wir zusammenarbeiten, dass ich gerade putze, koche, aufräume – nur nicht vorwärtskomme.« Er verdreht die Augen. »Heute hab ich es sogar mit der Bibliothek versucht. Aber bis jetzt«, er lächelt verschmitzt, »war auch das noch nicht besonders effektiv.«

»Du willst, dass ich mit zu dir komme?«, platze ich heraus.

Sein Grinsen wird breiter. »Wenn du es so nennen willst, ja.«

Wenn mein Gesicht auch nur im Geringsten widerspiegelt, wie ich mich fühle, glüht es wahrscheinlich so rot wie die Backsteinwand neben uns in der Sonne.

»Als Lückenbüßer also«, versuche ich verzweifelt, cool zu klingen.

Der Blick, den ich dafür ernte, verschlimmert meinen Zustand noch. Wie durch Watte höre ich Niks überflüssigen Versuch, mich zu überzeugen: »Also, es ist so, Leo und ich kontrollieren uns quasi gegenseitig. Wir arbeiten für eine bestimmte Zeit, dann machen wir gemeinsam Pause, und in der besprechen wir unsere Probleme. Und dann arbeiten wir wieder ein paar Stunden konzentriert und halten uns gegenseitig davon ab, was anderes zu tun. Zum Beispiel Kaffeetrinken zu gehen.« Er sucht nach Bestätigung in meinen Augen. »Und weil du anscheinend ein ähnliches Problem hast, dachte ich …«

»Dachtest du …«, wiederhole ich so skeptisch wie möglich. Doch das letzte bisschen Vernunft verkrümelt sich gerade, weil es chancenlos ist gegen die grölenden Victory-Gesänge meines weiblichen Egos. Bis gestern war ich überzeugt davon, dass Nik sich noch nicht mal meinen Namen gemerkt hat. Jetzt will er plötzlich mit mir lernen. Zu zweit, in seinem Haus, eine ganze

Woche lang. O verdammte geniale Scheiße! Meine Gedanken fahren Karussell, rauschen vorbei an Professor Connelly, meinen Protagonisten, meinen Eltern … Ich sollte bremsen, aussteigen, mich kurz schütteln und dann freundlich ablehnen.

»Also, was meinst du?«, fragt Nik.

»Warum nicht«, sage ich. »Eine ganz gute Idee.«

***

Es ist kurz nach acht, ich bin hellwach und so hibbelig, als ginge ich gleich auf eine Londoner Promiparty. Der Frühnebel hängt über der Hanover Street und schluckt den Verkehrslärm der nahe gelegenen Hauptstraße. Kühler Wind erinnert mich daran, dass in Brighton auch im Juli jeden Morgen Herbst ist. Ich reibe mir über die Beine. Der Jeansmini soll meinen Penner-Look von gestern wiedergutmachen, ohne dabei gleich mit der Outfit-Tür ins Haus zu fallen.

Ein paar Häuser weiter holt ein älterer Herr im giftgrünen Bademantel die Zeitung aus dem Briefkasten. Er nickt mir zu und ich hebe die Hand. Wir haben uns schon ein paar Mal um diese Zeit getroffen – allerdings war ich dabei noch nie so nüchtern wie heute. Sein grauhaariger Dackel kläfft in meine Richtung, dann verschwinden die beiden hinter ihrer knallroten Tür und es ist wieder still. Ich überlege, ob ich das Fahrrad nehme. Zu Fuß sind es bestimmt mehr als dreißig Minuten bis zu Niks Haus. Mir ist trotzdem danach, und meinem wohlgewählten Outfit auch.

Ich schwinge meinen Rucksack auf den Rücken. Als ich loslaufe, klingelt mein Handy. Ich muss nicht nachsehen, wer es ist. Es gibt nur einen einzigen Menschen, der mich um diese Zeit anruft.

»Hallo Papa.«

»Marie. Good Morning!«

»Guten Morgen.«

»How are you?«

»Gut.«

Seit ich hier bin, versucht mein Vater mit mir am Telefon Englisch zu sprechen. Wahrscheinlich befürchtet er, dass sich all mein Gelerntes binnen eines deutschen Telefonats in Luft auflösen könnte.

»Marie, wir müssen etwas besprechen«, sagt er jetzt.

Meine Brust zieht sich zusammen, weil die Tatsache, dass er jetzt deutsch spricht, zu meiner Vorahnung passt.

»Ja? Was denn? Um acht Uhr morgens.« Meinen Trotz kann ich nicht zurückhalten, auch wenn meine Stimme dünn klingt.

Mein Vater geht wie üblich darüber hinweg. »Es wäre gut, wenn du am Wochenende nach Hause kämst.«

Seit Tagen warte ich auf diesen Anruf. Darauf, dass die Befürchtungen meiner Mutter bestätigt werden. Und trotzdem hatte ich nicht ernsthaft damit gerechnet. Meine Mutter übertreibt schon mein ganzes Leben lang. Sie liegt mir mit ihrer Angst, verlassen zu werden, in den Ohren, seit ich *Mama* sagen kann. Ich reibe mir mit der freien Hand fröstelnd über den kühlen Oberschenkel. Womöglich hat sie diesmal nicht fantasiert.

»So kurzfristig? Das geht nicht«, sage ich.

»Nicht?« Sein süffisanter Ton kratzt in meinem Magen. »Gibt's eine Party? Es ist wichtig, Marie.«

»Nein, es gibt keine Party.« Ich schlucke gegen die aufsteigende Wut. »Ich schreibe an meinem Drehbuch«, sage ich und registriere tatsächlich ein bisschen Stolz in meiner Stimme. »Ich muss es Montag abgeben.«

Mein Vater lacht. »Ah. Ein Drehbuch, so, so. Aber lass mich raten, du bist noch nicht besonders weit, oder? Du hast ja noch fünf Tage.«

Ich schnaube. Würde ich ihm gegenüberstehen, wäre ich jetzt weg. Später würde er mir dann mit einem überheblich liebevollen Lächeln begegnen. Mir über den Kopf streichen. *Mariechen. Alles in Ordnung. Ich zieh dich doch nur auf.* Meine Wut würde sich so lächerlich anfühlen wie all das, was ich jemals versucht habe, richtig gut zu machen. Nichts davon nimmt er ernst, hat er nie. In seinen Augen habe ich selbst das Abi nur durch einen glücklichen Zufall bestanden. Das Schlimmste ist, dass er recht hat.

»Was willst du denn besprechen?«, frage ich. »Geht das nicht am Telefon? Glaub es oder nicht, ich kann gerade wirklich nicht weg.«

»Ich schätze, du weißt doch, worum es geht, Marie. Oder nicht? Clarissa hat sich bestimmt nicht zurückgehalten, obwohl ich sie ausdrücklich gebeten habe, nicht am Telefon darüber zu sprechen.«

»Wenn du meinst, dass du Mama verlassen willst, ja, das weiß ich.« Ich werfe ihm die Worte wie einen bitteren Vorwurf hin.

Er seufzt betont laut. »Tut mir wirklich leid. Ich wünschte, deine Mutter hätte dir die Chance gegeben, dir deine eigene Meinung zu bilden. Ich würde dir wirklich gern in Ruhe alles erklären.«

»Ja, und? Ich höre.«

»Wie gesagt, das ist nichts, was man am Telefon bespricht, Marie.«

Ich schweige. Wie so oft bin ich von den Gefühlen meiner Mutter so infiziert, dass ich meine eigenen kaum wahrnehmen kann. Die Enttäuschung, die Wut, der Trotz – keine Ahnung, was davon wirklich meins ist. Zumindest was das angeht, liegt mein Vater richtig.

»Ich könnte Montagnachmittag kommen«, sage ich schließlich. »Nach dem Gespräch mit meiner Professorin.« Ich denke daran, dass ich noch nicht einmal einen Entwurf habe. Tatsächlich ist der Weg bis zum fertigen Drehbuch so unwahrscheinlich, dass ich ebenso gut heute fliegen könnte.

»Sehr gut«, sagt mein Vater. »Buch dir einen Flug und gib uns Bescheid. Na dann, viel Erfolg bei deinem Hollywoodprojekt.« Er lacht ratternd und ich lege auf.

*

Vierzig Minuten später stehe ich vor dem schneeweißen Haus mit der blauen Tür, und bei diesem zweiten Mal klopft mein Herz wahrscheinlich doppelt so schnell. Ich habe den Umweg am Wasser entlang genommen. Auch wenn es mir kaum gelungen ist, meine Gedanken an meine Eltern zu sortieren, haben sie sich dennoch mit jedem Schritt in Richtung Kemptown mehr verzogen so wie der Nebel über dem Brighton Pier unter den Strahlen der Sonne. Neben der brennenden Neugier auf das, was mich heute erwartet, ist einfach kein Platz für Sorgen.

Ich steige die drei schwarz-weiß gefliesten Stufen hoch, die eine Hand um einen leeren Pappbecher gekrallt, die andere um die Tüte Croissants, die ich auf dem Weg gekauft habe. Mit beherztem Druck auf die Klingel überrumple ich das letzte bisschen Schüchternheit.

Das laute Schrillen lässt mich zusammenzucken. Ich atme tief durch, einmal, zweimal, dreimal, versuche vergeblich eine Bewegung hinter den Fenstern des Erkers neben der Tür zu entdecken. Es passiert – nichts. Verdammt. Ist Nik nicht besser als Leo und hat unsere Verabredung einfach vergessen? Oder versteckt er sich gerade, weil ich so verrückt war, sein Angebot ernst zu nehmen? Ich laufe die Stufen runter und schmeiße den Kaffeebecher in den Müll. Dann suche ich nach meinem Handy, bis mir einfällt, dass wir nicht mal Nummern getauscht haben. Ein zweites Mal will ich auf keinen Fall klingeln. Einfach abhauen aber auch nicht. Noch nicht. Also verharre ich mit zittrigen Beinen, während ich in Gedanken wütend die unschuldige Holztür beschwöre.

Und dann wird sie plötzlich aufgerissen. »Marie! Entschuldige!« Nik läuft aus der Tür und die Stufen runter bis zu mir. Er hat ein Handtuch in der Hand und mir wird ganz schwindlig vor lauter Erleichterung.

»Hi.« Er rubbelt sich über den Kopf und sieht aus, als freute er sich tatsächlich, mich zu sehen. Ich würde ihm am liebsten um den Hals fallen.

»Kommst du rein?«, fragt er, und als er dazu mit einem kleinen Nicken lächelt, bin ich mir nicht mehr sicher, ob das eine gute Idee ist – zumindest was den Abgabetermin am Montag angeht …

Nik nimmt die Stufen mit zwei Sätzen. Im Haus schmeißt er das Handtuch auf die Treppe, die nach oben führt, dann dreht er sich um. »Du bist echt früh dran.« Er legt den Kopf schief. »Und diesmal wollte ich dich gern angezogen begrüßen …«

»Oh.« Ich schlucke. »Du hattest gesagt, dass du immer früh loslegst, und da wollte ich nicht … aber ich kann noch irgendwo was essen gehen, kein Problem.« Ich greife nach der Türklinke.

»Nein, Quatsch, so hab ich das nicht gemeint. Ich hatte nur kurz Sorge, dass du – weil ich nicht gleich an der Tür war

– denken könntest … und deswegen … Ach, egal«, er räuspert sich. »Los, komm rein jetzt!«

Ich laufe hinter ihm her. Er trägt das Gleiche wie gestern, schwarze Jogginghose, schwarzes T-Shirt. Es könnte mein Lieblingsoutfit werden.

Am großen Tisch bleibt er stehen. Meine Knie sind immer noch weich wie das Innere von Mrs Smiths Yorkshire Pudding. Das geht ja gut los. Wenn ich ab jetzt, wann immer Nik lächelt, einen Schwächeanfall kriege, sollte ich mich besser gleich aufs Sofa legen.

»Hier.« Nik zeigt über den Tisch, der ganz anders aussieht als neulich. Leergeräumt bis auf ein einsames Laptop. »Fühl dich wie zu Hause.«

Ich lege meinen Rucksack ab, packe den Rechner aus und platziere ihn nach kurzem Zögern dem anderen gegenüber. Nik beobachtet mich. Sein Blick wandert zu meinen nackten Beinen. Als er bemerkt, dass ich es bemerke, dreht er sich schnell in Richtung Küche.

»Kaffee?«

»Gern«, sage ich, beschwingt von seiner kleinen Unsicherheit. »Magst du?« Ich halte meine Tüte hoch.

Er grinst nur und macht ein paar Schritte in die Küche. Dort greift er nach einer fast identischen und hält sie in meine Richtung. »Verhungern werden wir schon mal nicht.«

KAPITEL 11

Nik

JETZT

Ein Blitz erleuchtet die Stube kurzzeitig taghell. Ich würde mir am liebsten vorsorglich die Ohren zuhalten. Mache ich natürlich nicht, und das im wahrsten Sinne höllische Krachen des Donners lässt mich, obwohl erwartet, zusammenzucken.

»So zart besaitet? Hätte ich gar nicht gedacht.« Es ist nicht der erste Kommentar dieser Sorte, den Charly heute Abend süffisant in meine Richtung schickt.

Ich könnte zurückschießen. Stoff hätte ich genug. Zum Beispiel den durchsichtigen ihres Oberteils, das – mehr club- als hüttentauglich – Einblick bis zu ihrem Bauchnabel gewährt. Wenn sie möchte, zumindest, und sie möchte relativ oft, seit sie nach einem Abstecher in die Küche den Platz gewechselt hat und jetzt Fritz und mir gegenübersitzt. Doch ich bleibe cool und gönn ihm den Spaß.

Es geht insgesamt ziemlich heiß her hier drinnen. Zwischen Bierflaschen, Schnapsgläsern und selbstgebackenen Schokocookies von Fritz, dem Alleskönner, werfen wir Würfel mit einem Ehrgeiz, als ginge es um Millionengewinne. Sabina hat nach dem Abendessen den Kniffelbecher auf dem Wandboard entdeckt, und ich hatte vergessen, dass Leo das Entertainer-Gen von seiner Mutter geerbt hat. Wenn sie Fritz' Selbstgebrannten weiter in diesem Tempo trinkt, tanzt sie in spätestens einer halben Stunde auf dem Stubentisch. Henry zumindest scheint nichts dagegen zu haben. Er hat seine karierten Hemdsärmel hochgekrempelt, seine Wangen leuchten mit jedem Schnaps röter, und seine graumelierten Haare stehen ihm so wirr vom Kopf, als hätte der Blitz ihn getroffen. Selbst Teresa hat ihr Handy in die Ecke gelegt und grölt laut, wenn sie eine Straße wirft.

In dieser gemütlichen Enge sitzen Marie und ich so weit voneinander entfernt wie möglich. Ob bewusst oder zufällig, kann man nicht sagen.

Die ganze Zeit wabern wir zwischen totaler Nähe und größtmöglicher Distanz hin und her, wie ein Newtonpendel, das bei Berührung Energie in die Gegenrichtung freisetzt. Ich habe keinen blassen Schimmer, wo wir uns gerade befinden. Heute Morgen, das war ein guter Anfang. Für etwa drei Sekunden. Dann kam die Wanderung, dieser Wurmfortsatz einer Aussprache in zwei Sätzen und danach das Foto. Sah freundschaftlich aus, fühlte sich aber nicht so an. Weil, Freunde können den Körper des anderen spüren, ohne gleich in Panik zu geraten. Ich hab prompt überreagiert, in die andere Richtung geschwungen, sozusagen, whatever. Hab hastig die Flucht ergriffen, war ziemlich still auf dem Weg nach unten. Und jetzt spricht *sie* nicht mehr, also nicht mit mir. Sie hat geduscht und die nassen Haare nach hinten gebunden. Mit ihren Jeansshorts und dem weißen T-Shirt sieht sie heute Abend aus wie damals. Vielleicht hätte ich das nicht sagen sollen, als sie die Treppe runterkam. Nein, hätte ich nicht. Ist mir aber so rausgerutscht. Soll ich denn alles, was ich denke, zensieren, bevor ich es ausspreche? Vielleicht.

Dann hat Leo angerufen. Seitdem sind ihre Augen wieder traurig. Scheiße, Leo, was machst du mit ihr? Sie spricht nicht mit mir, damit wir über nichts Falsches reden, und sie sieht mich nicht an, damit ich nicht mitkriege, was zwischen Leo und ihr los ist? Ach, fuck ...

»Erde an Nik!« Charly haut den Becher direkt unter meiner Nase auf den Tisch. »Würfelst du heute noch?«

»Ja.« Ich nehme ihn ihr aus der Hand.

»Ich frage mich, wovon du träumst«, sagt sie so leise, dass außer mir nur Fritz es hören könnte. »Oder besser: von wem.«

»Tja, bei dir ist es ja offensichtlich«, erwidere ich und bereue es im nächsten Moment.

Doch sie grinst nur. »Ist es das?«

Ich kommentiere nicht weiter, lege die Hand auf den Becher und schüttle heftig.

Plötzlich wird es taghell, und gleichzeitig donnert es so laut, dass diesmal alle am Tisch kollektiv zusammenfahren. Dann geht das Licht aus. Die Würfel sind aus dem Becher geflogen und ich höre sie über den Boden kullern.

Alle reden durcheinander: »Was ist das denn jetzt?«, »Scheiße!«, »Hat der Blitz uns erwischt?«

Jemand kreischt: »Wo ist mein Handy?« Teresa, natürlich.

Ich schaue in die Richtung, in der ich Marie vermute. Wieder blitzt es. Ihre großen Augen sehen mich an. Als ich lächle, ist es schon wieder dunkel.

»Mist.« Ein Stuhl poltert. Fritz' großer Schatten bewegt sich durch die Stube wie ein unheimlicher Riese. Dann kommt er zurück. »Hier.« Streichhölzer rappeln in der Schachtel. »Auf dem Fensterbrett hinter dir stehen zwei Kerzen, Charly, könntest du kurz ...?«

Charly schiebt Gläser zur Seite und platziert die Kerzen auf dem Tisch. Wir grinsen alle etwas dümmlich, als sie zu flackern beginnen.

Fritz schnappt sich eine der beiden. »Ich bin gleich wieder da. Hoffe, es ist nur die Sicherung und kein größerer Stromausfall.« Er verschwindet nach draußen.

»Was hast du mit den Würfeln gemacht?«, fragt Charly.

»Gibt's noch Bier?« Das ist Henry.

»Du hast wirklich genug gehabt.« Sabina.

Henry ignoriert sie und steht auf. Der Kühlschrank ist dunkel, und es klirrt nur leise, als er ihn öffnet. »Noch jemand? Bevor es warm wird.« Er verteilt ein paar Flaschen auf dem Tisch, und wir tasten lachend nach dem Öffner.

Das Licht springt wieder an.

»Ahhh.«

»Was war das Problem?«, fragt Henry, als Fritz zurück ist.

»Die Sicherung. Wahrscheinlich hat uns der Blitz erwischt.«

»Er hat eingeschlagen? In die Hütte? Sind wir denn sicher hier?« Teresa klingt, als müssten wir mit einem Angriff Außerirdischer rechnen.

»Was soll denn passieren, Honey?« Dennis tätschelt ihr die Hand und küsst sie.

Teresa schiebt ihn weg. »Dass sie Feuer fängt vielleicht?«

»Hörst du das?«, schaltet sich Marie vom anderen Ende des Tisches zum ersten Mal überhaupt ein. »Bei dem Regen müssen wir uns wohl eher Sorgen machen, weggeschwemmt zu werden.«

Tatsächlich, das Gewitter scheint vorbeigezogen zu sein. Inzwischen trommelt der Regen draußen aufs Holzdeck.

»Wie war das eigentlich, schläft jemand von euch auf dem Dachboden?«, fragt Fritz unvermittelt.

»Ja, ich.«

»Hm.« Er nickt ein paar Mal. »Ich würde mal eben nachsehen, ob da oben alles trocken ist – nur zur Sicherheit.«

»Klar. Soll ich mitkommen?«, frage ich.

»Nicht nötig.«

Ich schiebe mich trotzdem aus der Bank. Es ist mir ganz recht, mal aus der stickigen Luft zu kommen. Hinter Fritz steige ich die Treppe rauf. Dann warte ich am Fuß der Leiter, die in mein Schlafgemach führt, während Fritz vor mir mit der Handytaschenlampe die Sprossen hochklettert. Auf halbem Weg bleibt er stehen.

»Scheiße!«

Sein Körper versperrt mir die Sicht. Als er schließlich weitersteigt, folge ich ihm.

Oben hat Fritz inzwischen das Licht eingeschaltet. Fahl beleuchtet die nackte Glühbirne, was er wohl befürchtet hatte: Es tropft von den Deckenbalken auf den Boden. Nur an wenigen Stellen, doch dort hat das Wasser die Dielen bereits dunkel gefärbt, und es sieht so aus, als sei ausgerechnet mein Schlafplatz im Zentrum des Geschehens. Direkt neben meiner Matratze hat sich eine kleine Pfütze gebildet. Die Tasche mit meinen Klamotten zumindest steht, soweit ich es sehen kann, in Sicherheit.

Fritz geht in die Knie und tastet die Matratze ab. Als er zu mir hochblickt, guckt er ziemlich verzweifelt. »Ich bin ein Idiot!«

Ich grinse. »Nicht deine Schuld!«

Er stöhnt. »Doch. Das Dach der Hütte hat bei Winterstürmen ziemlich gelitten. Ich hatte es nur notdürftig abgedeckt. Dann war so viel anderes zu tun, dass ich die Restarbeit verschoben habe. Ich dachte, egal, wenn es am Dachboden tropft. Normalerweise ist hier ja niemand. Tut mir echt leid, dass ich nicht daran gedacht habe.«

Er zieht kopfschüttelnd das patschnasse Laken von der Matratze. Dann helfe ich ihm, sie an einen Dachbalken in einer trockenen Ecke zu lehnen.

Ich klopfe ihm auf die Schulter. »Immerhin hat sie das Wasser aufgefangen.«

»Leute, ich habe Mist gebaut«, sagt Fritz in die Runde, als wir zurück in die Stube kommen. »Ich muss mal eben ein paar Eimer für den Dachboden holen. Da oben ist leider die Sintflut eingebrochen.« Er dreht sich zu Marie.

»Sag mal, wäre es vielleicht okay, wenn Nik in Leos Bett schläft? Ich meine, das wäre die einfachste Lösung, und ihr kennt euch doch schon länger.«

»Ich nehme die Kaminbank.« Die Worte schießen aus meinem Mund, und ich sehe irgendwohin, wo ich Maries Gesicht garantiert nicht begegnen kann. Dabei gucke ich ausgerechnet Charly direkt in die Augen. Und das ist definitiv die noch schlechtere Alternative.

KAPITEL 12

Marie

Pause?« Nik taucht von hinter seinem Bildschirm auf.
»Schon?« Ich gebe mir Mühe, überrascht auszusehen. Als
hätte ich nicht schon seit mindestens einer Viertelstunde auf
diesen Moment gewartet.

Er schiebt seinen Kopfhörer in den Nacken und lächelt mich
an. Auch am dritten Tag in dieser Wohnküche gerät mein Herz
sofort ins Stolpern, weil es jedes Mal, wenn Nik über den Rand
seines Laptops guckt, so aussieht, als freute er sich wirklich,
mich zu sehen. Angenehm überrascht, als vergäße er während
der anderthalb Stunden absoluten Redeverbots wieder und wieder, dass ich überhaupt da bin.

Wenn Nik arbeitet, versinkt er in seinem Entwurf wie in einer
anderen Welt. Zwischen seinen Augenbrauen erscheint dann
eine doppelte Falte und er beißt auf seiner Unterlippe herum.
Ernst und professionell sieht es aus. Und gleichzeitig strahlt er.
Seine Augen leuchten die ganze Zeit vor Begeisterung. Wenn
ich zu ihm rübersehe, wird mir ganz warm davon, obwohl er
meinen Blick nicht einmal bemerkt.

Im Gegensatz zu ihm übe ich immer noch, unser Zusammensein als das zu sehen, was es ist: eine Arbeitsgemeinschaft. Ich
wache jeden Tag um fünf mit dem Gefühl auf, als fielen die

Abgabe meiner Masterarbeit und ein Date mit dem heißesten Typen der Stadt auf einen Tag. Was ja in etwa den Tatsachen entspricht – wenn man davon absieht, dass ich noch ein paar Tage Galgenfrist bis zu dem Treffen mit Professor Connelly habe, und dass man *Date* schon sehr weit definieren muss, damit das, was wir hier tun, darunterfällt. Doch ich arbeite daran. In Gedanken zumindest.

Ich könnte den ganzen Tag damit verbringen, Nik zu beobachten, und irgendwie tue ich das auch. Woher wüsste ich sonst, dass er am liebsten diese Jogginghose trägt, die ihm zu kurz ist und an den Knien ausgebeult und gerade deshalb ultrasexy. Ich weiß, dass er keine Socken mag oder Schlappen und dass er sich womöglich deshalb so weich und kraftvoll bewegt wie ein Panther. Sein ausgeprägter Gleichmut stößt an seine Grenze, wenn nichts zu essen im Haus ist, denn er muss beim Arbeiten immer irgendwas in sich hineinstopfen, am liebsten trockene Bagel. Er kocht miserablen Kaffee und trinkt so viel davon, dass ich mich frage, wie er sich dabei die Ausstrahlung vom Buddha persönlich erhalten kann.

Er sieht aus wie ein Träumer, doch er ist der diszipliniertesten Student, der mir je begegnet ist. Und irgendetwas davon färbt auf mich ab. Es ist wie Magie. Ich renne während unserer Arbeitssessions etliche Male aufs Klo, ich hole mir Wasser, studiere manchmal minutenlang die moderne Kunst an der Wand oder eben heimlich mein Gegenüber, und trotz alledem fließen Worte auf meine Tastatur. Ich habe Probleme, Nik gegenüber ganze Sätze zu formulieren, doch die Dialoge meines Drehbuchs schreiben sich plötzlich wie von selbst. Zum ersten Mal in meinem Studium überhaupt habe ich das Gefühl, zu wissen, was ich tue, was ich schreiben will. Und zum ersten Mal gefällt es mir sogar ein bisschen.

Es ist, als würde mein System meinen hohen Dopaminspiegel in pure Produktivität verwandeln. Und das ist toll – auch wenn es mich nicht davon abhält, mich Tag und vor allem Nacht zu fragen, ob denn diese Woche neben all den geschriebenen Worten noch irgendein anderes Ergebnis bringen wird.

»Was essen?«, fragt Nik, klappt den Laptop zu und legt einen Skizzenblock obendrauf.

Ich kann mir ein Grinsen nicht verkneifen. Nicht nur, weil das die wichtigste Frage des Tages ist, sondern vor allem, weil Nik, was das Herzeigen seiner Entwürfe angeht, mindestens ebenso verstockt ist wie ich. Im Gegensatz zu mir gibt er es allerdings nicht zu. Doch es ist mir nicht entgangen, wie er am ersten Tag mit Schnappatmung reagiert hat, als ich ihm auf dem Weg in die Küche über die Schulter geguckt habe. Fast ausgeknockt hat er mich, so hektisch ist er aufgesprungen und hat sich auf den Deckel seines Rechners geschmissen.

»Werde ich wohl irgendwann sehen, woran du da arbeitest?«, frage ich jetzt. Vielleicht habe ich heute meinen mutigen Tag.

Er weicht meinem Blick aus. Es ist ihm peinlich, so durchschaut zu werden. Es gibt generell ein paar Gefühle, die er lieber nicht zeigt. Unsicherheit zum Beispiel.

»Ja, sicher, wenn mal Zeit dafür ist«, erwidert er und zieht sich seinen Pullover über.

Schön rausgeredet! Ich laufe zur Garderobe und schlüpfe in meine Bomberjacke. Wenn Nik eins nicht hat, dann ist es Zeit. Wir arbeiten hier bis vier, dann muss er sofort los zu seiner Royal-Mail-Schicht. Meine Hoffnung, dass sich unsere Treffen ganz von selbst bis in den Abend verlängern würden, ist bereits am ersten Tag an Niks durchgetaktetem Alltag zerschellt. Kann sein, dass ich deshalb in Angriffslaune bin. Weil es mich von Tag zu

Tag mehr wurmt, unter Niks lässiger Fassade auf nichts als blanken Beton zu treffen.

»Wie wäre es jetzt?«, insistiere ich und teste mal wieder, ob die Bernsteinaugen nicht einen Geheimweg in Niks Innerstes freigeben. »Wir holen uns was beim Inder … und während wir essen, darf ich mal gucken.«

Nik kramt nach Geld. Doch meine Antwort bekomme ich: »Okay. Wenn du unbedingt den wirren Rohentwurf sehen willst.«

Ich schnappe nach Luft. »Ja. Will ich.«

»Und morgen lesen wir dann deinen Text?«, fragt er, während er eine Nachricht auf dem Handy beantwortet.

»Was … wieso …?«

Sein zufriedenes Grinsen ist eine Frechheit.

Mein Herz beginnt trotzdem wie verrückt zu schlagen. Er tut es schon wieder: mit seinem Blick so viel mehr zu versprechen, als er im nächsten Moment bereit ist, zuzulassen. Und plötzlich entscheide ich mich, dass ich diese Challenge annehmen werde. Es ist gut, wenn jemand das Drehbuch liest, bevor sich Professor Connelly am Montag darauf stürzt. Außerdem lassen wir vielleicht auf diese Weise endlich das Wie-läuft-es-heute-bei-dir-Stadium hinter uns. Es ist den Versuch – und den Einsatz – wert. Ich ziehe meine Lippen auseinander, zeige demonstrativ Zähne. »Einverstanden«, flöte ich und genieße seinen überrumpelten Gesichtsausdruck. »Vorausgesetzt, du stehst auf romantische Komödien.«

Dann laufe ich an ihm vorbei zur Tür. »Kommst du?«

***

»Es ist der Wahnsinn.«

»Findest du wirklich?«

»Ja. Mega.«

Ich könnte mir vorstellen, dass meine Augen genauso leuchten wie seine, als er mich ansieht. Ich könnte mir vorstellen, dass dies der Moment ist …

Wir lehnen dicht nebeneinander auf die Hände gestützt an unserem Tisch. Ich dachte, wir würden uns seine Entwürfe auf dem Bildschirm ansehen, doch Nik hat aus seinem Zimmer eine überdimensionale Holzplatte geholt, auf der seine zukunftsweisende Null-Energie-Siedlung detailgetreu als Spielstadt Form angenommen hat. Sogar kleine Chinesen sitzen auf den Parkbänken. So sieht also für Nik ein *wirrer Rohentwurf* aus.

Ich interessiere mich nicht besonders für Architektur, schon gar nicht für den Vorort irgendeiner chinesischen Millionenstadt, deren Namen ich bereits vergessen habe. Wenn ich ehrlich bin, ist es überhaupt weniger der Entwurf an sich, der es mir angetan hat – auch wenn die kleinen Häuschen, Wege und Pflanzen ziemlich schick aussehen. Es ist vielmehr die Vorstellung, mit welcher Hingabe Nik an diesem Modell gebastelt haben muss. Die geradezu poetischen Worte, mit denen er Formen, Materialien, sogar Energieprinzipien zum Leben erweckt. Seine schlanken Finger, die das Modell streicheln, während er darüber spricht.

Und für dieses eine Mal ist es mir egal, was er denkt. Ich hänge an seinen Lippen und nur an seinen Lippen, und er lächelt und – dreht sich weg.

»Danke. Dann können wir ja jetzt essen!«

Ich schlucke mein Seufzen hinunter und folge ihm in die Küche, wo er schon die Aluschalen aus der Plastiktüte gepackt hat. Gierig reißt er den Deckel ab und fängt noch im Stehen an, sein Chicken Tikka Masala in sich hineinzuschaufeln.

»Wie kommst du überhaupt an so ein Projekt?«, frage ich, während ich auch mein Essen öffne und mich schon wieder neben ihn lehne. Diesmal mit deutlich mehr Abstand. »Ich meine, wir sind in Brighton, du bist Deutscher, wie kann es sein, dass du in –« Ich ziehe eine Grimasse.

Er lächelt sein Hühnchen an. »Shenzen«

»– in *Shenzen* eine ganze Siedlung entwirfst.«

»Es liegt an Professor Harris. An seinem Lehrstuhl gibt es viele solcher besonderer Projekte. Seine internationalen Kontakte sind einzigartig. Er ist der Grund, warum mein Pflegevater unbedingt wollte, dass Leo und ich in Brighton studieren.«

Nik spricht nicht über seine besondere Familiensituation. Außer, dass seine Pflegeeltern sauer sind, weil er nicht mit auf diese Reise gegangen ist, hat er sie überhaupt noch nie erwähnt. Die Familie nicht und auch nichts anderes in dieser Richtung, irgendwas wirklich Persönliches. Und ich würde einen Teufel tun, ihm Fragen zu stellen – was nicht heißt, dass ich nicht mit jeder Minute mehr darauf brenne, endlich etwas über sein Leben zu erfahren.

»Ist er auch Architekt?«, frage ich voller Hoffnung. »Dein Pflegevater, meine ich?«

Nik schüttelt den Kopf. »Henry ist Bauunternehmer. Er entwickelt weltweit Projekte. Aber er hat sich schon immer auch für Architektur begeistert.«

»Dann hat er euch beiden seine Leidenschaft weitergegeben?«

»Fertig?« Nik nimmt mir die Schale ab. Er läuft zum Müll, und ich nehme an, dass unsere Gesprächszeit für heute damit mal wieder beendet ist. Er wäscht sich die Hände in der Küchenspüle, dann reißt er den Kühlschrank auf. »Dessert?«

Ich schüttle grinsend den Kopf. Wie kann jemand, der so schlank ist, so verfressen sein? »Danke, nein.«

Nik schnappt sich einen der ungefähr zehn Becher Rice Pudding, dann einen Löffel. Mit Schwung schubst er die Schublade zu. Er reißt den Pudding auf, schiebt sich einen gehäuften Löffel in den Mund, dann schließt er die Lippen und lächelt mich dabei an.

In meinem Bauch flattert etwas. Ich habe mich an das Gefühl gewöhnt. Es begleitet mich seit drei Tagen wie eine lästige Fliege.

»Er behauptet es zumindest«, sagt Nik, und ich stehe auf der Leitung.

»Wer behauptet was?«

»Henry. Dass er es war, der uns für Architektur begeistert hat.«

»Ach so. Aber du siehst das anders?«

Er stiert auf seine Füße, während er den Pudding leert, Löffel für Löffel. »In Leos Fall nicht«, sagt er schließlich. »Aber bei mir war es mein Vater.«

Das Licht der Mittagssonne malt ein Sixties-Muster aus Kreisen und Streifen auf den Boden. Leos Mutter würde es an die Wand hängen. Ich warte schweigend, ob noch was kommt. Als Nik weiterspricht, macht mein Herz einen kleinen Hüpfer.

»Er war Dachdecker. Er hat unser Haus gebaut. Ein Holzhaus, direkt am Pilsensee. Meine Großeltern wohnen jetzt drin.« Er lächelt mich an. »Kein Kaffee für dich, oder?«

Ich schüttle den Kopf. Ich bin aufgeregt genug. »Ich kenne den Pilsensee«, sage ich. »Bist du manchmal noch dort?«

»Nein.« Er holt einen Becher aus dem Schrank und schenkt sich ein. »Ich besuche meine Großeltern nie. Meine Pflegemutter hat sie früher manchmal nach Grünwald eingeladen.« Er nimmt einen Schluck. »Aber das ist auch schon 'ne ganze Weile her.«

Ich sehe ihn einfach nur an. Wenn er weitererzählen will, wird er es tun. Und wenn nicht, dann war das zumindest ein Anfang.

»Wollte immer mal hinfahren«, sagt er weiter. »Macht man dann doch nicht.«

Ich schlucke. »Und wieso?«, frage ich jetzt doch.

»Weil …« Er sieht mir kurz in die Augen. »Mein Opa ist nicht gerade der netteste Zeitgenosse, wenn er besoffen ist.« Schon stiert er wieder auf den Boden. »Ich hatte echt ziemlich Glück, dass ich Leo kennengelernt habe.« Ruckartig stößt er sich vom Schrank ab. »Lass uns weitermachen.« Seine Stimme ist verändert. »Ich trage noch eben das Modell nach oben.« Er läuft an mir vorbei. Dann bleibt er plötzlich stehen.

»Willst du das Haus mal sehen?«

Aus dem Magenflattern wird ein Sturm. »Das – am Pilsensee?«

Er dreht sich um und nickt. »Hab es irgendwann mal gezeichnet. Es hängt in meinem Zimmer.«

»Ja, gern!« Ich mache einen Schritt in seine Richtung und hoffe, dass meine Knie mich halten.

»Ich bring's mit runter«, sagt er und läuft aus dem Zimmer. In der Tür stoppt er plötzlich. Er grinst mich frech über seine Schulter an. »Inzwischen kannst du mir schon mal das Drehbuch rüberschicken.«

***

Ich stehe vor der blauen Tür und kann mich nicht entschließen, auf die Klingel zu drücken. Es ist Samstag. Der letzte Tag. Unser letzter Tag. Morgen kommt Leo zurück. Ab Montag wird er seinen Platz am Tisch einnehmen, und ich werde wieder zwischen Blümchentapete und Shakespeare-Bibliothek hin- und herpendeln. Alles wird so sein wie vor dieser Woche – und irgendwie auch gar nichts. Ich habe ein Drehbuch geschrieben. Zumindest einen Entwurf davon. Ich bin tatsächlich fertig geworden, gestern schon. Und ich habe Nik tatsächlich die Datei geschickt. Er wollte sie über Nacht lesen.

Ich habe nicht geschlafen, weil ich mich jedes Mal, wenn ich die Augen geschlossen habe, gefragt habe, an welcher Stelle er gerade ist und was er wohl denkt. Je länger ich darüber nachgedacht habe, desto absurder erschien mir die Idee, gerade Nik als Testleser auszuwählen. Wie konnte ich mich nur darauf einlassen! Das Drehbuch ist witzig, zumindest soll es das sein, eine Komödie. Und trotzdem habe ich ziemlich viel Persönliches von mir in diese erste Geschichte gepackt – ohne dass mir das vor heute Nacht bewusst gewesen wäre. Und dann ist es auch noch eine Liebesgeschichte, und es gibt Sexszenen, ziemlich ausführliche und – o mein Gott, wie konnte ich nur …

Es hilft nichts. Ich muss da jetzt rein. Das inzwischen vertraute Big-Ben-Läuten geht mir durch Mark und Bein. Als ich Schritte höre, wird mir flau. Er öffnet die Tür. Unsere Begrüßung ist routinierter geworden über die Tage, leider. Eine flüchtige Umarmung. »Morgen.«

Nik nimmt mir die Bäckertüte aus der Hand. »Gut geschlafen?«

Ich folge ihm nach drinnen. »Bestens, du?«

Ich schmeiße meinen Rucksack auf den Tisch, während Nik Kaffee in unsere Becher füllt. Warum antwortet er mir nicht? Ich schaue nicht rüber zu ihm, aus Angst, gleich sehen zu können, was er denkt. Er ist still. Wie immer. Dabei gäbe es doch so viel zu sagen heute. Überlegt er noch, wie er es mir schonend beibringen soll?

Er kommt mit dem dampfenden Kaffee und den Croissants rüber. Ich reiße ihm – »Danke« – meine Tasse aus der Hand, knalle sie auf den Tisch, dass sie fast überschwappt. Dann packe ich meinen Rechner aus, fahre ihn hoch und beginne die letzten Zeilen zu lesen. Ich versuche all meine Aufmerksamkeit weg von Nik zu lenken, und trotzdem verfolge ich jede kleinste Bewegung auf der anderen Seite des Tisches.

Er schiebt sich den Stuhl zwischen die Beine, er sitzt gern rittlings, klappt sein Laptop auf, nimmt einen Schluck, streicht sich die nassen Haare aus dem Gesicht. Er platziert das Handy neben der Tastatur und stellt den Timer, stöpselt den Kopfhörer ein. Ich könnte meine Augen schließen und sähe es trotzdem, so vertraut sind mir seine Gesten.

Er sieht mich an.

Und ich kann nicht anders, natürlich hebe ich den Kopf.

Die Sonne scheint heute fröhlich durch die Erkerfenster. Nik schmunzelt mit einem hellen Streifen über dem Mund.

»Willst du es nicht wissen?«

Ich atme ein. »Doch.«

»Weil du gar nicht fragst.«

»Sag es einfach!«

Aus dem Schmunzeln wird ein breites Lächeln, und ich überlege ernsthaft, ob ich aufstehe und rausrenne.

»Das wird ein Hit«, sagt er. Einfach so. Ohne besondere Betonung.

Mein Kopf schüttelt sich von selbst.

»Doch. Ich würde Geld drauf wetten.«

Mir fällt einfach nichts ein, was ich sagen könnte, kein einziges Wort.

Es scheint ihn zu irritieren, er lacht ein bisschen aufgesetzt. »Marie? Alles okay?«

Dann schießt mir ein Gedanke in den Kopf. Ich bin nicht in der Lage, ihn zu reflektieren. »Gehst du mit mir feiern heute Abend?«

Jetzt hat es ihm die Sprache verschlagen. Shit. Ich höre sein Schlucken bis zu mir rüber. Es kostet mich alle Willenskraft, nicht sofort einen Rückzieher zu machen. Aber es wäre idiotisch. Ich habe ein Drehbuch geschrieben, binnen einer Woche, ich werde doch wohl einen Typen nach einem Date fragen können, ohne einen Herzinfarkt zu bekommen.

»Oder musst du heute etwa arbeiten?«, setze ich heiser nach.

»Ja«, sagt er.

»Ach so, okay, dann.« Meine Stimme klingt furchtbar enttäuscht. Ich trinke mehrere Schlucke Kaffee, um mich abzulenken.

»Ja, ich gehe sehr gern mit dir aus, Marie. Wir müssen doch dieses geniale Drehbuch feiern.« Die Art, wie er über den Tisch grinst, ist neu. Sie ist … datemäßig.

Ein kleiner Schwarm Hummeln gesellt sich zu den Fliegen. In meinem Bauch flattert und summt es jetzt. Ich mag das. Es ist ein Samstagabendgefühl.

***

Der DJ spielt schon zum zweiten Mal *Tainted Love*. Ich hasse diesen Song. Keine zehn Pferde würden mich auf eine Achtzigerparty bringen. Nik schon. Er steht neben mir und wir verdrehen gemeinsam die Augen.

»Spielt der das gerade zum zweiten Mal?«, brüllt er mir ins Ohr.

Sein Atem kitzelt bis in meinen tiefen Ausschnitt, und ich lächle und finde *Soft Cell* plötzlich gar nicht mehr so schlimm.

»Was magst du noch trinken?«

Ich hebe meine Bierflasche und den Daumen. »Hab alles, was ich brauche!«

Er lächelt, sagt: »Ich bin gleich zurück«, und lässt sich ein bisschen Zeit, bis er sich in Richtung Bar dreht und in der Menschenmenge verschwindet. Ich sehe ihm nach und mein Herz pocht mit dem metallenen Beat um die Wette. Es wird sich nicht mehr beruhigen heute, so viel ist klar. Genau wie meine Lippen, die einfach nicht aufhören können, breit zu grinsen.

Ein echtes Samstagabenddate. Mit Samstagabendoutfit. Keine Ahnung, ob Nik auch nur das kleinste Zittern des Erdbebens wahrnimmt, das ich jedes Mal spüre, wenn wir uns ansehen. Doch wenn ich am Ende auch mit roten Date-Lippen, getuschten Wimpern und Push-up nichts anderes als die nette Lernbekanntschaft für ihn bleibe, dann habe ich es zumindest versucht.

Wir sind in einem Club mit Spiegeln an den Wänden, einer schwarzgelackten Bar und roten Kunstledersofas gelandet. Ausgerechnet meine Italiener-Gang hat uns hierher mitgeschleift, weil es hier angeblich *so special* und *fantastico* ist. Begonnen haben wir im *Surf Club*. Nein, falsch, begonnen hat der Abend damit, dass Nik mich abgeholt hat. Er hat darauf bestanden, obwohl der *Surf Club* genau in der Mitte zwischen seinem Haus und meiner Unterkunft liegt. Wenn er wüsste, in welche Höhen diese Geste meine Vorsätze für diesen Abend – diese Nacht – katapultiert hat, hätte er es womöglich gelassen. Er kam mit dem Fahrrad, was nicht optimal zu meinem Outfit passt. Wenn ich aufsteige, rutscht der Rock meines Glitzerkleids grenzwertig weit nach oben, und beim Fahren pfeift der Wind in meinen tiefen Ausschnitt und zwischen den Beinen wieder raus. Egal. Nik hat geguckt. Anders als sonst. Nicht nur einmal. Und das war ein besserer Start in diesen Abend, als ich je zu träumen gewagt hätte.

Wir müssen doch feiern, hat er gesagt. Und yes!, das tun wir, ausgiebig. Wir trinken gemeinsam auf meine *geniale Komödie* und Niks *visionäre Vorstadtsiedlung,* und ich trinke dabei heimlich auch auf *uns.* Mit Tequila, das war Niks Idee. Soll mir recht sein. Mir ist heute Abend alles recht, ehrlich gesagt. Selbst der aufdringliche Valentino, der plötzlich mit seiner Truppe aufgetaucht ist und sich nicht hat abwimmeln lassen. Denn ich habe so eine Ahnung, dass er der Grund dafür ist, dass Nik sogar mit in diesen Club wollte, in den er in etwa so gut passt wie Johnny Depp in eine Großraumdisco. Ich prüfe ständig, ob er die Entscheidung schon bereut, doch es macht nicht den Eindruck. Ehrlich gesagt, steh ich auch nicht auf all die Typen im Jackett hier, doch meinetwegen könnten wir auch bei McDonalds am Bahnhof feiern.

Valentino will tanzen. Er zieht mich auf die Tanzfläche, und ich bin zu betrunken, um ihn abzuwimmeln. Außerdem hab ich Lust, mich zu bewegen. Nik kann ich nirgendwo entdecken. Tino schwingt die Hüften zu Jennifer Lopez und ruckelt mit dem kantigen Kinn. Irgendwann fand ich das mal sexy. Hilfe! Er nimmt meine Hand, lächelt, zieht mich näher. Ich spüre seine Finger an meiner Hüfte, nur ganz leicht, gleich lässt er wieder los und macht eine Drehung vor mir. Er hat's drauf. Denkt er.

»You are so beautiful«, raunt er in mein Ohr. Dann verdreht er die Augen. »Still the hottest girl in town.«

Puh. Was 'ne Sülze. So *hot*, dass du dauernd fremdvögeln musstest! Ich lächle trotzdem und meine es. No regrets. Doch apropos heiß … Über seine Schulter hinweg suche ich wieder nach Nik. Diesmal entdecke ich ihn. Er muss uns gesehen haben und einfach stehen geblieben sein. Eine von Tinos Freundinnen hat den Moment genutzt und hüpft vor ihm herum. Es sieht aus, als hätte auch sie heute noch Größeres vor. Als der DJ abrupt auf Hip Hop wechselt, schwingt sie ihren knackigen Arsch bis tief in die Knie und wieder hoch. Ich versuche Niks Reaktion zu erkennen, doch es sind zu viele Leute im Weg.

»Not my music«, sage ich zu Tino und lasse ihn einfach stehen.

Nik sieht erfreut aus, als er mich sieht. Die balzende Frau weniger.

Ich ziehe eine Grimasse. »Dieser DJ lässt auch nichts aus, oder?«

Er lacht. Für dieses Lächeln würde ich töten. Jederzeit. Auch ohne den Tequila im Blut.

»Willst du – noch bleiben?«, fragt er.

Ich schüttle den Kopf und er wischt sich imaginären Schweiß von der Stirn. Dann legt er seine Hand an meine Schulter, und wir gehen, ohne uns zu verabschieden.

KAPITEL 13

Marie

JETZT

Ich bewege mich nicht. Ich atme nicht. Oder nur, wenn es unbedingt nötig ist. Ich liege am äußersten Rand der linken Bettseite, pfeilgerade, die Hände auf der rotkarierten Decke wie eine Puppe im Puppenbettchen. Wenn ich könnte, würde ich noch ein Stück rutschen, doch das geht nicht, und so spüre ich Nik neben mir, als gäbe es nur uns beide im ganzen Universum, als würden wir in einem Einmannzelt nebeneinanderliegen und den Atem des anderen einatmen.

Selbst schuld bin ich, also eigentlich Fritz, aber der hat es nur gut gemeint. Wie sollte er ahnen, was er da mit der Miene eines verzweifelten Reiseleiters vorgeschlagen hat? Ich musste doch unbedingt reagieren, als Nik den Märtyrer machen wollte. Was hätte ich denn sonst tun sollen? Ihn auf der Kaminbank übernachten lassen? Gerade dann hätten sich alle gewundert. *Blödsinn*, habe ich also geantwortet und dabei ein triumphierendes Er-ist-doch-ein-guter-Freund-Lächeln in die Runde geworfen, als würde irgendjemand außer mir daran zweifeln. Und natürlich haben die anderen nichts bemerkt, kaum von der Gala vom letzten Jahr aufgeguckt oder von ihrem aktuellen Instapost, obwohl ich direkt neben ihnen fast einer Herzattacke erlegen bin. Nur Charly hat's gecheckt und Nik natürlich gleich wieder mit ihrem Serienmörderblick traktiert. Der Arme kann doch nichts dafür, diesmal zumindest nicht.

Ich halte die Luft an, solange es geht. Als ich ausatme, hört es sich an, als wenn ein Wirbelsturm durchs Zimmer fegt.

Dann schnappe ich nach Luft wie eine Ertrinkende. Muss Nik denn gar nicht atmen, verdammt? Schläft er etwa schon selig? Lässt es ihn einfach kalt, hier neben mir zu liegen, an Stelle seines besten Freundes, der irgendwo in Berlin ahnungslos Häuser verkauft? Ich suche nach Geräuschen, auf die ich meine Aufmerksamkeit lenken kann. Es tropft auf das Fensterbrett, leise, ungleichmäßig. Der Regen muss aufgehört haben und durch den Spalt zwischen den Vorhängen fällt weiches Mondlicht. Wir haben das Fenster geschlossen, wegen des Windes. Jetzt lechze ich nach Luft. Ich ersticke noch hier drin.

»Nik?«

»Hm.«

Also doch wach. »Kann ich das Fenster aufmachen?«

»Gute Idee.«

Als ich mich zum Sitzen hochschiebe, tut er neben mir dasselbe. Wir sehen uns im Halbdunkeln an. Er lächelt verschmitzt, doch sein Blick ist so intensiv, dass mir der Schweiß ausbricht.

»Das Fenster«, japse ich.

»Ich mach schon«, sagt er, springt aus dem Bett und reißt das Fenster auf.

Ich kann nicht anders, als ihn zu beobachten. Behaarte Beine, Boxershorts, schwarzes T-Shirt. Nichts Besonderes. Doch auf mich wirkt es, als würde er nackt daherspazieren. Das Bild seines festen Bauchs mit den wenigen dunklen Haaren rund um den Nabel krabbelt mir in den Kopf. Ich schließe die Augen, atme in die frische Luft, die endlich hereinströmt. Ich beschwöre Leo herauf, und mit ihm erscheinen Flori und Luke. Plötzlich frage ich mich, was ich hier eigentlich mache, das ganze Wochenende allein. Fast übel wird mir vor lauter Sehnsucht nach meinen Kindern. Ich öffne die Augen, hole noch einmal Luft.

»Nik?«

»Hm.« Er setzt sich auf die Bettkante, auf seiner Seite.

Ich versuche sein Gesicht zu erkennen. »Ich muss dir unbedingt noch was sagen.«

»Was denn?« Seine sanfte Stimme rieselt in meine Brust und weiter in meinen Bauch und tiefer, doch ich ignoriere es.

»Es verwirrt mich total, dass du zurück bist.«

»Marie …« Seine Augen sind so zärtlich, dass ich drauf und dran bin, einen Rückzieher zu machen.

Ich hebe die Hand und er verstummt. »Ich habe das einfach nicht erwartet«, sage ich. »So lange habe ich daran gedacht, wie es sein wird, und irgendwann nicht mehr, und jetzt überfordert es mich gerade.« Ich hole Luft. »Aber das liegt nur daran, dass – du dich nie gemeldet hast. Versteh mich nicht falsch, ich will dir das nicht vorwerfen, aber wir haben eben nie geredet. Überhaupt nie.« Ich sehe ihn nicht mehr an, weil ich befürchte, dass mir sonst die Luft ausgeht oder die Worte oder der Wille, also spreche ich einfach weiter mit meiner Bettdecke. »Dieses komische Gefühl zwischen uns. Können wir das nicht einfach sein lassen? Gehen wir mal Kaffeetrinken, wenn wir zurück in München sind, und ich stell dir meine Kinder vor?« Ich atme aus. »Geht das?« Ich sehe zu ihm rüber und versuche, den Ausdruck in seinen Augen zu erkennen.

Er lächelt. »Das geht auf jeden Fall.«

»Gut.« Ich lächle zurück, nur ganz kurz, kein Risiko mehr jetzt. Dann rutsche ich tiefer, rolle mich auf die Seite und ziehe die Decke über mich. »Schlaf gut, Nik!«

Ich lausche, und er bleibt noch eine Weile sitzen, bevor er sich auch hinlegt. »Schlaf du auch gut, Marie.«

KAPITEL 14

Nik

DAMALS

Die Nacht ist überraschend lau. Es weht ein besonderer warmer Wind heute, fast heiß, als käme er direkt aus der Wüste. Marie streckt ihre Stupsnase in den milchigen Himmel. Sie dreht sich zu mir, tut so, als lehnte sie sich an der nächsten Böe an, quietscht, als sie nach hinten kippt. Dann fängt sie sich, läuft lachend weiter, wirft ihren Charme über die Schulter.

»Kommst du?«

Und wie. Ein weiterer Windstoß schmiegt das silberne Kleid eng an ihren Körper, und meine Blicke sind es leid, unter Kontrolle gehalten zu werden. Marie tanzt weiter mit dem Sturm, dabei singt sie irgendeinen Song, grandios schief, unerkennbar und unglaublich sexy. Als sie bemerkt, dass ich sie beobachte, werden ihre Bewegungen schlagartig hibbelig. Die langen Wimpern klimpern. Sie ist hinreißend. Ja, ja, ja. Trotzdem möchte ich sie am liebsten schütteln, wenn sie diesen Kleinmädchenblick aufsetzt. Verdammt, diese Frau hat es drauf. Sie ist blitzgescheit, hat in vier Tagen ein Drehbuch runtergerockt, nach dem sich Til Schweiger die Finger lecken würde. Nein, es ist viel zu intelligent für den, wirklich witzig und irgendwie tiefsinnig zugleich. Nur aus irgendeinem Grund sieht sie das anders. Sie verdaddelt lieber Termine, macht auf sweet, niedlich und faul.

Lässt sich von diesem Italiener anmachen. Und von Männern wie Leo.

Der Gedanke an ihn schwingt mir direkt in den Magen. Morgen Abend ist er zurück. Er kann es kaum erwarten, schreibt er. Obwohl die Reise toll ist. Dank Suzi in Plymouth und Linda in Falmouth und Irene in St. Yves. 'ne Menge solcher Sehenswürdigkeiten durfte ich per Whatsapp mitbesichtigen. Doch ganz oben auf seiner Liste steht Marie, hat er heute geschrieben. Warum das so ist, will mir einfach nicht in den Kopf. Sie ist in jeder Hinsicht das Gegenteil von seinem genormten Geschmack: echt, intelligent und dunkelhaarig. Doch meine Hoffnungen, dass die Suzis und Lindas dieser Welt ihn daran erinnern würden, haben sich zerschlagen. *Prio eins mit Dringlichkeitsstufe*, schreibt er. Er wird sich freuen zu hören, dass der Italiener Geschichte ist. Freie Bahn, sozusagen. Als hätte er jemals daran gezweifelt. Leo kommt, sieht und siegt. So ist es nun mal. Shit happens, er war zuerst da. Daran gibt es nichts zu rütteln. Ab Morgen nicht mehr. Doch heute Abend genießt er noch Port Isaac. Und ich trinke Tequila mit Marie.

»Fahr'n wir noch zum Beach?« Marie schwankt, als sie zu den Fahrrädern läuft, die wir auf der anderen Seite der Fußgängerzone abgestellt haben. Sie stolpert über einen herausstehenden Pflasterstein, fängt sich und grinst. »Uups!« Dann macht sie eine schwungvolle Drehung in meine Richtung. »Wie ist deine Nummer?«

Ich sage sie ihr, und sie streckt ihren Hintern in die Luft und fummelt an den verrosteten Nummernrädchen meines Fahrradschlosses, mit dem ich unsere beiden Hinterräder an einer Straßenlaterne festgebunden habe, herum.

»Scheißding«, schnauft sie.

Ich lache, »soll ich?«, und versuche mich auf ihre Finger zu konzentrieren, während sie mir schonungslos volle Aussicht in ihren Ausschnitt gewährt.

Das Schloss löst sich plötzlich und gleitet auf den Boden. »Heavens«, sagt Marie, als sie sich danach bückt, und ich denke dasselbe.

Mit triumphierendem Lächeln übergibt sie mir meinen Lenker. Ich hebe mein Rad in die richtige Richtung und schiebe es ein Stück zur Seite, damit Marie Platz zum Wenden hat. Ächzend schwingt sie ihr Bein über die Stange. Sie steigt mit Schwung auf und kippt fast in die andere Richtung.

»Vorsicht!« Ich sehe zur Seite, um mein Lachen zu verstecken.

Mit dem Rad zwischen den Beinen dreht sie sich zu mir. »Selber!« Ihre Zähne blitzen im Licht der Straßenlaterne.

Wir haben es nicht eilig, loszufahren. Es ist der Tequila. Alle Wächter meines Kontrollzentrums liegen besoffen in der Ecke. Niemand mehr da, der mich davon abhält, Marie so anzusehen, wie ich möchte. Die heute mit mir feiern will. Nur mit mir. Als sie lächelt, spüre ich Gewissheit durch meinen Körper brennen, als hätte jemand den Alkohol in meinem Blut angezündet: Ich will sie. Ich will sie so sehr, dass ich brüllen könnte vor Schmerz bei dem Gedanken daran, dass ich sie nicht haben kann.

»Kommst du?« Sie fährt Schlangenlinien die Straße runter.

»Marie! Lass uns schieben!«

Sie dreht sich zu mir um, dabei schwankt sie wieder gefährlich. »Nö, wieso denn?« Dann löst sie die Hände und fährt ein Stück freihändig. Im letzten Moment weicht sie einer Mülltonne aus.

Ich höre ihr Gackern und sehe zu, dass ich sie einhole.

*

»Extra Chips für mich, bitte. Und viel Mayonnaise. Ich liebe Mayonnaise.« Maries Lächeln kribbelt irgendwo unterhalb meines Bauchnabels, obwohl es für den Besitzer der Strandbude gedacht ist, bei dem wir beschlossen haben, unseren nächtlichen Spontanhunger zu stillen.

»Wo seid ihr her?«, fragt er und lehnt sich ein bisschen weiter nach vorn, um besser in Maries Ausschnitt gucken zu können. »Ich bin übrigens Liam.«

»Germany«, sagt Marie. »Du bist aber auch nicht von hier, oder, Liam?« Sie lässt den Kopf in den Nacken fallen.

»Nope. Dublin. Wollt ihr einen Shot? Ist umsonst.«

Liam platziert drei Schnapsgläser auf seinem Tresen.

»Danke nein«, sage ich. »Hatte definitiv genug heute Abend.«

Marie wirft mir einen kritischen Blick zu, dann zuckt sie die Schultern.

»Dann nur wir beide«, sagt Liam und kippt roten Fertiglimes in die Gläser, bis sie überlaufen. »Cheers.«

»Cheers, Liam.« Marie zeigt mit dem Schnaps auf sich, »Marie«, dann auf mich, »und Nik.«

Die beiden knallen die leeren Gläser gleichzeitig auf die Theke.

»Kennst du Dublin, Marie?«, fragt Liam, während er nachschenkt.

Sie fixiert seine hellblauen Augen. »Leider nicht. Muss toll sein.«

»Machst du das Essen?«, unterbreche ich. Kann es sein, dass ich gerade eifersüchtig auf den Kioskbesitzer bin?

»Eine Sekunde«, sagt Liam und reicht Marie ihr Glas. Dann hebt er seins grinsend in meine Richtung. »Er trinkt nicht. Und er mag es nicht, dass du mit mir trinkst. Bist du mit ihm zusammen?«

Marie kichert. »Nein«, sagt sie, ohne mich anzusehen.

»Hmhm, ein Date?« Er frisst sie gleich auf mit diesen Wasseraugen.

Marie kichert lauter. »Nein.« Dann guckt sie doch zu mir. »Nur ein Freund.« Ihre Wangen leuchten, und ja, ich bin eifersüchtig – auf jeden, den sie außer mir so ansieht.

»Einen noch? For the road?« Liam wartet Maries Antwort nicht ab, sondern schenkt die Gläser zum dritten Mal randvoll. »Auf guten Sex.«

Marie verschluckt sich.

Der Typ kümmert sich endlich um das Essen, weil sich inzwischen eine Schlange hinter uns gebildet hat. »There you go. Extra Mayonnaise für Marie.« Er reicht uns zwei braune Tüten.

»Thanks, man.« Ich schnappe mir meine Portion und laufe voraus zu unseren Fahrrädern.

An der Strandpromenade ist die Hölle los. Brighton Samstag Nacht eben, oder besser: Sonntag Morgen. Oktoberfest ist nichts dagegen. Doch wir haben eine Bank ergattert. Wir sitzen auf der Lehne und futtern unser Fast Food, während Horden von partysüchtigen Studenten an uns vorbeitreiben. Ich wüsste nichts, was ich in diesem Moment lieber täte. Irgendwo dröhnt ein Ghettoblaster. … *Just somebody that I used to know.* Der Besitzer grölt den Refrain in weiblichen Oktaven mit.

»Cooler Song«, sagt Marie.

»Hm.«

Sie hält mir ihr Essen hin. »Magst du den Rest?«

Ich nicke, »klar«, greife nach der Tüte. Als unsere Finger sich berühren, spüre ich wieder das Brennen. Ich stopfe mir ein Stück Fisch in den Mund, um es zu verscheuchen.

»Du hast da …« Marie streckt den Zeigefinger aus und fährt damit zart an meinem Mund entlang. Dann hält sie mir die Mayo unter die Nase und leckt sie schließlich lächelnd ab.

Ich vergesse zu atmen. Meine Lippe brennt, alles brennt. Doch ein müder Wächter rührt sich.

»Lass mal los«, sage ich heiser und springe von der Bank.

Jetzt schieben wir die Fahrräder. So, dass wir zwischen ihnen nebeneinanderlaufen. Marie ist immer noch betrunken, sie stößt ständig gegen mich, und dann lacht sie und ich mit ihr, doch ansonsten schweigen wir. Es liegt an mir. Ich kann nicht sprechen. Ich höre schlurfende Sneaker, das Schnarren der Speichen unserer Räder, dazwischen kurzes Lachen. Ein Geräuschteppich, weit weg. Darüber ist Verlangen. Rasendes, brennendes, gieriges Verlangen. Und ich brauche all meine Aufmerksamkeit, um den minimalen Raum zu halten, der zwischen Wollen und Tun liegt.

Als das milchig beleuchtete Schild der Hanover Street, in der Marie wohnt, vor uns auftaucht, lässt meine Anspannung minimal nach. Ich lasse mich ein bisschen zurückfallen. Hintereinander biegen wir in die Straße ein. Das Scheppern, als Maries Fahrrad gegen den Metallzaun kippt, holt mich endlich zurück in die Realität.

Sie schließt es fest. Ich sehe ihr nicht zu. Gleich habe ich es geschafft. Wir treffen uns vor dem Gartentor. Ich halte mich an meinem Lenker fest.

Marie studiert den Himmel. Der Wind hat sich gelegt inzwischen, doch es ist unverändert schwül. Ich riskiere es, sehe sie an. Ihr Kleid ist verrutscht und hat einen BH-Träger frei-gelegt, an dem kleine schwarze Blumen ranken. Ihr Lidschatten ist verschmiert. Ihre Haare sind an den Schläfen verschwitzt. Über ihren Lippen, genau dort, wo sie sich aufwölben wie eine saftige Blüte, klebt ein bisschen Erdbeerlimes.

»Keine Sterne für uns«, sagt sie und lächelt.

Ich möchte erwidern, dass es keinen Unterschied macht. Dass keine Millionen Sterne, nicht mal ein Komet, mich dazu brin-gen könnten, jetzt nach oben zu gucken. Dass sich gerade der Himmel direkt vor mir auftut und die Hölle zugleich. Dass ich wünschte, ich hätte doch diesen Limes getrunken, und noch viel mehr, denn dann würde ich einfach vergessen, dass es bereits Sonntag ist. Doch ich bin nüchtern und ich muss weg.

»Es ist schön mit dir, Nik«, sagt sie in mein Schweigen. »Sehr schön sogar.« Und dann legt sie beide Hände um meinen Na-cken und zieht mich zu sich.

KAPITEL 15

Marie

DAMALS

Fuck. Ich bin dabei, Nik zu küssen. Kurz davor zumindest. Was tue ich? Was reitet mich? Es war sein Blick, natürlich war es das. Wie Feuer. Als wollte er mir das Kleid vom Körper brennen, und da dachte ich … Nein, gar nichts habe ich gedacht, einfach gemacht. Und jetzt steht er still wie eingefroren, nix Feuer, eher blankes Eis. Und ich habe gebremst, kurz vor dem Ziel. Rühre mich auch nicht mehr, wir bewegen uns beide nicht. Aber ich spüre ihn, o Gott, und wie. Seinen Nacken unter meinen Händen, seinen Körper keine zehn Zentimeter von meinem, seinen Atem, der meine Wange streichelt. Doch er rührt sich nicht. Und ich gebe auf. Ich werde ihn nicht küssen. Das nicht. Also ziehe ich mich zurück, einen Millimeter und noch einen. Ich löse meine Hände, atme aus.

»Ich weiß auch nicht, was …«

Genau in diesem Moment greift er nach mir. Er zieht mich so heftig an sich, dass mir die Luft wegbleibt. Als er mich küsst, ist es, als würden zwei Pole sich finden und endlich Energie entladen. Unsere Lippen fallen übereinander her wie ausgehungert. Und dies ist kein unsicherer erster Kuss, nein, er ist absolut, vollkommen, universal – und total beängstigend. Eine Springflut, nicht zu stoppen, die über alle Ufer tritt und gnadenlos mitreißt, was im Weg steht.

Wir hören nicht auf, beide nicht, nicht einmal, um Luft zu holen. In meinen Ohren rauscht es, und ich vergesse, wo ich bin und wie wir hierhergekommen sind. Alles ist dieser Kuss und unser Kuss ist alles, und es ist wie Atmen. Es passiert einfach und wir lassen es geschehen. Ich fließe, zittere, bebe, weiß nicht mehr, wo mein Körper aufhört und seiner beginnt, alles ist eins, und doch will ich noch mehr. Ich suche seine nackte Haut, fahre über seinen warmen Rücken, sauge ihn auf durch jeden Millimeter meiner Hände. Ich finde seinen Hals, schmecke seine salzige Haut. Ich habe geahnt, wie er dort riechen würde, und ich atme ihn ein, als würde ich sonst ersticken. Er nimmt mein Gesicht in seine Hände und zieht mich zurück, unendlich zärtlich und wild entschlossen.

Als wir uns in die Augen sehen, verliere ich den Boden unter den Füßen. Meine Hände wandern zu seinem Bauch, halten inne, weit gespreizt, genießen das warme Pulsieren, Haut auf Haut.

Ich küsse ihn wieder, hauche meine Lippen zärtlich an seine, »Nik«, während meine Finger fiebrig den Bund seiner Jeans entdecken.

Und da löst er seine Umarmung und greift nach meinen Händen. Jäh zieht er sie von sich. Erst, als er sie fallen lässt, verstehe ich. Ich öffne die Augen, unterdrücke den Impuls, meine Lippen zu berühren, um die plötzliche Leere zu füllen.

Er ist zurückgewichen. *Sicherheitsabstand*, schießt es mir in den Kopf. Seine Brust hebt und senkt sich so schnell, wie mein Atem rast. Mit einem Ruck sehe ich ihm in die Augen. Es gefällt mir nicht, was mich dort erwartet.

»Marie. Es ist besser … Ich muss jetzt los.« Er sieht weg.

Alles dreht sich. *Letzte Chance*, sagt eine Stimme. Ich hole Luft. Mein Lächeln fühlt sich verkehrt an, wie ein Gänseblümchen, das einem Erdbeben trotzt. Doch ich weiß mir nicht anders zu helfen, also bleibe ich dabei, lächle und greife nach seiner Hand. »Willst du nicht …?«

Er versteift sich, schüttelt den Kopf, als wäre allein die Vorstellung ein Albtraum. Dann schluckt er hart in die beißende Stille.

»Es ist spät«, sagt er und schiebt beide Hände in die Taschen seiner Jeans.

Zwischen uns hängen noch Reste der Magie. Nebelschlieren, die sich nur langsam verziehen. Ich suche seine Augen. Sie sind überall, nur nicht bei mir.

»Du musst doch heute noch einiges erledigen«, sagt er mit der Stimme meines Lernkumpels, während er schon den Fahrradständer hochkickt.

Ich reiße mich zusammen, versuche mein schreiendes Herz zu ignorieren. »Ja. Richtig. Ich muss in die Uni … in den Copyshop … in den, der am Sonntag aufhat.« Es gelingt mir nicht, so zu klingen wie er.

Nik bemerkt es nicht einmal, nickt kantig. »Und ich hab Paketschicht.«

»Ah.« Ich gucke in den Stadthimmel, der Richtung See jetzt rosarot auf Romantik macht. Ich bin kurz davor, den Mittelfinger hochzureißen.

»Bald.« Er zuckt mit den Schultern und lächelt Richtung Straße, so hölzern, dass ich gar nicht erst richtig hinsehe. »Tut mir leid.«

Was genau jetzt?, denke ich. Doch im nächsten Moment hüpft mein Gehirn auf die Welle und reitet sie: Morgen, gleich nach dem Gespräch mit Professor Connelly muss ich den Zug nach London erwischen. Von dort fliege ich nach München. Doch Mittwochabend bin ich schon zurück. Es sind nur zwei Tage.

Nik ist auf sein Fahrrad gestiegen. »Bye, Marie. Schlaf gut!« Er klingt so enthusiastisch wie eine Sprachsteuerung.

»Bye«, rufe ich, während er in die Pedale tritt. »Wir sehn uns dann!« Ich starre ihm nach, auch dann noch, als er längst abgebogen ist.

Nur zwei Tage. Dann haben wir alle Zeit der Welt. Wir könnten einfach weitermachen, wo wir aufgehört haben. Oder besser noch, richtig anfangen, ohne Alkohol und bei Tageslicht. Wir könnten, leicht sogar … Nur fühlt es sich nicht so an, als wenn wir beide auch wollten.

KAPITEL 16

Nik

JETZT

Die Tram klingelt. Der Makler hat darauf hingewiesen, dass die Wohnung mit dem Blick auf die Isarauen unbezahlbar wäre, gäbe es nicht diese Lärmbelastung. Ich habe fast einen Lachkrampf bekommen, als er das sagte. Nach zehn Jahren Shanghai habe ich eine etwas andere Definition von *Lärm*. Dieses charmante Gebimmel löst in meinen Ohren eher Glücksgefühle aus, fast wie die Kuhglocken letzte Woche.

Es war Zeit. Erst jetzt, wo ich hier bin, stelle ich fest, wie richtig meine quasi über Nacht getroffene Entscheidung war, nach Deutschland zurückzukehren. Wie dringend mein Körper danach verlangt, zur Ruhe zu kommen, und irgendwie auch meine Seele. Ich schlafe jede Nacht wie ein Baby. Wenn ich aufwache, brauche ich einen Moment, um mich zu orientieren, bin verwirrt, vor allem, weil ich mich so gut fühle. Kein Kopfweh, keine Gliederschmerzen, kein Fiepen im Ohr.

Ich springe aus dem Bett, tappe über die von der Morgensonne schon warmen Holzbohlen und reiße eins der Dachfenster auf. Was für ein Glücksfall diese Wohnung ist, die ich per Videokonferenz gemietet habe! Während tief unter mir ein Motorrad Gas gibt, strömt frische Luft herein, und das im

Hochsommer. Ich recke den Hals und genieße für eine Weile den *unbezahlbaren* Blick. Dann laufe ich rüber zur Küche und stelle die Kaffeemaschine an. Immerhin die habe ich letzte Woche besorgt. Ansonsten ist die Wohnung, die nur aus diesem einen großen Zimmer besteht, leer, bis auf das Bett, das ich vom Vormieter übernehmen konnte. *Möbel besorgen* steht auf meiner To-do-Liste. Irgendwann, wenn ich mal nicht über Entwürfen brüte oder in Zoom-Calls hänge. In den letzten beiden Wochen war das selten der Fall, zumal auch noch das Wochenende in den Bergen dazukam.

Ich kippe Kaffee in den gebrauchten To-go-Becher. Geschirr wäre auch gut. Ich starte den Rechner und tippe *Ikea*. Das blaugelbe Logo erscheint auf dem Bildschirm, und in der leeren Zeile daneben werde ich gefragt, was ich suche. Alles irgendwie.

Ein heftiger Start war das, letzte Woche. Die geballte Erinnerung gleich auf den Tisch. Bäm! Und ob sie auch schon wieder *vom* Tisch ist, bezweifle ich, weil mein Körper immer noch Adrenalin ausschüttet, sobald ich an diese seltsame Nacht neben Marie denke. *Wir haben nie geredet*, hat sie gesagt. Stimmt. Manche Dinge sollten auch besser nicht ausgesprochen werden. So sehe ich das. Sie nehmen sonst zu sehr Form an. Besser, man lässt sie in dem Zustand, den sie haben: eine vage Gedankenmasse, die sich irgendwann wieder auflöst. Früher oder später.

Das Handy klingelt. Wenn man an den Teufel denkt …

»Leo, hi.«

»Alter, hi. Was machst du?« Die Stimme meines Freundes hallt. Er telefoniert auf Lautsprecher.

»Ich überlege, wo ich Möbel herbekomme.«

»Du hast keine Möbel?«

»Noch nicht.«

»Und ich dachte, du lädst mich heute auf 'n Kaffee ein.«

»Eine Kaffeemaschine habe ich.«

»Perfekt. Wann?«

Ich grinse. Es gibt wirklich Dinge, die lösen sich auf, ohne dass man darüber spricht. Als ich die Entscheidung, nach München zu gehen, getroffen habe, habe ich mit allem gerechnet. Nur nicht damit, dass Leo sich verhalten würde, als sei ich nie weggewesen. Als hätte ich ihn und seine Familie, die ja auch meine ist, nicht von einem auf den anderen Tag aus meinem Leben verbannt. Als hätte ich nicht jeden seiner Versuche, einen Besuch zu organisieren, mit Ausreden abgeschmettert, sogar die Einladung zu Maries und seiner Hochzeit – die am konsequentesten.

»Also?«

»Schön, deine Stimme zu hören«, sage ich.

»Ach, das ist ja ganz neu!«

Ich sehe Leos spöttisches Grinsen vor mir. So ganz hat er mir wohl doch noch nicht verziehen.

»Anscheinend.« Ich seufze. »Du weißt, was ich meine, oder?«

»Ja, weiß ich.«

Wir schweigen tatsächlich für eine Sekunde. Und mehr braucht es auch nicht zwischen uns. Hat es nie.

Das Geräusch aufeinanderprallenden Eisens scheppert in die Stille. »Was machst du eigentlich gerade?«, frage ich lachend. »Pumpst du etwa?«

»Wieso, hört man das?«

»O ja. Bist du in Form?«

»Willst du mich provozieren? Hast mich doch letzte Woche gesehen. Fett bin ich. Ich komm in Berlin einfach nicht zum Trainieren.« Er atmet aus wie ein Walross.

»Stimmt. Der Bierbauch war unübersehbar«, sage ich.

»What? Ich habe keinen …« Ich sehe sein entsetztes Gesicht vor mir.

»Scherz, Alter. Du fischst immer noch zu gern nach Komplimenten«, sage ich trocken. »Wie schön, dass sich nichts verändert hat.«

»Ach, lass mich doch in Ruhe! Also, wann soll ich da sein, in einer halben Stunde? Ich besorg Frühstück.«

»Tut mir leid, aber ich hab keine Zeit. Ich fahr heute an den See. In das Pflegeheim. Wo Else jetzt lebt.« Ich bemühe mich, locker zu klingen, den leichten Fluss unseres Gesprächs nicht zu stören.

»Du warst noch gar nicht da?«, fragt Leo.

Ich atme aus. »Nein.« Die Ausreden schlucke ich runter.

»Puh, dann wird's aber Zeit.«

»Ja.«

»Ist Else nicht der Grund, warum du überhaupt hier bist?«

»Ja.«

»Gesprächiger bist du ja nicht geworden.« Leos Lachen wirkt so ansteckend wie eh und je, ob einem nun nach Lachen zumute ist oder nicht.

»Ich hatte zu tun«, erkläre ich jetzt doch. »Bin ja relativ plötzlich abgehauen aus Shanghai.«

»Klar, zu tun, wie immer. Hast du Schiss?« Auch diese Frage schießt er so nonchalant aus der Hüfte, als ginge es um eine besonders hohe Welle. Ich muss mich erst wieder daran gewöhnen. Für Leo ist es tatsächlich egal, ob man übers Surfen, über Frauen oder über mein ewig schlechtes Gewissen meinen Großeltern gegenüber spricht. Er interessiert sich, aber er macht kein Drama. Nie.

»Passt«, sage ich und verschweige den Gefühlssalat in meinem Bauch.

Es ist über fünfzehn Jahre her, dass ich meine Großmutter gesehen habe. Zuletzt bei dem Abschiedsessen, das Sabina vor unserer Abreise nach Brighton gegeben hat. Es war einer dieser unsäglichen Abende, an denen die Welten meiner frühen und meiner späteren Kindheit aufeinanderprallten, und ich direkt dazwischen die Wucht der Kollision so schwer ertragen konnte, dass ich heilfroh war, als Theo und Else sich endlich wieder in das von meinen Pflegeeltern bezahlte Taxi setzten.

Jetzt ist mein Großvater tot, und ich weiß nicht, ob ich Else überhaupt noch wiedererkenne. Sie wird es auf keinen Fall tun, so die Aussage ihrer Ärztin, mit der ich seit dem Auftreten ihrer plötzlichen Demenz in Kontakt bin. Dr. Nowicki hat vorgeschlagen, bei unserem ersten Treffen dabei zu sein, um uns beiden die Situation zu erleichtern. Je näher der Moment rückt, desto dankbarer bin ich für diese mir anfänglich seltsam erscheinende Idee.

»Hast du Lust, heute Abend vorbeizukommen?«, wechsle ich das Thema.

»Heute Abend? Das muss ich mit Marie klären«, sagt Leo und schafft es damit, meine Gedanken in eine komplett andere Richtung zu katapultieren. »Sie ist manchmal etwas empfindlich, was den Samstagabend angeht. Weil ich ja die ganze Woche in Berlin bin. Oder soll ich sie einfach mitbringen?«

Ich kann nicht verhindern, dass mein leerer Magen bei diesem Vorschlag eine Rolle rückwärts macht. »Ja, sicher«, sage ich heiser. »Gute Idee.«

»Nicht wirklich, oder?« Leo lacht. »Checkst du gar nicht mehr, wenn ich scherze, Alter?«

»Wieso?«, frage ich.

»Viel zu anstrengend!«

Ich horche auf. Sage aber nichts.

»Außerdem brauchen wir dann einen Babysitter.« Er seufzt. »Ich sag's dir, genieß deine Freiheit, solange es geht. Manchmal bin ich froh, dass ich nur am Wochenende Familienvater bin …« Er gluckst. »Aber psst. Sag's nicht Marie. Die macht schon genug Stress.«

»Wie du meinst«, sage ich kühl. Ich mag es nicht, wie er über sie redet, überhaupt nicht.

»Hast du Bier im Kühlschrank? Ich meine, falls du einen Kühlschrank besitzt?«

»Habe ich. Beides.« Ich lache und entspanne mich. Mein bester Freund kommt heute auf ein Bier vorbei. Das ist ziemlich cool. Und alles andere ist nicht meine Sache.

»Great«, sagt er. »Ich check das mit meiner Frau und texte dir später.« Er legt auf.

Mit meiner Frau. Leos Worte hängen in meinem Kopf wie ein Programmierfehler. Vielleicht wäre es doch besser, wenn sie beide kämen. Wenn ich sie endlich zusammen erleben würde. Als glückliches Paar mit zwei Kindern. Es wäre wirklich wichtig, dass ich mich an diesen Zustand gewöhne. So schnell wie möglich.

***

Auf der Autobahn geht es nur im Schritttempo voran. Über die Jahre habe ich glatt vergessen, dass mein Heimatdorf ein Ort ist, an dem andere Urlaub machen und der Münchner an Sommerwochenenden in Scharen anzieht.

Doch trotz des regen Verkehrs wirkt es für mich auch jetzt wie schon die ganzen letzten Tage, als bewegte ich mich durch eine Spielzeuglandschaft. Die warme Luft bläst durch die offenen Fenster des Mietwagens, und selbst hier im Stau riecht sie für mich wie purer Sauerstoff.

Als ich die Ausfahrt nehme, wird die Landschaft noch grüner, noch geordneter, noch niedlicher. Es sind nur wenige Autos mit mir abgebogen, die große Masse fährt weiter an den Ammersee. Ich halte trotzdem das Tempo, es passt zu meinem Bedürfnis, mich meinen Erinnerungen langsam zu nähern. Neugierig betrachte ich die ersten Häuser, die jetzt auftauchen, als wären sie Teil eines Super-8-Films aus meiner Kindheit. Jedes einzelne Bild gleiche ich mit meinem Gedächtnis ab. Bis jetzt ohne Erfolg. Ich bin weiterhin wie die Touristen auf Googles Routenansagen angewiesen.

Dann taucht der See hinter einem gelben Rapsfeld auf und im Blick davor die unspektakuläre Kirche meines Heimatortes. Und plötzlich sprudeln Bilder und Gefühle: Nostalgie vermischt sich mit vehementer Abneigung, mit dem Wunsch umzudrehen – und mit heftigen Schuldgefühlen.

Ich folge der Straße durch den kleinen Ort. Als das Navi mir Anweisung gibt, abzubiegen, fällt mein Blick auf einen dunkelblauen Wegweiser, der aus dem Sammelsurium kleiner Schilder heraussticht: *Seniorenresidenz Pilsensee.*

*

Ich stelle den Wagen auf dem kleinen Parkplatz vor dem Hauptgebäude ab, greife nach der Pralinenschachtel auf dem Beifahrersitz und steige aus. Das sonnengelbe Gebäude mit den üppig blühenden Blumen in den Kästen vor den weißen Sprossenfenstern strahlt bayerische Freundlichkeit aus. Wie in Zeitlupe laufe ich auf den Eingang zu, lasse den Blick ausgiebig schweifen, registriere mit kritischem Architektenauge die angeklebt wirkenden Metallbalkone, den unvermeidlichen Wintergarten, die ordentlich gekiesten Wege. Ich versuche – anzukommen.

Vor der Schiebetür aus Glas, auf der das geschwungene Logo der Residenz prangt, zögere ich, suche nach ein paar passenden Worten für die anstehende Begegnung. Schließlich mache ich einen entschlossenen Schritt auf den Schmutzfangteppich. Während sich die Tür öffnet, trete ich meine sauberen Schuhe ein paar Mal ab, dann gehe ich hinein. Noch während sich die Tür mit sanftem Surren hinter mir schließt, dreht sich eine Frau, die an der Rezeption lehnte, um und kommt auf mich zu.

Sie trägt ein ärmelloses blaues Kleid mit weißen Punkten und tiefem Ausschnitt. In ihren blonden Haaren, die links und rechts von einem strengen Mittelscheitel über ihre nackten Schultern fallen, spiegelt sich das Licht der Deckenstrahler.

»Herr Eder?«, sagt sie, und ich erkenne die dunkle Telefonstimme.

»Ja.« Ich bemühe mich, meine Überraschung zu verbergen. Meine Vorstellung von Dr. Ana Nowicki, Internistin und behandelnde Ärztin meiner Großmutter, hat mit der Person vor mir in etwa so viel zu tun wie das Foto meines einzigen chinesischen App-Dates ever mit der Person, die mich damals an der Bar erwartete. Nur dass in diesem Fall die Realität deutlich attraktiver ist als meine Vorstellung.

»Hallo, Frau Doktor Nowicki.« Wir reichen uns förmlich die Hand. Ihr Griff ist fest, ihre Hand weich und angenehm kühl. Wenn ich mich nicht täusche, sieht auch sie etwas überrascht aus. Ihrem herzlichen Lächeln nach hoffentlich positiv.

»Ana bitte«, sagt sie und löst mit ihren Worten wieder Irritation aus. Ich muss mich erst daran gewöhnen, dass diese

Telefonstimme jetzt ein völlig neues Bild bekommen hat. »Haben Sie gut hergefunden?«

»Ja, danke«, sage ich. »Nik dann gern.«

Dr. Nowicki – Ana – ist womöglich der Grund, warum ich heute hier bin. Sie war es, die mich vor ein paar Monaten aus heiterem Himmel auf meinem chinesischen Handy anrief, sich als Hausärztin meiner Großeltern vorstellte und mir die traurige Nachricht vom Tod meines Opas überbrachte. Wäre sie nicht gewesen – keine Ahnung, wie oder ob ich überhaupt je davon erfahren hätte. Nur wenige Wochen später rief sie wieder an. Diesmal ging es um Else: Ob ich von ihrer Demenz wüsste? Natürlich nicht, woher auch. Sie sei durch den Tod ihres Mannes plötzlich schlimmer geworden, sehr viel schlimmer. Das sei leider nichts Außergewöhnliches. Der Grund ihres Anrufs war allerdings weniger diese Information als vielmehr die, dass es ihr wie auch immer gelungen war, im auf Jahre ausgebuchten Pflegeteil der Seniorenresidenz ein Zimmer für meine Großmutter zu ergattern. Sie bat mich um mein Okay – und die Übernahme der Kosten. Ich war wie vor den Kopf gestoßen, habe einfach nur zugestimmt – und kurze Zeit später mitten in einer schlaflosen Nacht den Entschluss gefasst, nach Deutschland zurückzukehren.

»Wollen wir vielleicht kurz miteinander sprechen, bevor wir nach oben gehen?« Ana deutet in Richtung einer Sitzgruppe auf der anderen Seite der Eingangshalle.

»Ja. Sehr gern.«

Wir zögern beide, um den anderen vorgehen zu lassen. Sie lächelt darüber, streicht die Haare hinter die Ohren, dann läuft sie los, und ich ergebe mich gern ihrer Führung.

»Das ist der Enkel von Frau Huber«, klärt sie im Vorbeigehen den älteren Herrn an der Rezeption auf.

Ich nicke freundlich und folge den über den grauen Fliesenboden klackernden Absätzen. Schließlich nehmen wir einander gegenüber auf zwei beigen Ledersesseln Platz. Ana sitzt kerzengerade.

»Ich bin total dankbar, dass Sie heute dabei sind«, sage ich. Die Punkte auf ihrer Bluse tanzen vor meinen Augen, während ich mich von ihrem durchdringenden Blick durchleuchtet fühle.

»Das ist doch klar«, sagt sie. »Schließlich ist es ja ein paar Tage her …« Sie lächelt. »Wann haben Sie Else zuletzt gesehen?«

Ihre freundlich gemeinte Frage löst einen erneuten Schub Schuldgefühle in mir aus.

Ich räuspere mich. »Puh, keine Ahnung, vielleicht vor ungefähr – fünf Jahren?«, lüge ich.

Ana nickt. Ihre blauen Augen strahlen mich ohne den geringsten Funken von Vorwürfen an. »Also, damit Sie vorgewarnt sind: Sie hat sich verändert. Ich kenne Ihre Großmutter erst seit Kurzem, seit ich die Praxis meines Vaters übernommen habe, aber«, sie sucht in meinen Augen nach meiner Aufmerksamkeit, »sie ist nicht mehr dieselbe seit dem Tod ihres Mannes.«

»Verstehe.«

»Es ist«, fährt sie fort, »sehr unwahrscheinlich, dass sie Sie überhaupt erkennt.« Sie nickt einmal, wie um ihren Worten Nachdruck zu verleihen. »Womöglich wird es sogar schwierig, überhaupt Kontakt aufzunehmen.« Jetzt lächelt sie wieder. »Aber das ist ganz normal. Was immer sie sagt, Sie dürfen es nicht persönlich nehmen, okay?«

Ich nicke, wortlos.

»Na ja, wir werden einfach sehen, wie sie heute drauf ist. Manchmal überrascht sie sogar mich.« Ihr gackerndes Lachen ist ansteckend. »Also, wollen wir?«

Ohne meine Antwort abzuwarten, springt sie auf und eilt in Richtung der Fahrstühle. »Pralinen mag sie übrigens nicht«, ruft sie über ihre Schulter.

Wir steigen in den Lift und sie grinst. »Ich sag's nur, damit Sie sich nicht wundern, wenn Else Ihnen Ihr Mitbringsel vor die Füße feuert.« Sie lacht wieder so heiter, als wäre das alles ein großer Spaß.

»Ups, danke für die Info.« Irgendwie gelingt es Ana gerade, dass etwas von ihrer Leichtigkeit auf mich überspringt. »Und Sie?«, frage ich lächelnd und halte ihr die Schachtel hin.

Die Fahrstuhltür schließt sich.

»Ich? Klar!« Sie legt den Kopf schief. »Dankeschön.«

Wir halten im zweiten Stock und steigen aus. Wieder stakst Ana mit ihren langen Beinen voraus, und ich folge ihr den Gang entlang. Gelb scheint die Lieblingsfarbe des Architekten zu sein. Für die Wände hat er sich einen sehr hellen Ton ausgewählt, Sonne im Hochsommer. Hat was, das muss man ihm lassen, auch meine Stimmung ist inzwischen irgendwie sonniger geworden.

Ana umläuft einen Rollstuhl und streicht dem Insassen über seine spärlichen Haare. »Hallo Herr Reuter, Sie sehen toll aus heute!«

Der Alte strahlt, dass die schiefen Zähne blitzen, während sie bereits um die Kurve biegt. Mein Magen beginnt nervös zu zucken, als sie sich zielstrebig auf eine Tür zubewegt, da hilft auch keine Wandfarbe mehr.

*

Else strahlt.

»Ein guter Tag«, hat Ana mir gleich zugeflüstert, als wir das Zimmer betreten haben, als könnte sie die Stimmung meiner Großmutter in der abgestandenen Luft wittern.

Sie hat mich nicht erkannt, natürlich nicht, auch wenn Ana sich redlich Mühe gegeben hat, unsere Begrüßung mit Erklärungen zu begleiten. Und trotz aller Vorwarnungen hat es bestimmt eine Stunde gedauert, bis ich mich überwinden und ohne Anas Ermutigung einen selbstständigen Satz an Else richten konnte.

Das erste Bild beim Betreten des Zimmers hat gereicht, um mich in Schockstarre zu versetzen: eine mir fremde Person, zusammengesackt in einem Pflegeheimrollstuhl, abgestellt vor dem Fenster wie etwas, das keiner mehr braucht. Ein grauenvoll karges Zimmer mit Krankenbett und Hebekran, dessen Trostlosigkeit auf den ersten Blick kaum durch den hellen Parkettboden und das große Fenster gemildert wird. Mein Fluchtinstinkt war übermäßig. Else war in guten Händen, das hatte ich doch nun mit eigenen Augen gesehen, und ich konnte sowieso nicht das Geringste zu ihrem Wohlbefinden beitragen – was sprach also dagegen, die Büchse der Vergangenheit gleich wieder zu schließen?

Doch ich bin geblieben. Und irgendwann habe ich in den grauen Büscheln zwischen den kahlen Stellen das strohige Blond erkannt. Durch den müden Schleier hindurch die lebhaften braunen Augen meiner Mutter, und unter den wulstigen blauen Adern die langen Finger, die meinen so ähnlich sind.

Jetzt sitzen wir zu dritt um den Tisch aus Birkenholz, Ana und ich auf klobig unbequemen Holzstühlen, die mich an meinen Kindergarten erinnern. Else sieht sich zum dritten Mal eins von Mamas alten Fotoalben an. Also Ana blättert, und Else tut so, als könnte sie folgen. Im Regal stehen noch drei weitere Alben neben der Bibel und dem Rauchen-Verboten-Schild. Sie sind das einzig Persönliche hier. Die Zimmer der Residenz sind möbliert, und wer hätte sich darum kümmern sollen, irgendwas Persönliches einzupacken? Ich habe mir vorgenommen, es nachzuholen. Wenn ich so weit bin, das alte Haus am See zu besuchen.

»Wie kommen die Alben hierher?«, habe ich gefragt, als Ana eins aus dem Regal geholt hat.

»Ich hab sie spontan mitgenommen. Ich hoffe, das war okay?« Ana lacht wieder ihr freches Alzheimer-ist-cool-Lächeln. »Ich dachte, Frau Huber freut sich, wenn sie was Vertrautes dabeihat. Und Vergangenheit ist immer gut.«

Die Erinnerung haut mich um. Ich sehe meine Mutter, wie sie Alben klebt. Ich hatte es einfach vergessen. Während Ana und meine Großmutter ihren Spaß mit den alten Bildern haben, kämpfe ich bei jeder neuen Seite mit meiner Fassung. Sie war ständig mit Fotos beschäftigt, mit Fotografieren und mit dem Einkleben in diese in Alben verwandelten Leitz-Ordner. Hatte ihn einfach vergessen, Mamas geradezu unheimlichen Wunsch, Erinnerungen zu schaffen. Alles festzuhalten aus diesem Leben, von dem sie nicht wissen konnte, wie kurz es sein würde. Leo und ich nackt im orangen Planschbecken, obwohl der See doch nebenan lag. Bierflaschen auf Campingtisch. Der Weihnachtsbaum mit Elektrokerzen, damit das Holzhaus nicht abbrennt. Irgendwie sehen die Fotos besser aus, als das echte Leben war. Ich bin auf fast jeder Seite zu sehen, immer lächelnd.

Die Nacktfotos sind mir peinlich, doch Ana geht professionell darüber hinweg. Das Foto vom ersten Schultag, auf dem ich die Schultüte in die Kamera halte, hat es Else besonders angetan. Immer wieder will sie es ansehen, mit so verklärt glänzenden Augen, dass auch ich mich mehrfach räuspern muss.

»Mein Sohn, das ist ein hübscher Junge«, sagt sie irgendwann zu Ana. »Schade, dass er noch so jung ist. Ihr wärt ein schönes Paar.«

»Oma —«

Ana schüttelt energisch den Kopf. »Ja, schade«, sagt sie. »Er würde mir bestimmt gefallen.«

Ich versenke mein Gesicht in die nächsten Bilder. Ich weiß nicht, ob ich lachen oder weinen soll.

Oma kichert wie ein kleines Mädchen über ein Foto, auf dem meine Mutter mit mir an den Händen tanzt, und mein Herz wird warm. Zur Begrüßung musste ich mich zwingen, sie zu umarmen, habe es ultrakurz gehalten, mit dem Rollstuhl zwischen uns. Jetzt beginne ich, über ihren Unterarm zu streicheln. Er ist kalt. Schließlich lasse ich meine Hand auf ihrer liegen und wünsche mir insgeheim, dass diese Berührung vielleicht eine Erinnerung zurücklässt.

Irgendwann fragt Ana: »Sind Sie müde, Frau Huber?«

»Ja«, sagt meine Großmutter. »Ich will schlafen.«

»In Ordnung, dann gehen wir jetzt.«

Wir helfen ihr gemeinsam aus dem Rollstuhl auf ihr Bett und Ana legt eine Wolldecke über ihre Beine. »Sie machen ein Schläfchen, und ich sehe später nach Ihnen, okay?«, sagt sie sanft.

Oma zeigt auf mich. »Bring deinen Freund wieder mit«, sagt sie in Anas Richtung. »Er ist sehr nett.« Dann lächelt sie verschmitzt. »Und er sieht gut aus.«

»Oma …« Mir fehlen die Worte. Ich küsse sie auf die Stirn. »Bis bald.« Dann laufe ich schnell aus dem Zimmer.

»Das war doch ziemlich gut, oder?«, sagt Ana auf dem Weg nach unten. »Hättest du Lust – ach, Entschuldigung, hätten *Sie* Lust, was essen zu gehen?«

Ich lache. »Bleiben wir doch beim Du.«

»Sehr gern!« Ich könnte mir einbilden, dass sie mich etwas zu intensiv anlächelt.

»Dann können wir noch einiges besprechen«, sagt sie.

»Tut mir leid, ich bin verabredet«, erwidere ich, froh, keine Ausrede erfinden zu müssen. Ich möchte einfach nur weg. »Vielleicht ein anderes Mal«, ergänze ich. »Wir sehen uns ja jetzt vielleicht öfter.«

»Genau!« Sie strahlt mich an. »So machen wir's.«

Im Auto checke ich mein Handy. Leo hat geschrieben.

Geht klar heute Abend. FM

Ich wähle seine Nummer.

»Sag nicht, du willst absagen«, meldet er sich.

»Im Gegenteil. Ich bin jetzt auf dem Rückweg.«

»Wie war's?«

»Gut. Details nachher, okay?«

»Dann komm ich so um sieben?«

»Wann immer du willst. In 'ner Stunde bin ich da«, sage ich. »Und, Leo«, ich atme aus. »Ich freu mich echt, dich zu sehen, Alter!«

KAPITEL 17

Marie

DAMALS

Was machst du?

Schon seit gestern steht diese Nachricht in dem kleinen Feld am Ende des nicht sehr langen Chats. Ich habe sie umformuliert, mehrmals, ständig. Abgeschickt habe ich sie nicht. Ich tippe auf das Foto. Auch das zum x-ten Mal. Ein Surfbild, was sonst. Ich schätze, Leo hat es geschossen. Man kann Nik kaum erkennen in den Wellen, doch das muss ich gar nicht. Das Wissen, dass er es ist, reicht, um mich in meine verletzte Liebestrance zu versetzen. Es war nur ein Kuss. Den ich quasi erzwungen habe. Ich wollte es unbedingt. Ich will ihn unbedingt. So sieht's aus. Aber er will mich nicht. Ziemlich alte Story. Wahrscheinlich sitzen in diesem Moment hundert Millionen anderer Frauen irgendwo auf der Welt und meditieren auf das Profilbild eines Typen, den sie nicht haben können. Macht es das besser für mich? Ein bisschen vielleicht.

Ich gehe zurück auf den Text und lösche die Buchstaben, einen nach dem anderen, bis das Feld wieder so leer ist wie meine Sprachlosigkeit.

»Marie?«, ruft meine Mutter.

»Gleich.«

»Kannst du den Tisch decken?«

Ich stöhne. *Kannst du die zwei Teller nicht selbst hinstellen?* Er wird doch sowieso erst nach dem Essen kommen. Nur für unser Gespräch. Er hat es mir am Telefon erklärt. Er hat immer für alles eine Erklärung. Er macht, was er will, ohne Rücksicht auf Verluste, Hauptsache, er hat eine einleuchtende Erklärung dafür. Zum Beispiel dafür, dass er vergessen hat, mir mitzuteilen, dass er bereits ausgezogen ist. Er wohnt jetzt in einer Airbnb-Wohnung in der Innenstadt. Weil man Probleme nur mit Abstand vernünftig lösen kann. *Es ist immer schwierig, wenn zu viele Emotionen im Spiel sind, weißt du, Marie.* What? Wir sind eine Familie! Wieso dürfen wir keine Gefühle haben?

Heute kann er erst um neun. Er hat noch einen Termin. Der ist anscheinend wichtiger als der mit seiner Tochter, die er mitten in der entscheidenden Phase ihrer Abschlussarbeit eingeflogen hat. Seine Erklärung heute ist, dass er nicht möchte, dass Mama für ihn kocht. Sie würde es als falsches Signal deuten. Ich kann ihm nicht folgen. WTF? Seit wann ist Pasta mit Tomatensoße ein Signal?

»Marie, bitte«, ruft sie von unten.

Ich werfe das Handy aufs Bett. Mit Charly habe ich schon geschrieben. Wir sind später verabredet. Ich werde also nichts verpassen. Außer vielleicht eine Nachricht von Leo. Oder zwei. Er ist seit gestern zurück in Brighton und leidet anscheinend unter Frauendefizit. Er schreibt wie ein Liveticker. Was er isst, was er trinkt, wie das Wetter ist. Und auch: Was er mit mir machen möchte, dass er mich vermisst hat, dass er sich freut, mich zu sehen, dass er es kaum erwarten kann … Sein fröhliches Geplapper füllt mein Handydisplay, wann immer ich draufschaue – und es ist mir verdammt willkommen! *Ja, ich habe dich auch vermisst*, denke ich in einer Wolke von Trotz. Ich hatte völlig vergessen, wie leicht es mit Leo ist. Sonnig und klar. Balsam für mein wundgescheuertes Herz. Fluffiges Füllmaterial, das die gähnende Leere stopft, die auf anderen Kanälen herrscht. Ich stelle mir wieder vor, dass es Nik ist, der mir all das zu sagen hat. Manchmal funktioniert es sogar. Meistens nicht.

Ich springe auf und laufe die Treppe hinunter in die Küche.

Das Nudelwasser blubbert zischend aufs Kochfeld. Die Tomatensoße riecht angebrannt. Ich drehe die Hitze runter. Draußen nieselt es. Herr Becker nebenan mäht trotzdem den Rasen.

»Mama?«

Meine Mutter kommt schlurfend die Kellertreppe rauf. Mein Herz zieht sich zusammen bei ihrem Anblick. Sie sieht aus wie eine Blume, die nicht gegossen wurde. Die Schultern, die Wangen, die Augenlider, alles an ihr hängt irgendwie traurig, selbst die ausgeblichenen Haare, vertrocknete Gräser.

»Da bist du ja«, sagt sie lächelnd und schließt sorgfältig die Kellertür. »Guck mal, ist der was?« Sie hält mir einen verstaubten Rotwein unter die Nase.

»Mama, ich will eigentlich keinen Alkohol.«

»Trotzdem. Ich brauch das im Moment.«

Ich nehme ihr die Flasche ab. Es ist ein *Lafite-Rothschild Bordeaux*. Wenn ich mich recht an die Vorträge meines Vaters erinnere, einer der besten Weine seiner Sammlung. »Der ist gut«, sage ich. Soll sie ihm doch den ganzen Keller leer trinken.

Clarissa schüttet die Tortellini ab, gibt etwas davon in zwei Pastaschalen, ein großer Rest bleibt im Topf. Auf dem Tisch steht nun doch schon alles bereit. Besteck, Blümchenservietten, Rotweingläser. Alles für drei.

»Falls er es doch früher schafft«, reagiert meine Mutter auf meinen kritischen Blick.

»Das ist absurd«, sage ich und traktiere wütend den Korken. Es ploppt, als er sich endlich löst. Ich schnuppere am Flaschenhals. Es riecht teuer. Gut so. Ich fülle doch zwei Gläser, knalle die Flasche auf den Tisch. Clarissa platziert die Teller und setzt sich. Die Tischordnung hat sich nicht verändert. Sie am Kopfende und ich gucke auf den leeren Platz meines Vaters mir gegenüber. Wir essen schweigend. Mir fällt nichts ein, worüber wir reden könnten.

»Und«, sagt sie schließlich. »Wie läuft es im Studium?«

Mein Bauch verkrampft sich. Ein einziger Organklumpen da drin, seit ich vorhin das Haus betreten habe. Eigentlich schon seit gestern Abend. Ich möchte brüllen. Warum kann sie nur Small Talk? Warum sich nicht mal wirklich interessieren? Ich stopfe mir zwei Tortellini in den Mund und schaffe es, mich zu beruhigen und Mitgefühl mit ihr zu empfinden. Wie immer.

»Ich hab ein Drehbuch geschrieben«, sage ich. Vielleicht muss ich mir einfach mehr Mühe geben.

»Ach.«

»Es ist erst ein Entwurf. Meine Professorin liest ihn, während ich hier bin.« Ich lächle, weil mein Herz schneller schlägt, wenn ich darüber spreche. »Ich bin deswegen ziemlich aufgeregt.«

»Das klingt ja interessant. Wird es dann verfilmt?«

»Das glaube ich nicht«, sage ich schnell.

»Ach. Wieso denn nicht?«

»Keine Ahnung. Theoretisch kann das schon passieren. Aber es ist ziemlich kompliziert, ein Drehbuch bei einer Produktionsgesellschaft unterzubringen.«

»Ah, okay.« Meine Mutter betrachtet kritisch die Teigtasche auf ihrer Gabel. »Die sind etwas zu durch, oder? Auf der Packung standen fünf Minuten, drei hätten gereicht.«

Ich schlucke. »Kann sein.« Irgendwo klingelt etwas.

»Ist das dein Handy?«

Ich springe auf. Haste die Treppe hinauf. Ein Stich in der Brust, als ich sehe, dass es mein Vater ist. Mein naives Herz checkt es einfach nicht. Als würde *er* jetzt noch anrufen. Wenn es nicht mal für eine Nachricht reicht.

»Ja?«

»Ich bin's. Seid ihr mit dem Essen fertig?«

»Mehr oder weniger.«

»Dann komme ich jetzt gleich. Ich muss dann gegen neun wieder los.«

»Wie du meinst«, sage ich und beende das Gespräch. Ich lasse mich aufs Bett fallen. Die Tortellini liegen wie Blei. Ich will weg. Ich drücke auf das Handy, um Charly zu schreiben. Spontan rufe ich sie an.

»Mariiiiie!« Sie ist sofort dran.

»Ich kann früher.«

»Ich freu mich auch, dich zu hören, mein Schatz.«

Ich atme aus. Es stimmt. Wir haben uns ewig nicht gesprochen. Immer nur geschrieben. »Sorry.«

»Alles okay?«

»Irgendwie nicht.« Meine Augen beginnen zu brennen. »Stell dich auf Heulerei ein.«

»Ach je, Süße«, sagt sie liebevoll. »Das wird schon. Ich freu mich so auf dich.«

Ich hole Luft, schlucke am Kloß vorbei, den die plötzliche Sehnsucht nach meiner besten Freundin mir in den Hals treibt. »Ich mich auch. Schätze, ich bin kurz nach neun bei dir.«

»Perfekt. Ich hab dich lieb.«

Ich schicke einen Kuss in den Hörer und lege auf.

Es geht mir schon besser, als ich die Treppe runtertappe. »Das war Papa. Er kommt jetzt schon!«

Er sieht aus, als käme er gerade aus Mallorca. Neue Frisur mit Föhnwelle, die seine geradezu jugendlich volle dunkle Haarpracht in Szene setzt. Weißes Poloshirt zu roten Chinos. Wildlederslipper mit Bommeln. Er begrüßt mich mit einer kräftigen Umarmung.

»Mariechen!«

Meiner Mutter, die erwartungsvoll neben mir wartet, nickt er zu. »Hallo Clarissa.«

»Hallo Max.« Sie greift nach seiner Hand. »Wir haben dir ein paar Tortellini aufgehoben.«

»Danke.« Er hat nicht einmal einen Blick für sie übrig. »Aber ich hatte doch gesagt, dass ich nichts essen möchte.« Ruckartig entzieht er ihr seine Hand.

»Ja, ja, ich weiß. Ich dachte nur, falls du doch …«

»Nein.«

Noch keine drei Stunden bin ich in diesem Haus und weiß nicht, wie ich es bis Mittwoch aushalten soll.

»Jetzt komm doch erst mal rein«, sagt Clarissa und lächelt ihn mit so erbärmlich ergebenem Augenaufschlag an, dass mir übel wird.

Mein Vater wendet sich mir zu. »Ich dachte, wir laufen eine Runde um den Block.«

»Es regnet, Papa.«

Er winkt ab. »Es nieselt. Und wir haben doch wohl einen Schirm im Haus.«

*

Ich habe Clarissas Fiat genommen, und schon auf der Fahrt in die Stadt steigt meine Laune bis hoch in die grauen Wolken. Ich drehe die Musik auf Anschlag. Lana del Rey jammert

Summertime Sadness durch den Wagen, und ich gröle mir die
Wut aus dem Hals und die Traurigkeit und all das, was ich gern
gesagt hätte und feige runtergeschluckt habe.

Ich bin zuletzt Weihnachten in München gewesen. Damals hat
Charly noch bei ihren Eltern gewohnt, nur ein paar Straßen
von uns entfernt. Jetzt hat sie endlich eine bezahlbare eigene
Wohnung gefunden, und das mitten in Schwabing, gleich hinter der Uni, wo sie Betriebswirtschaft studiert. Als sie die Tür
aufreißt und in himbeerroter Jogginghose vor mir steht, fang ich
an zu heulen, weil alles, was und weswegen ich sie vermisst habe,
gleichzeitig auf mich einprasselt. Wir fallen uns in die Arme. Sie
ist ganz weich und riecht nach Vanilleshampoo. Ich kann diesen
Duft nicht ausstehen, doch an Charly mag ich selbst den. Sie
lässt mich los und macht einen Schritt rückwärts.

»Wow. Du wirst immer hübscher.« Sie greift in meine kurzen
Haare. »Die sind der Hammer!«

Ich weiß, dass sie es ernst meint. Auch eins der Dinge, die
ich an ihr liebe. Charly findet mich wirklich immer wunderschön. Auch mit verheulten Kaninchenaugen und einem post-
pubertären Pickelausbruch wegen zu viel Frustschokolade. Sie
zieht mich in ihre Wohnung und ich reiße die Augen auf. »O
Gott, sie ist wundervoll.«

Sie strahlt. »Ja, oder? Komm nach oben!« Sie kraxelt vor mir
die steilen Stufen einer Holztreppe hinauf, die von der winzigen Küche unters Dach führt. Oben ist es fast noch hübscher.
Alte Holzbalken machen den Raum, der gleichzeitig Wohn-,
Schlaf- und Arbeitszimmer ist, urgemütlich. Auf den Fensterbrettern an drei Seiten stehen Kerzen in Gläsern. Dahinter fällt
das Licht des lebendigen Schwabinger Abends hinein. Wir werfen uns auf die Couch. Auf dem runden Tisch davor steht eine

Flasche Prosecco mit zwei Gläsern und ein Schälchen mit grob zerbrochener Schokolade.

»Ich hab's geahnt«, stöhne ich. »Dabei arbeite ich noch am Kater von Samstag.«

»Wirst du jetzt alt da in Brighton?«, sagt Charly und lässt den Korken knallen. »Aber da sind wir ja gleich beim richtigen Thema.« Sie schenkt ein, reicht mir ein Glas und lässt sich zurückfallen. »Was ist jetzt mit Nik?«

»Nichts. Kann ich erst mal ankommen?«

»Bist du doch.« Sie grinst. »Ich halt's keine Sekunde länger aus. Was war mit diesem Nik?« Sie schnappt sich mein Handy, das ich neben mich gelegt habe. »Jetzt zeig endlich ein Foto.«

Ich nehme ihr das Telefon weg und greife nach meinem Glas. »Wir feiern jetzt erst mal deine Traumwohnung. Ich freu mich so für dich. Und kann ich bitte einfach hier wohnen, wenn ich zurückkomme?« Schnell verdränge ich den Gedanken, dass dieser Zeitpunkt keine zwei Monate mehr entfernt liegt.

»Jederzeit.« Sie klopft aufs Sofa. »Hier drunter verbirgt sich ein schickes Eins-vierzig-Bett. Wir haben schon enger beieinander genächtigt.«

Ich lache. »Falls mir bis dahin nicht jemand den Platz streitig macht.«

Energisch schüttelt Charly den Kopf. »Höchstens zeitweilig.«

»Nix Festes in Sicht?«, frage ich.

»Nichts Festes erwünscht«, sagt sie trocken.

Ich ziehe eine Grimasse. »Also weiterhin *wild and free*?«, zitiere ich den Spruch auf ihrem T-Shirt.

Sie strahlt. »Ganz genau. Es geht mir einfach zu gut damit.«

»Scheint, als wäre mein Vater neuerdings auch von dieser Fraktion«, sage ich.

Sie wird schlagartig ernst. »Scheiße. Erzähl, was hat er gesagt? Wie war euer Gespräch?«

»Keine Ahnung. Erst mal war es kein Gespräch. Eher eins seiner Plädoyers, eine Brandrede auf die männliche Freiheit oder so was. Hätte ich mir ja denken können. Ich weiß noch nicht mal, warum er mir das nicht am Telefon erzählen konnte.«

»Weil wir uns dann nicht gesehen hätten.«

Ich lächle müde, dann nehme ich einen großen Schluck. Als ich das Glas abstelle, schenkt Charly direkt nach.

»Stopp! Ich muss noch fahren.«

»Blödsinn. Du bleibst hier.«

»Das kann ich meiner Mutter nicht antun.«

»Wieso, du kannst doch zum Frühstück nach Hause fahren. Heute Nacht gehörst du jedenfalls mir!« Sie streichelt mir über den Arm. »Scheiße, ich hab dich so vermisst!« Wir drücken uns erneut, und bei mir laufen gleich wieder Tränen.

Charly steht auf, holt eine ganze Box Taschentücher und platziert sie zwischen uns. »Okay. Max hat also eine Midlifecrisis …«

Ich nicke. »Er hat was von *fehlenden gemeinsamen Interessen* gefaselt, davon, dass sie sich unterschiedlich entwickelt hätten. Dass er eine Pause braucht, um zu sich zu kommen. Ich könnte kotzen.«

»Meinst du, er vögelt eine andere?«

»Ahh. Du redest von meinem Vater.« Ich nehme eins von Charlys samtigen Sofakissen und drücke mein Gesicht hinein. Dann sehe ich ihr in die Augen. »Ich hab mich nicht getraut, zu fragen.«

Nach einer Stunde und der ganze Flasche Prosecco bin ich endlich bereit, auf Charlys drängelnde Neugier einzugehen: Erst stockend, dann immer fließender erzähle ich ihr von der letzten

213

Woche und schließlich auch von Samstag. Ich ende damit, dass Nik sich seitdem nicht gemeldet hat.

»Was für ein Arsch.«

Ich schüttle den Kopf. »Ist er nicht.«

»Klingt auch nicht so, nach allem, was du erzählst. Aber warum küsst er dich dann?«

Ich zucke mit den Schultern. »Weiß nicht. Wir waren besoffen. Ich hab ihn dazu gedrängt.«

»Na und? Umso mehr muss man was sagen. Erst recht, wenn man sich kennt.«

»Ja. Aber er hat ein echt stressiges Leben.«

»Pfff. Süße, bitte. Such dir doch mal einen Typen, der es wert ist. Erst ein Italiener-Macho und jetzt das. Was ist denn mit diesem Leo?«

Ich grinse, greife nach meinem Handy und halte ihr unsere Konversation unter die Nase.

Sie reißt die Augen auf. »Bingo, der klingt doch charmant. Und mega interessiert.« Sie drückt auf das Foto. »O mein Gott. Auch das noch. Da zögerst du noch? Den würde ich nicht von der Bettkante stoßen.«

Ich lache. »Ist mir klar. So wie drei Viertel aller Studentinnen in Brighton.«

»Und?« Sie hebt die Hände. »Musst ihn ja nicht gleich heiraten. Außerdem, wenn du was mit ihm anfängst, vielleicht kommt sein Freund dann doch noch in die Puschen. Männer sind manchmal so.«

KAPITEL 18

Marie

JETZT

Charly ist da!«, kreischt Flori von der Haustür, und gleichzeitig ertönt Charlys unverkennbares *Helloho* durch die Wohnung. Wie ein vierbeiniges Monster kommen die beiden ins Wohnzimmer gestolpert, Flori hat sich um Charlys Taille gewickelt, den Kopf direkt neben der neuen stahlblauen Handtasche.

»Hi!« Ich nehme Charly die grünen Plastiktüten mit dem Thaiessen ab, die sie mir entgegenhält, und packe den Inhalt auf den Esstisch.

»Flori, geh Händewaschen und hol deinen Bruder!«

»Ich will aber neben Charly sitzen.«

Charly nickt. »Klar doch, mein Schatz, ich halte dir den Platz frei.«

»Den hier!« Flori hält mit der einen Hand die Stuhllehne fest, mit der anderen rüttelt sie an Charlys Hand um Aufmerksamkeit.

»Alles klar.«

Ich rolle mit den Augen. »Du darfst sie schlagen, wenn es dir zu viel wird«, sage ich lachend hinter vorgehaltener Hand. »Wie soll ich das in der Pubertät aushalten? Ich würde sie jetzt schon gern zur Adoption freigeben.«

»Alles gut, Rabenmutter. *Ich* liebe mein Patenkind!« Charly schmeißt ihre High Heels in die Ecke und das Jackett aufs Sofa. »Ich bin kurz im Bad.«

»Aber beeil dich. Das riecht köstlich. Danke fürs Mitbringen«, rufe ich ihr hinterher. Dann hebe ich die kastenförmige Ledertasche vom Sofa. »Neue Handtasche? Hat jemand unterschrieben?«

Charly grinst. »Yes.« Sie reißt einen Arm hoch und verschwindet tänzelnd im Bad.

Charly arbeitet in der Geschäftsführung einer Privatbank. Sie jongliert mit Zahlen wie ein Hochleistungsrechner. Sie reist durch die Welt und hat die ganze Woche nur mit Vorstandsvorsitzenden zu tun. Es ist beängstigend. Hätten wir nicht schon zusammen Sandkuchen gebacken, hätte ich Minderwertigkeitskomplexe und Verlustängste. Doch ich weiß, wie es in Charlys überdimensionalem Kleiderschrank aussieht: Auf der einen Seite wohnen die Kostüme, die weißen Blusen und die in Stoffbeutel gehüllten Designertaschen, die Charly sich für jeden neuen Deal kauft. Eine hässlicher als die andere und manche so wertvoll wie ein Kleinwagen.

Gleich daneben jedoch leben Leggins, Jeans, karierte Hemden und Birkenstocks. Auch die gehören Charly, meiner Charly. Der Charly, die mit meinen Kindern Trampolin hüpft und mit mir nackt im See schwimmt. Die mir meine Jutetaschen augenrollend verzeiht, die Kunden im Meeting warten lässt, wenn ich eine Autopanne habe, und die mit mir Nächte durchwacht, wenn der Norovirus zugeschlagen hat. Sie gehören zusammen wie Fish und Chips, diese beiden Seiten meiner besten Freundin, und ich liebe tatsächlich beide heiß und innig. Nur vielleicht nicht ganz so aufdringlich wie meine Tochter, die jetzt schon wieder an der Badezimmertür klopft.

»Charly, kommst du?«

Luke kommt ins Wohnzimmer gelatscht, gebückt wie ein Greis, das Handy keine zehn Zentimeter vor der Nase. Kommentarlos lässt er sich auf einen Stuhl fallen.

Prompt kommt Flori aus dem Flur geschossen. »Hey, da sitz ich. Weg da.« Sie schubst ihren Bruder unsanft an der Schulter.

»Geht's noch?« Luke fährt seine Faust nach rechts aus, ohne vom Bildschirm aufzusehen.

»Au! Du bist so ein Arsch, Luke! Mama …!« Sie fängt lautstark an zu heulen. Beim Theater würde sie für diese schlechte Performance rausgeschmissen.

Ich knalle den Tellerstapel auf den Tisch. »Schluss. Luke, her mit dem Handy.« Ich strecke meine Hand aus. »Teller verteilen und da rüber mit dir.«

»Mann, das hier ist aber mein Platz.« Er klatscht das Telefon in meine Hand und rührt sich nicht.

Flori heult lauter. Ihre Tonlage macht es mir schwer, neutral zu bleiben.

»Hör auf, Florentine«, stöhne ich und schicke gleichzeitig ein bemüht strenges Nicken in Richtung meines Sohns. »Rüber jetzt.«

Charly kommt in Leggins ins Wohnzimmer. Sie schmeißt ihren Rock zum Jackett, dann guckt sie neugierig in die genervten Gesichter meiner Kinder. »Hab ich was verpasst? Hey Luke, cooler Haarschnitt.«

»Nur den üblichen Wahnsinn«, sage ich und lasse mich auf den Stuhl am Kopfende fallen. »Danke fürs Essen, Charly, und guten Appetit!«

*

217

Es dauert mir alles zu lange heute. Charly ist wie immer die perfekte Patentante, die personifizierte Geduld. Kein Wunder, sie ist mit fünf Geschwistern aufgewachsen und ich als Einzelkind. In manchen Momenten frage ich mich, wieso der liebe Gott ihr bisher kein Kind und mir ohne Vorwarnung gleich Zwillinge beschert hat. Später entschuldige ich mich bei ihm für diesen Gedanken. Ich liebe meine Kinder. Nur manchmal möchte ich mich eben lieber meiner besten Freundin und der lang überfälligen Nachbesprechung des inzwischen über eine Woche zurückliegenden Hüttenwochenendes widmen, als zum hundertsten Mal über Floris Hundewunsch zu diskutieren. Ist das nicht verständlich?

Auf der Heimfahrt mit Teresa und Dennis war an Reden nicht zu denken, und die ganze Woche war Charly bei Kunden, inklusive Wochenende. Nicht mal telefonieren konnten wir, so busy war sie. Inzwischen sind die Tage in den Bergen so lange her, dass ich das, was dort passiert ist, auch geträumt haben könnte. Es gelingt mir sogar, mir das einzureden. Bis ich daran denke, dass Nik in München ist. Und dass Leo sich mit ihm getroffen hat. Er hat Leo angerufen und mich nicht. Im siebten Himmel ist mein Mann, weil er seinen Bruder wiederhat. *My brother is back,* sagt er ständig. Wie soll ich es da vergessen? Jetzt hat Leo also noch einen Termin mehr, wenn er am Wochenende nach München kommt. Ruft nicht an und macht Eheprobleme. Schönen Dank auch, Nik!

Als ich endlich das Rumpeln höre, als Charly versucht, die verzogene Kinderzimmertür zuzuziehen, bin ich an meinem Redebedürfnis fast erstickt. Wie eine ganze Tüte Gummibärchen im Mund lauern meine Gedanken seit zehn Tagen darauf, endlich ausgespuckt zu werden. Na toll. Ich hatte mir eigentlich vorgenommen, nach so langer Zeit einfach kein Wort mehr über Nik zu verlieren. Gefühle, die in Worte gefasst werden, machen sich nur unnötig breit, bekommen nur mehr Bedeutung, als ihnen zusteht. Wortlos bleiben sie Geister, die sich zwischen Fußballtaxifahrten und Mathehausaufgaben irgendwann hoffentlich dahin verziehen, wo sie hergekommen sind: in die Vergangenheit.

Als Charly mit erhobenem Daumen ins Wohnzimmer tappt, schenke ich uns Rosé nach. Noch während sie sich neben mir in die Couch fallen lässt, sagt sie: »Okay. Leg los!«

Ich greife nach meinem Glas und spüle all meine Ungeduld mit einem großen Schluck runter. »Nein, du!«

Charly guckt ehrlich überrascht. »Was meinst du?«

»Fritz?!«

»Ach der«, sagt Charly so schnell, dass mir der Gedanke durch den Kopf schießt, ob sie, was das Darüber-Reden angeht, vielleicht ähnliche Vorsätze wie ich gefasst hat. Dann rutscht sie von der Couch auf den Schafswollteppich und sitzt nun mit dem Rücken zu mir. »Du zuerst«, sagt sie in den Raum. »Definitiv.« Sie dreht sich zurück zu mir, zieht die Beine unter den Po und sieht mir stirnrunzelnd in die Augen. »Wie geht's dir?«

Ich weiche ihrem Blick aus, zucke die Schultern. »Das Übliche. Leo kommt, pennt, geht surfen, macht was mit den Kids, telefoniert den Rest der Zeit, dann haut er wieder ab.«

Sie nickt ein paar Mal. »Er hat ziemlich Stress, oder?«

»Ja, aber …« Ich schnaufe aus. »Und Samstag hat er sich mit Nik getroffen.«

Charly guckt nicht sehr überrascht. »Er ist sein bester Freund, oder? Warum stört dich das? Weil Leo keine Zeit hat oder weil du dich lieber selbst mit Nik treffen würdest?«

Ich stelle mich ihrem stechenden Blick, dem Freundinnen-blick, der mich gnadenlos zwingt, nicht auszuweichen. Ihr nicht und mir selbst auch nicht.

»Oder beides?«, setzt sie nach.

»Keine Ahnung.«

Charly schweigt. Und ich ringe mit mir, ob ich die Fragen, die sie noch nicht gestellt hat, trotzdem beantworte.

»Wie findest du ihn?«, frage ich stattdessen.

Charly lacht. »Ich geh mal davon aus, dass du jetzt nicht von Leo sprichst. Und ernsthaft? Willst du das wirklich wissen?«

»Klar.« Ich versuche so zu kichern, wie wir es tun, wenn wir eins von Charlys verpatzten Tinderdates analysieren. »Also?«

Charly seufzt. »Was soll ich sagen, er hat was. Guter Humor. Schöne Augen. Nichts, was ich nicht schon wusste, bevor ich live das Vergnügen hatte.«

Ich rolle mit den Augen.

»Was willst du denn hören? Für meinen Geschmack sind seine Haare zu lang.«

»Ach, vergiss es!« Ich weiß selbst nicht, was ich eigentlich will. Nur, dass Charlys banale Aufzählung schon reicht, um mich aus dem Atemrhythmus zu bringen.

»Und jetzt zurück zu meiner Frage«, sagt sie.

Ich tue so, als würde ich sie nicht verstehen.

»Wie es dir geht.«

In meiner Brust beginnt es zu brennen. Er hat sich nicht ge-meldet. Das ist alles, woran ich denken kann. Es ist erbärmlich. Ich hole Luft. »Wir hatten ausgemacht, dass wir – also Nik und ich – mal reden.«

»Okay, und?«

»Er hat mich nicht angerufen. Leo schon.«

»O wow, ist das jetzt ein Konkurrenzkampf zwischen euch? Nach dem Motto *mein* Nik, *dein* Nik?«

»Nein.« Mein Lachen ist gequält. Ich weiß nicht, wie ich Charly meine Gefühle klarmachen soll, ohne über meine Gefühle zu reden. »Ich fände es einfach wichtig, dass wir – einiges klären«, sage ich schließlich. »Es war alles so komisch auf der Hütte. Ich war sauer auf Leo, und dann steht er plötzlich da, ich meine einfach so, nach zehn Jahren. Und dann schläft er auch noch in Leos Bett …«

»Wer schläft in Papas Bett?«

Charly und ich reißen gleichzeitig die Köpfe zur Tür. Flori steht da im Schlabber-T-Shirt. Sie kommt herübergetappt und springt mit den Knien neben mich auf die Couch.

»Sag, Mama, wer?«

»Ich«, sagt Charly von unten. »Ich war froh, dass ich nicht mehr in diesem Kinderbett schlafen musste. Aber verrat's deinem Papa nicht, okay?«

Flori schüttelt lachend die Locken.

»Was machst du hier?«, frage ich und sehe sie streng an.

»Durst …«

»Okay, dann hol dir schnell ein Wasser.« Ich streichle ihr über die Haare. Ihr Scheitel ist ganz warm. »Soll ich dich begleiten?«

Sie schüttelt den Kopf. »Ich geh schon allein.« Sie läuft in die Küche, lässt Wasser in ein Glas laufen, dann kommt sie zurück. »Kann ich heute in Papas Bett schlafen?«

Ich lache. »Kannst du. Ausnahmsweise.«

»Cool.« Sie grinst und dreht sich um. »Nacht, Charly. Nacht, Mama!«

»Gute Nacht!«

»Ruf ihn an«, sagt Charly, kaum dass meine Tochter aus der Tür ist.

Ich reiße den Zeigefinger vor den Mund und die Augen auf.

Charly zuckt mit den Schultern. »Sie weiß doch nicht wen«, sagt sie leise.

»Du hast keine Ahnung. Kinder haben einen siebten Sinn.«

»Und wenn. Was ist so schlimm daran? Also. Du willst mit Nik reden? Du rufst ihn an.« Sie hebt die Hände.

»Auf keinen Fall!« Meine Stimme quietscht, weil ich allein bei dem Gedanken hysterisch werde.

Charlys linke Augenbraue wandert nach oben. Nur einen Millimeter, doch ich sehe es.

»Ich will keinen Kontakt zu ihm«, erkläre ich.

»Sagtest du nicht eben noch …?«

Ich schmeiße die Hände vors Gesicht.

»Marie …«, sagt Charly.

»Ahhh!« Ich raufe mir die Haare. Dann sehe ich sie an.

Charlys Augenbraue signalisiert mir jetzt unübersehbar, dass ich mich wieder einkriegen muss. Und zwar schnell.

Ich seufze. »Okay. Ich mach es. Ich kläre das. Ich rufe ihn an. Aber können wir jetzt bitte aufhören, darüber zu reden?«

Sie nickt langsam. »In Ordnung«, sagt sie. »Wahrscheinlich ist das eine gute Idee. Letzteres zumindest.«

Ich lache. »Hey, ich brauche deine moralische Unterstützung.«

»Hm. Die hast du. Immer.«

»Also, würdest du mir jetzt bitte von Fritz erzählen?«, sage ich. »Ich will alle Details.«

Charly stemmt sich wieder hoch aufs Sofa. »Das Wichtigste weißt du doch.« Sie lächelt verschmitzt.

»Du bist furchtbar. Ehrlich«, sage ich. Dann fixiere ich sie zur Abwechslung. »Aber weißt du was, ich glaube dir nicht. Ich glaube, da ist mehr.«

Charly verdreht die Augen. »Du liest echt zu viel Romance, Süße. Wie wär's mal mit 'nem ordentlichen Thriller?« Sie lacht kehlig.

»Hat er sich gemeldet?«

»Wer, Fritz?« Diesmal klingt ihre Stimme ein bisschen höher als gewöhnlich. »Ist doch egal, Marie. Ich will nichts Festes.«

»Hat er oder hat er nicht?«

»Er hat.« Seufzend greift sie nach ihrem Glas und leert es. »So, und jetzt schenk Wein nach und lass uns eine Serie raussuchen. Die Männerthemen nerven nur.«

Ich werfe noch einen prüfenden Blick in Charlys Augen, sage aber nichts. Weil ich genau weiß, wann meine Freundin so ist. Wann sie auf besonders tough macht und das Thema wechselt. Wann sie so wie jetzt hektisch auf dem Handy herumwischt, obwohl sie gar kein Instagram-Profil besitzt. Immer genau dann, wenn die Gefahr besteht, dass jemand ihre Verletzlichkeit spüren könnte. Selbst wenn es sich dabei um ihre beste Freundin handelt.

»*Virgin River*?«, sage ich und schnappe mir die Fernbedienung. »Die soll ganz süß sein.«

»Süß?«, knurrt Charly. »Puh.« Sie schnappt sich ein Kissen und lehnt sich neben mich. »Gibt's nicht endlich eine neue Staffel von *The Walking Dead*?«

KAPITEL 19

Nik

DAMALS

Die Boxbirne surrt. Leo bearbeitet sie seit fünf Minuten mit einem Lächeln, als stünde er an der Bar. Seine Schläge sind gleichmäßig wie eine Maschine, sein Atem ruhig, seine entspannte Stirn ist so trocken wie Staub. Schließlich hat er genug, stemmt die Hände in die Hüften.

»Your turn.« Er tritt zur Seite.

Ich beginne langsam, versuche den Rhythmus zu finden, schnaufe schon nach zehn Sekunden wie ein Boxer im Nahkampf. Die reinste Qual. Nach einer Minute gebe ich auf. Leo reicht mir grinsend das Handtuch, das er zur Deko um den Hals trägt. In seinem Oberkörper kann man sich spiegeln.

»Eine Runde noch.« Er schnappt sich sein pingendes Handy von der Bank neben uns.

»Keine Chance. Außerdem bis du dran«, schnaufe ich mit den Händen auf den Oberschenkeln.

»Okay. Sekunde…« Er tippt, lächelt das Display an. »Ich geh übrigens später mit Marie essen. Kommst du mit?«, fragt er.

»Nein.« Abrupt fange ich wieder an zu boxen. Ich gebe Vollgas. Mein Atem kommt stoßweise und ich brülle die Birne an. Es tut richtig gut.

»Yeah, man, weiter so!«, treibt Leo mich von der Seite an.

Ich konzentriere mich auf das schwarze Leder, auf die Schläge, auf den Rhythmus, auf meinen Atem. Die Wut lässt nur langsam nach. Ich hämmere weiter wie ein Verrückter gegen die Gedanken, die Bilder, die Gefühle. Irgendwann werde ich langsamer, verliere die Kraft, lasse ab und hänge mich über die Beine.

»Geil, Alter. Geht doch, wenn du willst!« Leo beginnt zu boxen. »Wieso kommst du nicht mit?«

»Ich hab Schicht.«

»Komm nach.«

Ich schüttle den Kopf. »Will noch was fertig machen bis morgen.«

Leo lässt von der Birne ab, dreht sich zu mir, legt mir die Hand auf die Schulter. »Alter, du arbeitest wie ein Gestörter. Mach mal Pause. Sonst brichst du mir noch vor dem Finale zusammen.«

Ich lächle müde. »Ich weiß schon, was ich tue.«

Leo lächelt auch. Allerdings nicht in meine Richtung, sondern rüber zu den beiden Frauen, die sich gerade die Gewichte der Beinpresse einstellen.

»Need help?«, ruft er und streicht sich die Haare aus dem Gesicht.

»Maybe, yes.«

Er läuft rüber und fummelt an den Schrauben. Die beiden kichern. Wahrscheinlich macht sein freier Oberkörper sie nervös. Die Kleinere von beiden wirft mir einen Blick zu.

»Hi!«

Ich nicke und lächle freundlich zurück. »Hi.«

»Weiß dein Freund, was er tut?« Ihr hoch auf dem Kopf befestigter Pferdeschwanz wippt, wenn sie redet.

»Das weiß man nie so genau.«

Sie kommt zu mir rüber. »Ist das nicht furchtbar anstrengend?« Ihr bauchfreies Oberteil wird auf dem Rücken nur von Gummibändern zusammengehalten. Es hat lange Ärmel und sieht mehr selfie- als sporttauglich aus.

Ich zeige auf meine tropfnassen Klamotten. »Schätze schon.«

Ihr Lachen klingt wie Weihnachtsglöckchen. Sie zielt in meine Augen. »Ruby.«

»Nik.«

»Freut mich.«

»Mich auch.«

»Was machst du, wenn du nicht boxt, Nik?

»Architektur. Ich schreibe an meiner Masterarbeit.«

»Cool.« Ihre Kulleraugen werden noch runder. »Ich studiere ab Oktober *Economics*.« Sie streicht sich mit zartrosa lackierten Fingern eine lose Strähne aus dem Gesicht. »Bin gerade erst hergezogen. Und Sylvie, meine Roommate«, sie nickt in Richtung ihrer Freundin, »zeigt mir alles.«

An der Beinpresse tauscht Leo mit Sylvie Nummern aus.

»Hättest du Lust … ich meine«, sie lächelt, »wollen wir vielleicht irgendwann mal was trinken?«

Sie ist süß. Sie erinnert mich an einen Supermarktapfel. Alles an ihr glänzt knackig. Ich befürchte nur, dass der Geschmack eher fad ist.

»Das wäre toll«, sage ich. »Aber ich hab leider ziemlich Stress gerade.«

»Oh, klar, verstehe.« Sie sieht enttäuscht aus.

Ich bekomme ein schlechtes Gewissen. »Aber vielleicht irgendwann später mal«, ergänze ich freundlich.

Das Lächeln ist zurück. »Okay. Gut. Dann gebe ich dir meine Nummer?«

Ich ziehe mein Handy aus der Tasche und nicke.

*

»Die war doch ganz niedlich«, sagt Leo auf dem Weg nach draußen.

»Hm.«

»Du solltest mal wieder Sex haben, Mann. Du siehst irgendwie bedürftig aus.« Er klopft mir auf die Schulter.

Ich schüttle ihn ab, bleibe abrupt stehen. »Ich arbeite jede Nacht, falls es dir aufgefallen ist. Aber besten Dank für deine Analyse.«

»Hey, ruhig, Brauner. Ich mein doch nur … Ist einfach lange her.« Er grinst in mein wütendes Gesicht. »Oder hab ich was verpasst?«

Schweigend stürme ich vor ihm aus dem Sportgebäude. Die Sonne strahlt irgendwo hinter diesigen Wolken. Salz liegt in der Luft. Wie jeden Tag habe ich heute Morgen Tide, Wind und Swell gecheckt. Es herrschen gigantische Bedingungen im Moment. Nur habe ich keine Zeit dafür. Meine Brust brennt auf einmal vor Sehnsucht nach den Wellen.

»Also, was ist jetzt heute Abend?«, fragt Leo, als wir bei den Fahrrädern ankommen. »Komm doch mal nach. Bitte.«

Ich zögere. Was soll ich wütend auf ihn sein? Er kann am wenigsten dafür. Und Marie – kann ich nicht ewig aus dem Weg gehen. Es war nur ein Kuss. Ein besoffener Kuss. Ich mache mich lächerlich. Ich werde das hinkriegen.

»Okay. Mal sehen«, sage ich.

*

Es ist nach zehn, als ich Leo schreibe. Sie sind im *Surf Club*, und ich verspreche, auf einen Drink vorbeizukommen.

Ich sehe Marie sofort, als ich den schweren Filz hinter der Eingangstür zur Seite schiebe. Als hätte sie einen Theaterspot über sich. Sie lehnt an einer mit Plakaten beklebten Säule und Leo steht dicht vor ihr. Sie erzählt ihm irgendwas und ihr ganzer Körper strahlt vor Begeisterung. Ich kann sein Gesicht nicht sehen, nur sein breites Kreuz, das sich ihr zuneigt und sie vom Rest des brummenden Ladens abschirmt. Sie sehen aus wie ein Paar, schießt es mir in den Kopf. Und gleich darauf: Wer sagt, dass sie keins sind? Meine Brust zieht sich zusammen, der Sound des DJs, die lärmenden Leute, das Klingeln des Flippers neben dem Eingang vermischen sich zu einer surrenden Geräuschwolke, die das schmerzhaft intime Bild von Leo und Marie untermalt wie Filmmusik. Ich sehe plötzlich im Geiste, wie sie sich später berühren, sich küssen, wie sie … Er weiß nicht, ob *ich* Sex habe, sagt er. Von ihm weiß ich es im Moment genauso wenig.

Gerade als ich mich entscheide, wieder zu gehen, dreht Leo sich um.

Sie muss ihn auf mich aufmerksam gemacht haben. Er winkt mir zu. »Nik!«

Marie sieht demonstrativ in die andere Richtung, als ich wie in Trance auf die beiden zusteuere.

»Hallo.« Ich suche ihre Augen, ich kann nicht anders.

»Hi.« Sie begrüßt meine Schuhe.

Leo klopft mir auf die Schulter. »That's my man! Cool, dass du gekommen bist.« Er freut sich wirklich. Er ist völlig ahnungslos.

»Was willst du trinken?«

»Ich geh schon«, sage ich schnell und hoffe, dass die Musik das Stolpern meiner Stimme übertönt. »Was wollt ihr?«

An der Bar stelle ich erleichtert fest, dass Liz heute keine Schicht hat. Während ich warte, bis eine schnatternde Gruppe Frauen vor mir ihre Bestellung losgeworden ist, zieht es meinen Blick zurück zu den beiden. Sie reden die ganze Zeit. Und sie fassen sich an. Nicht irgendwie eindeutig. Aber vertraut. Ich versuche mich zu erinnern, ob Leo viel weg war in letzter Zeit. Ich zermartere mein Gedächtnis, doch die einzige Antwort, die ich bekomme, ist, dass ich es einfach nicht weiß, weil ich zu sehr mit mir selbst beschäftigt bin. Ich reiße mich los, bestelle, während das Kopfkino weiterläuft. Ich habe verdrängt, dass er sie inzwischen fast täglich trifft. Marie hier, Marie da. Ich wechsle das Thema, wenn er von ihr spricht. Als könnte ich ihn dadurch aufhalten. Er ist aus dem Urlaub gekommen mit zwei klaren Zielen: seine Masterarbeit mit Auszeichnung zu beenden. Und Marie zu knacken. *Was denkst du, was schwieriger wird?*, hat er gewitzelt. Mir wird übel bei dem Gedanken, dass es so leicht gewesen sein könnte.

»Hi again.« Jemand tippt an meinen Arm.

»Oh, hi.«

Diese Ruby steht plötzlich neben mir.

»Wo kommst du denn her?«, frage ich nicht besonders freundlich und sehe mich verwirrt um.

»Durch die Tür.« Sie lacht unbekümmert und rückt etwas näher. »Sylvie hat recht, hier sind ja *alle*.« Ihre lächelnden Lippen glänzen wie mit Tortenguss bestrichen. »Cool!« Sie dreht sich in Richtung Raum, und ich bekomme Einblick in ihr tief ausgeschnittenes Flattertopp bis dorthin, wo sich der gebräunte Rücken sanft aufbiegt. Leos Ratschlag kommt mir in den Sinn.

»Magst du mir vielleicht einen Drink ausgeben?« Ihr Pferdeschwanz wippt. Wie ein erfreuter Hund.

Marie lacht gerade mal wieder über einen von Leos Witzen.

»Klar. Wo ist deine Freundin Sylvie eigentlich?«, sage ich und wende mich ihr zu.

Ruby deutet auf eine Gruppe ein Stück entfernt. »Wir sind mit ein paar von ihren Freunden da.« Ihre blauen Augen funkeln mich an. »Cool, dass ich auch schon jemanden kenne.«

Wir lächeln uns an. Sie ist wirklich irgendwie süß. »Was möchtest du trinken?«, frage ich.

Sie zuckt mit den Schultern. »Was trinkst du denn?«

Ich ziehe eine Grimasse. »Bier …«

»Okay, nehm ich auch.«

»Sicher?«

Sie nickt vergnügt. »Yes.«

Ich bestelle drei Bier und einen Moscow Mule für Marie. Als ich den beiden ihre Getränke bringe, hebt Leo den Daumen. »Ist das die Kleine von heute Mittag?«

Ich schlucke. »Hm.«

Leo grinst bis zu den Ohren und hebt seine Flasche in Rubys Richtung.

Meine Augen streifen Maries Gesicht, als ich ihr das Glas reiche. »Danke.« Sie dreht sich weg. Während ich zur Bar laufe, fühle ich mich, als hätte ich Leos Expander um die Brust geschnürt.

Ich wollte Marie schreiben. Ich wusste nur einfach nicht was. Dass ich jede Sekunde an sie denke? Dass ich mich nicht mehr konzentrieren kann, seit Leo mir wieder gegenübersitzt? Dass ich mir die ganze Zeit vorstelle, sie wäre es? Dass ich seit unserem Kuss wünschte, Leo wäre irgendjemand, nur nicht mein bester Freund, mein Bruder? Der einfach schneller war an jenem Abend? Diesen Augenblick schneller, der manchmal alles entscheidet?

Tja, ich habe einfach nichts geschrieben. Und es sieht nicht aus, als hätte es einen Unterschied gemacht. Denn während ich jede Sekunde dagegen ankämpfe, an sie zu denken, geht Marie ganz easy mit Leo aus. Und das ist doch genau das, was zu erwarten war. Nichts Außergewöhnliches. Selbst schuld.

Ruby lächelt erwartungsvoll, als ich zurückkomme. »Ist das Leos Freundin?«, fragt sie eifrig. Warum sollte es sie kümmern, dass Leo und Marie keine zwei Meter von uns entfernt stehen.

Ich stelle mich mit dem Rücken zu den beiden, drücke ihr das Bier in die Hand und stoße mit ihr an. »Wer weiß das schon.«

Sie kichert, dann legt sie den Kopf schief. »Und du, hast du eine Freundin?«

»Nein«, sage ich und halte ihren Blick.

Ruby lacht ihr Glöckchenlachen. »Gut zu wissen.«

Wir plaudern belangloses Zeug. Sie ist nett. Interessanter, als sie aussieht. Und sie flirtet auf wirklich süße Art und Weise. Ich gebe mir Mühe, ein bisschen zurückzuflirten. Doch ich befürchte, dass es mir nicht besonders gut gelingt, zu verstecken, dass ich mit meinen Gedanken woanders bin. Wie sollte es, wo ich die ganze Zeit Marie in meinem Nacken spüre?

Irgendwann legt sich eine Hand auf meine Schulter. »Hi Ruby«, sagt Leo. »Schön, dich wiederzusehen.« Er grinst, als er sich mir zuwendet. »Wir gehen jetzt. Marie ist müde.«

Ich mag die Art nicht, wie er das sagt. Überhaupt nicht.

»Kann ich deine Freundin noch kennenlernen?«, sagt Ruby. Sie wedelt affektiert mit ihrer Hand, während sie bereits auf dem Weg zu Marie ist. »Hi!«

Leo verbessert sie nicht und wir folgen ihr.

»Marie, das ist Ruby. Sie studiert bald auch in Brighton. Ruby, Marie.«

»Hi Ruby.« Marie lächelt höflich. »Ich bin leider schon im Aufbruch.« Sie weicht meinem Blick jetzt seit einer Stunde so konsequent aus, dass ich sie am liebsten an den Schultern nehmen und zwingen würde, mich anzusehen. Nur für eine klärende Sekunde.

»O ja, lass dich nicht aufhalten«, zwitschert Ruby. »War trotzdem schön, dich kennenzulernen.«

»Euch noch einen schönen Abend«, sagt Marie steif. »Wollen wir?« Sie läuft zum Ausgang, ohne Leos Antwort abzuwarten und ohne mich auch nur eines Blickes gewürdigt zu haben. Ihre Worte hallen in meinen Ohren nach wie ein Tinnitus.

***

»Nik, great to see ya!« Professor Harris umarmt mich und klopft mir auf den Rücken. Es fühlt sich ähnlich an, wie wenn Leo es tut, sportlich, männlich, notorisch gut gelaunt. Der Professor ist Amerikaner, und er pflegt diesen Buddy-Style mit all seinen Studenten. Es wäre fatal, daraus automatisch zu folgern, dass er deine Arbeit gut findet.

»Mögen Sie Tee? Oder eine Coke?«

»Tee ist super, danke.«

Er läuft zum Palisandersideboard, wie alle anderen Möbel im Raum ein wertvolles Original aus den Sechzigern. Wie schon bei früheren Besuchen hat mich geradezu andächtige Ehrfurcht überfallen, seit ich den Fuß über die Schwelle des Büros gesetzt habe. Es liegt nicht an der puren Größe oder dem atemberaubenden Blick über ganz Brighton bis runter zum Meer, nein, es sind die unzähligen Modelle, die überall herumstehen. Diese Sammlung lieblos auf Tische und Regale gestapelter, vermeintlich niedlicher Spielzeughäuschen auf Holzbrettern ist eine Benchmark nachhaltigen Städtebaus. Es gibt niemanden auf der ganzen Welt, der sich diesem Thema ernsthafter verschrieben hat – und der mehr Bedeutung in der tatsächlichen Umsetzung seiner Projekte hat als mein Professor. Mit seinem Lehrstuhl und seinen Studenten arbeitet er wie mit einem Architekturbüro für internationale Auftraggeber. Alle Einnahmen aus dieser Tätigkeit fließen in Stipendien, und wäre mein Pflegevater nicht so großzügig, würde womöglich auch ich davon profitieren.

Ich sehe aus dem Fenster, um meine Nervosität in den Griff zu bekommen. »Sie haben wirklich einen phänomenalen Ausblick, Professor Harris.«

»John, bitte.« Mit der gusseisernen Teekanne in der Hand sieht er zu mir rüber. Seine klaren Augen funkeln. »Hatten wir das nicht schon beim letzten Mal?«

»Sie haben recht – John. Tut mir leid.«

Er nickt nur und lässt den Tee in zwei winzige Tässchen rieseln. Dann hebt er das Tablett und schnuppert in den Dampf. »Hm. Ein erstklassiger Oolong. Direkt vom La La Mountain. Ich hoffe, Sie mögen ihn, Nik.«

»Ja, sicher, bestimmt.« Ich weiß um Professor Harris' Teeleidenschaft und werde einen Teufel tun, ihn merken zu lassen, dass grüner Tee für mich nicht mehr als heißes Wasser mit seltsamem Geschmack ist.

Er platziert das Tablett auf dem Schreibtisch, lässt sich in seinen Knoll-Chair aus weißem Leder fallen und rollt ihn so nah an die Tischplatte, dass er ab der Brust abwärts verschwindet.

Ich nehme ihm gegenüber Platz, auf Kante. Mein Herz klopft bis in den Hals, da hilft auch kein Tee.

John schließt die Augen, als er seine Tasse abstellt, und atmet hörbar aus. »Herrlich.«

Ich erzwinge ein Lächeln. Mir wäre mehr nach Augenrollen. Wenn er mich hier noch länger mit Teezeremonien schmoren lässt, fange ich wahrscheinlich an, Nägel zu kauen vor lauter Aufregung.

Ich würde Sie gern kurzfristig sprechen. Könnten Sie heute um 14 Uhr in mein Büro kommen?

Die E-Mail, die ich heute Morgen beim Aufwachen auf meinem Handy fand, wurde bereits um sechs Uhr abgeschickt. Dass sie mich schwer beunruhigt hat, ist die Untertreibung des Jahres. Es ist normalerweise schwieriger, einen Termin bei meinem Professor zu bekommen als ein Ticket fürs Wembley Stadion. Seitdem bin ich mehrmals durch die an die hundert Seiten des PDFs gegangen, das ich ihm Ende letzter Woche geschickt habe. Ich habe alle Berechnungen kontrolliert. Ich konnte keine Fehler finden. Gefällt ihm mein Ansatz plötzlich nicht mehr? Ich bin Perfektionist, und die bloße Vorstellung, dass ich etwas übersehen haben könnte, macht mich ganz kirre.

»Sie sehen ein bisschen angespannt aus. Alles in Ordnung?«, fragt John mit der knarzenden Stimme, die in mir den ständigen Wunsch auslöst, mich zu räuspern.

Während ich mechanisch nicke, versuche ich in seinen stechenden Augen zu lesen. Es gelingt mir nicht. »Alles bestens«, sage ich und falte meine Hände zur Faust, um sie ruhigzustellen.

John nimmt noch einen Schluck Tee. »Ich hatte noch keine Zeit, in Ihre Unterlagen zu sehen.« Er lächelt, während ich nicht weiß, ob ich diese Nachricht als gut oder schlecht bewerten soll. »Aber ich bin sicher, Ihre Arbeit wird mich auch diesmal begeistern.«

Meine Hände entspannen sich. »Professor – ich meine John –«

Er hebt die Hand. »Sie fragen sich wahrscheinlich, was ich dann so kurzfristig mit Ihnen besprechen will.« Er lächelt, und trotz der Fältchen um seine hellen Augen sieht er aus wie ein kleiner Junge, der eine Idee ausheckt. Er verschränkt die Hände hinter seinem Kopf, lehnt sich genüsslich zurück, während ich mich am liebsten an der Tischkante festhalten würde.

»Nik, könnten Sie sich vorstellen, in diesem Projekt noch etwas mehr ins Detail zu gehen?«

Ich verstehe nicht. Eben sagte er doch noch … »Ja, sicher, wenn es nötig ist, wenn ich noch mehr … Natürlich müssen einige Punkte noch weiter ausgearbeitet werden …«

»Nein, nein.« Er winkt ab, macht meinem Gestammel ein Ende, dann beugt er sich vor. »Ich habe mich falsch ausgedrückt, Nik. Es geht nicht um Ihre Masterarbeit. Die ist doch so gut wie fertig, oder nicht?« Er lacht vergnügt. »Es geht um einen Job. Ich brauche jemanden, der das Bauvorhaben von Shanghai aus betreut. Meine chinesischen Partner drängen schon seit einer Weile auf einen Projektleiter vor Ort. Und ich stimme ihnen zu, ein direkter Ansprechpartner würde uns viel bessere Möglichkeiten geben, die Situation einzuschätzen. Wir könnten das Projekt viel weniger theoretisch und viel mehr auf Grundlage der echten Gegebenheiten und Bedürfnisse anpassen und weiterentwickeln.« Seine Augen leuchten. Es ist diese ansteckende Begeisterung, wegen der seine Studenten den Professor vergöttern. Nur um einen Hauch dieser Aura zu spüren, schuften sie nächtelang durch, machen Essen, Trinken, Schlafen, sogar Feiern zur Nebensache.

Er kommt noch näher bis dicht vor mich. »Bisher hatte ich nur noch keine Idee, wer dafür in Frage käme. Doch plötzlich hatte ich diesen Geistesblitz. Ich weiß jetzt, wer genau der Richtige wäre: Nik, hätten Sie Lust, nach Shanghai zu ziehen?«

Ich starre ihn an.

»Sie wären natürlich nicht allein«, fährt er fort, ohne sich um meine Verwirrung zu scheren. »Ich stelle gerade ein ganzes Team zusammen. Natürlich würden Sie schon Verantwortung übernehmen müssen, doch das trau ich Ihnen absolut zu. Und es ist kein Studentenjob. Sie machen das nicht mehr nur für Ruhm und Ehre oder für Ihren anspruchsvollen Professor.« Er lacht. »Die Honorare habe ich bereits verhandelt. Sie liegen deutlich über dem, was ein Architekt in London verdient. Die Miete wird zusätzlich übernommen. Und natürlich der Umzug, Reisekosten …« John fährt fort, mir Details aufzuzählen, während ich schon lange den Boden unter den Füßen verloren habe. Je länger er spricht, desto mehr dämmert mir, dass er es ernst meint. Dass das, was er gerade skizziert, nicht eins seiner visionären Zukunftsszenarien ist, für die er uns in seinen Vorlesungen begeistern will. Es ist ein reeller Plan, ein verhandelter Auftrag, ein konkretes Angebot. Seine Worte verschwimmen mit meinen Gedanken, mit Bildern, die durch meinen Kopf jagen, als würden meine Träume, Ängste und Hoffnungen eine wilde Party feiern: Ich könnte als Architekt arbeiten. Nicht irgendwann mal, nach Jahren, in denen ich mich mit Gelegenheitsjobs über Wasser gehalten habe oder sogar doch mit der Arbeit für meinen Pflegevater. Er spricht von gleich nach dem Abschluss, das ist in weniger als sechs Wochen. Ich denke an Leo, an seine Eltern, die so viel für mich getan haben, an meine Sehnsucht nach Selbstbestimmtheit. An Unabhängigkeit, für die ich in diesem Studium alles gegeben habe. Ich beiße mir auf die Lippen, weil die plötzliche Vorstellung, dass es funktioniert hat, mich überrollt wie eine Sturmwelle. Ich trinke vom kalten Tee, um mich an irgendetwas festzuhalten, während mein Herz durch Professor Harris' Büro galoppiert.

Er erhebt sich und kommt um den Tisch. »Na, was sagen Sie? Sie sind doch sonst nicht so stumm.«

Als ich aufstehe, sind meine Beine wie Butter.

Väterlich legt John seinen Arm um meine Schulter. »Ich sehe schon, ich habe Sie ein bisschen überfallen. Keine Sorge, Sie müssen sich nicht sofort entscheiden, Nik. Lassen Sie's mal sacken und melden Sie sich in den nächsten Tagen. Nur eins würde ich gern wissen: Sehen Sie sich überhaupt in China?«

Wir sind an der Tür angekommen. John greift bereits nach der Klinke. Und ganz plötzlich muss ich an Marie denken. Wie sie mich geküsst hat. An diesen Moment totaler Vollkommenheit. Und dann läuft Leo ins Bild.

Ich richte mich auf. »Ja, das tue ich«, sage ich entschlossen. »Danke für Ihr Vertrauen, John.«

 ## *Nik*

JETZT

Da ist sie. Ein bisschen verspätet stürmt sie durch die Glastür und macht eine Vollbremsung vor dem Kellner, der gerade noch die Latte macchiato auf seinem Tablett ausbalancieren kann.

»Ups. Tschuldigung.« Sie sieht ihm in die Augen, kurz, aber nachhaltig, Neugier mit einem Hauch Unsicherheit. Selbst hier hinten wird mir warm von diesem Blick. Sie orientiert sich, nestelt dabei in ihren Haaren herum. Und sie lächelt die ganze Zeit. Das macht sie, wenn sie aufgeregt ist. Auch mein Zustand, seit ich sie durchs Fenster habe kommen sehen, bestätigt mir, wie berechtigt meine Zweifel sind, das hier zu tun. Mich mit Marie *zum Reden* zu verabreden. Ich weiß nicht, was genau sie damit meint. Doch bereits die Vermutung, was sie meinen *könnte*, hat mich in totalen Widerstandsmodus versetzt. Ich wollte unsere nächste Begegnung so lange wie möglich hinauszögern, und wenn überhaupt, dann hätte ich sie gern zuerst mit Leo zusammen getroffen. Doch hätte ich einfach auflegen sollen, als sich herausstellte, wer mich vorgestern Abend unter der unbekannten Nummer anrief?

Als sie mich entdeckt, zieht sie die Augenbrauen zusammen. Ich hebe die Hand, versuche es mit einem Lächeln. Sie erwidert es nicht. Sie ist noch sauer. Sie fand es *richtig scheiße*, dass ich mich nicht gemeldet habe. Schon wieder nicht. Eigentlich kennt sie mich ja nicht anders. Schlimm genug. Ich habe erst gar nicht versucht, mich rauszureden. Als ich aufstehe, um sie zu begrüßen, hält sie plötzlich inne. Sie hangelt ihren Jutebeutel vom Arm und kramt darin herum. Mit dem Handy in der Hand macht sie schließlich kehrt, rennt zurück zur Tür, reißt sie auf und weg ist sie.

Ich stehe immer noch. Ein Typ am Nebentisch grinst mich an. Ich hebe die Hände und setze mich wieder. Dann recke ich den Hals.

Wie Scherenschnitte sitzen mir die Leute vor der Fensterfront im Bild. Doch dann entdecke ich Marie. Sie telefoniert. Dabei hüpft sie vom Gehweg auf die Straße und wieder zurück, hibbelig wie eh und je. Ihr Gesicht kann ich nicht erkennen, sehe nur ihre freie Hand durch die Luft wirbeln.

Ich reiße mich los und versenke mich erneut in die Karte, die ich bereits auswendig kenne.

»Kann ich dir doch schon was bringen?«, fragt die Bedienung.

»Danke, ich warte noch auf meine Freundin.« *Wenn sie denn kommt.*

Draußen ist Marie nicht mehr zu sehen. Ich beobachte die Tür. Ein Pärchen kommt herein, sie voraus, er dahinter an ihrer Hand. Sie küssen sich, als sie drinnen stehen.

»Sucht ihr einen Tisch?« Die Bedienung lässt von mir ab.

»Nik!« Marie steht plötzlich vor mir. Sie strahlt, und ich springe überrascht auf. Beide quetschen wir uns in die Lücke zwischen meinem und dem nächsten Tisch. Dabei fegt Maries Jeansjacke den Nachbarn fast den Spritz um.

»Ups, Tschuldigung.«

Ihre Arme fliegen um meinen Hals. »Hi.«

Ich drücke sie an mich, viel zu vertraut vor lauter Erleichterung über ihren Stimmungsumschwung, nur eine Sekunde, dann lassen wir beide abrupt los.

»Möchtest du auf die Bank?«

»Danke, der Stuhl passt. Hast du schon bestellt?«

»Nein. Hab auf dich gewartet.«

»Ach, Mann, entschuldige … Was nimmst du denn? Kaffee? Okay, zwei Mal Americano, bitte!«

Die Bedienung nickt, und wir setzen uns gleichzeitig.

»Und, wie geht's?«, fragt Marie. Dabei lächelt sie weiter so episch, als hätte sie draußen was geraucht.

»Ganz gut«, sage ich. »Und dir offensichtlich auch.«

Sie nickt mehrmals mit diesem vor Mitteilungsdrang platzenden Gesicht. »Hm. Ziemlich.«

»Magst du mir erzählen, warum?«, frage ich. »Oder ist das ein Geheimnis?«

»Verdient hast du's nicht!«, sagt sie und versucht erfolglos, die Lippen gegen das Lächeln zusammenzupressen.

Ich lächle auch und warte einfach.

»Okay«, sagt sie irgendwann. »Aber ich bin immer noch sauer. Das ist dir hoffentlich klar.«

»Ist es«, sage ich.

»Also.« Sie holt ausgiebig Luft. »Halt dich fest!« Mit beiden Händen greift sie nach der Tischkante. »Ich kann vielleicht mein Drehbuch verkaufen.« Ihre Augen leuchten.

Sie sieht so hinreißend aus, dass ich dem Impuls widerstehen muss, mich über den Tisch zu lehnen und sie noch einmal zu umarmen.

»Wow«, presse ich heiser hervor. »Gratuliere! Das heißt, du schreibst? Fürs Fernsehen? Oder fürs Kino?«

Maries Lächeln verschwindet. Sie schüttelt den Kopf und lässt sich zurückfallen. »Nein. Nichts davon«, sagt sie. Dann zieht sie sich ihr Telefon unter die Nase, entsperrt das Display und hämmert mit den Daumen auf den Bildschirm.

Der Kaffee kommt und ich bin froh über die Unterbrechung. Schließlich legt Marie das Handy zur Seite. »Sorry, ich musste kurz Charly schreiben.«

»Ach so, klar.«

»Und zu deiner Frage.« Sie nimmt einen Schluck. Das glückliche Lächeln ist vollständig verschwunden. »Ich habe nichts mehr geschrieben seit der Uni. Kein einziges Wort.«

»Aber wieso, es war doch –?«

»Kannst dir deinen Kommentar sparen«, unterbricht sie mich harsch. »Ich weiß es selbst. Nein, ich bin keine Drehbuchautorin geworden. Weder das noch irgendwas anderes. Ich bin schwanger geworden, hab geheiratet und auf Mutter und Hausfrau gemacht. So sieht's aus.« Es scheppert, als sie ihre Tasse zurückstellt.

Ich suche ihre Augen, sie will nicht.

»Aber jetzt hast du doch ein Drehbuch verkauft …?«, frage ich vorsichtig.

Abrupt sieht Marie mich an. »Nicht *ein*, sondern *das* Drehbuch. Du kennst es: *Muttertag*. Und ich habe es nicht verkauft, sondern ich *kann* es *eventuell* jemandem vorstellen.«

»Erzählst du mir, wie es dazu kommt?«

Sie lächelt ein kleines bisschen, immerhin. »Klar. Du erinnerst dich an Charly?«, fragt sie.

Ich lache. »Äh, ja.«

Marie ignoriert meinen amüsierten Ton. »Also, Charly ist Bänkerin. Sie betreut ziemlich fette Firmenkunden. Vor Kurzem hat sie diese Berliner Produktionsfirma akquiriert, die fast ausschließlich für Netflix arbeitet. Seitdem hat sie rumgesponnen, dass sie denen mein Skript andrehen will. Ich hab das nicht ernst genommen …«

»Und jetzt …?«

»Ruft gerade dieser Typ an und sagt, er freut sich auf *Muttertag*.« Sie nimmt die Fingerspitzen an die Schläfen.

»Das ist doch toll«, sage ich.

Marie nickt langsam, dann wechselt ihr Kinn die Richtung. »Nicht?«

Sie atmet aus. Schließt die Augen. »Doch, klar.«

»Was ist los?«, frage ich leise.

»Es ist zehn Jahre alt, das weißt du doch«, sagt sie. »Eine *olle Kamelle*. Findet mein Mann.« Sie schnaubt.

»Wieso sagt er das?« Ich bereue meine Frage, noch bevor Marie antwortet. Solche Dinge will ich nicht wissen. Eigentlich am liebsten gar nichts über die Beziehung von Marie und Leo.

Sie zuckt mit den Schultern. »So ist es eben. Zumindest hat er recht. Ich müsste es komplett überarbeiten.«

»Und ist das schlimm?«, frage ich.

Marie sieht sich nach der Bedienung um. »Kann ich noch einen Kaffee bekommen, bitte?«

Sie dreht sich zurück zu mir. »Viel Action für nix wahrscheinlich«, sagt sie.

Ich suche ihre Augen. Sie flackern. »Also, ich kann nicht beurteilen, ob du dein Drehbuch wirklich verkaufen möchtest oder ob du dich nur unter Druck setzt. Aber eins weiß ich sicher: *Muttertag* ist ein Knaller. Und ich würde Einiges dafür investieren, es verfilmt zu sehen.«

Marie hält sich an ihrem Telefon fest. »Kannst du dich denn dran erinnern?«, fragt sie.

»Kann ich.«

»Echt?«

»Hm.«

Sie lacht. »Ganz schön gutes Gedächtnis.«

»Ganz schön gutes Drehbuch.«

Sie verdreht die Augen. »Schleimer.«

»Wenn du meinst.«

»Danke«, sagt sie und wird wieder ernst. »Das bedeutet mir viel. Aber«, sie seufzt, »versteh mich nicht falsch … Du bist Architekt.«

Ich zucke die Schultern. »Das kann ich nicht ändern. Aber …« Ich unterbreche mich selbst.

»Was?«

»Na ja … ich wollte dir noch sagen, dass wirklich Großes nie in deiner Komfortzone passiert.«

Sie prustet los. »Oh. Shit. Bist du in China unter die Philosophen gegangen?«

Ich lache mit. »Nee. Aber in dem Fall spreche ich tatsächlich aus Erfahrung.«

Sie sieht mich an. »Danke, Nik.« Ich möchte flüchten vor diesem Blick. »Ich hab dich echt vermisst.« Es ist ein Wunder, dass es die Worte durch das Geplapper im Raum bis zu mir schaffen, so leise sind sie.

Maries dunklen Augen sind weit geöffnet, wunderschön. Der Blick in diese Tiefe löst etwas in mir, einen Riegel, der unbedingt geschlossen bleiben muss.

»Du hättest dich nicht gemeldet, oder?« Sie streicht sich die Haare aus dem Gesicht.

Mein System schlägt Alarm. Ich muss ständig achtgeben. Denn wenn ich ihre Augen meide, ziehen mich ihre Haare in den Bann oder die kleine Grube unter ihrem Hals oder ihre Finger, so schmal und zart wie damals. Jeder Zentimeter Marie ist eine Erinnerung daran, warum ich dieses Treffen nicht wollte, warum ich den Teufel getan und sie angerufen hätte.

»Doch, sicher, ich wollte nur erst mal ankommen«, stammle ich. »Ich hab so viel zu tun … Immer noch keine Möbel, ich skype jeden Morgen ab vier mit Shanghai, und dann war ich bei meiner Großmutter, ich will mich ja mehr um sie kümmern, das ist mir wichtig –«

»Dein Ernst jetzt?« Ihre Stimme unterbricht mein Gelaber scharf wie ein Rasiermesser.

»Was?« Ich weiß genau, was sie meint. Doch ich will dieses Gespräch nicht. Warum kann sie es nicht einfach lassen?

»Ffff.« Sie bläst aus wie ein wütendes und unglaublich hübsches Walross und sie sucht meinen Blick.

Ich kann einfach nicht. »Hat mich aber gefreut, dass du angerufen hast«, sage ich, so nonchalant, dass mir selbst übel wird davon.

»Schade«, erwidert Marie eiskalt. »Ich dachte, wir könnten ehrlich miteinander sein.«

Ich schlucke. »Tut mir leid, aber ich weiß nicht, was du meinst.«

»Gibt es keinen anderen Grund, warum du nicht angerufen hast?«

»Ich hatte deine Nummer nicht.«

Das reicht. Sie wird nicht weiter insistieren. Ich sehe die flackernde Unsicherheit in ihren Augen, selbst wenn Marie jetzt trotzig ihr Kinn hebt. Sie springt auf.

»Das muss ich mir nicht geben. Echt nicht.«

»Hey, Marie, *sorry*!« Ich hasse dieses Wort. Es ist so scheißoberflächlich – aber genau das ist es, wo ich hinmöchte. Zurück an die Oberfläche. Raus aus dem Sumpf meiner Gefühle. »Ich hätte mich irgendwann gemeldet. Wirklich«, sage ich, setze ein charmantes Lächeln auf.

Sie ringt mit sich. »*Sorry*«, wiederholt sie dann betont. »Aber *irgendwann* reicht mir einfach nicht.« Sie schlüpft in ihre Jacke. »Kannst du den Kaffee zahlen?«

Ich nicke stumm.

»Vielen Dank.« Sie entsperrt ihr Handy. »Und, *sorry.* Ich hab zu tun. Muss dringend mit meiner Freundin über mein Drehbuch sprechen.«

»Mach das!«, sage ich. »Bis bald, Marie.«

Sie wirft mir einen letzten Blick zu, ungläubig, enttäuscht und verletzt. Dann dreht sie sich um und eilt zur Tür.

KAPITEL 21

Marie

DAMALS

Das forsche Klackern der Tastatur ist das einzige Geräusch im Zimmer, als ich gegenüber meiner Professorin Platz nehme. Ich sitze wahrlich nicht zum ersten Mal hier, doch ich frage mich, ob der Holzstuhl immer schon so hart war.

»Hallo, Professor Connelly«, sage ich leise.

Sie nimmt den Blick gerade lange genug von ihrem Bildschirm, um mich spöttisch zu mustern »Marie.« Dann schreibt sie weiter. »Einen Moment, bitte.«

»Ja, sicher, Entschuldigung.« Ich klammere mich an den Papierstapel in meinen Händen.

Mit einem schwungvollen letzten Buchstaben beendet sie ihren Text. Riesig mustern mich ihre Augen durch die schwarze Nerdbrille, bevor sie sie in die graumelierten Haare schiebt.

»Muttertag.« Sie lässt den Titel meines Drehbuchs genauso verloren im Raum hängen wie mich auf diesem Stuhl. »Mir ist, als hätte ich das schon irgendwo mal gehört.«

»Ja, vielleicht, es ist nur ein Arbeitstitel …«

»Gefällt Ihnen Ihr Text?«, unterbricht sie mich.

»Wieso, ja, das heißt, ich weiß nicht … Es war wenig Zeit, ich könnte sicher noch mehr —«

»Ja oder nein?« Ihr Blick ist scharf wie ein Skalpell.

Ich hole Luft. »Eigentlich … ja.«

»Warum *eigentlich*?«

Mein Herz hämmert bis in den Kopf und bringt dort alles durcheinander. »Ich weiß nicht.«

»Sie wissen es nicht? Sie wissen nicht, wie Sie Ihr eigenes Drehbuch finden?« Sie schmeißt sich zurück in ihren gepolsterten Sessel und lässt die dürren Arme auf die Lehnen fallen.

Ich sitze umso aufrechter. »Ich … habe ja keine Erfahrung. Deswegen kann ich es schlecht beurteilen.« Mein Gestotter ist ein Albtraum.

»Aber Sie haben es doch geschrieben. Sie sind verantwortlich für jedes einzelne Wort. Sie *müssen* es beurteilen.«

Ich nicke roboterhaft. »Wahrscheinlich ja.«

Professor Connelly rührt keine Miene. »Was sind eigentlich Ihre Pläne, falls Sie den Master bestehen?«

Ich schlucke. Mein Kopf ist leer. Nur das Wörtchen *falls* fliegt darin herum wie ein Pongball. »Sie meinen, nach dem Abschluss?«

»Ja, das meine ich wohl.« Sie verdreht die Augen.

Ich fühle mich wie eine Erstklässlerin, die an der Tafel vorrechnen muss. »Ich weiß es noch nicht«, murmle ich in den Ausdruck auf meinen Knien.

»Warum wissen Sie es nicht? Was ist mit meinem Kurs? Machen Sie den, weil Sie nichts Besseres zu tun haben?«

Ich atme aus. Schwitze und wünsche mich auf den Mond. »Natürlich nicht.«

»Hm.« Sie fixiert mich auf eine Art, die klares Denken unmöglich macht.

»Ich würde gern Drehbücher schreiben«, sage ich schließlich, wieder viel zu leise.

»Aber?«

»Wenn man keine Beziehungen hat, ist es schwierig, davon zu leben.«

»Das ist es, da haben Sie recht.« Zum ersten Mal scheine ich etwas gesagt zu haben, was nicht ganz verkehrt ist. Doch schon fixiert sie mich wieder. »Ich habe Beziehungen.«

Nicken.

»Und Sie wissen, dass ich meine Studenten gern unterstütze?«

»Ja.« Wenn ich nur wüsste, worauf sie hinauswill. Dann müsste ich mich nicht wie ein Kleinkind behandeln lassen.

»Ihr Drehbuch ist gut, Marie.«

Ich erwache aus meiner Erstarrung. »Wirklich?« Am liebsten würde ich ihr um den Hals fallen. Das wäre wohl das Schlimmste, was ich tun könnte. »Das freut mich so. Danke«, sage ich stattdessen.

Sie verzieht keine Miene. »Und es ist eine Frechheit.«

Ich sacke wieder in mich zusammen. »Warum, ich verstehe nicht?«

»Es ist voller Fehler. Rechtschreibfehler, Formfehler. Wenn es nicht so gut wäre, würde ich Sie eiskalt durchfallen lassen, Marie. Und das wäre wahrscheinlich besser für Sie. Aber irgendwie«, sie zuckt mit den Schultern, »bringe ich das nicht übers Herz.« Ihre Lippen tun tatsächlich etwas, das man mit viel gutem Willen als Lächeln bezeichnen könnte. »Also. Ich gebe Ihnen diese letzte Chance. Kriegen Sie Ihren verdammten Arsch hoch und machen Sie was aus Ihrem Talent! Hören Sie auf, sich hinter Ihrer Unsicherheit zu verstecken. Sie wissen, dass Sie es können.«

»Nein, das weiß ich nicht …«

»O doch. Sie sind zu clever, als dass Sie nicht wüssten, wie ein gutes Drehbuch funktioniert. Also: zwei Wochen. Die inhaltlichen Anmerkungen kriegen Sie per Mail. Um die Rechtschreibung müssen Sie sich selbst kümmern. Lassen Sie es

Korrekturlesen, das empfehle ich Ihnen dringend. Einen schönen Tag noch, Marie.«

Meine Augen brennen, als ich aus dem Büro renne. Ich möchte mich irgendwohin verkriechen und heulen, oder lieber: brüllen. Ich bin so wütend, dass ich kaum atmen kann. Als ich mein Telefon anstelle, poppt eine Nachricht von Leo rein.

Lunch?

Ich wähle seine Nummer.

»Marriiie!«

Er tut das ständig. Meinen Namen aussprechen, als präsentierte er mich in einer Zirkusshow. Es nervt.

»Sorry, jetzt hab ich schon gegessen. Wo warst du?«

»Bei meiner Professorin.« Ich hatte es ihm vor ein paar Tagen erzählt. Sich solche Dinge zu merken, gehört aber nicht zu Leos Heartbreaker-Portfolio.

»Und? Wie war's?«

»Sie hat mich fertiggemacht.«

»Oh no. Das glaube ich nicht.«

Ich seufze. »Doch. Egal.«

»Hey, lass dir nicht die Laune verderben.«

»Tu ich nicht.«

»Sehr gut. Dann gehen wir heute Abend feiern?«

Ich würde am liebsten auflegen. Keine Ahnung, warum ich ihn überhaupt angerufen habe. Es ist nicht das erste Mal, dass ich von seiner Oberflächlichkeit enttäuscht bin. Davon, dass er nicht den blassesten Schimmer hat, wie es mir wirklich geht, obwohl er in letzter Zeit überpräsent ist in meinem Leben. Er ruft ständig an, will mich sehen, nimmt mich mit. Wenn ich ihm absage, taucht er einfach vor meiner Tür auf und überredet mich. Und ich kann nicht sagen, dass es mir nicht gefällt. Wem würde es nicht gefallen, so umschwärmt zu werden? Außerdem bin ich wirklich gern mit ihm zusammen. Er verbreitet gute Laune wie ein wirksames Raumspray. Seine unbekümmerte Lebenslust ist so ansteckend, dass sich nach dreißig Minuten Zusammensein mit Leo Sorgen so unnötig anfühlen wie ein Haufen Ballast, der schon lange in den Restmüll gehört. Das Leben wirkt immer hell mit ihm, einfach und leicht. *Tu das, wozu du Lust hast, genieß den Moment, lach einfach drüber.* Zum Beispiel darüber, dass in sechs Wochen das schwarze Loch lauert, der Abschluss. Und dass ich nicht den Hauch eines Plans habe, was ich danach mit meinem Leben anfangen soll.

»Mir ist nicht nach Feiern« sage ich wenig überzeugend.

Ich spüre sein Lächeln. »Wann soll ich dich abholen?«

»Nicht vor zehn. Ich muss noch was schaffen.«

»Das klingt schon viel besser. Bis später, Sweety.«

***

Die Luft ist unverändert schwül, als ich den Club verlasse. Ich wünsche mir Kühle herbei, Regen am liebsten, um den Staub aus der Stadt zu waschen und die Knoten aus meinem Kopf. Leo hat wieder von Sex angefangen. Inzwischen endet jeder unserer Abende damit. Wir haben Spaß. Wir lachen, sind gut drauf – und dann will er mich anfassen. Und er kriegt plötzlich diesen Blick. Diesen Ich-würde-gern-Dinge-mit-dir-tun-Blick. Wenn ich seine Hand abschüttle und ihn bitte, es zu lassen, fängt er auch noch an, darüber zu reden. Über den *großartigen, phänomenalen, mind-blowenden* Sex, den wir haben könnten – wenn ich mich nur entspannen würde. Ich kann's nicht mehr hören. *Lass doch einfach mal los, Sweety.*

Wahrscheinlich hat er sogar recht. Wir würden wahrscheinlich gut miteinander funktionieren. Und nein, ich muss nicht verliebt sein, um guten Sex zu haben. Ich will aber trotzdem nicht. Und ich will auch nicht ständig erklären müssen, warum. Manchmal weiß ich es ja selbst nicht mehr. Oder ich will mir die Gründe – *den Grund* – einfach nicht eingestehen.

Whatever. Meine Sache. Heute bin ich einfach abgehauen. Hatte keinen Nerv mehr. Zu viel Druck für einen Tag. Und Leo kommt mir nicht hinterher. Womöglich hat er endgültig die Schnauze voll davon, sich sinnlos Hoffnungen zu machen. Auch gut.

Ich schwinge mich aufs Rad und fahre los, ans Wasser. Ich bin hellwach, also was soll ich zu Hause? Außerdem reicht mir die Vorstellung, wie die Luft dieses heißen Tages mein Zimmer belagert, um die Rückkehr dorthin zumindest noch ein bisschen rauszuzögern. Auch wenn es schon nach eins ist und mein schlechtes Gewissen mangels Alkoholbetäubung hyperaktiv.

Ich lasse den West Pier links liegen und trete immer weiter in die Pedale, um den Kopf freizukriegen, die Ängste loszuwerden, die, kaum dass ich den Club verlassen habe, wieder aus dem Schatten springen, in den sie sich für die paar Stündchen Feiern mit Leo verzogen hatten. Die herrschaftlichen Beachfrontbauten rasen an mir vorbei, der Weg wird breiter, die Menschen weniger. Irgendwann bin ich allein, düse mit Höchstgeschwindigkeit die geteerte Promenade entlang unter dem fahlen Licht der klassizistischen Straßenlaternen. Das Meer ist heute Nacht still, und ich konzentriere mich ganz auf das Surren meiner Reifen auf dem Asphalt. Ein Licht kommt mir entgegen und erinnert mich daran, dass ich keins habe. Ich höre den anderen, er klingt nicht langsamer als ich, und ich fahre rechts rüber, falls er mich nicht sieht. Wie eine Windböe rauscht er an mir vorbei, und ich erhasche einen Blick in sein Gesicht. Vor Schreck kralle ich beide Hände gleichzeitig in die Bremsen. Ich drehe mich um, sehe den Schatten, der sich weiterbewegt. Erleichtert atme ich aus. Anscheinend habe ich schon Halluzinationen. Doch dann wendet das Rad.

Mit quietschenden Bremsen kommt es vor mir zum Stehen.

»Marie. Was machst du hier?«

Er ist verschwitzt, die Haare wellig vom Salz, das dunkle T-Shirt hängt lässig über schwarzen Basketballshorts.

Ich schlucke gegen das plötzliche Verlangen an, ihn zu berühren, gegen die verdammte Sehnsucht.

»Ich fahre Fahrrad«, sage ich so unfreundlich wie möglich. »Was willst du?«

»Gar nichts.« Er schüttelt genervt den Kopf. »Nur sehen, ob alles in Ordnung ist. Es ist ziemlich einsam hier nachts.«

»Ich wollte gern allein sein.«

»Alles klar. Trotzdem nicht gerade der beste Ort dafür.« Er nickt, lächelt nur mit den Augen. Diese Geste … Ich erinnere mich an meinen Geburtstag. Der strahlende Leo und sein schattiger Freund. Die leise, dunkle Magie, die mich schon damals angezogen hat wie die Gravitation persönlich. Es hat sich nichts verändert – außer, dass ich inzwischen sicher weiß, dass ich allein bin mit meinem Gefühl.

»Darf ich dich begleiten? Es wäre mir wohler.«

Mein Herz schlägt schneller, während ich die Hände um die Griffe meines Lenkers kralle, weil ich plötzlich das dringende Bedürfnis habe, mich an irgendetwas festzuhalten.

»Wenn du meinst«, sage ich und weiß nicht warum.

Wir radeln nebeneinander zurück, ohne ein einziges Wort zu wechseln. Als wir von der Beachpromenade Richtung Hanover einbiegen, fahre ich voraus. Doch ich höre Nik dicht hinter mir und fühle mich beobachtet. Erleichtert erreiche ich schließlich mein Haus und steige ab.

»Danke fürs Eskortieren«, sage ich und sperre das Rad an den Zaun.

»Sehr gern.«

Als ich mich aufrichte, ist er abgestiegen. »Geht's dir gut?«, fragt er leise, während seine Augen in meine tauchen. Zum ersten Mal seit dem Abend …

Etwas drängt in meiner Brust wie ein heftiger Strudel. Meine Traurigkeit, meine Sorgen, meine Ängste vor der Zukunft, alles blubbert plötzlich nach oben, als wäre dies nicht der denkbar schlechteste Moment, darüber zu sprechen.

»Es geht so«, sage ich, und versuche das Zittern in meiner Stimme durch Lautstärke auszugleichen. »Und dir?«

Er nickt nur und lässt mich nicht aus den Augen. »Was ist mit deinen Eltern?«, fragt er. »Wie war es zu Hause?«

Ich schnappe nach Luft. Diese Frage? Gerade die? Nicht im Geringsten hat ihn die Antwort interessiert! Nicht, als es darauf ankam. Auf einmal kommt alles zurück: die Enttäuschung, die Sehnsucht, die Wut. Wieso habe ich ihn mitfahren lassen, an mich rangelassen? Mache alles zunichte, was ich mir in den letzten Wochen an Abstand erarbeitet habe?

»Wieso interessiert dich das plötzlich?«, blaffe ich.

Er guckt erstaunt, und das macht mich noch wütender. Mit einem Schnauben drehe ich mich weg, weil ich ihn nicht länger sehen will. Alle Worte sind verschwunden. Es gibt nichts zu reden, nicht mit ihm. Alles, was eben noch unbedingt erzählt werden wollte, macht einer großen Leere Platz. Er steht kaum einen Meter neben mir, doch es fühlt sich an, als wären es plötzlich hunderte. Mrs Smiths Katzen plärren im Vorgarten und ich weiß nicht wohin. Ich sollte gehen. Aber ich kann mich einfach nicht bewegen.

»Es hat mich die ganze Zeit interessiert«, sagt Nik so leise, dass es fast im Gebalze der Katzen untergeht. »Viel mehr, als du denkst.«

Mein Herz drängelt von innen gegen meine Brust. Ich erlaube mir nicht, ihm zuzuhören.

Ich mache einen Schritt, und da bewegt sich auch Nik. Als seine warmen Finger meine Hand berühren, zucke ich zusammen. Als er die Lücke zwischen uns schließt, beginne ich zu zittern. Mit beiden Händen streicht er von hinten durch meine verwehten Haare. Ich versteife mich, balle die Hände zu entschlossenen Fäusten, wünsche mir, dass er aufhört, und befürchte es gleichzeitig. Sein Zeigefinger wandert an mein Kinn. Ich drehe den Kopf weiter in die andere Richtung. Erst, als er insistiert, komme ich ihm entgegen, nur ein winziges Stück. Und dann begegne ich seinen Augen … und gebe auf.

*

Ich wusste, dass es ein Fehler war. Wie hätte ich die anschwellende Stimme überhören können, die mich seit jenem Abend, als ich ihn kennenlernte, warnte? Vor seiner Dunkelheit, seiner finsteren, bodenlosen Tiefe. Davor, dass er nicht das Gleiche für mich empfand wie ich für ihn, dass ich verletzt werden würde, weil ich mich verletzlich machte.

Es war mir egal. Ich wollte es. Ich wollte ihn.

Als er mich zum zweiten Mal küsste vor Mrs Smiths Haus, diesmal im Stockdunklen, weil die Birne der Straßenlaterne in dieser Nacht durchgebrannt war, wusste ich, dass ich noch nie jemanden so sehr gewollt hatte wie ihn. Ich wusste es, während ich so entschlossen seine Hand nahm, dass er keine Wahl hatte. Während ich vor ihm durchs Gartentor lief bis zur rostroten Tür und den Schlüssel umdrehte. Ich wusste es, während er mir wortlos die ächzenden Treppenstufen hinauffolgte, nach mir das winzige Zimmer betrat, in dem die Luft stand wie in einem Pumakäfig und meine gesamte Wäsche über den beerenfarbenen Teppichboden verteilt lag. Als er die Tür hinter uns sorgfältig schloss. Als er die Initiative übernahm, mich an sich zog und mich so entschlossen berührte, dass selbst meine allergeheimsten Wünsche nicht mithalten konnten, da wusste ich, dass ich verloren war. Weil ich wie eine ausgehungerte Straßenhündin alles nehmen würde, was ich von Nik je kriegen konnte – und seien es nur ein paar Stunden im durchgelegenen Bett der ältesten Tochter von Mrs Smith.

KAPITEL 22

Nik

DAMALS

Marie zu küssen, ist wie Tauchen ohne Sauerstoff. Je länger ich es tue, desto mehr verliere ich die Kontrolle, die Verbindung nach oben, vergesse, was nicht sein darf, lasse mich einfach weitertreiben in die absolute Dunkelheit. Als sie sich von mir löst, meine Hand nimmt, mich die drei Stufen hoch und ins Haus führt, die Treppe mit dem abgetretenen Läufer rauf bis in ihr Zimmer, kann mich nichts mehr aufhalten. Kaum dass ich die störrische Tür hinter uns zugedrückt habe, bin ich bei ihr, küsse sie wieder, berühre sie, atme sie ein. Irgendwann lasse ich los, will mich abkühlen, was nicht möglich ist, nicht nur weil in ihrem Zimmer ungefähr dreißig Grad herrschen. Sie läuft zum Fenster, öffnet es, dann kommt sie zurück. Einen Meter vor mir bleibt sie stehen, sieht mich an mit weit aufgerissenen Augen, in denen das, was eben noch unsicher war, verbrannt wird von feurigem Verlangen. Mit einem Ruck zieht sie ihr Shirt über den Kopf, greift hinter sich und öffnet ihren BH.

Ich bin überfordert. Meine Kontrolle habe ich an der Haustür abgegeben, und wenn noch irgendetwas davon übrig war, so verpisst es sich gerade endgültig angesichts von Maries Brüsten, die so weit jenseits meiner lächerlichen Vorstellungen liegen, dass meine rasenden Gedanken, Zweifel, Skrupel sich zu einem einzigen großen Wollen zusammenballen, dem größten Wollen, das auf diesem Planeten je gespürt wurde.

Wir lieben uns stumm, weil es keine Worte gibt für das, was hier passiert. Nur unser Stöhnen und das seufzende Bett untermalen unseren Liebesakt und manchmal das heisere Rufen eines Namens auf der Suche nach Halt in diesem tosenden Strudel. Es ist, als wüssten wir beide, dass es nur diese Nacht geben wird, und als würden wir dieses *Einmal* mit so vielen Malen wie nur möglich zelebrieren, pausenlos, rastlos, haltlos, bis der Morgen viel zu helles Licht durch die Spitzengardine schickt, damit wir uns unseres Tuns bewusst werden.

Erschöpft lassen wir voneinander ab, liegen im Schweiß, schwer atmend und immer noch ohne Worte. Ich nehme jetzt das Zimmer wahr, das mit seinen Blümchen und Einhörnern so gar nicht zu ihr passt und doch so sehr Marie ist, dass ich es nie wieder verlassen will.

Irgendwann wandert ihre Hand wieder zwischen meine Beine und ich reagiere sofort. Ich hebe mich auf sie, sehe sie an, lasse mich ein letztes Mal fallen in ihre Sinnlichkeit. Unendlich langsam liebkose ich ihren Körper, die herrlichen Brüste, den Schwung ihrer Taille, den kleinen runden Bauch, die weiße weiche Haut an der Innenseite ihrer Schenkel, die nach Zitronen duftet.

Sie zieht mich hoch zu sich, schließt ihre Beine um mich, »Nik«, haucht sie und lächelt mich an, während ich seufzend in sie gleite. Sie lacht heiser, beginnt sich unter mir zu bewegen, weich und wild und hellwach. Wir sind so ungeduldig, als wäre es das erste Mal, werden schneller, immer schneller, lauter, sehnsüchtiger. Ich halte mich zurück, sehe sie an, bis sie sich aufbäumt unter mir, genieße ihr Zucken, bis es schwächer wird und sie selig lächelt, weit weg und ganz nah, während ihre Hüften einfach weiterschwingen, ohne die geringsten Anzeichen von Müdigkeit.

»Warte«, flüstere ich, und für einen Moment steht die Welt noch einmal still für uns, bevor sich der körperliche Schmerz dieses letzten Höhepunkts mit dem Gefühl des nahenden Endes vermischt.

KAPITEL 23

Nik

JETZT

Als ich beim Abbiegen den Spuren der Tram ausweiche, bekommt das Surfbrett unter meinem Arm plötzlich Übergewicht. Es kippt nach hinten, zieht mich mit. Ich versuche auszugleichen, was mit den dünnen Reifen des Rennrads, das ich über eBay Kleinanzeigen erstanden habe, eine Herausforderung ist. Gerade noch schaffe ich es in den Sandweg, doch das Board lasse ich einfach los. Es donnert auf den Boden, und hätte ich nicht damit gerechnet, hätte mich der Schreck über den lauten Aufprall wahrscheinlich endgültig vom Rad geworfen. So ziehe ich nur abrupt die Bremsen, genau wie Leo vor mir.

»Was machst du?« Er fährt eine Kurve, sein Board lässig unterm Arm wie eine Aktentasche. Einen Meter vor mir bleibt er stehen. »Ist übrigens mein Lieblingsbrett, das du da durch die Gegend wirfst …«

»Sorry, ist mir weggerutscht.«

»Bist wohl aus der Übung!« Er sieht sich demonstrativ um und grinst. »Hat aber keiner gesehen. Und wir haben's ja gleich.«

Meine Augen folgen seinem Kinn, und mein ganzer Körper reagiert, als ich das wirbelnde Wasser durch die Bäume des Englischen Gartens erkenne, keine zweihundert Meter vor uns.

Es ist Jahre her. Monate, dass ich überhaupt auf einem Board stand. Nur wenige Male habe ich es von Shanghai aus für einige Tage nach Bali geschafft. Doch die meisten Jahre sind ohne einen Tag Urlaub vorbeigejagt, ohne dass es mir überhaupt bewusst geworden wäre.

Ich steige aufs Rad, trete vorsichtig die Pedale an, bemüht, wenigstens auf den letzten Metern unter den Augen der Münchner Eisbachsurfer eine halbwegs gute Figur zu machen. Mein Herz klopft mit jedem Meter mehr.

Wir parken die Räder.

»Da sind wir.« Leo grinst von einem Ohr zum anderen. »Bist du bereit?«

Auf der Welle tanzt ein Surfer. Beim Anblick des Wasserstrudels verwandelt sich meine Nervosität augenblicklich in wild pulsierende Sehnsucht.

»Denke schon«, sage ich und tätschle liebevoll Leos Lieblingsboard, bevor ich es wieder unter den Arm klemme.

»Und du bist sicher, dass du nicht erst auf die E2 willst?«, fragt Leo.

»Ganz sicher.«

Die E2 ist die kleine Schwester der großen Eisbachwelle. Hier surfen Münchner Kinder und Anfänger, bis sie die nötige Sicherheit und Erfahrung haben, um sich nicht nur den körperlichen Herausforderungen der berühmtesten stehenden Flusswelle der Welt zu stellen, sondern auch den psychischen: den strengen Regeln der lokalen Community und den Augen von nicht selten hunderten von Touristen, die das Geschehen von der Eisbachbrücke direkt über der Welle aus beobachten.

Leo läuft voraus entlang dem betonierten Ufer in Richtung der Einstiegsstelle. Es ist kurz nach sechs. Er hatte recht, das frühe Aufstehen an einem Sonntag hat sich gelohnt. Das Line-up der Surfer, die auf beiden Seiten des Wassers darauf warten, dass sie an der Reihe sind, ist noch kurz. Keine fünf Mann stehen vor uns. Ich erwidere alle musternden Blicke mit einem freundlichen Nicken. Mir ist sehr wohl bewusst, dass es an Größenwahn grenzt, Leos Rat, wenigstens ein paar Mal auf der kleinen E2 zu üben, nicht zu befolgen. Doch während ich die abwechselnden Starts unserer Vormänner und -frauen beobachte, singt das Tosen in meinen Ohren, und ich weiß, dass ich hier und jetzt genau richtig bin. Dass dies der Moment ist, in dem ich nach Hause komme.

Die Eisbachwelle. Schon als Leo und ich uns kennenlernten, war sie eine Legende für uns. In München geboren, hatte er sie bereits gesehen, während meine Kenntnisse sich auf die schwärmerischen Erzählungen von Franz, dem Bootsverleiher vom Pilsensee, beschränkten. Wir mussten vierzehn und Brüder werden und in Portugal surfen lernen, bis Sabina uns endlich erlaubte, unseren Traum zu verwirklichen.

Nie werde ich den Sommer unserer ersten Versuche vergessen: Fast täglich nahmen wir nach der Schule die Straßenbahn von Grünwald in die Stadt. Unsere Bretter waren fürs Meer gebaut, von besonderen Riverboards – so wie dem unter meinem Arm, das Leo mir heute ausgeliehen hat – hatten wir noch nie gehört. Genauso wenig wie von der strengen Etikette der Eisbachwelle und ihren besonderen Herausforderungen. Doch wir waren zu zweit und wir taten es einfach. Wir wurden gedisst, bekamen blaue Flecken, schluckten literweise Wasser. Und am Ende war unsere Freundschaft noch enger als zuvor, und wir wurden akzeptiert.

Noch vier. Ich beobachte den Start. Eine stehende Flusswelle zu surfen, ist ganz anders als eine Welle im Meer zu reiten. Der Start ist leichter, das Board ins Wasser und drauf. Doch dann kommt die Herausforderung: Du musst sofort die Stabilität finden, ganz ohne fließende Vorwärtsbewegung. Die Surferin, die gerade dran ist, weiß, was sie tut. Sie turnt perfekt, dass die offenen blonden Haare fliegen. Leo und die Leute um uns herum klopfen voll Anerkennung auf ihr Board. Er grinst mich an. »Das ist Kyra. Soweit ich weiß, ist sie Single.«

Ich lache und konzentriere mich weiter darauf, mich zu erinnern.

Noch zwei. Ich bin auch in China eine stehende Welle gesurft. Im Shanghai Water Park. Surfen als Indoor-Sport. Es war trotzdem ganz okay, zumindest um hier und da die Sehnsucht zu stillen und den Ruf des Eisbachs nicht zu vergessen.

Leo ist dran. Er surft mit Shorts und Grinsen, was sonst? Kyra, die sich auf der anderen Seite wieder angestellt hat, guckt. Mit einem eleganten Hecht beendet er sein Set. Während er sich ein Stück den Bach hinuntertreiben lässt, konzentriere ich mich auf den letzten Surfer vor mir.

Und dann ist es so weit. Ich werfe und springe gleichzeitig. Als ich das Board unter meinen Füßen spüre, bin ich da. Hier, jetzt, hundert Prozent in diesem Augenblick. Ich überlasse mich meinem Körper, lasse ihn turnen und tanzen. Ich werde eins mit der Welle, als wäre es gestern gewesen. Und vielleicht ist es das auch, denn hier steht die Zeit, für unendlich, so wie die Welle. Irgendwann reiße ich mich selbst aus der Glückseligkeit. Leo hat mir eingebläut, beim ersten Mal nicht mehr als ein paar Sekunden oben zu bleiben. Als hätte ich vergessen, wie wichtig es ist, Anfängerrespekt zu zeigen. Ich hechte ins Wasser. Es empfängt mich eisig, und ich lache, weil ich tatsächlich vergessen hatte, wie sehr der Bach seinem Namen gerecht wird.

Ich lasse mich am Ufer entlang treiben, bis die Strömung nachlässt. Dann ziehe ich mich an der Mauer hoch. Die Sonne scheint mir durch die Bäume entgegen und wärmt mein Gesicht. Weiter vorn, an der Brücke, haben sich inzwischen erste Zuschauer eingefunden. Leo lacht mit Kyra.

Mein Körper pulsiert elektrisiert, während sich in mir vollkommene Ruhe ausbreitet. Ich bin angekommen.

Leo entdeckt mich und kommt zu mir gelaufen. »Geil warst du«, ruft er.

Ich kann nicht aufhören zu grinsen. Heute nicht mehr.

Wir umarmen uns stumm.

*

»Wir müssen los«, sagt Leo irgendwann viel später, als ich kein bisschen weniger glücklich als beim ersten Mal aus dem Wasser klettere.

»Schon? Bitte, noch ein Mal«, sage ich und fühle mich wie ein Kind, das um die letzte Runde Karussellfahren bettelt.

Leo zeigt auf die Schlange der anderen Surfer. Dicht gedrängt stehen sie inzwischen auf beiden Seiten. »Ganz ehrlich? Das dauert ewig jetzt …« Er lächelt verständnisvoll. »Wir kommen ja wieder.«

Ich nicke enttäuscht. »Alles klar. Du musst nach Hause.«

»*Wir* müssen«, sagt Leo und trocknet sich die Beine ab. »Die Familie wartet.« Er sieht auf seine Sportuhr. »Bald zumindest.«

»Was meinst du?«, frage ich verständnislos.

»Wie, habe ich das vergessen?« Sein Unschuldsgrinsen ist mir selbst nach zehn Jahren noch allzu wohlbekannt, als dass ich nicht sofort Schlimmstes befürchte.

»Ja, hast du«, knurre ich.

»Ach Mensch, sorry«, fährt er fort, während er in Richtung der Räder losläuft. »Um zehn ist heute Familienfrühstück bei uns.«

Verzweifelt suche ich nach einer Ausrede, doch mein Gehirn surft noch glücksentspannt die Welle. Meinem hellwachen Körper allerdings ist prompt der Schweiß ausgebrochen.

»Was soll das denn heißen … *Familienfrühstück?*«, frage ich endlich und bleibe einfach stehen, um Zeit zu gewinnen.

Er dreht sich nicht mal um. »Was so was halt heißt: Die Familie frühstückt zusammen«, ruft er über die Schulter, und mir bleibt nichts anderes übrig, als ihm widerwillig zu folgen.

»Welche Familie?«

»*Kelly Slaters*!« Jetzt sieht er doch nach mir und verdreht die Augen. »Alter, hast du dir das Hirn verkühlt? Welche wohl? Deine natürlich. Unsere!« Er zieht sich die Hoodiekapuze über den Kopf und geht weiter. »Los jetzt!«

Ich bin wieder stehen geblieben.

»Jetzt hab dich doch nicht so. Dir ist klar, dass unsere Eltern schon ziemlich sauer sind, weil du dich – wie soll ich es ausdrücken – schon wieder ziemlich rarmachst, seit du zurück bist. Das wurde bemerkt.«

Mir fehlen einfach die Worte.

»Ich weiß.« Leo kommt zurück und tätschelt mir die Schulter. »Und ich hab dich auch in Schutz genommen und Sabina gebeten, dich doch erst mal ankommen zu lassen. Nachdem sie allerdings gehört hat, dass wir heute surfen gehen, konnte ich ihr ihre Idee schlecht ausreden. Wollte ich auch gar nicht. Du kennst meine Kinder immer noch nicht.«

»Aber …« Der letzte Hauch des Gefühls absoluter Freiheit weht mit einem Windstoß davon. »Du kannst mich doch nicht so überfallen«, stöhne ich und klinge dabei wieder wie das Kind, das zurück auf sein Karussellpferdchen will. *Meine Kinder kennenlernen.* Das hat schon jemand anderes gesagt. Die Person, derentwegen ich diese Nörgelei hier veranstalte.

Leo schaut mich schief an. »Ohne Vorwarnung funktioniert bei dir halt am besten«, sagt er. Dann läuft er die letzten Schritte zu den Fahrrädern und fummelt das Schloss auf, das sie verbindet. »Können wir?«

Ich ignoriere das Rad, das er mir hinhält. »Nee, warte mal. Versteh ich das richtig? Du willst, dass ich jetzt gleich mitkomme? Patschnass? Und die gesamte Familie wartet schon auf uns?«

Leo lächelt unschuldig. »Ja, genau, so in etwa.«

Ich denke nur an sie. Nur an Marie. Weiß sie davon? Wird sie überhaupt zu Hause sein? Doch wo sollte sie schon hin am Sonntagmorgen? Wenn *Familienfrühstück* auf dem Programm steht. Ich frage trotzdem. Ich muss es wissen. Nicht, dass Leo sie genauso überrascht wie mich. Denn eins weiß ich genau: Sie will mich nicht in ihrem Zuhause haben, ganz bestimmt nicht. »Weiß Marie davon?«

Verdammt. Er guckt genau so, wie jemand guckt, dem man eine absurde Frage stellt. Dann lacht er laut auf. »Ich hoffe, dass sie es nicht über Nacht vergessen hat. Wieso fragst du?«

»Nur so«, beeile ich mich zu sagen. »Wollte nur sicherstellen, dass du nicht noch andere Leute überraschst.«

»Ach, hallo.« Marie steht barfuß in der Wohnungstür und guckt zu mir rüber, als wüsste sie von nichts. Na, bestens.

Ich habe mich überreden lassen. Auch wenn ich darauf bestanden habe, zu Hause zu duschen und mich umzuziehen. Ich kann meine Familie nicht für immer meiden. Selbst wenn Marie das offensichtlich lieber wäre, ihrem Blick nach zu urteilen.

»Hallo Marie. Hat Leo nichts gesagt …?«

»Doch, hat er. Komm rein.« Sie lässt die Tür offen stehen, dreht sich um und läuft weg, bevor ich das Haus betreten habe. Ich sehe ihr nach und kann nicht anders, als ihre Beine zu bewundern, die unter ihrem kurzen weißen Flatterkleid hübsch gebräunt aussehen. Vor der Wohnung trete ich mir die sauberen Schuhe ab, dann folge ich ihr nach drinnen.

Sie wartet auf mich im beeindruckend großen Eingangsbereich, was mich ein bisschen erleichtert.

»Leo! Nik ist da«, ruft sie den Gang hinunter, der wohl zu den Schlafzimmern führt.

Ich schließe die Tür. An den weißen Sprossenfenstern, die zur Straße zeigen, kleben Einhörner und Dinosaurier. Leos Fahrrad lehnt an der Wand, daneben ein Surfboard.

»Soll ich auch …?« Ich deute auf das Sammelsurium von Schuhen in allen Größen und Farben auf dem Boden.

Marie erwidert meine Frage mit Falte zwischen den Augenbrauen. »Sieht's hier so aus, als dürfte man nicht mit Schuhen rein?«

Mein Blick fällt durch zwei offen stehende Flügeltüren. Sonnenbeleuchtet wartet dort ein perfekt gedeckter langer Holztisch. Geradeaus geht es in die Küche, in der buntes Chaos herrscht.

»Okay.« Ich versuche Maries Augen zu erwischen. Es gelingt mir nicht. »Schön habt ihr's hier.«

»Hast doch noch gar nichts gesehen«, blafft sie. »Ich muss noch Obst schneiden.« Sie dreht sich weg.

»Kann ich dir helfen?«

Sie sieht mir über die nackte Schulter in die Augen, die Brauen bis zur Stirn hochgezogen. »Nein.« Genervt zeigt sie ins Wohnzimmer. »Setz dich einfach schon. Bist der Erste. Leo braucht anscheinend noch. Er duscht erst seit 'ner halben Stunde.«

Ich bereue jetzt schon, dass ich mich habe überreden lassen. Hätte meinem Instinkt folgen und eine Ausrede erfinden sollen, weil es einfach zu früh ist, die Walkers zu Hause zu besuchen. Andererseits heiße ich zwar nicht Walker, doch rein rechnerisch gehöre ich länger zu dieser Familie als Marie. Puh, was für absurde Gedanken …

»Ich würde dir wirklich gern helfen. Obstschnippeln krieg ich hin«, starte ich einen neuen Versuch.

»Das glaub ich dir sogar«, schmettert Marie ihn ab. »Aber ich bin lieber allein in der Küche.«

Wow. *Dann mach deinen Obstsalat doch allein!*

»Nik!«

Erleichtert drehe ich mich um. Leos breites Strahlen tut richtig gut, auch wenn die weit geöffneten Arme vielleicht einen Tick übertrieben sind, dafür, dass wir uns vor kaum einer Stunde verbschiedet haben.

Wir umarmen uns tatsächlich, mit Schulterklopfen. Leo riecht vertraut, als hätte er in Aftershave gebadet. Er trägt weißes Hemd und eine dunkle schmale Anzughose. Ich hatte vergessen, wie viel Wert die Walkers auf Stil legen.

»Ich hoffe, Sabina nimmt mir die Shorts nicht übel«, sage ich.

»Nö, aber das T-Shirt.« Leo lacht. »Willst du die Wohnung sehen?«

»Klar«, sage ich und hoffe im selben Moment, dass wir es nicht bis ins Schlafzimmer schaffen.

Die Wohnung ist riesig. Sie erstreckt sich über das gesamte Erdgeschoss des Hauses, und Leo erklärt, dass der Vermieter zwei Wohnungen zusammengelegt hat, mit dem Ziel, irgendwann selbst einzuziehen.

»Wäre gut, wenn er seinen Plan endlich in die Tat umsetzt«, sagt er. »Dann wären wir gezwungen, auszuziehen.«

»Das wäre aber schade«, erwidere ich.

Leo bleibt abrupt stehen. »Du verarschst mich, oder?«

Ich weiß sofort, was er meint. Diese Wohnung ist riesig und hell und gemütlich. Sie ist der Hammer. Und trotzdem ganz anders, als ich dachte. Ich kenne die Projekte, die Leo entwickelt. Natürlich habe ich die Aktivitäten der Immobilienholding, die er führt, in den letzten Jahren verfolgt. Altbestand wird radikal abgerissen zugunsten von schicken Apartmenthäusern. Sleeke Fassade, Penthouse, Pool auf dem Dach. Im Grunde hatte ich so etwas erwartet. Hier blättert die weiße Farbe von den Kanten der wunderschönen Kassettentüren. Die Badezimmer haben Duschvorhänge und Boiler. Im Schlafzimmer, in das ich nur einen wirklich kurzen Blick werfe, sind die Wände dunkelblau gestrichen. Diese ganze Wohnung ist so gar nicht Leo – dafür umso mehr Marie.

»Marie liebt diese Bruchbude«, sagt er prompt und zuckt mit den Schultern. »Ich hab's aufgegeben, zu kämpfen. Bin inzwischen sowieso die meiste Zeit in Berlin.«

Ich sehe ihn an und versuche zu erkennen, ob er mir irgendetwas zwischen den Zeilen mitteilen will.

»Alter, du musst nach Berlin kommen«, fährt er fort. »Bald. Dann gehen wir endlich mal wieder feiern. Aber so was von.« Er grinst von einem Ohr zum anderen und die blauen Augen blitzen in der durchs Fenster strahlenden Sonne.

Ich kenne dieses Gesicht von früher. Damals hieß es *Da-geht-einiges*.

»Berlin ist so geil«, sagt er weiter. »Hier in München fällt einem doch die Decke auf den Kopf.«

»Ja, wirklich furchtbar«, erwidere ich. »Vor dem Frühstück schon zum Surfen. Echt ekelhaft spießig.«

Leo lacht. »Stimmt. Wenn der Eisbach nicht wäre, gäbe es wenig Gründe, überhaupt noch zu kommen.«

Ich sehe ihn entgeistert an. Mir fehlen die Worte.

»Was?«, sagt er so laut, dass es durch das spärlich eingerichtete Gästezimmer hallt, in dem wir gerade stehen. Dann zieht er die Luft scharf durch die Nase ein. »Das war ein Scherz.« Er zieht eine alberne Grimasse.

Ich reagiere nicht.

»Du hast doch keine Ahnung, wie es ist, zehn Jahre verheiratet zu sein«, sagt er leise, aber viel zu laut.

Halt die Klappe, denke ich. *Bitte! Halt einfach die Klappe, Leo.* Doch ich sage nichts. Und er redet immer weiter.

»Und wir haben Zwillinge, Alter. Wenn du wüsstest, was das bedeutet ...« Seine Hand säbelt durch seinen Hals. »No Sex«, formen seine Lippen. Glücklicherweise tonlos.

»Papa ...?«

Ich zucke mehr zusammen als Leo beim Anblick des kleinen Mädchens, das plötzlich in der Tür steht. Blonde lange Haare, dazu dunkelbraune Augen. Um ihren schmalen Körper schlabbert ein weißes XL-T-Shirt mit dem unscharfen Fotoaufdruck eines Surfers auf der Brust. Ohne es zu sehen, weiß ich, was auf dem Rücken steht: *Brighton Surf Club*.

»Hallo Florentine«, sage ich. »Cooles T-Shirt.« *Ob das deiner Großmutter gefällt?*

Sie zieht die Augenbrauen zusammen.

»Ist von Mama«, sagt sie. »Und Flori heiß ich.«

Leo lacht. »Sehr wichtig! Flori hasst ihre Eltern für ihren Namen.« Er greift nach der Hand seiner Tochter, zieht sie vor sich und legt beide Arme um sie. »Das, mein Schatz, ist Nik. Dein Onkel, der endlich aus China zurückgekommen ist.«

»Weiß ich«, sagt Flori und mustert mich ungeniert. »Du sollst der Mama helfen.«

»Was, ich?«, frage ich.

Sie lacht. »Nein. Der Papa.«

Ich lache mit, während ich mich zwingen muss, sie nicht allzu sehr anzustarren, so perfekt ist die Mischung aus Mutter und Vater – und so zauberhaft finde ich sie.

Leo verdreht hinter ihrem Rücken die Augen. »*Der Papa …*«, äfft er sie nach, »zeigt gerade unserem Gast die Wohnung.«

Flori löst sich aus seinen Armen. »Soll ich ihr das sagen?«

»Nein«, sage ich schnell. »Wir kommen einfach mit.«

»Wie war's beim Surfen?«, fragt Flori, während wir ihr in Richtung Wohnzimmer folgen.

»Super«, sagen Leo und ich gleichzeitig.

Flori bleibt stehen, stampft mit dem Fuß auf und stöhnt lauthals. »Na toll. Wann darf ich endlich, Papa?«

Ich sehe Leo fragend an, und er lächelt stolz. »Wenn Mama es erlaubt.«

»Och nö, bis dahin bin ich tot«, jammert Flori und hängt sich an Leos Arm. »Bitte, Papa, nur die E2.« Sie reckt sich in Richtung seines Ohrs. »Die Mama muss es ja nicht wissen.«

Wir sind zurück beim Eingang.

»Flori, ich kann dich hören«, tönt es aus der Küche. Dann kommt Marie heraus mit einer riesigen Platte Obst in den Händen. »Hier, stell die auf den Tisch und dann hol deinen Bruder. Und sag ihm, das Handy bleibt im Zimmer.« Sie sieht Leo kritisch an. »Er hängt schon wieder seit heute Morgen am Bildschirm. Herzlichen Dank auch.«

Leo rollt die Augen. »Ich bin schuld«, sagt er in meine Richtung. »Als wäre ich Steve Jobs.«

»Nein«, sagt Marie, während sie ihre Haare zu einem Dutt zusammenbindet. »Aber dass Kinder mit neun ein iPhone haben müssen, hat Leo Walker entschieden.«

Es klingelt. Selten hab ich mich so darauf gefreut, meine Pflegeltern zu sehen.

*

»Morgen!«, trällert Sabina, läuft in die Mitte des Flurs, bleibt stehen und lächelt erwartungsvoll in die Runde. »Wie schön!« Sie schält sich aus ihrem orangen Jackett und hält es Leo hin. »Hängst du das auf, Leolein, bitte? Auf einen Bügel, wenn's geht.«

Wie schon bei unserem ersten Wiedersehen auf der Hütte bin ich auch jetzt vor allem überrascht darüber, wie wenig sie sich verändert hat. Seit ich sie kenne, trägt sie diese Frisur aus den Siebzigern. Statt eines Scheitels werden ihre Haare in der Mitte von einer runden Hornspange aus dem Gesicht gehalten. Nur der interessante Zebraeffekt an den Schläfen hat sich von damals braun-blond auf grau-blond geändert. Die Frisur gehört genauso zu ihr wie ihr Faible, sich von Kopf bis Fuß in laute Designerklamotten zu hüllen. Heute ist es eine mit bunten Blumen

271

gemusterte Schlaghose, die aussieht wie vom Flohmarkt, aber wahrscheinlich Gucci brandaktuell ist. Sie breitet ihre knöchrigen, dank lebenslangem Personal Training wohlgeformten Arme aus. Dann greift sie nach meinen Händen.

»Mein Junge! Ich kann's immer noch nicht glauben …« Schwungvoll zieht sie mich an sich.

Ich erwidere ihre Umarmung herzlich. Sabina und Henry mögen speziell sein, doch sie wiederzusehen, hat mich schon in den Bergen unerwartet berührt. Niemals hätte ich es mir eingestanden, doch ich habe tatsächlich während der Jahre in China nicht nur Leo schmerzlich vermisst, sondern meine ganze verrückte Familie.

»Deine Haare sind nass.« Sabina tätschelt mir die Wange. »Und rasieren könntest du dich auch mal wieder.«

Ich lache. »Mach ich.«

Dann dreht sie sich um sich selbst. »Und wo sind meine anderen Lieblinge?«

»Nik. Hallo.« Henry holt aus wie für eine Tennisvorhand, dann klatscht er mich mit breitem Lächeln ab. Er sieht aus wie der ältere Zwilling seines Sohns. Weißes Hemd, schwarze Hose, der Dresscode der Walkermänner bedarf keiner Absprache. Ich muss lächeln, weil ich mich frage, ob wohl auch Leos Sohn gleich in Weiß-Schwarz um die Ecke kommt? Tatsächlich ist er der Einzige der Familie, den ich noch nicht kennengelernt habe.

Henry drückt meine Hand und klopft mir auf die Schulter, sportlich, aber mit der gewohnten Distanz.

»Wie geht's dir?«, frage ich.

»Hervorragend. Danke.«

Würde er je etwas anderes sagen?

»Und selbst? Bist du gut angekommen?«

Das fragt er mich nun zum dritten Mal. »Danke, ja. Alles bestens.«

Leo ist in die Küche gelaufen, Sabina den Gang hinunter verschwunden. Prompt entsteht der übliche, etwas unangenehme Schweigemoment zwischen Henry und mir. Schon als Kind verschlug es mir die Sprache, sobald ich mit meinem Pflegevater allein war.

»Gehen wir rüber?«, sagt er und zeigt in Richtung Wohnzimmer.

Ich laufe ihm hinterher. Neben dem gedeckten Tisch bleiben wir stehen, nicht weniger verloren als gerade eben.

»Hast du dir mein Angebot durch den Kopf gehen lassen, Nik?«, fragt er schließlich.

Verdammt, habe ich nicht, habe nicht einmal mehr daran gedacht, keine Sekunde. »Ja«, lüge ich. »Es ist …«

»Sehr gut«, unterbricht er mich. »Also wann fängst du an?« Er lacht polternd.

Ich schüttle den Kopf. »Tut mir leid. Wie gesagt, weiß ich dein Vertrauen sehr zu schätzen, aber …«

»Welches Vertrauen?« Leo ist zurück und rettet mich vor unüberlegten Ausreden.

Henry legt den Arm um mich. »Ich habe deinem Bruder eine Partnerschaft angeboten. Er wird endlich unser Architekturproblem lösen.« Demonstrativ hält er seinen Handrücken neben den Mund. »Muss ja niemand wissen, dass er die letzten Jahre nur Innenarchitektur gemacht hat«, sagt er mit gesenkter Stimme und lacht.

Leo stimmt nicht ein, doch er grinst. »Großartig. Ich hätte es ihm gern selbst gesagt, aber sei's drum.« Er dreht sich zu mir. »Hauptsache, du bist an Bord.« Als sich unsere Augen treffen, verengt sich sein Blick. Er kennt mich besser als sein Vater. »Das bist du doch, oder?«

»Tut mir leid. Berlin kommt nicht in Frage.«

»Ach, das.« Henry schaltet sich wieder ein. »Kein Problem. Im Gegenteil. Ist mir ganz recht, wenn die Architekten in Zukunft in München sitzen.«

Mist. »Ich weiß deine Anerkennung zu schätzen, Henry, aber …« Verzweifelt suche ich nach Worten. Doch wie soll ich erklären, dass ich notfalls lieber kellnern würde, als in der Immobilienholding meines Pflegevaters zu arbeiten? »Wie ich schon sagte, meine Firma läuft sehr gut, und ich habe genug damit zu tun, die laufenden Projekte von hier aus zu unterstützen …«

»So ein Bullshit«, fallen Leo und Henry mir gleichzeitig ins Wort.

Diesmal ignoriere ich sie. »Außerdem bin ich sicher, dass nach und nach europäische Aufträge hinzukommen werden.«

»Guckt mal, wer hier ist.« Sabina steht in der Tür mit je einem Enkelkind in ihren Armen.

Ich könnte sie umarmen für ihr Timing!

Henry versucht erst gar nicht, seinen Unmut über die Unterbrechung zu verbergen. »Wir besprechen das noch«, knurrt er und läuft zum Fenster, ohne seine Enkel eines Blickes zu würdigen.

Ich lasse ihm seine Hoffnung und wende mich erleichtert den Zwillingen zu. »Hallo Luke«, sage ich. »Schön, dich kennenzulernen.«

Da ist er also endlich: der jüngste der Walker-Männer. Und nein, er trägt kein weißes Hemd, sondern Schlabbershirt wie seine Schwester. Seinem Gesicht nach zu urteilen, gefällt es ihm in Großmutters Arm ähnlich gut wie mir.

»Hallo.« Er löst sich aus Sabinas Griff und hält mir höflich die Hand hin. Ich mache eine Faust und er erwidert sie. Dann lässt er mich stehen, läuft zum Tisch und schnappt sich ein Stück Apfel.

»Lukas!«, ermahnt ihn seine Großmutter, während ich nicht aufhören kann zu grinsen vor lauter Überraschung: Luke ist ein Stück kleiner als seine Schwester. Und seine Haare sind nicht Walker-blond, sondern lockig und dunkelbraun. Für einen Moment treffen sich unsere Blicke und ich sehe lächelnd in seine kugelrunden, fast schwarzen Augen. Er zieht die Brauen zusammen, als wollte er sagen: »Ist was?«, während seine Mundwinkel sich einen Millimeter nach oben bewegen. Ich kenne diesen Gesichtsausdruck so gut, dass es wehtut.

»Du siehst deiner Mutter verdammt ähnlich«, sage ich, ohne nachzudenken.

»Phh!« Lukes Reaktion lässt keinen Zweifel daran, dass meine ersten Worte an ihn die pure Enttäuschung sind.

»Findest du?« Marie steht plötzlich neben uns und stellt einen großen Korb Semmeln auf den Tisch.

Ich nicke und lächle sie an.

Sie weicht meinem Blick aus, doch ich sehe ihre Mundwinkel nach oben wandern.

»Es kann losgehen«, ruft sie. »Kommt, setzt euch!«

Ich folge ihrer Anweisung, während ich die plötzliche Wärme in meiner Brust noch ein bisschen genieße.

*

»Können wir aufstehen, Mama?«, fragt Luke eine Stunde später.

Marie sitzt mir gegenüber. Sie hat nicht mit mir gesprochen. Kein einziges Wort. Aber sie hat sich auf Blicke eingelassen. Zum Beispiel, als Sabina nach dem Zustand meiner Großmutter gefragt und anschließend über ihre eigene Vergesslichkeit gejammert hat. Oder als Henry mir ganz persönlich jeden einzelnen Schlag seiner letzten Golfrunde schildern musste. Eine Verbündete inmitten dieser liebenswerten, aber verdammt anstrengenden Familie. Es fühlt sich fast so gut an wie ein klärendes Gespräch.

»Ja, könnt ihr«, sagt sie. »Aber denkt dran, später macht ihr noch Mathe mit Papa.«

Leo sieht von seinem Handy auf, in das er die meiste Zeit dieses *Familienfrühstücks* investiert. »Das war nicht geplant«, sagt er. »Ich fahre in einer Stunde.«

Maries Augen verengen sich. »Warum so früh?«, zischt sie über den Tisch. Könnte sein, dass es das erste Mal überhaupt ist, dass sie ihn anspricht.

Er lächelt verbindlich. »Der spätere Flieger war ausgebucht.«

Es quietscht, als Marie aufspringt. »Okay.« Sie wirft die Papierserviette mit den Margeriten drauf in den Rest Marmelade auf ihrem Teller. »Tut mir leid, aber dann müssen wir das hier jetzt beenden. Leo muss auf jeden Fall noch Hausaufgaben erklären, bevor er abhaut.«

Unsere Blicke begegnen sich. Diesmal schaue ich weg. Dieses Gefühl möchte ich nicht mit ihr teilen.

Sabina setzt alles daran, die Spannung in der Luft wegzuschnattern. »Danke für deine Mühe, Schätzchen!« säuselt sie eine Oktave höher als sonst und streichelt Marie die Wange. »So ein schönes Beisammensein.« Dann dreht sie sich um hundertachtzig Grad und greift nach meiner Hand. »Und dich will ich bald wiedersehen, mein Großer!«

»Ich dich auch«, erwidere ich und meine es ernst.

Leo und ich begleiten die beiden nach draußen.

»Was machst du heute noch?«, fragt er, als wir sie nach einer weiteren Umarmung von Sabina ins Taxi gesetzt haben. »So sorry. Unsere Wochenenden sind immer ein bisschen … angespannt.« Er zieht eine Grimasse.

Ich kann ihm nicht in die Augen sehen. »Ich fahre raus, an den See«, sage ich. Ich habe es erst in diesem Moment beschlossen.

»Zu Else?«

»Ja, auch. Und ich will mir das Haus noch mal näher ansehen.«

»Das Haus …?« Er guckt erst verständnislos, dann schlägt er sich gegen die Stirn. »Ja, klar. Was ist eigentlich damit?«

»Nichts. Außer, dass es mir gehört.«

»Stimmt«, sagt er. »Das hatte ich nicht mehr auf dem Schirm.« Er fasst mich am Arm. »Mensch, wir müssen unbedingt mal zusammen hinfahren und überlegen, was wir daraus machen.«

»Können wir«, sage ich. »Aber was ich damit mache, weiß ich.«

Er grinst. »Also, wenn du verkaufen willst, lass uns bitte vorher reden –«

»Will ich nicht«, unterbreche ich ihn.

»Brav.«

»Leo?« Marie brüllt durchs Treppenhaus. Dann steht sie hinter uns. »Würdest du jetzt bitte kommen!«

»Ich verabschiede mich noch kurz von meinem Freund, wenn's recht ist.« Leos Ton ist schneidend. »Kannst du bitte aufhören, so einen Stress zu machen?«

Ich sehe Marie in die Augen. Direkt in Wut und Verzweiflung. »Ciao, Nik. Schön, dass du da warst.« Abrupt dreht sie sich weg und verschwindet nach drinnen.

Leo seufzt. »Wo waren wir?«

»Lass uns ein andermal darüber reden.«

Er hebt die Hände. »Tut mir leid, es ist einfach … schwierig.« Wir umarmen uns kurz. »Ich ruf dich an«, sagt er.

Die Sonne brennt mir ins Gesicht, als ich zu meinem Fahrrad laufe.

»Und komm nach Berlin«, ruft Leo mir nach. »Bald!«

*

Später sitze ich auf einem meiner neuen Ikeastühle, beantworte E-Mails und versuche das Unbehagen über das Ende dieses Vormittags loszuwerden. Plötzlich kommt mir eine Idee. Ich klappe den Laptop zu und öffne mein Handy. In der Nachrichtenapp suche ich nach dem Chat mit Ana.

Nächste Woche auf einen Kaffee?, steht da zuletzt.

Ich habe diese Frage nie beantwortet.

Hast du heute Zeit?, tippe ich. *Vielleicht später Biergarten?*

Eine Nachricht schiebt sich vor meinen Text, bevor ich ihn abschicken kann. Sie ist von Marie.

Wollen wir zusammen zum See?

Ich starre auf die Buchstaben, auf die paar Worte, die meinen Puls mehr beschleunigen als jeder Surfride heute Morgen. Ich schiebe sie raus aus meinem Blick, richte ihn zurück auf die Frage an Ana. Doch ich kann mich nicht durchringen, auf den blauen Pfeil zu drücken. Ich schmeiße das Telefon aufs Bett, weg von mir, ein ganzes Stück weit. Ich springe auf, laufe ans Fenster, versuche einen Plan zu machen. Das Handy ruft im

Augenwinkel. Meine Schritte zurück zum Bett sind wütend. Ich öffne ihre Nachricht und drücke auf den Hörer.

Sie ist dran, bevor es zweimal klingelt. »Nik, hi. Bist du schon losgefahren?«

»Nein, bin ich nicht. Ich wollte gerade ein Auto buchen.«

»Lass es. Ich hol dich ab.«

Ich verstehe gar nichts. »Wieso, was ist mit Leo und mit deinen Kindern?«

»Alle weg. Leo ist jetzt auf dem Weg zum Flughafen. Und die Kids fahre ich gleich zu Freunden. Ich hab sturmfrei, sozusagen.«

Es tutet in der Leitung.

»Nik? Bist du noch dran?«

»Bin ich. Die Whatsappverbindung ist mal wieder schlecht.«

»Ah, deswegen.« Sie klingt so unsicher, wie ich mich fühle. Ich kann mich nicht durchringen. Zu nichts. Auch nicht dazu, ihr abzusagen.

»Hör zu, ich will mich nicht aufdrängen. Es war nur eine spontane Idee«, sagt sie. »Weil das Wetter so schön ist … und ich einfach mal raus wollte. Bitte sag einfach, wenn es dir nicht passt.«

»Doch, schon.« Ich denke an Ana. Warum habe ich die Nachricht vorhin nicht abgeschickt? Dann wäre es einfacher jetzt. »Ich wollte eigentlich zu meiner Großmutter«, sage ich. Es klingt wie eine Ausrede. Es fühlt sich auch so an.

»Und wenn ich mitkomme? Ich würde sie echt gern kennenlernen.«

»Nein, das geht nicht«, sage ich schnell. »Fremde Menschen verwirren sie zu sehr.«

»Okay. Das verstehe ich. Ich könnte auch einfach warten …«

Marie lacht verlegen und ich fühle mich schlecht wegen meines Gestammels. »Vergiss es«, sagt sie schließlich. »Ich geh an die Isar.«

Ich hole Luft, treffe eine Entscheidung. »Blödsinn. Am See ist es viel schöner.«

»Das dachte ich mir auch.«

Ihr Lächeln kribbelt in meiner Brust. Dafür muss ich es noch nicht einmal sehen.

»Also, du würdest mich wirklich abholen …?«

KAPITEL 24

Marie

JETZT

Als er aus der Tür kommt in dieser ultralässigen Shorts, sich, während er nach mir sieht, die Haare mehrmals aus dem Gesicht streicht, was total untypisch ist für ihn und deshalb ein bisschen unsicher wirkt, bereue ich, ihn so vehement in diese Verabredung gequatscht zu haben.

Ich wollte einfach nur raus. Habe *See* gehört und *will auch* gedacht. Am Sonntag mal was anderes machen als Hausaufgaben kontrollieren und kochen und Tatort gucken. Leo macht immer, was er will. Er an meiner Stelle würde nicht eine Sekunde an die Wenns und Abers dieses Treffens verschenken.

Nik hat mich entdeckt. Er nimmt die Hand über die Augen, beugt den Kopf und lächelt durchs Fenster. *Wenn* und *aber,* ruft mein Herz …

Er reißt die Tür auf. »Hi again.«

Warum muss er so reden wie damals? Warum hat er sich nicht einfach krass verändert? Andere Stimme, anderer Look, Architektenattitüden, Pickel, Haarausfall – was auch immer. Doch wahrscheinlich würde das auch nichts ändern. Denn er wäre immer noch Nik. Der Mann, der mich gelehrt hat, wie sich Liebe anfühlt. Shit.

Für eine Sekunde wissen wir nicht, wie wir uns begrüßen sollen. Wir haben uns ja erst gerade verabschiedet, und wir sitzen im Auto. Ich lehne mich trotzdem in seine Richtung. Er ist offensichtlich überrascht, und ich fluche innerlich. Und während unsere Wangen sich flüchtig berühren, schwöre ich mir, dass es das letzte Mal ist, dass ich diesen Mann zu irgendetwas dränge. Heute und überhaupt.

»Schmeiß dein Zeug nach hinten«, sage ich, während ich den Motor starte und rückwärts aus der Einfahrt setze. Die Straße ist frei. »Passt es dir auch wirklich?«, frage ich mit dem Blick über der Schulter.

»Chauffiert zu werden?«, sagt er. »Bestens.«

Als ich mich nach vorn drehe, betrachtet er lächelnd die Bäume entlang der Straße und ich tue dasselbe, gebe Gas, und entspanne mich.

*

Die *Residenz Pilsensee* ist viel hübscher, als ich erwartet habe. In meiner Vorstellung war der herrschaftliche Name nur Fassade für ein normales Altenheim. Doch das Haus, das auf einem Hügel über dem See thront, leuchtet in sattem Buttergelb, vor dem Eingang stehen moderne Loungemöbel aus Kunststoffgeflecht und auf den Balkonen wuchern die Margeriten.

Ich habe darauf bestanden, dass Nik wie geplant seine Großmutter besucht. Und ich – werde auf ihn warten. Kein Überreden mehr!

Während der Fahrt habe ich von meinen Kindern erzählt und Nik von seiner Firma. Wir haben über die schlechten Münchner Radiosender gelacht und uns über den bayerischen Sommerhimmel gefreut. Wir waren beide ein bisschen zu sehr bemüht, keine Gesprächspausen aufkommen zu lassen, aber es ist ein Anfang. Endlich.

Jetzt sitze ich auf einer sonnigen Bank mit Blick auf den See und genieße das Alleinsein. Es ist schon nach vier, doch die Sonne brennt so unerbittlich, dass mir kleine Rinnsale den Nacken hinunterlaufen. Stöhnend verabschiede ich meinen Plan, ein bisschen Farbe zu tanken, springe auf und sehe mich nach einem schattigeren Platz um. Auf dem Kiesweg zum Eingang der Residenz entdecke ich noch eine Bank unter einer großen Buche. Als ich mich auf den Weg mache, fällt mein Blick durch die gläserne Schiebetür in die lichte Eingangshalle, und ich halte abrupt an. Nik steht da drinnen – mit einer Frau. Ziemlich jung und ziemlich blond. Sie erzählt ihm irgendwas und er hört zu. Sie lacht. Er auch. Er redet und sie streicht sich die langen Haare über die andere Schulter. *Sie flirtet mit ihm*, schießt es mir in den Kopf und gleichzeitig in den Magen. Die Schattenbank kann ich vergessen. Ich traue mich kaum, mich zu bewegen, denn womöglich würde das die beiden auf mich aufmerksam machen. Also verharre ich in der prallen Sonne, während ich Niks Lachen bis hierher höre. Sie scheint ziemlich witzig zu sein, diese Frau, und hübsch ist sie auch. Wer ist sie wohl? Eine Pflegekraft? Müsste die nicht Kittel tragen? Und nicht Etuikleid ultrakurz? Ich wende mich jetzt doch ab. Die beiden im Nacken zu haben, fühlt sich allerdings kaum besser an. Ich mache zwei Schritte zurück zu meiner ersten Bank. Lieber rumsitzen als dastehen wie bestellt und nicht abgeholt. Das lackierte Holz verbrennt mir fast die Oberschenkel. Ich schiebe mich hoch auf die Lehne und unterdrücke den Impuls, mich dabei noch einmal ganz kurz umzusehen.

»Ist dir gar nicht heiß?«

»Oh, hi. Da bist du ja.« Ich springe auf und stiere in Richtung Residenz. Blondie steht tatsächlich noch im Eingang. Aus irgendeinem Grund winke ich ihr zu, und sie nickt, bevor sie sich abwendet und im Haus verschwindet.

»Tut mir leid, es hat ein bisschen länger gedauert.«

»Hat es das? Habe ich gar nicht bemerkt. Wie war's denn?« Meine Stimme klingt ähnlich wie das Quietschen des Autoschlüssels, auf den ich im Loslaufen drücke.

Schwungvoll reiße ich die Tür auf. »Boah, diese Hitze!«

Nik lässt sich in den Sitz fallen, und ich beschäftige mich eifrig damit, zu starten und vom Parkplatz zu fahren. »Wohin jetzt?«

»Links erst mal.« Er sieht zu mir rüber. »Ist irgendwas?«

»Nö, wieso?«

»Keine Ahnung …«

»Ich freu mich aufs Wasser.« Ich konzentriere mich auf den Weg. »Aber erzähl doch mal, wie es war.«

»Ganz okay.«

Er klingt gar nicht okay.

Ich sehe kurz zu ihm, treffe seine dunklen Augen.

»Heute war ein guter Tag«, sagt er schließlich. »Sie war wach und gut gelaunt. Wir haben viel gelacht. Tut mir leid, du hättest mitkommen können, aber man weiß es vorher einfach nicht. Außerdem«, er atmet hörbar aus, »fällt es mir ehrlich gesagt schon allein schwer genug, mich richtig zu verhalten.«

»Was meinst du damit, *richtig*?«

»Zum Beispiel versuche ich ständig, Else zu erklären, wer ich bin. Es will mir einfach nicht in den Kopf, dass sie mich nicht erkennt. Aber sie stresst das total. Heute hat ihre Ärztin mir ein paar Bücher empfohlen. Vielleicht hilft das ja.«

Elses Ärztin also. Ich lasse die Ampel auf Rot springen. »Sei nicht so streng mit dir«, sage ich und sehe zu ihm.

»Danke«, sagt er leise. »Und schön, dass du mitgekommen bist.«

Die Ampel springt um. Während ich Gas gebe, schaltet Nik das Radio an. Ed Sheeran singt über *Bad Habits*. Nik dreht ihn lauter. »Da unten rechts Richtung See abbiegen«, sagt er. »Und dann gleich wieder links in die Einfahrt.«

*

Ich parke den Wagen hinter dem rostigen Tor im hohen Gras. Wir steigen aus und Nik läuft gleich los, während ich mein Kleid ausschüttle und mich umgucke. Ein verfallenes Holzhaus mit Flachdach verdeckt den Blick auf den See.

»Komm«, ruft Nik, winkt und ich folge ihm. Wir kämpfen uns seitlich am Haus vorbei durch wuchernde Sträucher. Nik pflückt ein paar Brombeeren und hält sie mir hin. Ich stopfe sie in den Mund und spucke sie gleich wieder aus.

Er grinst, während ich eine Grimasse ziehe. »Sauer.«

Wir lachen beide und ich wage einen neuen Versuch.

»Besser?«

»Hm.«

Und da ist endlich der See. Ich drängle mich an Nik vorbei, ignoriere die Dornen, die meine nackten Beine zerkratzen und laufe bis ganz nach vorn ans Ufer, wo leise Wellen auf einen schmalen Kiesstreifen schwappen. Ein grauer Holzsteg führt ins Wasser.

Ich drehe mich zurück. Zwei riesige Bäume mit von Efeu umrankten Stämmen spenden reichlich Schatten und im hochgewachsenen Gras wildern blaue Blumen.

»Es ist wunderschön«, empfange ich Nik.

Unter den Bäumen stehen zwei Klappliegestühle. Der blaugestreifte Stoff darin sieht nicht aus, als hätten sie hier schon jahrelang dem Wetter getrotzt.

»Die hab ich neulich spontan im Ort gekauft«, sagt Nik, der meinem Blick gefolgt ist.

»Bekommst du denn öfter Besuch?«, frage ich so unschuldig wie möglich.

»Ich hoffe es«, erwidert er.

Ich denke an die Ärztin und daran, dass auch ich weiß, wie man mit Nik flirtet. Ziemlich genau weiß ich es, und gerade würde ich verdammt gern ausprobieren, ob es noch funktioniert.

»Gehen wir ins Wasser?«, frage ich, um mich selbst abzulenken.

Zur Antwort zieht Nik sein T-Shirt über den Kopf und schmeißt es in den Liegestuhl. Ruckartig drehe ich mich weg, und während ich aus meinem Tunikakleid schlüpfe, frage ich mich, ob er auch guckt oder ob ich mir nur einbilde, seinen Blick zu spüren. Mein Bikini kommt mir knapper vor, als er ist. Ich hatte seine Haut nicht so makellos in Erinnerung, wie poliertes Holz. Und ich hatte vergessen, wie man sich daneben fühlt: wie ein lichtscheuer Vampir. Da hilft nur eins … Ich renne los.

»Yeiiiih!« Ich springe, und das Wasser umschließt mich viel wärmer als erwartet. Als ich auftauche, macht Nik gerade einen perfekten Köpfer vom Steg.

Wir schwimmen nebeneinander und diesmal rede nur ich ununterbrochen. Irgendwelchen Blödsinn über die fünf Seen und dass dieser der ruhigste ist und vielleicht der schönste, und dass ich ihn gar nicht richtig kenne. Ich ruiniere bewusst die

Atmosphäre, quatsche gegen die aufdringliche Stille an und gegen das Licht der Sonne, das die Wellen funkeln lässt.

»Zurück?«, frage ich schließlich, als mir die Worte ausgehen, und schwimme auch schon eine Kurve.

Dann sitzen wir auf dem warmen Steg. Wir lassen das Wasser einfach abtropfen, halten die Nasen in den leuchtenden Himmel und ich bin endlich still.

Es gibt keine Boote und keinen Touristenlärm. Nicht einmal Autos höre ich, und das im Hochsommer. Nur zwei Stand-up-Paddler plätschern in die Nachmittagssonne. Sie brennt zwischen ein paar Wolken hindurch, lässt das Wasser glitzern wie Millionen von Glühlämpchen, und ich kann nicht sagen, dass sich mein Herz viel anders anfühlt. Ich schiebe es auf diesen kinderfreien Nachmittag, auf den Sommer, den blauen Himmel, das warme Wasser, die laue Luft.

»Was ist eigentlich mit deinem Drehbuch?«, unterbricht Nik meine Gedanken.

»Nichts mehr gehört«, sage ich, rutsche ein Stück und lasse die Füße ins Wasser baumeln.

»Hm. Ist das normal, dass es so lange dauert?«

»Lange?« Ich lache auf. »Es ist gerade mal zwei Wochen her. Das ist leider gar nichts.« Meine Füße malen Kreise ins Wasser. »Aber ich mache mir sowieso keine große Hoffnung. Du weißt ja, *olle Kamelle* und so.«

Ein Tropfen rinnt über Niks Brust. »Und *du* weißt, dass ich das anders sehe«, sagt er.

Ich reiße mich los, springe auf und laufe zurück zu unseren Klamotten. Als ich das Kleid wieder anhabe, fühle ich mich wohler. »Zeigst du mir das Haus?«, frage ich.

Wir laufen zurück durch die Brombeeren bis zum Eingang. Als Nik die Holztür aufschließt, schlägt uns muffige Luft entgegen.

»Der Geruch wird einfach nicht besser«, sagt er, läuft zum nächsten Fenster und reißt es auf. »Ich frage mich, ob hier irgendwo eine tote Ratte liegt.«

Meine Neugier hat schlagartig ziemlich nachgelassen. Ich folge ihm trotzdem nach drinnen. In meiner Vorstellung war dieses Haus ein total romantischer Ort. Doch auch mein erster Blick durch die offen stehende Toilettentür passt nicht ganz dazu.

»Und deine Oma hat hier noch gelebt?«, frage ich. Meine Stimme versackt merkwürdig im Linoleumboden.

»Bis vor ein paar Monaten, ja.« Nik öffnet weitere Fenster. Laue Sommerluft bläst herein, doch der modrige Geruch behält die Oberhand.

Ich sehe mich weiter um. Das Haus scheint nur aus diesem einen Raum zu bestehen – wenn man von der Toilette absieht. An der einen Seite steht ein alter Gasherd mit verkohlten Brennern. Eine Glühbirne hängt von der Decke, ein Plastiktisch, eine zerschlissene Couch, ein Bett … Alles wie vom Sperrmüll. Von Romantik ist dieses Zimmer so weit entfernt wie der Brighton Paradise Pier von Disneyworld.

»Es war schöner damals«, sagt Nik, und ich hasse mich dafür, dass man mir mein Entsetzen offensichtlich anmerken kann. »Als meine Eltern noch lebten. Zumindest in meiner Erinnerung.« Er zuckt mit den Schultern.

»Ich weiß«, sage ich.

»Wieso?« Fragend runzelt er die Stirn.

»Wegen deiner Zeichnung. Du hast sie mir gezeigt. Als wir zusammen gelernt haben. Damals. Kannst du dich nicht erinnern?«

Er sieht mir in die Augen. »Doch. Natürlich.«

Ich würde ihn gern umarmen. Als Freundin. Weil dieser Ort danach schreit, in den Arm genommen zu werden. Doch ich halte mich zurück. Ich weiß nicht, ob wir uns so nah sind. Ob irgendjemand Nik nah genug ist, um sich anzumaßen, auch nur im Entferntesten beurteilen zu können, was in ihm vorgeht. Wie seine Kindheitserinnerungen wirklich sind. Wie es ist, in einem einzigen Zimmer aufzuwachsen, selbst wenn es an einem so schönen Platz liegt. Wie es ist, wenn die Eltern sterben, und wie, wenn man plötzlich all das verlassen muss, was einen an sie erinnert.

»Gehen wir wieder raus?«, fragt er, und ich nicke erleichtert.

Er hält mir die Tür auf. Seine Haut ist kühl. Ich spüre es, ohne ihn zu berühren, als ich an ihm vorbei ins Licht laufe.

»Ich hab Wein in meiner Tasche«, sagt er, als wir zurück am See sind.

»Was hast du?« Ich kichere gleich ein bisschen hysterisch, so erleichtert bin ich über den abrupten Stimmungswechsel.

Nik zuckt mit den Schultern. »Ich dachte, vielleicht kriegen wir Durst …« Er lacht verlegen.

»Gut gedacht«, sage ich.

Der Weißwein ist warm, und wir trinken aus der Flasche, weil Nik keine Gläser eingepackt hat und keiner von uns ins Haus gehen möchte, um nach welchen zu suchen. Ich habe ungefähr dreißig Sekunden mit Flori telefoniert und zehn mit Luke. Dann hat die Mutter ihrer Freunde mir bestätigt, dass alles bestens ist und dass ich meinen freien Abend genießen soll. Und genauso fühle ich mich: *frei*.

Wir sitzen wieder auf dem Steg. Nik, die Weinflasche und ich. Ich habe mich daran erinnert, dass ich – Freiheit hin oder her – heute Chauffeurin bin, vielleicht redet Nik deshalb so viel wie noch nie. Das Wasser unterlegt seine sanfte Stimme mit leisem Platschen, das man nur hören kann, weil es sonst so still ist.

Nik erzählt, dass er das Haus nicht abreißen, sondern nur das Nötigste selbst sanieren und umbauen möchte.

»Kannst du das denn?«, frage ich.

»Keine Ahnung«, sagt er und seine Augen funkeln wie die Wellen. »Wir werden sehen.«

»Und willst du dann hier wohnen?«

»Vielleicht. Irgendwann.«

Der Gedanke sticht in meiner Brust, und ich frage mich warum. Weil ich Angst habe, dass er erneut aus meinem Leben verschwindet? Weil diese Ärztin wahrscheinlich auch hier draußen lebt? Puh.

Mein Magen knurrt in die Gesprächspause – nicht zum ersten Mal.

»Du hast Hunger!«, sagt er lächelnd.

Ich schüttle den Kopf, auch wenn mir schon ganz schummrig ist, weil ich seit dem Frühstück nichts mehr gegessen habe. Aber ich will auf keinen Fall gehen. Noch nicht.

»Du?«

Er hebt grinsend die Flasche. »Ich habe zumindest den hier.« Seine Augen blitzen wieder, als er die Flasche absetzt. »Obwohl ich nicht weiß, ob es eine gute Idee ist«, sagt er, »dass ich sie ganz allein trinke …«

Mein leerer Magen beginnt zu flattern.

Er lächelt mich an, auf eine Art, die aus dem Flattern einen Sturm macht. »Könnte sein, dass ich ziemlich besoffen bin.«

»Und, ist das schlimm?«

»O ja.« Sein Lächeln krabbelt durch meinen Körper.

Wir sehen uns an, so intensiv, dass es schwerfällt, zu atmen. *Wer zuerst wegsieht.* Ich bin gut heute. Doch als er sich plötzlich nach vorn beugt, erwischt er mich völlig kalt. Seine Lippen treffen meine – so überraschend, dass ich erst realisiere, was passiert ist, als es schon wieder vorbei ist.

»Scheiße!« Er springt auf, reißt sich das T-Shirt über den Kopf. Seine heftigen Schritte bringen das Holz unter mir zum Beben. Dann köpft er ins brennend rote Wasser und krault wie ein Verrückter davon.

Ich bleibe sitzen. Beobachte den See, den die Sonne jetzt bald küssen wird. Erst jetzt spüre ich, dass es abkühlt. Ein Wind treibt kleine Wellen vorbei. Er streift meine einsamen Lippen. Irgendwo da draußen höre ich Nik das Wasser schlagen.

Dann kommt er zurück. Hebt sich aufs Holz. Ich habe mich weggedreht. *Scheiße?!*

Er bleibt hinter mir stehen, während ich ihn nicht ansehen kann. Aus seinen Haaren tropft es auf mein Kleid.

»Wollen wir gehen?«, sagt er.

»Besser ist es«, erwidere ich, springe auf und laufe los.

***

Ich klingle Sturm. Als der Summer geht, atme ich aus vor Erleichterung. Ich schubse den knarzenden Türflügel auf, stürme ins Haus und die Treppen rauf bis in den vierten Stock. Die Anstrengung tut gut. Ich nehme gerade die letzten Stufen, als die Wohnungstür aufgerissen wird.

»Marie!«

Ich halte abrupt. Starre den Mann an, der da statt meiner Freundin im Türrahmen steht, nur mit Boxershorts bekleidet. Man kann nicht sagen, wer von uns beiden entsetzter ist. »Fritz?«

»Ich dachte, du wärst der Lieferando-Bote. Hab mich schon gewundert, warum der nicht den Fahrstuhl nimmt.« Er lacht. Er hat sich schneller gefangen als ich.

»Was machst du hier?«

»Lass mich überlegen … Wir wollten gerade ins Kino. Und du so?« Er grinst so frech, dass ich zumindest lächle.

»Ich … muss mit Charly reden.«

»Das klingt dringend.«

»Ist es«, sage ich.

»Alles klar. Und – soll Charly zu dir auf die Treppe kommen oder …« Er tritt einen Schritt zurück und macht eine galante Handbewegung. »Möchtest du vielleicht reinkommen?«

Ich rühre mich nicht. »Treppe ist gut.«

Er hebt die Hände. »Okay. Wie du magst.« Er läuft nach drinnen. Eine Sekunde später steht er wieder in der Tür. »Jetzt komm schon rein.«

Ich schüttle den Kopf. »Ich will nicht stören.«

»Hast du schon.«

Er lacht, ich nicht.

»Ich warte hier«, sage ich mit Nachdruck.

*

»What the f* …, Marie?« Charly hat ihren kurzen geblümten Kimonobademantel nur lose umgewickelt. Sie ist nackt darunter und sie will, dass ich es auf keinen Fall übersehe. Ihre blonde Mähne wallt wie toupiert um ihr Gesicht und ihre Wangen leuchten rot wie Feuermelder.

»Hallo. Entschuldige bitte ... ich wusste nicht ... Verdammt, ich hab den ganzen Tag versucht, dich zu erreichen!«

»Ich habe Besuch.«

»Das sehe ich. Und wieso weiß ich nichts davon?« Jetzt werde ich auch noch wütend auf Charly. Am liebsten würde ich durchs Treppenhaus brüllen. Sind denn alle Menschen um mich herum plötzlich kommunikationsgestört?

Die Klingel schrillt.

Ich zucke zusammen. »Und wer ist das jetzt?«

»Pizza.«

Der Fahrstuhl macht auch schon Geräusche. Stumm starren wir beide auf die Tür, bis Licht in den Ritzen erscheint. Dann stapft der Bote heraus. Als er Charly sieht, bleibt er wie angewurzelt stehen. Hektisch lässt er seine orange Plastikbox auf den Boden gleiten, nestelt am Reißverschluss herum und versenkt schließlich seine Nase darin. Er holt zwei Schachteln heraus und hält sie Charly hin, ohne aufzusehen. »Zweimal Pizza Rucola.«

»Ja, danke. Warte kurz.« Sie dreht sich um.

»Nee, passt schon.« Der Typ schnappt sich seine Tasche und springt fast zurück in den Fahrstuhl.

Als er weg ist, stehe ich immer noch auf der Treppe und halte mich am Geländer fest.

»Kommst du jetzt rein?«, fragt Charly. »Wird langsam kühl hier.«

Ich schüttle den Kopf. »Nee. Genieß mal die Pizza.« Ich laufe ein paar Stufen hinunter. »Und deinen geheimen Besuch.«

»O Mann. Marie! Hör auf, so kindisch zu sein, und sag endlich, was los ist.«

Ich bleibe stehen. Drehe mich um und sehe ihr in die Augen. »Nik hat mich geküsst.«

»Echt«, sagt Charly und verzieht keine Miene. »Und jetzt?«

»Habe ihn gerade nach Hause gebracht.«

»Das heißt –«

»Gar nichts. Es war nichts. Er hat mich geküsst und dann hat er *Scheiße* gesagt. Das war's.«

Sie seufzt. »Marie …«

Ich hebe die Hände.

»Okay. Wo sind Flori und Luke?«

»Übernachten bei Freunden.«

»Gut.« Sie hebt die Kartons in ihrer Hand. »Ich esse jetzt diese Pizza. Und erkläre meinem Gast, dass es einen Notfall gibt.« Sie seufzt. »In einer halben Stunde bin ich bei dir.«

Ich schüttle vehement den Kopf. »Auf keinen Fall. Ist nicht so wichtig. Wir telefonieren einfach morgen.« Ich drehe mich um und renne, ohne eine Antwort abzuwarten, die Treppe runter. Wenn ich auch nur eine Sekunde länger gewartet hätte, wäre ich noch vor Charlys Tür in Tränen ausgebrochen.

*

Um halb zehn klingelt es, und ich weiß, wer an der Tür ist, bevor ich sie öffne.

Charly trägt inzwischen Jogginghose und hat die Hände in die Hüften gestemmt.

»Das wollte ich nicht«, sage ich kleinlaut und könnte schon wieder heulen, diesmal vor Freude, sie zu sehen.

»Was?«, sagt Charly. »Dass ich komme oder den Kuss?« Sie strahlt immer noch wie eine Leuchtrakete.

»Beides natürlich.«

Augenrollend läuft sie an mir vorbei ins Wohnzimmer, schmeißt sich in die Couch und zieht die Füße hoch. »Leg los!«

»Willst du was trinken?«

Sie winkt ab. »Lass gut sein. Also?«

Ich setze mich neben sie. »Danke, dass du da bist.«

Und dann erzähle ich. Vom Frühstück. Vom Ausflug an den See. Von meinen Gefühlen. Davon, dass ich sie nicht im Griff habe. Also zehn Jahre lang schon. Und jetzt gar nicht mehr.

»Aber, Moment, habe ich das vorhin falsch verstanden? Er war doch der, der heute was nicht im Griff hatte, oder?«

»Das ist es doch!« Ich schreie jetzt fast. »Nik will nichts von mir, verstehst du. Ich von ihm, okay, damals zumindest, aber er nicht von mir. Nie.«

»Er hat immerhin mit dir geschlafen.«

»Männer tun so was.« Und sie küssen dich auch, weil sie betrunken sind und sagen im nächsten Moment *Scheiße.* Plötzlich werde ich so wütend, dass mir die Tränen, die ich seit Stunden zurückhalte, in die Augen schießen. Ich schnappe mir ein Kissen und presse es an mich. Als könnte ich den Sturzbach damit stoppen.

Charly nimmt es mir weg. Dann wirft sie ihre Arme um mich, und ich lasse mich einfach sinken. Heulen an der Schulter der besten Freundin hilft immer. Ein bisschen zumindest.

Irgendwann will der Satz, der seit Stunden durch meinen Kopf jagt, oder, wenn ich ehrlich bin, seit dem Moment, als Nik den Feldweg zur Hütte hinaufkam, unbedingt raus.

»Ich glaube, ich bin immer noch in ihn verliebt«, murmle ich in Charlys durchnässtes T-Shirt. Dann richte ich mich langsam auf und sehe ihr in die Augen. »Es macht mir Angst.«

Charly nickt. »Das kann ich gut verstehen.« Sie streicht mir eine klebrige Haarsträhne aus dem Gesicht. »Aber weißt du, was *ich* glaube? Du bist einfach nur maximal verwirrt. Und das zu Recht. Ich meine, wie lange ist der Typ jetzt zurück? Drei

Wochen? Einen Monat? Und offensichtlich hängt da noch irgendwas zwischen euch. Nennen wir es einfach mal ein Gefühl, dem dieser Vintage-Hauch von etwas ganz Besonderem anhaftet – selbst wenn es damals bloß *H&M* war. Kannst du mir folgen?«

Ich nicke lachend.

»Aber anstatt darüber zu reden wie zwei Erwachsene«, fährt sie fort, »macht ihr immer weiter auf Teenager … Kein Wunder, dass du dich auch fühlst wie einer!«

»Ich war immerhin fünfundzwanzig«, sage ich und grinse verheult.

»Du weißt genau, was ich meine« knurrt Charly. Dann seufzt sie laut. »Und was bitte ist eigentlich mit Leo? Wo ist der schon wieder? Wieso lässt er dich ständig allein mit ihm?«

»Wo wohl?« Ich schnaube. »In Berlin. Schon heute Mittag geflogen.«

Charly nickt. »Und du bist verdammt wütend auf ihn.«

»Ja«, sage ich.

Charly bekommt ihren Röntgenblick. »Ist es das?«

»Ich weiß es einfach nicht.«

»Dann stelle ich mal eine andere Frage: Was willst du, Marie?«

Draußen klingelt eine altmodische Fahrradglocke. An der Isar ist immer noch Hochbetrieb. Ich bleibe stumm. Für eine ganze Weile. Charly hat es mit ihrer Frage geschafft, mich aus meinem Selbstmitleid raus ins Überlegen zu katapultieren.

»Dass meine Kinder glücklich sind«, sage ich schließlich. »Das ist das Wichtigste.«

Charly nickt. »Rede mit Leo«, sagt sie dann. »Ich glaube, er hat keine Ahnung, wonach du dich wirklich sehnst.«

Es stimmt, was sie sagt. Ich habe Leo nie gesagt, was ich davon halte, dass er so viel in Berlin ist. Weil es mich, ehrlich gesagt, nie gestört hat. Bis jetzt. Vielleicht muss ich ihm nur sagen, dass ich ihn mir hierher wünsche. Dass wir mehr Zeit miteinander verbringen sollten. Dass wir endlich richtig anfangen müssen, nicht nur Eltern zu sein, sondern ein Paar.

Ich seufze. »Danke. Ich weiß selbst nicht, was in mich gefahren ist. Ich habe so viel darüber nachgedacht, *was gewesen wäre* … Und jetzt ist er zurück – und diese Frage ist immer noch nicht beantwortet.«

»Aber ist das so wichtig?«, fragt Charly. »Ist nicht entscheidender, was *ist*?«

Es tut weh, aber sie hat recht. Ich umarme sie. »Willst du nicht doch was trinken?«

Charly zeigt mit dem Daumen über die Schulter. »Danke, aber ich würde dann langsam wieder …«

Ich grinse. »O ja, du musst dringend los! Danke, dass du gekommen bist.« Ich greife nach ihrer Hand. »Aber ich lasse dich auf keinen Fall gehen ohne ein Update. Was ist das mit Fritz? Wieso darf er dich plötzlich besuchen? Und wieso weiß ich nichts davon? Ich bin deine beste Freundin!«

Charly lächelt verschmitzt. Ihre Augen könnten Kerzen anzünden. »Tut mir leid. Also … er war – ziemlich hartnäckig«, sagt sie. »Und wir haben einen Deal abgeschlossen.«

»Ach ja? Liefert er dir Brennholz mitten im Sommer?«

»Blöde Kuh.« Sie lacht. »Nein. Wir sparen Hotels. Wenn er nach München muss, kann er bei mir übernachten. Und ich bei ihm, wenn ich in die Berge fahre.«

»Saupraktisch.«

Sie boxt mich. »Hey. Wenn du dich über mich lustig machst, erzähl ich kein Wort mehr.«

»Du bist verliebt«, sage ich und grinse gut gelaunt. Zum ersten Mal seit Stunden.

»So ein Quatsch.«

»Du lächelst die ganze Zeit, obwohl deine beste Freundin Kummer hat.«

»Tu ich nicht.«

»O doch.«

»Ach, hör doch auf.«

»Mach ich. Weil du nämlich jetzt gehst. Sonst hasst mich Fritz am Ende noch, und das wäre richtig blöd – auch wenn er nur gelegentlich zum Übernachten kommt.«

Wir lachen, und Charly nimmt meine Hände. »Sicher? Bist du okay, so ganz allein?«

Ich nicke. »Und falls nicht, weiß ich ja, wo ich dich – pardon, euch – finde …«

»Bitte nicht!«, sagt Charly augenrollend, dann umarmt sie mich und flüstert: »Jederzeit.«

KAPITEL 25

Nik

DAMALS

Alles tut weh. Jeder einzelne Muskel meines Körpers hält mir vor, was ich getan habe. Ich sitze wie festgefroren auf ihrem Schreibtischstuhl mit der Wange auf der Faust und warte darauf, dass ich den Mut aufbringe abzuhauen, solange Marie noch schläft. Doch ich kann mich einfach nicht losreißen von dem kleinen Lächeln in ihren Mundwinkeln, das sich dort hartnäckig hält, seit sie vor zwei Stunden eingeschlafen ist.

»Guten Morgen.« Warme Lippen an meinem Ohr.

Ich fahre hoch. Verdammt. Ich muss weggenickt sein. Mit einem Ruck schiebe ich den Stuhl zurück und springe auf.

»Hey.« Sie hat sich erschreckt, doch jetzt lacht sie schon wieder, kommt noch näher, viel zu nah, legt ihre warmen, weichen Hände um meinen Hals. »Bin doch nur ich.«

Sie küsst mich und ich kann nicht weg, weil da der verdammte rosagepinselte Schreibtisch steht.

»Was machst du denn hier? Hab ich dich aus dem Bett gedrängelt? Ooch«, sie hält sich die Augen zu. »Tut mir so leid.« Ihre dunklen Augen funkeln, als sie die Hände wegnimmt. »Aber jetzt mach ich ganz viel Platz.« Ihre Lippen kommen schon wieder näher. Ihre Brüste berühren meinen brennenden Solar Plexus.

Ich greife nach ihren Armen. Schiebe sie weg. »Bitte.«

Sie zuckt unter meinem harschen Ton zusammen. Macht gleich zwei Schritte rückwärts. »Was ist los?«

Sie versteht sofort, das zumindest. Die Sanftheit ihrer Stimme hat sich verzogen. Sie greift nach etwas im Klamottenberg auf dem Boden, erwischt irgendeinen Abendfummel.

»Scheiße!«, flucht sie, zieht das Ding trotzdem über den Kopf. »Krieg ich keine Antwort?«

Zumindest ansehen kann ich sie jetzt. Meine Kehle ist staubtrocken von der Scheißhitze hier drin. Ich warte darauf, dass die Sätze, die ich mir in den letzten beiden Stunden zurechtgebastelt habe, meinen Mund verlassen, doch ich kann plötzlich an nichts anderes denken als an ihren weichen Mund auf meinem Körper. Statt die Situation unter Kontrolle zu bringen, verliere ich sie gerade wieder. Hätten meine Augen bloß nicht den sicheren Posten auf dem Arielle-Plakat über ihrem Bett verlassen! Wäre ich bloß längst weg! Ich frage mich, ob ich für die gerötete Haut rund um ihre Lippen verantwortlich bin, und ob es besser wäre, wenn sie ganz nackt wäre, denn dann müsste ich nicht gegen den Wunsch ankämpfen, ihr dieses lächerlich glitzernde Kleid vom Leib zu reißen, das sowieso kaum irgendwas verdeckt.

Sie registriert meinen Blick, wie sollte sie nicht, und verschränkt die Arme vor der Brust. »Sagst du heute noch was, oder glotzt du nur?«

»Ich –« Gegen den Druck in meiner Brust anzureden, ist wie gegen eine zu hohe Welle anzupaddeln. Es kostet mich all meine Konzentration und unendlich Kraft. »– muss los.«

»Ah.« Sie haut sich gegen die Stirn. »Natürlich. Dass ich da nicht selbst draufgekommen bin.« Sie macht zwei Schritte durch den Raum. Als sie an der Tür zieht, bleibt die wieder auf halbem Weg im Plüschteppich stecken. Marie knurrt wütend und reißt ein zweites Mal an der Klinke. Die Tür gibt nach.

»Bitteschön«, sagt sie und schwingt die Hand. »Einen schönen Tag noch, Arschloch!«

Ich will sie einfach nur an mich reißen. Doch gleichzeitig ist der Gedanke, dass ich ohne einen einzigen Satz der Erklärung aus diesem Zimmer verschwinden kann, gerade wie eine Erlösung.

»Das war wunderschön«, sage ich heiser im Vorbeigehen.

»Hau ab!«, zischt sie, und dann bin ich raus.

*

Die kühle Luft des frühen Morgens schlägt mir wie eine Ohrfeige ins Gesicht. Ich laufe zum Fahrrad, schließe es auf und wage nicht, den Blick zu heben, obwohl Maries Fenster auf der anderen Seite liegt. Ich fahre bis zum Wasser wie ein Gestörter, dann halte ich schnaufend an und checke mein Handy.

Alter, der Swell ist gigantisch, wo bist du?

Leo hat einen Screenshot der Surf-Forecast mitgeschickt. Ich wähle seine Nummer.

»Bin ich zu spät?«

»Wo bist du?«

Ich zögere, doch nicht mal eine Sekunde. »Gleich da«, sage ich.

»Dann gib Gas, der Wagen steht schon bereit.«

Leo lädt gerade die Boards in Liz' Bus, als ich das Haus erreiche. Er trägt schon Neopren.

Ich schlage in seine ausgestreckte Hand. In die Augen sehen kann ich ihm nicht.

»Ich zieh mich um«, sage ich und laufe schon in Richtung Tür.

»Wie war sie?«, ruft er in meinen Rücken.

Adrenalin jagt durch meinen Körper. Langsam drehe ich mich um. Erwarte das Schlimmste.

»Rrrrruby.« Er stiert mir in die Augen. »Du siehst mitgenommen aus. Hat sie dich so gefordert? Hätte ich der Kleinen gar nicht zugetraut.«

Ich atme aus. Ich könnte mich glatt hinsetzen vor lauter Erleichterung.

»Rrrr. Sag schon, ist sie eine dirty cat?«

Bevor ich mich dem Türschloss widme, erzwinge ein Lächeln und zucke mit den Schultern. Ich spreche nicht über meinen Sex. Und er weiß das.

»Lass gut sein«, murmle ich und laufe ins Haus.

»Jetzt sag schon, hält der Arsch, was er in Leggins verspricht?«, empfängt er mich, als ich ein paar Minuten später im Neopren zu ihm in den Wagen steige.

Ich beiße die Zähne zusammen.

»Komm schon, gib mir wenigstens ein bisschen Second-Hand-Lust. Denn – falls es dich interessiert – ich war gestern mal wieder nicht erfolgreich.« Er bleckt die Zähne. »Rrrrr.«

»Hör einfach auf und fahr los!« Mein Ton ist nicht mehr ganz so entspannt. Ich muss aufpassen. »Die Wellen warten nicht«, setze ich nach. »Außerdem brauch ich dringend einen Kaffee.« Ich kurble das Fenster runter, schalte die Musik ein. Dann drehe ich mich zu Leo, der inzwischen den Motor gestartet hat. Ich grinse ihn so breit an, wie es geht. »Und nun zu den wichtigen Dingen: East oder West Wittering?«

*

Die Wellen sind wie vorhergesagt: grandios. Ich gebe mich dem Rhythmus meines Körpers hin, der eins ist mit dem des Wassers. Was im Kopf los ist, spielt keine Rolle. Atmen, Bewegung, Präzision, für Denken ist dabei kein Platz.

Die Wellen spülen alles weg, was nicht *Jetzt* ist.

Und in diesem Moment ist alles wie immer. Leo und ich, wir reden nur das Nötigste, wir sind jeder ganz bei sich, und gleichzeitig spüren wir den anderen in jeder Sekunde. Intuitiv. Auf dem Wasser gibt es keine Missverständnisse zwischen uns, nie. Wir sind Brüder. Loyal-by-nature. Ein Team. Wir überlassen dem andern die besten Chancen. Ohne Ausnahme. Als der Swell irgendwann nachlässt, entscheiden wir, zu gehen. Gleichzeitig, ohne Absprache.

Wir fahren zurück. Diesmal bin ich am Steuer. Das ist selten, aber nichts Ungewöhnliches. Wir sind still, wie immer nach einem perfekten Surf. Worte würden den Nachhall nur stören. Wir lassen den Wind durch die nassen Haare rauschen. Hören *The XX.*

Seit ich aus dem Wasser bin, spüre ich es wieder. Alles. Das Gewissen. Den Schmerz. Die Panik. Es brennt. In der Brust, im Magen, im Kopf. Und es ist okay. Ich habe es verdient.

Ich parke in zweiter Reihe vor dem Haus.

»Was für ein Tag«, sagt Leo und öffnet die Tür.

»Warte mal!«, sage ich.

»Was denn?« Er sieht zerstreut auf sein Handy, das pingt.

»Professor Harris hat mir ein Jobangebot gemacht.«

Sein Blick schnellt hoch. »Was?«

Ich nicke. Hole Luft. »In Shanghai.«

Er reißt die Augen auf. »What? Und das sagst du mir jetzt? Wann war das?« Es haut ihn um, ich sehe es, völlig.

»Vor ein paar Tagen«, presse ich hervor.

Hinter uns hupt es einmal kurz.

Ich sehe in den Rückspiegel. Ein Taxi. »Shit.« Ich starte den Motor. »Willst du raus?«

»Nein!« Leo knallt die Tür zu.

Die Straße ist zu eng. Das Taxi kommt nicht vorbei. Also fahre ich weiter und weiter. Leo sagt nichts. Und ich fahre einfach. Irgendwo biege ich ab. Ich habe vergessen, wo wir sind.

»Wo fährst du hin?«

»Kein Ahnung.«

»Scheiße, Nik, wieso lässt du Tage vergehen, bevor du mir das erzählst?« Er reißt die Hände hoch. »Hey, du hättest links abbiegen müssen!«

Ich fahre weiter. »Es musste erst mal sacken«, sage ich.

Er nickt. Er hört gar nicht mehr auf zu nicken.

»Sagst du noch was?«

Leo kneift die Augen zusammen. »Ob *ich* noch was sage? Nik, ehrlich, manchmal …«

»Okay. Tut mir leid. Ich musste erst – in Ruhe darüber nachdenken.«

»Hm. Verstehe. Und gestern Nacht …« Er holt Luft. Sagt aber nichts mehr. Ich spüre seine Enttäuschung. Sie hängt wie Smog im Wagen, obwohl die Fenster immer noch beide auf Anschlag runtergekurbelt sind.

»Es ist eine unglaubliche Chance«, sage ich. »Hier links?«

»Ja.«

Ich biege ab.

Als wir zum zweiten Mal vor unserem Haus ankommen, habe ich Leo zumindest ein paar Details erzählt.

Ich sehe eine freie Parklücke. »Soll ich die nehmen, oder bringen wir den Wagen gleich zurück?«

»Nehmen! Wir können ihn bis morgen behalten.«

Als ich den Motor ausstelle, nimmt Leo mich am Arm. »Und wirst du gehen?«, fragt er.

Ich sehe ihm in die Augen. Dann nicke ich.

KAPITEL 26

Marie

DAMALS

Ich bin die erste Kundin im Copyshop gewesen, und als Sandra, die rothaarige Assistentin von Professor Connelly, mit dem Coffeemug in der Hand den Gang entlanggeschlappt kommt, sitze ich bereits seit einer halben Stunde mit schwitzigen Händen vor dem Institut auf den Wartestühlen.

Sie zieht ihre balkenartigen Augenbrauen hoch. »Morning …?«

Ich springe auf und halte demonstrativ den Umschlag hoch. »Ich möchte meine Masterarbeit abgeben.«

»Ah.« Sie schließt die Tür neben der von Professor Connellys Büro auf.

In ihrem winzigen Zimmer sieht es ungefähr so aus wie in meinem – nur dass statt Klamotten Masterarbeiten auf dem Boden liegen. Stapel neben Stapel, als lagerten auf dem alten Parkett die Drehbücher aller Jahrgänge, die Professor Connelly je betreut hat. Auch auf dem Schreibtisch wuchert Papier zwischen diversen Grünpflanzen.

Sandra schmeißt ihre Jacke über den Besucherstuhl, dann läuft sie zum Fenster und zieht die Jalousien hoch.

Ich bin im Türrahmen stehen geblieben. »Wann kommt denn Professor Connelly?«

»Heute wahrscheinlich gar nicht.« Sie schafft mit dem Handrücken Platz für ihr Laptop, dann lässt sie sich in ihren Stuhl fallen.

»Aber …«

»Sie können sie mir geben.« Sie streckt mir ihre Hand entgegen. Ihre langen Fingernägel gieren nach meiner Arbeit, während ich den Umschlag an mich drücke wie ein Baby, das ich einer chaotischen Tagesmutter überlassen soll.

»Come on!« Sie winkt ungeduldig.

Vorsichtig nehme ich die gebundenen Seiten aus dem braunen Umschlag, in die ich sie zum Transport sicherheitshalber gepackt habe. Mein erstes Drehbuch.

Es hat mich den Schlaf der letzten zwei Wochen gekostet und meine Bikinifigur. Außerdem hat sich mein Kaffeekonsum inzwischen dem von Nik angeglichen, auch wenn ich diesen Gedanken, so wie jeden anderen an diese Person, sofort wegschiebe. War was? Nur eins, nämlich die Tatsache, dass ich durch ein bestimmtes Ereignis eine gedankliche Bannmeile von mindestens zwei Kilometern um den *Surf Club* ziehen musste. Und weil es sich dabei um quasi ganz Downtown Brighton handelt, habe ich vorgezogen, gar nicht mehr aus dem Haus zu gehen, sicher ist sicher. Man könnte also sagen, dass ich es *diesem Ereignis* zumindest ein bisschen zu verdanken habe, dass mein Drehbuch am Ende fertig und womöglich gar nicht so schlecht geworden ist. Nicht zuletzt deshalb, weil ich herausgefunden habe, was wirklich gut gegen großen Schmerz funktioniert: Erträum dir einfach ein anderes Leben! Und genau das tut man doch beim Schreiben.

Nicht, dass ich Nik dankbar für diese Erkenntnis wäre … Definitiv nicht.

Doch ich habe in diesen beiden Wochen intensiver gearbeitet als in den letzten fünf Jahren insgesamt. Ich habe überhaupt erst verstanden, worum es geht.

Wie wütend war ich, als Professor Connelly mir vorgeworfen hat, ich sei schlampig und faul. Von wegen. Als ich mangels Alternativaktivitäten in meiner selbstverordneten Quarantäne meinen Text zum ersten Mal mit der nötigen Ernsthaftigkeit angeguckt habe, wäre ich im Nachhinein fast noch vor Scham gestorben. Es war ein Geschenk, ein reines Wunder, dass meine Professorin mich nicht fallen gelassen hat. Verdient habe ich es nicht. Dass ich meinen ersten Entwurf als gut empfunden habe, war nichts anderes als ein peinlicher Anflug von grandioser Selbstüberschätzung. Entstanden aufgrund eines Lobs, das nach allem, was ich jetzt weiß, nur Teil eines Plans war, mich ins Bett zu kriegen.

Ein Desaster in jeder Hinsicht – und ein Riesenglück, dass ich mir immerhin in letzter Minute nichts Besseres vorstellen konnte, als jede Zelle meines Gehirns und jede Nuance meiner Gefühle einem einzigen Ziel zu widmen: aus diesem durchschnittlichen Mist das Drehbuch zu machen, das meine Professorin verdient hat.

Als ich Sandra die gebundene Arbeit schließlich widerwillig überlasse, sieht sie nicht einmal das Deckblatt an. Sie wirft sie nur auf einen der Stapel neben sich. »Okay«, dann fährt sie den Computer hoch.

Ich bleibe stehen. »Sind das die für Professor Connelly?«, frage ich.

Die schwarzen Balken heben sich.

»Ich meine nur … damit sichergestellt ist, dass sie die Arbeit heute bekommt.« Ich lege den Kopf ein wenig schief.

Sandra tippt irgendwas. »Wie gesagt, heute wird sie nicht kommen.«

»Aber …« Ich hole Luft. Ich bin fest entschlossen, nicht das kleinste Risiko einzugehen. »*Heute* ist eben mein Abgabetermin. Und ich möchte wirklich gern, dass Professor Connelly auch weiß, dass ich ihn eingehalten habe.« Ich ziehe die Mundwinkel noch ein Stück weiter nach oben.

Sandra seufzt lautstark. Als wäre eine übermüdete Studentin auf Koffein eine Strafe, die sie nicht verdient hat.

»Okay«, sagt sie schließlich. Sie grabscht neben sich, erwischt mein Drehbuch und klatscht es vor sich auf den Tisch. Um Haaresbreite verfehlt es den Kaffeebecher. Dann fährt sie eine Schublade auf, kramt darin herum und bringt schließlich einen Stempel zum Vorschein. Sie dreht an ein paar Rädchen, dann drückt sie ihn mit Schmackes auf das Titelblatt meiner Arbeit.

»Besser so?«, fragt sie.

Als ich das heutige Datum erkenne, hebe ich den Daumen und strahle sie an. »Viel besser. Danke, Sandra.«

Schon als ich die Tür hinter mir schließe, spüre ich sie. Die plötzliche Leere in meiner Mitte. Während ich den Gang entlanglaufe und die geschwungenen Treppen hinunter, warte ich darauf, dass sich Leichtigkeit einstellt, Freude, Stolz. Doch alles, was ich fühle, ist ein schwarzes gähnendes Nichts.

Draußen hat es zu nieseln angefangen. Ich habe weder Jacke noch Schirm dabei, und bin dankbar, dass zumindest mein Drehbuch nun sicher auf Sandras Schreibtisch liegt. Als ich den Campus überquere, während die Nässe mir ins Gesicht sprüht, bin ich fast allein. Die vorlesungsfreie Zeit hat bereits begonnen, und für die Studenten, die zum Lernen in die Bibliotheken kommen, ist es viel zu früh. Mir kommt eine Idee. Ich beginne zu laufen, gebe Gas, weil der Regen stärker wird. Kurz darauf stehe ich vor dem vertrauten Eingang mit dem türkisen Surfbrett neben der Tür. Ich zögere, hole Luft, dann beschließe ich, dass die Quarantäne ein Ende haben muss, und schiebe mich durch die Tür.

In der Mitte des Raums wringt Liz gerade den Wischmopp aus. »Oh, hi, Marie, oder?«

Interessant, wer einen plötzlich mit Namen kennt, nur weil man ein paar Mal mit Leo da war.

»Wir öffnen erst in zehn Minuten. Aber wenn du willst, kannst du dich schon an die Bar setzen«, sagt sie.

»Danke.«

Sie räumt das Putzzeug weg, dann kommt sie zu mir und ich bestelle Americano und Baked Beans. Die erste richtige Nahrung seit Tagen, wenn man von Chips und Schokolade absieht – und Bohnen aus der Dose als *richtige Nahrung* durchgehen lässt.

Meine Sorgen waren völlig unbegründet: Hier ist um diese Zeit niemand, und es macht auch nicht den Eindruck, als würde demnächst jemand kommen. Ich esse, hänge ein bisschen an der Bar herum, aber Liz blättert demonstrativ unkommunikativ in Zeitschriften, und so zahle ich, sobald ich den letzten Bissen runtergeschluckt habe.

An der Luke in der Tür hängen noch die Regentropfen. Ich habe keine Ahnung, was ich mit diesem Tag anfangen soll. Ich trete raus und stelle erfreut fest, dass der Himmel doch ein bisschen aufgezogen hat. Irgendwoher kommt Licht. Ob es für einen Strandbesuch reicht?

Mein Blick fällt auf jemanden, der sein Fahrrad gerade am Geländer der Strandpromenade festschließt. Als ich erkenne, wer es ist, sackt mein Herz nach unten, als hätte ich einen Schritt ins Leere getan: Leo.

Er ist noch mit dem Schloss beschäftigt. Ich könnte einfach abhauen, in die nächste Straße einbiegen und weg.

»Marie!«

Mist, zu lange gezögert.

»Hi Leo.« Ich bleibe, wo ich bin, immer noch direkt vor der Tür der Bar, während er in drei großen Sprüngen bei mir ist, mich an sich reißt und so fest an sich drückt, dass mir die Luft wegbleibt.

»Wie schön, dich zu sehen!«, murmelt er in meine Haare.

Gar nicht mehr los lässt er mich, und ich möchte es auch gar nicht, denn außer, dass Leo ein bisschen nass ist, ist diese innige Umarmung komischerweise genau das, was ich brauche.

Wir bleiben eine ganze Weile einfach so stehen, halten uns stumm aneinander fest. Es fühlt sich verdammt gut an – und verdammt seltsam. So gar nicht nach Leo. Schließlich löse ich mich aus seinem Arm. Lächelnd sieht er mir tief in die Augen.

»Wo warst du denn?«

Er weiß es nicht, sonst würde er mich nicht so ansehen, so offen und völlig ahnungslos.

»Ich habe meine Masterarbeit eben abgegeben«, sage ich, erleichtert, dass ich nichts erfinden muss.

»Das ist toll, gratuliere.«

Irgendetwas ist. Leo lächelt mit angezogener Handbremse. Überhaupt sieht er – jetzt, wo ich mich traue, genauer hinzusehen – zum ersten Mal, seit ich ihn kenne, schlecht aus. Nicht schlecht schlecht, also, er könnte immer noch modeln. Nur wäre das ein ganz anderer Look als sonst: dunkle Ringe unter den Augen, eingefallene Wangen, unrasiertes Kinn.

»Wie geht's dir?«, frage ich.

Sein Lächeln erlischt ganz. »Er ist weg«, sagt er heiser.

»Wer?«

»Nik.«

Allein die Erwähnung dieses Namens ist wie Spiritus für meinen übersäuerten Magen.

»Echt?«, presse ich heraus und setze ein möglichst belangloses Gesicht auf. »Wohin denn?«

Leo schluckt. »Shanghai.«

Mir wird heiß. »Was?« Ich starre ihn an.

Leo nickt. »Ich durfte nichts sagen. Er hat einen Job angenommen. Von Professor Harris.«

»Und seine Masterarbeit?«, frage ich. »Er hat doch erst in zwei Wochen Abgabe, wenn ich mich recht erinnere. Oder waren es sogar drei?« Ich spucke Halbwissen aus, das völlig irrelevant ist, so, als könnte es widerlegen, was Leo da sagt.

»Fertig«, erwidert er nur. »Professor Harris hat seinen Haken druntergesetzt. Er wollte ihn unbedingt so schnell wie möglich dort haben.«

In meinem Kopf breitet sich Nebel aus, während mein Magen am liebsten sofort die Bohnen loswerden möchte. Es kann nicht sein, es ist einfach völlig unmöglich. Er war hier. Ich wollte ihn nicht sehen, aber er war hier. Die ganze Zeit. Und jetzt …

»Hab ihn gerade zum Bahnhof gefahren«, sagt Leo. »Keine Ahnung, wann wir uns wiedersehen.«

**

In dieser Nacht schlief ich mit Leo.

Wir hielten uns aneinander fest. Als hätten unsere Gefühle für Nik eine neue, intensive Verbindung zwischen uns geschaffen

– selbst wenn Leo nicht ansatzweise ahnte, wie ähnlich mein Schmerz seinem wirklich war.

Es war fast unheimlich, das Haus zu betreten. Jeder Schritt, jeder Blick fühlte sich seltsam an. Und doch, als ich Leo die Stufen hoch in sein Zimmer folgte, tat ich es im vollen Bewusstsein, dass es genau das war, was ich wollte.

Unsere Nacht wurde heiß. So heiß, wie Leo es vorhergesagt hatte. Es stellte sich heraus, dass Sex mit Leo das beste Mittel war, um nicht an Nik zu denken. Also schlief ich mit Leo, wie ich vorher an meiner Masterarbeit geschrieben hatte: so viel wie möglich und mit voller Leidenschaft.

Dabei verdrängte ich nicht nur meinen Liebeskummer, sondern auch, dass das Ende meiner Zeit in Brighton jeden Tag näher rückte. Sobald ich das Ergebnis meiner Masterarbeit bekommen würde, gäbe es keinen Grund mehr, weiter hierzubleiben. Mein Zimmer bei Mrs Smith hatte ich bereits gekündigt. Das Problem war nur: Einen Plan für meine Zukunft hatte ich immer noch nicht. Im Grunde gab es überhaupt nur zwei Dinge, die mir klar waren: Erstens, Leo und ich, wir vögelten, doch wir waren kein Paar. Zweitens, von allen möglichen nebulösen Varianten meiner beruflichen Zukunft war eine ganz unmöglich: zurück nach München zu gehen und wieder zu Hause einzuziehen.

Doch dann wurde ich schwanger.

Mit Zwillingen.

Und alles änderte sich.

KAPITEL 27

Marie

JETZT

L eo surft auf dem Handy, während ich die Isar entlang zurückfahre. Wir haben den Wagen genommen, weil Regen angesagt war und weil ich ein neues Kleid gekauft habe. Es ist eine Ewigkeit her, dass wir an einem Samstagabend Emma, unsere Babysitterin, bestellt haben und zu zweit essen gegangen sind. Leo hat sogar mein Kleid bemerkt. Wir haben über mein Drehbuch gesprochen, darüber, dass ich immer noch auf Antwort warte.

»Ich wusste nicht, dass es dir so wichtig ist«, hat er gesagt.

Es ist ein Anfang.

Bad Habits läuft schon wieder im Radio. Ich drehe lauter.

Leo guckt von seinem Bildschirm auf. »Wer ist das?«

»Ist das dein Ernst?«, frage ich und lache. »Das läuft die ganze Zeit. Ed Sheeran ist das. Er kommt nächstes Jahr nach München. Wollen wir hingehen?« Die Ampel ist rot, und ich werfe einen liebevollen Blick in die Augen meines Ehemanns.

»Nee.« Er öffnet irgendeine App. »Geh mit Charly.«

Ich gebe Gas.

Direkt vor unserer Haustür ist ein Parkplatz frei. Das passiert so selten, dass ich es als ein weiteres gutes Omen deute. Ich habe mir vorgenommen, dass es ein perfekter Abend wird. Vielleicht mit Happy End.

Leo kickt Lukes Fußball im Vorgarten in das winzige Tor und reißt die Hände hoch.

Ich lache. »Guck mal, der Mond«, sage ich, und er dreht sich in die Richtung, in die ich sehe. Der Himmel sieht aus wie eine Postkarte. Schwarz mit gelber Sichel und Abendstern.

»Mein Lieblingsmond«, sage ich.

»Echt?«, fragt er und läuft zur Tür.

Ich folge ihm. »Das war ein schöner Abend«, sage ich, stelle mich auf die Zehenspitzen und küsse ihn auf den Mund. Dann schiebe ich den Schlüssel ins Schloss.

Emma kommt aus dem Wohnzimmer. Sie trägt schwarze Leggins mit geschlitztem Schlag. Selbst barfuß sehen ihre Beine darin endlos aus. Als sie uns sieht, öffnet sie den Dutt auf ihrem Kopf und streicht die dichten blonden Haare über eine Schulter.

»Oh, hi!«

»Hi Emma«, sagt Leo und beugt sich zu ihr. Er küsst sie links und rechts und lässt dabei seine Hand an ihrem nackten Oberarm verweilen. »Alles klar? Was macht das Studium?«

»Oh, ganz okay!«, sagt Emma, und ich frage mich, ob sie wohl irgendeinen Satz ohne *Oh* beginnt.

»Hast du dir schon Gedanken gemacht wegen Berlin?«

»Oh, ja klar. Das wäre Bombe.«

»Sag einfach Bescheid, dann kümmere ich mich.«

»Das ist echt nett. Danke, Leo.« Sie strahlt und mein Mann strahlt zurück, und ich frage mich, wie ich es fände, wenn unsere Babysitterin, die Architektur studiert, ein Praktikum bei Leo in Berlin macht. Na ja, sie muss es erst einmal bis ins

Hauptstudium schaffen, und vielleicht brauchen wir bis dahin schon keinen Babysitter mehr.

»Wie war's mit den beiden?«, frage ich.

Emma lächelt mich an. »Oh, gut. Es sind einfach solche Schnuckis.«

»Na dann«, sage ich völlig versöhnt, denn Emma liebt Flori und Luke, und beide lieben sie, und das ist schließlich die Hauptsache. »Soll ich dich nach Hause fahren?«

»Oh, danke, das ist total lieb, aber ich bin mit dem Fahrrad da.«

»Na dann«, sage ich. »Gute Nacht! Und danke dir.« Ich laufe ins Wohnzimmer, schmeiße meinen Poncho aufs Sofa und trete ans Fenster. Im Flur höre ich, wie Emma sich fürs Geld bedankt. Die beiden reden noch, doch ich kann nicht verstehen worüber. Irgendwann fällt die Tür ins Schloss und Leo kommt zu mir.

»Ich glaube, sie ist verknallt in dich!« Ich suche den Mond, doch von hier aus kann ich ihn nicht entdecken.

»Ist sie das?« Er tritt hinter mich.

Ich spüre seinen warmen Körper und ahne, dass er das auch denkt.

Seine Lippen berühren meinen Hals. Einmal, zweimal, dreimal. Sein Atem kitzelt.

Ich lasse meinen Kopf zur Seite sinken. »Tu nicht so.«

»Und wenn schon!« Ein Schauer rieselt meinen Nacken hinunter, als er sanft in meine nackte Schulter beißt. Seine warmen Finger greifen von unten in meine Haare und streichen nach oben. Er versenkt seine Nase an meinem Hinterkopf.

»Du riechst gut«, flüstert er.

Ich drehe mich zu ihm. Recke mich ihm entgegen. Kurz erwidert er den Kuss und ich suche mit meiner Zunge nach seiner. Ich schmecke den Alkohol und spüre, wie seine Hände sich in meinen Po graben. Er zieht mich an sich und schiebt gleichzeitig sein Becken in meine Richtung, lässt mich lächelnd seine Erregung spüren wie ein verheißungsvolles Versprechen. Dann löst er eine Hand und fährt mit der Spitze seines Daumens meinen Rücken hinunter. Am Fuße meiner Wirbelsäule schiebt er sanft meinen Po auseinander, lässt den Daumen weiterwandern. Ich stöhne. Taste nach seinem Gürtel.

Wir schlafen inzwischen so selten miteinander, dass ich vergesse, wie gut mein Mann im Bett ist. Vielleicht stellt er sich gerade vor, unsere Babysitterin zu verführen, kann sein, ist durchaus möglich, doch sollte es so sein, tut es seiner Verführungskunst keinen Abbruch.

»Lass uns rübergehen«, flüstere ich. »Nicht, dass …« Ich löse mich von ihm.

Er rollt mit den Augen. »Feigling.«

Der genervte Ton seiner Stimme lässt mich zusammenzucken, und für einen Moment überlege ich, ob ich abbreche. Doch ich fasse mich, lächle den spitzen Kommentar weg, während ich intensiv an seine geschickten Hände denke. Ich laufe an ihm vorbei. Auf dem Esstisch leuchtet sein Telefon. Ich erhasche einen Blick, bevor Leo danach greift.

Sonja hat ein Foto geschickt.

Sonja ist Leos Assistentin in Berlin. Sie ist blond und groß und dünn. Ein ähnlicher Typ wie Emma. Warum schickt sie Leo Samstagnacht ein Foto? Ich laufe durch den Flur, lege mein Ohr kurz an die Kinderzimmertür. Alles ruhig.

Im Schlafzimmer ziehe ich entschlossen mein Kleid über den Kopf und lasse es einfach auf den Boden fallen. Als Leo reinkommt, bin ich bereits nackt. Er bleibt in der Tür stehen und lächelt meine Brüste an. Irgendwann hat er mal gesagt, dass er sich als Erstes in sie verliebt hat. Ist lange her.

Ich gehe auf ihn zu, drücke meine Lippen auf seine, während ich den Schlüssel umdrehe. Dann nehme ich ihn an beiden Händen und ziehe ihn in Richtung Bett.

*

Bevor Leo und ich ein Paar wurden – bevor ich schwanger wurde –, bin ich immer direkt nach dem Sex gegangen. Seit wir zusammenwohnen, flüchte ich danach ins Bad. Ich stelle mich unter die Dusche, unter den warmen Wasserstrahl, der mich dort hält, wo es sich gut anfühlt, in meinem Körper, während ich meine Gedanken davonschwemmen lasse. Wenn ich ein schlechtes Gewissen bekomme, weil ich seit zehn Minuten Wasser verschwende, drehe ich die Temperatur runter. Eiskalte Dusche direkt auf den Scheitel. Hilft garantiert gegen alles.

Schließlich steige ich aus der Dusche, ziehe mir den Fransenteppich unter die kalten Füße und rubble mich ab. Diese verdammte Nachricht will nicht aus meinem Kopf verschwinden.

*

Als ich im Bademantel zurück ins Schlafzimmer komme, liegt Leo nackt auf dem Bett, ein zufriedenes Postkoituslächeln auf den Lippen. Die gedimmte Nachttischlampe beleuchtet seinen erschlafften Schwanz. Er tippt mit der linken Hand in sein Handy, in der rechten hält er ein Kristallglas mit Eiswürfeln und Gurke.

»Hättest du auch einen gewollt?«, fragt er, ohne aufzusehen.

»Danke, nein.«

Er schwingt sich auf. »Dann geh ich mal kurz.« Den Drink stellt er ab, das Handy nicht.

»Kann ich sehen, was sie geschickt hat?«

Die gerunzelte Stirn stört das adonishafte Gesamtbild. »Was meinst du?«

»Ich würde gern sehen, was Sonja dir nachts für Bilder schickt.«

Sein Gesicht verfinstert sich weiter. »Was soll das, Marie?«

Ich wünschte, er würde sich was überziehen. Aber darauf kann ich jetzt keine Rücksicht nehmen. »Wie ich es sagte, ich würde einfach gern sehen, was ihr euch schreibt.«

»Was schreibt man sich wohl mit seiner Assistentin?« Er verdreht wieder die Augen und läuft zur Tür. Während ich mich plötzlich frage, wann genau es war, dass dieser Ton, in dem sich Sarkasmus, Genervtheit und pure Ablehnung vereinen, das charmante Gentlemangesäusel von früher abgelöst hat.

»Betrügst du mich in Berlin?«, frage ich in seinen Rücken.

Er fährt herum. »Nein. Natürlich nicht.« Seine Stimme quietscht ein bisschen. »Verdammt, was ist bitte in dich gefahren? Warum machst du diesen Abend kaputt?«

»Ich möchte es einfach wissen.«

Er sieht in meine Richtung, aber irgendwie an mir vorbei.

»Weil – ich will das so nicht mehr«, sage ich.

»Was genau meinst du?«

»Dass wir uns nicht die Wahrheit sagen.«

Jetzt sieht er mir in die Augen. »Hör zu, Marie, ich weiß nicht, was das hier gerade soll. Und ich gehe jetzt kurz duschen.«

Die Tür scheppert ins Schloss und ich zucke zusammen.

Sein Handy hat er mitgenommen.

Als er zehn Minuten später zurückkommt, sitze ich unverändert auf dem Rand unseres Betts. Meine Füße sind kalt wie im Winter, mein ganzer Körper bibbert unter dem Bademantel, doch ich bin entschlossener denn je.

Leo bleibt vor mir stehen. Er sieht mir in die Augen. Es ist ein kalter Blick, in dem ich vergeblich nach Unterstützung für mein Vorhaben suche, endlich etwas zu verändern zwischen uns.

»Was?«, fragt er hart.

Ich schlucke. »Schläfst du mit Sonja?«

Er hebt die Hände, schüttelt den Kopf, dreht sich weg. »Himmel, hattest du irgendeinen komischen Pilz in deinem Curry?«

Ich rühre mich nicht, strecke nur die Hand aus und schnappe nach dem Handy in seiner. Es fällt auf den Holzboden, mir direkt vor die Füße. Blitzschnell greife ich danach, rutsche zurück bis ans Kopfende und umkralle das Telefon mit beiden Händen wie einen wertvollen Schatz.

Leo brüllt. »Marie!«

Ich reagiere nicht. Wenn das hier noch irgendeine Chance haben soll, wenn ich alles andere vergessen soll, dann muss ich es jetzt wissen. Ich habe Glück, das Handy ist noch entsperrt, und ich öffne Leos Chats.

Sonja hat tatsächlich das Foto einer Vertragsunterschrift geschickt. Ich schließe die Unterhaltung. Und dann scrolle ich weiter.

Leo lässt sich am Fußende nieder. »Gib mir das Telefon. Es reicht jetzt«, sagt er ruhig.

Als ich nicht reagiere, springt er wieder auf. »Okay. Wie du willst. Kontrollier mich, wie im schlechten Film. Mach alles kaputt!«

Ich halte inne. Sehe ihn an, und endlich entdecke ich in seinen Augen einen Funken Gefühl. Er meint, was er sagt, und er hat recht damit. Wortlos strecke ich die Hand aus. Nur einen letzten Blick werfe ich noch. Und dabei entdecke ich einen Namen unter den Chats, der mich ruckartig die Hand zurückziehen lässt.

»Warum schreibst du mit Emma?« Meine Stimme ist heiser.

»Weil – sie unser Babysitter ist«, sagt er.

In bald neun Jahren hat sich Leo noch nicht ein einziges Mal um die Kinderbetreuung gekümmert. Ich tippe auf den Chat.

Ich komm bei dir vorbei. Hab eine Stunde.

Diese letzte Nachricht ist vom Sonntag, kurz nach eins, als Leo so dringend zum Flieger musste.

Ich lasse das Handy aufs Bett fallen, als hätte ich mich daran verbrannt. Mein Körper tut plötzlich weh wie vom Laster überfahren. Doch in meiner Brust fühle ich nichts. Absolut gar nichts.

Leo streckt die Hand nach mir aus, sie erreicht mich nicht. »Marie, es ist doch nichts …« Sein Blick ist weich jetzt, voll schlechtem Gewissen – und völlig ahnungslos.

Ich trete näher zu ihm, sehe ihn an wie ein Krieger den Feind, der ihn unterschätzt. Und dann setze ich zum tödlichen Schwertstoß an.

»Ich habe mit Nik geschlafen«, sage ich, bevor ich aus dem Schlafzimmer laufe.

KAPITEL 28

Nik

JETZT

Als ich aufwache, ist es still, und ich denke, dass ich das Klingeln nur geträumt habe. Doch dann brummt es neben meinem Kopf und gleichzeitig schrillt es an der Tür, laut und eindringlich. Ich taste nach dem Lichtschalter, dann nach dem Telefon auf dem Boden. Das Display leuchtet und plötzlich bin ich hellwach.

»Leo!«

»Mach die verdammte Tür auf!«

Das Handy ist verstummt. An der Tür klingelt es weiter. Wie in Trance stehe ich auf und tappe zum Eingang. Ich drücke auf den Summer, dann trete ich raus ins Treppenhaus. Kräftige Schritte eilen die Stufen rauf. Er nimmt immer mehrere auf einmal, auch das höre ich. Ich stehe barfuß auf dem kalten Holz, und als er um die Ecke biegt, abrupt bremst und ich in seine Augen sehe, weiß ich, was passiert ist. Langsam kommt er die letzte Treppe hoch.

»Wie konntest du!«

*

Das Schlimmste ist die Stille. Leo spricht nicht mehr. Er hat, seit er die Wohnung betreten hat, überhaupt nur ein Wort herausgebracht: »Wann?«

Meine Antwort hat er nicht erwartet. Sie hat ihm die Sprache verschlagen. Sie stellt seine ganze Welt in Frage. Und vielleicht erklärt sie auch einiges unerwartet.

Er hat sich einen Stuhl unters Fenster gezogen, den größtmöglichen Abstand zu mir gesucht. Rittlings kauert er über der Lehne und beobachtet den Himmel, der nach und nach heller wird. Seine ganze Kraft scheint aus ihm gewichen, ein Haufen Elend, mit rundem Rücken, das Kinn auf den verschränkten Händen, die zu festen Fäusten geballt sind.

Er bewegt sich nicht, spricht nicht, während seine stillen Vorwürfe so greifbar auf mich einprasseln, dass ich mich an meinen Oberschenkeln festhalten muss, um sie zu ertragen.

Mein Körper verlangt nach Bewegung, doch ich halte still. Zwinge mich, in jeder Faser, in allen Sehnen, Muskeln, Knochen zu spüren, was ich ihm angetan habe. Ich wünsche mir nichts mehr, als dass wir uns in die Augen sehen und endlich offen reden. Doch wie soll ich von ihm verlangen, was ich nicht kann? Das ist es doch, was uns hierhergebracht hat: meine totale Unfähigkeit *zu reden*.

Irgendwann überwinde ich mich und fange doch an, ein paar Sachen zu sagen. Wirres Zeug über Gefühle, gegen die ich nicht ankam, darüber, dass ich mich entschieden hatte, vor ihnen zu flüchten, bis nach China. Und dann schweige ich schon wieder, weil ich das, was danach kommt, unmöglich Leos Rücken zumuten kann. Ich krieg sie einfach nicht in Worte gefasst, die Hoffnung, ja die absolute Sicherheit, mit der ich zurückgekommen bin: Ich dachte wirklich, alles würde sich verändert haben. Dass meine Gefühle für Marie mit den Erinnerungen an damals verschmelzen könnten zu einer der vielen netten Geschichten aus den goldenen Brighton-Zeiten, die, wieder und wieder erzählt, von Mal zu Mal ein bisschen witziger und absurder werden würde. Ein Insider, über den sogar Leos Kinder irgendwann lachen würden.

Doch nein. Mein Herz spielt foul. Und ich habe es gewähren lassen. Schon wieder. Habe meinen besten Freund verraten, hintergangen, getäuscht. Meinen Bruder. Der mir niemals im Leben weh tun würde. Der mich vor allem niemals belügen würde. Er könnte es gar nicht. Er schafft es noch nicht mal, mir länger als ein paar Minuten zu verheimlichen, dass er meinen letzten Milchreis verputzt hat, mein fertiges Modell runtergeschmissen, meine Zahnbürste im Suff benutzt.

Und ich? Liebe seine Frau und habe es ihm verschwiegen. Dafür gibt es keine Entschuldigung.

»Okay. Ich muss los«, sagt er plötzlich und steht auf.

Ich springe fast gleichzeitig hoch. »Es tut mir leid«, sage ich nun doch noch. Es klingt prompt wie eine Floskel, jämmerlich nackt so ohne Erklärungen, für die mir der Mut fehlt.

Leo reagiert auch gar nicht. Er trägt den Stuhl zurück zum Tisch. Knallt ihn auf den Boden. Dann sieht er mich an, zum ersten Mal. Tiefe schwarze Ringe graben sich unter seine klaren Augen, aus denen mir so viel Enttäuschung entgegenspringt, dass ich schreien will. Unvermittelt lächelt er.

»Das Allerbeste ist, dass ich immer dachte, du kannst Marie nicht leiden.« Er lacht hart und gepresst. »Du hättest echt Schauspieler werden sollen, Alter.«

»Leo …« Ich suche nach Worten und – o Wunder – finde keine.

Er zieht die Augenbrauen hoch. Ich kenne diesen Gesichtsausdruck. Normalerweise ist er Leos charmante Art, sein Gegenüber zum Reden zu ermutigen. Doch in diesem Moment, da mache ich mir nichts vor, ist es nur Verwunderung darüber, wie sehr man sich in jemandem täuschen kann.

Er wendet sich ruckartig ab und läuft aus dem Zimmer in den Flur.

»Ich wusste nicht, wie ich es dir sagen soll.«

»Echt jetzt?« Mit der Klinke in der Hand dreht er sich um. »Das ist alles, was dir einfällt? Wir kennen uns seit dreißig Jahren, und du weißt nicht, wie du mit mir reden sollst?« Er schnaubt. »Weißt du, vor Kurzem noch hätte ich jetzt die Schuld bei mir gesucht. Denn vor Kurzem dachte ich noch, mein bester Freund sei so perfekt, dass wenn irgendwas schiefläuft zwischen uns, es auf jeden Fall immer an mir liegt. So, wie dass du nach Shanghai abgehauen bist und nicht ein einziges Mal das Bedürfnis hattest, mich zu sehen. Mich oder deine Familie. Zehn Jahre lang hab ich mir das Hirn zermartert, was ich falsch gemacht habe. Ob ich zu dominant war, ob ich dir nicht genug zugehört habe, mich nicht genug um dich gekümmert habe. Fuck it, Nik. Es liegt gar nicht an mir. Hat es nie. Es bin nicht ich, sondern du. Nur du. Wer zum Teufel bist du eigentlich? Ich hoffe, du weißt es noch, weil ich hab leider nicht mehr den blassesten Schimmer!«

Er reißt die Tür auf und rennt raus, bevor ich noch etwas sagen kann. Seine trampelnden Schritte hallen durchs Treppenhaus. Irgendwann wird es wieder still. Erst dann schließe ich die Wohnungstür.

KAPITEL 29

Marie

JETZT

5.58 Uhr. Ich stelle den Wecker aus, bevor er klingelt. Ich habe sowieso nicht geschlafen. Doch der Montagmorgen ist da, ob es gerade passt oder nicht. Ich rolle mich aus dem Bett, vermeide den Blick auf Leos unberührte Seite, laufe ins Bad, greife nach Zahnbürste und -pasta, lasse mich mit beidem auf den Wannenrand fallen. Das Surren an meinen Zähnen, der Minzgeschmack und schließlich kaltes Wasser im Gesicht bringen einen Funken Leben in meinen tauben Körper. Im Flur schalte ich das Licht ein, weil es draußen heute so düster ist wie in meinem Herz. Ich atme ein.

Dann tappe ich zum Kinderzimmer, öffne leise die Tür. »Guten Morgen!«, sage ich, während mit dem süßlichen Schlafgeruch meiner Kinder eine kleine Wolke Glück und Dankbarkeit in meine Nase wandert. Noch einmal atme ich besonders tief ein, bevor ich energisch die Vorhänge aufreiße und dabei wie jeden Morgen feststelle, dass es höchste Zeit ist, das Pu-der-Bär-Muster zu ersetzen. Draußen schüttet es wie aus Kübeln. Ich kann mich nicht erinnern, wann es begonnen hat. Ich muss doch ein paar Stunden geschlafen haben.

»Aufwachen!« Floris Haare liegen über das pinke Kopfkissen verteilt wie ein Haufen goldene Spaghetti. Ich küsse meine Tochter dorthin, wo ich ihre Stirn vermute. Dann krieche ich aus dem Stockbett, stelle mich auf die Zehenspitzen und streichle Luke über den Kopf. Es ist die größte Zärtlichkeit, die ich mir noch erlauben darf, selbst im Schlaf.

»Los geht's.«

Er dreht sich weg von mir. Zieht die Decke zwischen sich und meine Nähe.

Unten regt sich was. »Mama, kann ich heute im Bett frühstücken? Bitte.«

Montagmorgen. Alles ist wie immer. Nur dass mein Mann seit über vierundzwanzig Stunden nicht mit mir gesprochen hat.

Flori und Luke scheinen es als nichts Besonderes zu empfinden, dass ihr Vater gestern nicht wie üblich nach Berlin abgereist ist, sondern mit ihnen am Frühstückstisch sitzt und müde Witze macht. Und er ist gut. Besonders dafür, dass er anscheinend wieder auf unserem durchgesessenen Sofa geschlafen hat. Wenn überhaupt. Er schneidet Banane, schlichtet Streit um die letzten Schokocornflakes, nimmt Luke das Handy weg.

Flori bettelt darum, bei dem Wetter in die Schule gefahren zu werden. Ich lasse mich erweichen, ich lechze nach Luft. Sie kann ihr Glück kaum fassen.

Vor der Schule steigen die beiden munter quatschend aus dem Wagen.

»Ciao, Mama!«

»Bis später!« Ich möchte sie am liebsten festhalten.

»Holst du uns ab?«

»Nee, Süße. Zurück könnt ihr laufen.«

»Aber es regnet bestimmt noch.«

»Dafür hast du ja die neue Jacke.«

»Na gut.«

Die Tür knallt zu. Ich krame nach meinem Handy und wähle Leos Nummer.

»Hallo«, sagt er sofort.

»Bist du noch zu Hause?«, frage ich. Er war gestern den ganzen Tag unterwegs. Vielleicht will er das weiter durchziehen.

»Ja.«

»Gut«, sage ich erleichtert. »Ich bin gleich zurück.«

*

Wir trinken schwarzen Kaffee, weil die Milch aus ist. Leo hat geduscht. Er sieht immer noch furchtbar aus.

Heute Nacht wurde mir klar, dass ich tatsächlich immer geahnt habe, dass er mit anderen Frauen schläft. Er hat sich nie besonders Mühe gegeben, es zu verheimlichen. Und mir war es nicht nur egal, sondern insgeheim ganz recht. Endlich weiß ich warum. Weil es mein schlechtes Gewissen beruhigt hat. Vielleicht dachte ich, ich hätte es verdient. Ich habe ihn geheiratet, obwohl ich in seinen Freund verliebt war, und er hat mich betrogen. Irgendwie schien mir das ein fairer Deal.

»Ich bleibe erst mal in Berlin«, sagt er irgendwann.

»Okay«, sage ich.

»Bis Weihnachten.«

Ich nicke und frage mich, wann ich aufwache aus diesem Albtraum.

»Vielleicht kann ich mit Flori und Luke öfter mal nach Kitzbühel fahren – wenn es dir recht ist.«

»Ja, sicher. Sicher ist es das.« Ich vermeide es, ihn anzusehen.

»Magst du noch Kaffee?«

»Bitte.«

Meine Hand zittert, als ich uns nachschenke. Ich trinke aus Floris Einhorntasse. Mein Daumen fährt immer wieder über den erhabenen Regenbogen, während es hinter meinen Augen brennt.

»Marie …«

Ich beobachte die Müllmänner auf der Straße.

»Es tut mir leid.« Seine Stimme ist warm und weich.

»Mir auch«, flüstere ich.

Er greift nach meinen Händen, und ich traue mich endlich, ihm in die Augen zu sehen, während ich die Tränen einfach laufen lasse.

Ich weine, weil unsere Ehe gescheitert ist und weil ich in den letzten Monaten vor lauter Wut vergessen habe, wie traurig das ist. Weil ich nicht weiß, wie wir es Luke und Flori sagen sollen, und unseren Eltern. Weil unsere Trennung – so oft ich darüber nachgedacht habe – jetzt, wo sie im Raum steht, so abstrakt und so beängstigend ist, dass ich den Boden nicht mehr unter den Füßen spüre. Weil ich keine Ahnung habe, wie es weitergehen wird. Und doch, irgendwo tief unter den Tränen, unter dem dicken Kloß der Ungewissheit in meiner Brust spüre ich auch eine kleine helle Stelle, und dort bin ich so erleichtert, dass ich tanzen könnte.

Ich kann mich nicht erinnern, Leos Augen jemals so traurig gesehen zu habe, so filterlos, voller Gefühl, echt. Plötzlich lächelt er. Es fühlt sich an, als würden die Strahlen der aufgehenden Sonne mit den dunklen Wolken in meiner Brust spielen. Und da weiß ich, dass unsere Beziehung keine Lüge war. Vielleicht nicht die große Liebe, aber etwas ganz Besonderes. Mit zwei wunderbaren Kindern. Und wer weiß, vielleicht war ich damals doch verliebt in ihn. Und sei es nur in dieses Lächeln. Es ist einfach unmöglich, nicht zu glauben, dass alles gut wird, wenn Leo dich anlächelt.

Ich beuge mich vor und küsse ihn auf die Wange. Er zieht mich auf seinen Schoß, legt seine Arme um mich, hält mich fest.

Ewig bleiben wir so sitzen, und ich habe das Gefühl, dass wir uns noch nie so nah waren.

KAPITEL 30

Nik

Ihr werdet sie schon überzeugen!«

»Sicher. Es würde nur mehr Spaß machen, wenn du dabei wärst«, sagt Lan.

Wir lachen uns über den Bildschirm an. Nicht zum ersten Mal frage ich mich, ob ich am richtigen Platz bin. Nicht nur, weil es ein paar Menschen in Shanghai gibt, die ich wirklich vermisse. Das Team meiner Firma gehört dazu, allen voran meine Partner, Lan und Peter.

»Okay. Zurück an die Arbeit. Talk to you soon, Nik«, unterbricht Peter meine melancholischen Gedanken und im nächsten Moment sind beide vom Bildschirm verschwunden.

Ich klappe den Laptop zu. Meine Kollegen haben alles im Griff. Nichts anderes hatte ich erwartet. Unser Geschäft läuft sogar besser denn je. Ich war immer der Kreative in unserem Team. Nach den anstrengenden Jahren als Projektleiter für Professor Harris habe ich mich darauf besonnen, wo meine wirkliche Stärke liegt. Und diesen Beitrag kann ich dank der digitalen Möglichkeiten von egal wo auf der Welt leisten.

Ich laufe rüber zur Kaffeemaschine und schenke mir eine Tasse ein. Draußen ist es noch finster. Das Pochen auf den

Fensterbrettern verrät mir auch ohne Tageslicht, dass es schon wieder regnet. Es heißt, der Herbst sei die schönste Jahreszeit in München. Davon habe ich bisher nicht viel bemerkt. Ich leere den Becher, sehe auf mein Handy. Sechs Uhr genau. Mein tägliches Early-Bird-Date mit dem Büro in Shanghai ist inzwischen nicht mehr der einzige Grund, früh aufzustehen. Alles passt perfekt zusammen. Ich gähne einmal herzhaft, dann laufe ich ins Bad und nehme den Neopren, der in der Dusche zum Trocknen hängt, vom Bügel. Zeit für die Welle.

*

Ich trete in die Pedale, um mich aufzuwärmen. Ich strecke die Nase nach vorn, genieße die erfrischende Kühle im Fahrtwind, die totale Stille um mich herum, die Schönheit der Isarbrücken, die ich eine nach der anderen rechts liegen lasse. Ich bin schnell. Inzwischen habe ich mir ein eigenes Rad mit Ständer für mein Surfbrett zugelegt. Das seitliche Gewicht spüre ich kaum noch. Keine zehn Minuten brauche ich mehr von meiner Tür bis zum Eisbach. Nur mein Herz benimmt sich weiterhin jeden Morgen beim Anblick des sprudelnden Wassers, als wäre es das erste Mal. Und regelmäßig muss ich mich bremsen, um die letzten Meter zum Einstieg mit dem Board unterm Arm nicht zu rennen vor lauter Vorfreude. Nein, ich denke, China wird mich so schnell nicht wiedersehen.

Links und rechts des Ufers stehen bereits mehr Surfer als sonst. Ich bin spät dran heute. Am Samstag zählt jede Minute. Ab sieben kannst du's vergessen, dann wartest du über eine halbe Stunde auf jeden Ride.

»Hey, Morgen, Nik!«

»Morgen!« Ich grüße in die Reihe. Alle Gesichter sind mir bekannt und die meisten Namen. Man lächelt, tauscht sich aus. Es sind keine großen Gespräche. Sie beschränken sich auf Technik und Material und das Wetter. Und doch, obwohl ich von München noch nicht viel gesehen habe, fühle ich mich dank der Welle und ihrer Leute, als lebte ich schon Jahre hier.

Ich klopfe wie die anderen auf mein Board als Anerkennung für den besonders gut gelungenen Stunt einer Kollegin. Flüchtig lasse ich meinen Blick über das Line-up am anderen Ufer wandern. Am Ende zieht sich gerade ein auffällig trainierter Typ die Neokapuze vom Kopf. Ich erstarre.

Anfangs hat mich die Befürchtung, ihn hier zu treffen, jeden Tag begleitet. Und dann irgendwann nicht mehr, als ich erfahren habe, dass Leo jetzt dauerhaft in Berlin ist.

Marie und er haben sich getrennt. Er hat es mir geschrieben, in seiner letzten Nachricht. Ich wollte das alles nicht einfach so stehen lassen. Meine Sprachlosigkeit, unseren harschen Abschied. Also habe ich ihn um ein Treffen gebeten. Doch Leos Antwort kam prompt, knapp und eiskalt:

Zu spät. Bin in Berlin. Meine Ehe im Arsch. Danke, Nik

Jetzt hat er mich entdeckt. Ich nicke ihm zu, während es in mir nicht weniger brodelt als im Wasser. Leo wendet sich ab. Wir sind die ganze Zeit auf einer Höhe. Ich hier und er drüben arbeiten wir uns Surfer für Surfer voran, ohne dass er ein einziges Mal rübersieht. Dann wäre ich dran, doch ich überlasse ihm mit einer Handbewegung den Vortritt. Er schmeißt sein Board, konzentriert sich ausschließlich aufs Wasser. Sein Ride ist großartig. Schließlich beendet er und ich starte. Ich versuche loszulassen, meinen Körper der Welle anzuvertrauen, doch ich bin im Kopf, bei Leo und bei allem, was passiert ist. Ich gebe auf, springe und tauche unter. Am liebsten würde ich mich einfach weitertreiben lassen. Doch dann fasse ich einen Entschluss. Ich paddle ans gegenüberliegende Ufer. Für einen letzten Versuch.

»Hi Leo.«

Er dreht in Zeitlupe den Kopf, während er weiter auf die hübsche Surferin vor ihm einquatscht. »Ah, hi«, sagt er und wendet mir schon wieder den Rücken zu. »Ein alter Bekannter.«

Seine Gesprächspartnerin reckt den Kopf an seiner Schulter vorbei. »Hi Nik, wie geht's?«, sagt sie lächelnd, dann tritt sie um Leo herum.

»Danke, Lena«, sage ich. »Und dir?« Ich begrüße sie untypisch mit Umarmung, nur um Leo zu ärgern. Absurd.

Vielleicht flackern seine Augen kurz irritiert. Es ist egal. Ich hole Luft, mache einen Schritt und lege meine Hand an seinen Oberarm. »Hast du Lust auf einen Kaffee?«, frage ich.

*

Als ich Leo die Tür aufhalte und er an mir vorbei in meine unaufgeräumte Wohnung tritt, überrollt mich die Erinnerung an das letzte Mal wie eine heimtückische Seitenwelle. Wir haben nicht gesprochen auf dem Weg hierher, kein Wort. Ich befürchte, dass mein Freund — wenn er das noch ist —, den ich mein ganzes Leben lang nur plaudernd kenne, sich vorgenommen hat, es mir so schwer wie möglich zu machen.

Im engen Flur stehen wir uns in unseren Surfanzügen gegenüber wie zwei Taucher, die einander zufällig begegnet sind.

»Willst du was zum Umziehen?«, unterbreche ich die Stille.

»'ne Jogginghose wäre gut. Danke.«

Ich laufe zur Garderobe, die gleichzeitig mein Kleiderschrank ist, werfe ihm was zu, und wir ziehen uns nebeneinander um.

Für einen Moment fühlt es sich an wie früher. Das unbeschreibliche Gefühl der Einheit nach ein paar gemeinsamen Stunden im Wasser. Als ich ihn ansehe, um herauszufinden, ob er es auch spürt, läuft er ins Wohnzimmer.

Ich hänge die Neoprens ins Bad. Als ich zurückkomme, setzt Leo gerade Kaffee auf.

»Einen Löffel mehr, oder?«, sagt er.

»Ja. Gern.« Ich suche im Kühlschrank vergeblich nach etwas Essbarem. »Soll ich schnell ein paar Semmeln holen?«, frage ich. »Da ist ein Bäcker nebenan …«

»Passt schon«, sagt Leo. »Ich habe kein Festmahl erwartet.« Als er grinst, löst sich der Gurt um meine Brust etwas.

Ich nehme die Kanne aus der Maschine und schenke zwei Becher voll.

Leo rollt mit den Augen. »Der war noch nicht durchgelaufen«, sagt er.

»Und?«

Ich werfe einen Haufen Pläne rüber aufs Bett und wir setzen uns an meinen Tisch.

»Bist du länger hier?«, frage ich, bevor eine Pause entstehen kann.

»Übers Wochenende. Die Kids hatten gestern Geburtstag.«

»Oh, alles Gute nachträglich! Wie alt sind sie jetzt?«

»Neun«, sagt Leo, und sein Blick lässt keinen Zweifel daran, dass ich das wissen müsste.

»Hab nicht nachgedacht«, sage ich.

»Kein Problem.«

»Und, wie läuft's sonst so?«

Er sieht mir in die Augen. Und eine Weile sagt er nichts. Sieht mich einfach nur an und ich ihn, und es passiert etwas. Ich kann nicht genau sagen, was es ist, doch etwas verändert sich in diesen Sekunden. Als würden wir uns *erinnern*.

»Es läuft gut«, sagt er schließlich. »Ich weiß nicht, ob du es verdient hast, dass ich es dir erzähle, aber – es läuft sogar besser.«

»Scheiße, Leo …« Ich beiße mir auf die Lippe, weil ich sonst wahrscheinlich losheulen würde. Doch dann rede ich. Ich habe es mir vorgenommen – und ich bin es ihm schuldig. Ich berichte ihm alles. Jedes Detail. Vom ersten Abend bis zu dem Tag am See, als mir klar wurde, dass meine Gefühle für Marie nicht kleiner geworden waren, sondern sich auch ganz ohne Futter zu einem wilden Monster entwickelt hatten, das sich einfach nicht mehr wegsperren ließ.

Als ich schließlich aufhöre, sieht er mich durchdringend an.

»Du siehst echt scheiße aus, Alter«, sagt er dann.

Ich atme aus. »Schönen Dank auch!«

Und dann lachen wir. Zuerst ist es nur ein Grinsen, ein peinlich berührtes, weil wir wohl beide erst jetzt realisieren, was ich da gerade gesagt habe. Dann fängt Leo irgendwann an zu lachen, gluckernd, aus dem Bauch heraus, und weil das die Reaktion ist, mit der ich am wenigsten gerechnet habe, wirkt es irgendwie ansteckend, sodass ich schließlich aufgebe und einfach mitlache.

Als wir uns beruhigen, fragt er: »Und was machst du so?«

Ich zucke die Schultern. »Arbeiten. Surfen.«

»Und das – Monster?«

Ich schüttle nur den Kopf.

Leo nickt grinsend vor sich hin. »Tja …«

Er lässt den Blick schweifen, und mir wird peinlich bewusst, wie schlimm es hier aussieht. In der Spüle wartet Geschirr stapelweise darauf, in die Maschine geräumt zu werden.

Auf der unbenutzten Seite des Betts liegen die frischen Klamotten aus dem Trockner – unter den Plänen, die sonst eigentlich auf dem Tisch lagern.

»Ich hatte nicht mit Besuch gerechnet«, sage ich.

Leo zieht die Augenbrauen hoch. Dann mustert er mich mit dem gleichen kritischen Blick wie vorher das Zimmer.

»Du weißt doch«, sage ich. »Wenn ich in einem Projekt hänge, hab ich's nicht so mit Ordnung.« Ich streiche mir die nassen Haare aus dem Gesicht. »Und zum Friseur muss ich auch«, kommentiere ich vorsorglich den nächsten kritischen Blick.

Leo nickt. »Hm. Und vielleicht mal zu Ikea.«

»Ich komm gut zurecht«, behaupte ich störrisch.

Er beugt sich vor und sieht mir tief in die Augen. »'ne Frau wäre echt gut.«

Mir fällt ein, dass ich noch ein paar Oreokekse im Schrank habe. Ich springe auf und hole sie. Die Kaffeekanne bringe ich auch mit. »Willst du?«

»Wow. Was zu essen.«

Ich überhöre den Kommentar, werfe ihm die Packung in den Schoß. Dann schenke ich uns Kaffee nach.

Leo nimmt einen Schluck. Er setzt den Becher ab und schiebt ihn ein Stück weg von sich. »Ruf sie mal an«, sagt er, während er mit der Folie kämpft.

Ich verschlucke mich am zu bitteren Kaffee.

»Ehrlich, ist mein Ernst«, sagt er. Seine ganze Aufmerksamkeit gilt der Verpackung der Keksrolle. Ich würde sie ihm am liebsten aus der Hand reißen.

Endlich ist er erfolgreich. Er stopft sich zwei Oreos gleichzeitig in den Mund, zieht einen weiteren heraus und hält mir die Packung dann hin. »Macht doch keinen Sinn, dass ihr beide unglücklich seid.«

Ich starre ihn an. »Hast du irgendeinen Kurs gemacht? Yoga oder so was?«

»Nee.« Er grinst so breit, wie nur Leo grinsen kann. »Eine neue Freundin. Also, was Festes.«

Ich schnappe nach Luft. »Wow.«

»Willst du ein Bild sehen?« Er wartet meine Antwort nicht ab, sondern wischt schon auf seinem Telefon herum. Schließlich hält er es mir unter die Nase.

Eher widerwillig werfe ich einen Blick darauf. Sie sieht gut aus. Sehr gut. Natürlich tut sie das, das Bild sieht aus wie für ein Societymagazin geschossen.

»Und wie heißt sie?«, stelle ich höflich die Frage, die mich von allen am wenigsten interessiert.

Leo himmelt sein Handy an. »Hm? Ach so, Eva.«

»Aus Berlin?« Ich kann nicht glauben, dass wir dieses Gespräch gerade führen.

Leo nickt. Dann reißt er sich vom Bildschirm los. »Sie ist Schauspielerin«, sagt er und hebt den Daumen.

Ich schaffe es nicht mehr zu reagieren. Ich habe die Kontrolle über meinen Kopf und all seine Funktionen verloren.

Leo bemerkt nichts von meinem Totalaussetzer. »Ich habe sie kennengelernt, als es mir richtig scheiße ging – quasi gleich nach der Trennung. Im Supermarkt … Sie wohnt direkt gegenüber. Krass, oder? Dass wir uns vorher nie begegnet sind …«

Die Art, wie er erzählt, erinnert mich an früher, an die Zeit, als es nur uns beide gab und unendlich viele Frauen da draußen.

Er hält inne, weil ich meine Hand hochgerissen habe, endlich irgendeine Reaktion zustande gebracht habe, um seinen Redefluss zu stoppen.

Neugierig guckt er mich an. »Hm?«

Ich hole Luft. »Wie geht's Marie damit?«, bringe ich dann hervor.

Leo kneift die Augen zusammen und fokussiert die Marienkäfer auf seiner Kaffeetasse. »Ich glaube, ganz gut«, sagt er. Dann sieht er auf, und die plötzliche Schärfe seines Blicks schießt mir Adrenalin in den Magen. »Ich habe auch aufgehört zu lügen, weißt du.« Er knallt die Tasse auf den Tisch und verschränkt die Hände hinterm Kopf. »Aber, was ich echt nicht verstehe: Warum fragst du sie nicht selbst?«

Ich ignoriere die unüberhörbare Süffisanz, die seine Frage begleitet. Es ist okay – es muss okay sein, Aussprache und neue Freundin hin oder her.

»Sie nimmt nicht ab, wenn ich anrufe«, sage ich ruhig.

»Ach, komm?« Er lacht auf und kippt genüsslich noch weiter mit dem Stuhl nach hinten.

»Scheint dich zu freuen«, sage ich.

Leos schaukelt nach vorn. Er grinst ertappt. »Vielleicht«, sagt er langsam. Dann holt er Luft. »Das ist mein verletztes Ego. Es braucht wohl noch ein bisschen.«

KAPITEL 31

Marie

JETZT

Ich sehe Nik in dem Moment wieder, in dem ich nicht mehr daran denke, dass es jederzeit passieren kann. Wochenlang bin ich im Regen mit überdimensionaler Sonnenbrille rumgelaufen. Ich habe die Supermärkte in meiner eigenen Wohngegend gemieden, aus Angst, Nik könnte sich hierher verirren. Mein Lieblingscafé *Cora* habe ich immer erst betreten, nachdem ich durch die Glasscheibe die Gäste überprüft habe. Doch ich bin unaufmerksam geworden.

Ich laufe mit Lucy an der Leine ins *Cora*, um dort Alexander zu treffen. Ich habe jetzt einen Hund und einen Produzenten, zwei Veränderungen in meinem Leben, die dazu beitragen, dass die andere, die große Veränderung, ganz gut erträglich ist. Lucy ist ein junger Labrador Mischling. Man könnte auch sagen, der Scheidungshund. Es war Leos Idee, Luke und Flori diesen sehnlichsten aller Wünsche zu erfüllen. Zuerst erschien es mir völlig absurd. Was soll ein Hund in einer zerbrochenen Familie? Doch Leo hat auf seine unwiderstehliche Art insistiert, und mich überzeugt. Wir haben sie aus dem Tierheim geholt, um etwas Schönes in unsere Familie, die keine mehr ist, zu bringen. Und es hat funktioniert. Sie ist wirklich wunderschön und lustig, und wir sind alle vier total verliebt in sie, und irgendwie verbindet uns das mehr, als ich mir jemals vorstellen konnte.

Wenn der Schmerz kommt, dass Leo mich während unserer Ehe mit mehr Frauen betrogen hat, als ich Männer in meinem Leben hatte, dann denke ich an unsere Kinder *und* an unseren gemeinsamen Hund, und dann krabbelt sofort die Freude über die Gegenwart in mein Herz und darüber, dass wir uns trotz allem mögen.

Me, Mom & Men – das ist der Titel, den Netflix meiner Romcom gegeben hat. Denn ja, mein Drehbuch wird verfilmt. Ich kann es immer noch nicht glauben – wahrscheinlich kann ich das erst, wenn ich die ersten Szenen mit Matthias Schweighöfer sehe. Ich meine, *M-a-t-t-h-i-a-s S-c-h-w-e-i-g-h-ö-f-e-r* spielt meinen Ben, ein Wunder, dass ich überhaupt noch atmen kann. Gestern sind wieder Überarbeitungen gekommen – das ist die andere Seite der Glückstaumelmedaille: Sie ändern meine Geschichte, andauernd, buchstäblich. Diesmal bin ich trotz aller Vorwarnungen stinksauer, und habe auch nicht vor, damit höflich hinterm Berg zu halten, egal, was Alexander zu sagen hat.

»Oh, Tschuldigung!« Lucy ist mal wieder jemandem direkt zwischen die Beine gelaufen. Spurhalten muss sie noch lernen.

»Gar kein Problem! Die ist ja süß.« Schon kniet der Einsneunzig-Typ neben meinem Hund auf dem Bürgersteig. Ohne mit dem Streicheln aufzuhören, guckt er irgendwann hoch zu mir. »Aber so was von süß. Wie heißt sie denn?«

Ich verziehe den Mund zu einem müden Lächeln, während ich innerlich mit den Augen rolle. »Lucy«.

»Ja so ein hübsches Mädchen bist du, Lucy!«

Wenn ich gewusst hätte, dass erwachsene Männer zu Soft-eis mutieren, sobald sie Lucy sehen, hätte ich mir das mit dem Hund noch mal überlegt. Na ja, an Kontakten mangelt es mir jedenfalls nicht, seit es sie gibt. Weder zu Männern noch zu irgendjemandem. Wenn ich mit ihr durch die Stadt laufe, habe ich manchmal das Gefühl, ich hätte ein glitzerndes Einhorn an der Leine. Als hätte die Welt noch nie einen Welpen gesehen. Okay, ich finde sie auch hinreißend. Aber ich drehe nicht gleich durch, nur weil ihre Schlappohren fast so groß sind wie ihr Kopf.

Der Typ richtet sich auf. »Ich hab auch eine«, sagt er und zieht die Jeans zurecht. »Eine Labradorhündin«, erklärt er wei-ter, ohne dass ich gefragt hätte. »Wohnt ihr in der Nähe?«

Charly hat mir prophezeit, dass Lucy jede Dating-App er-setzen wird. Als hätte ich gerade irgendein Interesse daran, Män-ner zu treffen! Ich bin schon genug damit beschäftigt, Alexander auf Abstand zu halten, der unsere Beziehung ziemlich eindeutig gern übers Geschäftliche hinausdehnen würde. Und in dem Fall liegt es nicht an Lucy …

Charly jedenfalls hat er auf seiner Seite. Sie preist ihn an wie ein Instagram-Testimonial ein neues Antifaltenserum. Und ja, er ist nett und interessiert und gutaussehend. Ich sage, er wird seiner Aufgabe, mir die vielen Änderungen in meinem Dreh-buch möglichst schmackhaft zu machen, ziemlich gut gerecht. Aber heute hat er keine Chance. Diesmal sind sie echt zu weit gegangen.

»Was, nein, leider«, antworte ich dem Typen, obwohl es bis zu uns nach Hause keine fünf Minuten sind. »Schönen Tag noch!«

Ich ziehe Lucy energisch in meine Richtung und stürme ins *Cora.*

Und da sitzt er. Direkt am Fenster. Ich habe Nik so oft vermeintlich irgendwo von hinten gesehen, dass ich ihn in dem Moment, als er es wirklich ist, beinahe nicht erkenne.

Shit. Das liegt nur an diesem Typen. Wenn er nicht gewesen wäre, wenn ich nicht verpennt hätte, auch nur einen einzigen kurzen Blick durch die Scheibe zu werfen, bevor ich naiv einfach hier reinspaziere, hätte ich mir das hier ersparen können.

Als ich realisiere, dass es tatsächlich Nik ist, der da in meinem Stammcafé sitzt, mit einer anderen Frau, denke ich trotzdem als erstes *Warum?* Warum hat er sich immer noch nicht verändert? Was für ein Schwachsinn! Er wird sich nicht verändern, und *es* wird sich nichts verändern – wenn ich nicht endlich etwas in mir *ändere*.

Ich kenne Niks Begleitung. Es ist diese Ärztin vom Pilsensee. Verdammt, was macht die in München? Für einen Moment überlege ich, ob ich einfach flüchte. Doch dann sieht ausgerechnet sie mir direkt in die Augen – und erkennt mich. Was hat die bitte für ein Gedächtnis? Sie lächelt, wenn auch mit diesem zögerlichen Ausdruck im Gesicht. Sie kann mich nicht einordnen. Doch als ich gerade den Rückzug antrete will, beugt sie den Kopf zu Nik, und dann dreht er sich um und folgt ihrem Hinweis.

Alexander ist noch nicht da. Na, wunderbar. Wie in Trance laufe ich an Niks Tisch, während Lucy das tut, was ich auch am liebsten machen würde: Sie zieht Richtung Ausgang.

»Komm schon!« Genervt nehme ich sie auf den Arm.

»Hallo Marie!« Nik ist aufgestanden, als ich endlich ankomme.

»Hallo.« Ich spüre seine Hand an meinem Arm. Die Wärme seiner Finger flammt durch meinen Parka und mein Arm beginnt zu kribbeln, als er sich über Lucy hinweg zu mir beugt. Unsere Wangen berühren sich flüchtig. Es ist vorbei, bevor ich einatmen kann, doch mein ganzer Körper zittert, als er mich loslässt. Lucy jault. Ich setze sie auf den Boden und drücke die Kniekehlen durch, um irgendwie Haltung zu bewahren.

»Das ist Ana«, sagt er. »Und das —«

»Marie«, komme ich ihm zuvor.

»Eine gute Freundin«, ergänzt er.

Ex, möchte ich hinzufügen, obwohl das noch weniger zutrifft. Überhaupt, warum erklärt er ihr, wer ich bin? Es ist ihm wichtig, mich einzusortieren – aber offensichtlich nicht, dass ich auch weiß, wer sie ist. In meiner Brust beginnt es zu brennen. Wir stehen weiter voreinander, und unsere Arme berühren sich immer wieder, weil es hier so verdammt eng ist. Diese unabsichtlichen Berührungen lassen mein ganzes System durchdrehen. Ich halte die Luft an, konzentriere mich aufs Lächeln, während mein Körper nach Nik verlangt wie ein Junkie nach seiner Droge.

»Möchtest du dich hersetzen?«, sagt er schließlich, weil ich einfach kein Wort herausbringe.

»Nein. Ich bin verabredet.« Ich sehe ihn nicht an, denn wenn ich das tun würde, könnte es sein, dass ich in Tränen ausbreche.

»Okay.«

Mir stechen plötzlich die zwei unberührten Teller Pasta ins Auge, als hätte ich jetzt erst die Linse scharf gestellt. Auch das noch. Ich bin auch noch schuld, dass das Essen kalt wird.

»Guten Appetit«, sage ich. Dann laufe ich weiter, drängle mich an den Tischen vorbei, während ich mich an Lucys Leine klammere, die ausnahmsweise folgt.

*

344

Alexander hat leichtes Spiel mit mir.

Plötzlich ist es mir egal, ob meine Geschichte in London oder in Hamburg spielt. Ob meine Protagonisten alle zwanzig statt Mitte dreißig sind und ob aus der besten Freundin ein Freund wird.

Ich nicke auf jede seiner Erklärungen nur apathisch, während meine Gedanken fünf Meter hinter mir kreisen.

»Geht's dir gut?«, fragt Alex irgendwann.

»Warum, ja?«

Er lächelt. »Du siehst ein bisschen blass aus. Großartig wie immer, natürlich. Nur ein bisschen müde. Und ich hatte ehrlich gesagt erwartet, dass wir über die Änderungen mehr diskutieren. Sie sind schon ziemlich massiv. Bist du sicher, dass du mit allem okay bist? Du kannst mir gern sagen, wenn dich was stresst, und ich gebe mein Bestes, darum zu kämpfen. Dafür bin ich da.«

Ich nicke. »Danke. Aber es ist okay. Ich denke einfach, die haben die Erfahrung. Und ich krieg die Kohle.« Ich kann nicht glauben, dass ich das sage.

Er hebt den Daumen. »Gute Einstellung«, sagt er. »Du bist ein Profi«.

Er bestellt Espresso und ein Dessert mit zwei Löffeln. Ich bin mit allem einverstanden.

Wir teilen uns den Schokokuchen und Alex sieht mir nach jedem Bissen tiefer in die Augen. »Am Freitag hat die neue Schweiger-Komödie Premiere im Arri«, sagt er. »Hast du Lust, mich zu begleiten?«

Mein Handy klingelt.

»Tut mir leid«, sage ich. Alex weiß inzwischen, dass ich es immer anlasse wegen der Kinder. Ich greife in meine Tasche. Als ich das Display sehe, beginnt meine Hand so zu zittern, dass ich sie samt dem Telefon unterm Tisch lasse. Ich fahre herum, suche den Raum ab. An dem Tisch am Fenster sitzen zwei junge Frauen. Das Handy schrillt weiter. Hektisch drücke ich an der Kante herum. Endlich finde ich die richtige Taste, verdrehe die Augen, atme aus.

»Sorry.«

Alex schiebt mir den letzten Bissen Kuchen rüber. »Nicht deine Kids?«

»Nein.« Ich halte das Telefon in meiner Faust und kann mich nicht entschließen, es loszulassen.

Er lächelt wieder. »Also? Bist du dabei?«

Ich sehe ihn an, als spräche er eine Fremdsprache.

»Freitag, im Arri …«

»Oh, das … Ja, klar. Sehr gern«, sage ich.

*

Ich laufe mit Lucy. Es ist ein ziemlich weiter Weg für eine Welpin, und ich habe geahnt, dass er mühsam wird, weil Lucy total müde ist. Alex' Angebot, uns im Auto mitzunehmen, habe ich trotzdem abgelehnt.

Ich war nie bei Nik, doch ich weiß, wo er wohnt. Ganz genau weiß ich es, wie hätte ich ihm sonst aus dem Weg gehen können. Doch als ich schließlich vor dem Sechzigerjahrehaus stehe, sind meine Knie so weich, dass ich mich am liebsten wie Lucy auf dem Bürgersteig ausstrecken möchte. Ich suche die Klingelschilder ab. Ich brauche keine Sekunde. Das oberste ist überklebt. *Eder* steht mit Hand geschrieben auf dem Tape. Ich zögere. Die Entschlossenheit, mit der ich hierhergelaufen bin, ist verschwunden. Was, wenn diese Ana bei ihm ist?

Ich muss es riskieren. Ich muss etwas ändern.

Ich nehme das Handy aus meiner Jackentasche. Er steht in Rot ganz oben auf der Anruferliste. Nicht zum ersten Mal. Immer wieder hat er versucht, mich zu erreichen. Ich habe nie zurückgerufen. Jetzt drücke ich auf seinen Namen.

»Marie?«

»Du hast angerufen«, sage ich fast gleichzeitig. Dann mache ich zwei Schritte rückwärts, sehe die Fassade hinauf.

Er atmet hörbar aus, »ja«, und sagt nichts weiter.

»Ja, und?«

»Ich hatte mich nicht verabschiedet.«

»Ach so.«

»Ich wollte nicht stören.«

»Okay.« Mir wird übel vor Enttäuschung. Keine Ahnung, was ich erwartet hatte. »Kein Problem.« Ich trete wieder näher an den Eingang heran, für den Fall, dass er aus dem Fenster guckt.

»War schön, dich zu sehen.«

»Hm.« Ich habe keine Lust mehr auf dieses Gespräch. Auf den Schmerz, den seine sanfte Stimme und jedes Wort, das er sagt, mir zufügt. Aber auflegen will ich auch nicht.

»Marie?«

»Ja.«

»Ich freu mich sehr, dass du anrufst.«

»Okay.« Warum macht er das?

»Wo bist du jetzt gerade?«

»Ich – ich laufe noch ein Stück mit Lucy.«

»Ich konnte sie gar nicht richtig begrüßen. Sie ist echt süß.«

»Ja.«

Er lacht. »Ich bin nicht der Erste, der das sagt, oder?«

Wider Willen lache ich auch, während sich das enge Korsett um meine Brust noch ein Stück strammer zusammenzieht.

»Leo hat mir erzählt, dass sie dein Drehbuch verfilmen«, sagt er. »Das ist der Wahnsinn. Ich wollte dir gratulieren, aber …«

Ich bin nicht rangegangen. »Danke.« Deshalb also die Anrufe.

»Ich vermisse dich.« Er sagt es nicht leise, aber so sanft, als streichelte sein Atem mein Ohr.

Ich beiße mir auf die Lippe.

»Marie? Bis du noch da?«

»Ja.« Meine Stimme ist heiser.

»Ich würde dich wirklich gern mal sehen. Also, etwas länger und – ohne Begleitung.« Er lacht, kurz und knapp. Ich kenne das. Er streicht sich gerade durch die Haare und schielt zur Decke.

Ich schlucke. Es könnte sein, dass ich losheule, wenn ich versuche, ein Wort rauszubringen.

»Ist das verkehrt?«

Ich hole tief Luft. *Ja*, will ich brüllen. *Weil es doch schon jetzt viel zu weh tut.*

»Was machst du gerade?«, sage ich.

»Jetzt, in diesem Moment? Ich gucke aus meinem Fenster und frage mich –« Er bricht ab.

»Was fragst du dich?«

»Ob die Isar noch Hochwasser hat … Quatsch. Was denkst du denn? Wer dieser Typ war, natürlich!«

In meiner Brust wird es plötzlich ganz leicht. Als hätte jemand die Gummibänder durchgeschnitten, mit einem einzigen Schnitt. Statt zu antworten, drücke ich auf die Klingel.

Schon als sich der Fahrstuhl schließt, frage ich mich, was ich hier gerade mache. Ich muss verrückt geworden sein. Als sich die Tür kurz danach wieder öffnet, drücke ich fiebrig auf den Schalter mit den Pfeilen. Doch da steht Nik schon vor mir. Lucy springt ihm entgegen, und mir bleibt nichts anderes übrig, als dasselbe zu tun, wenn ich meinen Hund nicht verlieren will. Die Tür rattert hinter mir zu und da sind wir, Nik hinreißend wie immer und ich ein zittriges Häufchen Elend. Lucy kläfft, dass es durchs Treppenhaus hallt. Als er lächelt, möchte ich ihn küssen. Der Impuls ist so stark, dass ich die Arme vor der Brust verschränke, um nichts zu riskieren. Mein Hund hat es noch nicht kapiert. Lucy schmeißt sich an Niks Beine und versaut mir den eiskalten Auftritt. Nik streichelt sie. Aber sein Blick ist bei mir. Die ganze Zeit.

»Willst du reinkommen?«

Ich schüttle den Kopf. Ohne ein Wort.

Er lächelt. Er versteht, was sonst. »Sollen wir lieber ein Stück laufen?«, fragt er.

*

Der Pegel der Isar ist zurückgegangen. Vor ein paar Tagen hat der Dauerregen endlich aufgehört. Ich bin froh, dass wir ein Thema haben, das uns über die ersten zehn Minuten rettet. Ich quatsche über Renaturierung und wie faszinierend es ist, dass die Natur dadurch das Hochwasser viel besser ausgleichen kann.

Nik wirft Stöckchen für Lucy. Sie ist ganz verliebt in ihn. Wer könnte es ihr verdenken. Ich gucke viel ins Wasser, in die braune Brühe, deren Kraft so faszinierend wie respekteinflößend ist. Wie Gefühle, die über die Ufer treten, haltlos und zerstörerisch.

»Wie geht es deiner Oma?«, frage ich irgendwann.

»Ganz okay«, sagt er. »Danke, dass du fragst. Warum hast du meine Anrufe nicht angenommen?«

»Was?« Ich schnappe nach Luft. Nik stellt solche direkten Fragen nicht, nie.

Er bleibt still.

»Ich brauchte Abstand«, sage ich endlich.

»Immer noch?«

»Ich weiß nicht.«

»Und wie geht's dir mit Leo – und seiner neuen Freundin?«, fragt er weiter, während meine Ohren zu surren beginnen, so verwirrt bin ich von dem, was hier gerade passiert. Ich leine Lucy erst einmal an, weil der Fluss mir jetzt doch zu wild wird, und weil ich meine ganze Aufmerksamkeit für dieses Gespräch brauche.

Nik wartet geduldig.

»Es ist gut«, sage ich schließlich. »Wir schaffen es tatsächlich, Freunde zu sein. Eigentlich waren wir das ja immer, *gute Freunde.*«

»Das würde ich mir auch wünschen«, antwortet er wieder sofort.

»Was?«

»Dass wir Freunde sein können.«

Etwas in mir sackt in sich zusammen. Er hat es wieder geschafft: Ich habe mir Hoffnungen gemacht, die er in einem Augenblick zerstört.

»Lucy. Komm.« Meine Stimme ist scharf. »Ich muss los.« Ich sehe ihn nicht mehr an.

»Okay« sagt er. »Ihr lauft wohl gleich weiter …« Sein Blick brennt auf meinen Lidern. »Sehen wir uns bald wieder?«

Ich schüttle den Kopf. Dann recke ich den Nacken und küsse die Luft links und rechts von seinem Gesicht.

»Ciao, Nik.« Für eine Sekunde bin ich unvorsichtig, sehe ihm doch in die Augen.

»Wer war er?«, fragt er da. Und diese Frage lässt meine Gefühle über die nächste Achterbahnkante stürzen.

»Alex, mein Produzent.« Trotz meiner Verwirrung bin ich auch diesmal ein bisschen stolz, das zu sagen.

Er beißt sich auf die Unterlippe. »Nur das?«, sagt er schließlich.

Ich nicke, stumm, weil ich mich fühle wie einer der zarten Bäume am Isarufer, deren Wurzeln dem gnadenlosen Wasser einfach nicht widerstehen können.

Und da hebt er seine Hand, fährt mit dem Zeigfinger über meine Stirn. Langsam, wie in Zeitlupe, streicht er eine Haarsträhne zur Seite, die der Wind gleich wieder nach vorn weht.

»Weißt du, wie sehr mich das erleichtert?«, sagt er.

Ich nehme all meine Kraft zusammen. »Keine Ahnung, Nik.« Ich trete einen Schritt zurück. »Ich kann mir darüber einfach keine Gedanken mehr machen. Ich will es einfach nicht mehr, okay?«

»Kann ich verstehen«, sagt er. Seine Augen leuchten traurig. Wie Bernsteine. Sie sehen in mich hinein bis in die tiefsten Winkel meines dunklen Herzens.

Marie, du lügst, flüstert es. Ich rühre mich nicht vom Fleck, genau wie Lucy neben mir. Weil mein Herz recht hat. Und weil ich einfach immer noch nicht glauben will, dass es sich die ganze Zeit getäuscht hat.

Und dann sagt er es, zuerst so leise, dass es im Rauschen der Isar untergeht. Als ich nicht reagiere, kommt er zu mir, gräbt seine Hände in meine Haare, zieht mich näher. Er wiederholt seine Worte, flüstert sie an meine Lippen, wieder und wieder, bis ich endlich verstehe und seinen Kuss erwidere.

Marie

IM JULI

Draußen färbt sich der Himmel über dem See immer hellblauer, während sich die letzten rosa Wölkchen verziehen. Nik macht sanfte Geräusche im Schlaf. Ich wende mich wieder ihm zu, beobachte ihn weiter, wie wahrscheinlich schon seit einer Stunde. Wenn ich neben ihm aufwache, macht mein Herz immer noch diesen erleichterten Hüpfer, als befürchtete es, dass er über Nacht verschwunden sein könnte. Doch er ist da. Und je länger ich ihn ansehe, desto ruhiger werde ich, desto gewisser, dass er nicht wieder gehen wird.

Heute ist es genau ein Jahr her, dass er zurück in mein Leben gekommen ist. Gestolpert eher, mitten rein ins Chaos. Doch das Seltsame, das, was niemand erwartet hätte, ist, dass alles sich beruhigt hat, seit Nik und ich zusammen sind. Als hätte nur der Widerstand gegen unsere Liebe alles schwierig gemacht. Als würde sich, seit wir aufgegeben haben, gegen sie anzukämpfen, plötzlich auch um uns herum alles zum Guten fügen.

Auf dem Tisch vor unserem Bett neben den beiden Sektgläsern steht der Strauß, den er mir heute Nacht um zwölf geschenkt hat. Er ähnelt dem, den ich letztes Jahr von ihm bekommen habe. Blühende Wiesenblumen, so liebevoll wie durcheinander zusammengesammelt. Um den Tisch herum sieht es ähnlich aus.

Es ist nicht zum ersten Mal, dass ich lachen muss, wenn ich am Morgen vom Bett aus unser Chaos betrachte. Denn Nik und ich, wir passen auch was unseren Hang zur Unordnung angeht perfekt zusammen, leider.

Zwei warme Arme schlingen sich von hinten um meine Hüften.

»Happy Birthday to you …«

Als ich mich umdrehe, zieht Nik mich zu sich runter und küsst mich, als sei es das erste und letzte Mal zugleich. Er kann es nicht anders. *Wir* können nicht anders. Anstatt nach immerhin bald acht Monaten langsam kontrollierter, gesitteter zu werden, habe ich das Gefühl, wir werden immer nur noch schlimmer. Mein ganzer Mund beginnt gleich wieder zu brennen, als wir uns küssen, weil die Haut drumherum zerfetzt ist, quasi seit dem Tag, an dem wir endlich zusammengekommen sind.

Ich bin süchtig nach Nik, nach seinen Lippen, seinen Händen, seinem Duft, seiner Stimme, seinem Körper auf und an und in mir. Ich könnte wohl gut auf Essen und Trinken verzichten, aber nicht mehr auf Sex mit Nik. Vielleicht sollte mir das Angst machen, doch ich bin viel zu sehr damit beschäftig, an *Sex mit Nik* zu denken oder *Sex mit Nik* zu haben, als dass ich mir überhaupt irgendwelche Sorgen machen könnte.

»Ich wünsche dir, dass alle deine Träume in Erfüllung gehen«, flüstert er in meinen Bauchnabel.

»Das sind sie doch schon«, erwidere ich heiser, dann lasse ich den Kopf nach hinten sinken, um diesen besten aller Geburtstagsmorgen zu genießen.

»Ich liebe dich«, sagt er viel später. Seine Haare sind ein bisschen verschwitzt an den Schläfen, und seine Augen leuchten heute noch mehr als sonst.

Irgendwo kläfft ein Hund.

Kinderlachen dringt in mein Ohr, während ich meinem Freund zeige, wie sehr ich seine Gefühle erwidere.

»Das ist ja direkt am See. Können wir gleich ins Wasser? Nik hat gesagt, wir dürfen sein SUP benutzen.«

Mit einem Schlag sitzen wir beide senkrecht im Bett.

»Hey Luke, bleib hier! Wir klingeln jetzt erst mal.«

»Scheiße!«, sagen Nik und ich gleichzeitig.

*

Meine Kinder juchzen und Lucy kläfft, während ich im winzigen Bad in meine Sachen schlüpfe. Nik hat sie an der Tür abgefangen und ist zusammen mit Fritz gleich ans Wasser mit ihnen. Nur Charly durfte reinkommen, und es brauchte keine große Erklärung, wofür ich dringend ihre freundschaftliche Unterstützung benötige.

»Der Typ hat echt nur Filterkaffee …«, meckert sie jetzt vor meiner Tür. Sie hadert immer noch mit Nik – zumindest, wenn ich nicht anwesend bin. Es hat eine ganze Weile gedauert, bis sie überhaupt akzeptiert hat, dass er mich tatsächlich *rumgekriegt hat*, wie sie es nennt. Anscheinend gab es sogar eine filmreife Szene zwischen den beiden, in der sie ihm gedroht hat, was passieren würde, sollte er es wagen, mich noch ein weiteres Mal zu verletzen. Ich weiß allerdings nur davon, weil er es mir erzählt hat. Ansonsten tut Charly nämlich alles, damit ich mein Glück genießen kann. So wie sie jetzt kommentarlos *meinen* Brunch vorbereitet. Oder wie sie ständig dafür sorgt, dass Nik und ich etwas Zweisamkeit genießen können. Auch gestern durften Flori und Luke bei ihr übernachten, damit ich heute Nacht ausführlich *Geburtstag feiern* konnte. Und heute Morgen.

Dass die vier allerdings unangekündigt eine ganze Stunde zu früh erscheinen, ist zwar gut gemeint, hätte sich aber zum echten Supergau entwickeln können. Den Gedanken, was passiert wäre, wenn ich Luke nicht gehört und wenn Charly ihn nicht davon abgehalten hätte, gleich ums Haus zu rennen, mag ich mir nicht näher ausmalen. Zumal Nik bei der Renovierung des Hauses zur Seeseite hin große Schiebefenster hat einsetzen lassen.

Meine Kinder wissen, dass Nik und ich zusammen sind. Rein theoretisch allerdings, denn er übernachtet nicht in unserer Wohnung und wir küssen uns nur heimlich, wenn sie dabei sind. Und auch wenn ich mir sicher bin, dass das Wichtigste für beide ist, dass er ihnen das Surfen auf der E2 beibringt - eine bildlichen Demonstration dessen, was unser *Zusammensein* noch so bedeutet, möchte ich ihnen wirklich ersparen.

Doch es ist nichts passiert. Die Kids hatten sowieso nur Augen fürs Wasser und für Niks Stand-up-Paddel-Board. Ich könnte mich entspannen – wäre da nicht die Tatsache, dass Charlys Truppe nur die Vorhut der Invasion des heutigen Tages ist.

In einem Anflug von emotionalem Wahnsinn, dachte ich, es wäre schön, diesen Geburtstag wieder *mit Familie* zu feiern – diesmal aber richtig, also Kids, Eltern und Schwiegereltern inklusive. Von Nik stammt die Idee, sie alle hierher einzuladen, ins Haus am See. Es ist frisch renoviert und wunderschön geworden, genau so, wie er es vor Jahren gezeichnet hat. Ich verstehe, dass er es herzeigen möchte. Doch gleichzeitig möchte ich es ganz für ihn und mich behalten. Es ist *unser Platz*, der Ort, an dem wir einfach nur *wir* sein können. Ihn zu teilen, fällt mir schwer - und dann auch noch gleich mit allen, denn tatsächlich hat niemand abgesagt. Wenn ich es mir recht überlege, habe ich mir nicht einmal Gedanken darüber gemacht, ob wir überhaupt genügend Geschirr für Gäste haben …

Ich sehe in den kleinen Spiegel, und meine Hand zittert, als ich den Lippenstift auftragen will. Meine Wangen leuchten auch ohne Rouge, doch vor lauter Nervosität gelingt es mir nicht einmal, mir selbst in die Augen zu sehen. Tatsächlich bin ich gerade so überfordert, dass ich am liebsten aus dem Fenster klettern und flüchten möchte. Wie in aller Welt konnte ich vor lauter Glückseligkeit vergessen, dass mein Geburtstag Pleiten, Pech und Pannen garantiert?

Es klingelt. Charly scheint nach draußen verschwunden zu sein. Ich lege den Lippenstift unbenutzt zur Seite, dann hole ich tief Luft und laufe zur Tür.

*

Sabina ist begeistert. Nik und sie sitzen nebeneinander auf dem Steg und lassen die Beine in den See baumeln, während Fritz, Luke, Flori und Lucy sich eine Wasserschlacht liefern. Henry hat sich in einen Liegestuhl im Schatten verzogen. Richtig locker sieht er darin aus. Meine Mutter sitzt in einem offensichtlich neuen hellgelben Kleid daneben und lächelt. Zumindest für den Moment scheint meine erfahrungsbedingte Sorge, dass die beiden sich absolut gar nichts zu sagen haben, unbegründet.

Sabina redet ohne Pause. Dabei legt sie immer wieder den Kopf an Niks Schulter. Ich weiß genau, wie gut ihm das tut. Wie viel ihm diese Nähe zu seiner Familie bedeutet, so sehr er auch versucht – stets versucht hat –, diese Gefühle zu unterdrücken.

Als er endlich den Mut aufgebracht hat, als *wir* ihn endlich aufgebracht haben, seinen Pflege- und meinen Schwiegereltern von uns zu erzählen, hat Sabina darauf mit nichts als Verständnis reagiert. Es kommt mir vor, als sei seitdem ein Betonklotz von Niks Schultern genommen worden. Wenn ich die beiden so entspannt sehe, könnte ich singen vor lauter Freude für ihn, und für uns.

Charly quatscht auf meinen Vater ein. Sie hat ihn aus unerfindlichen Gründen schon immer gemocht. Vielleicht, weil sie die einzige Person ist, der er – wenn auch gezwungenermaßen – zuhört.

Als ich zu den beiden trete, sagt sie: »Dein Vater wusste gar nicht, dass du einen neuen Drehbuchvertrag hast.« Dabei guckt sie zurecht etwas schuldbewusst.

Max klopft mir auf die Schulter. »Das ist doch großartig«, sagt er, bevor ich etwas erwidern kann.

»Ist es«, sage ich.

»Darf ich eigentlich auch zur Premiere kommen?«, fragt er. Ich stutze, suche fragend Charlys Blick.

Sie grinst. »Ich hab gerade erzählt, dass sie *Me, Mom & Men* sogar ins Kino bringen wollen.«

Mein Stirnrunzeln erwidert sie mit unmerklich erhobenen Händen. Sie versteht nicht, warum ich meinem Vater solche Dinge bewusst *nicht* erzählen will.

»Also darf ich?«, unterbricht er unseren stummen Disput.

Seinem Blick nach wirkt er seltsamerweise ehrlich begierig.

»Es ist noch eine ganze Weile hin«, sage ich. Dann hole ich Luft. »Aber, wenn es dir wichtig ist, versuche ich, sobald es so weit ist, genügend Tickets zu bekommen.«

Er nickt und hebt den Daumen. »Natürlich ist es wichtig«, sagt er, trinkt einen Schluck Bier aus der Flasche und dreht sich zu Charly. »Was denkt sie denn? Dass ihr Vater nicht daran interessiert ist, wenn der erste Film seiner Tochter ins Kino kommt?«

Charly sieht mich triumphierend an.

Gegen meinen Willen muss auch ich lächeln. Also drehe ich mich in Richtung See. »Ich hole jetzt die Geburtstagstorte aus dem Kühlschrank«, rufe ich den Plantschenden zu.

Flori kommt sofort aus dem Wasser gerannt. »Aber ich will die Mitte.«

Nik springt auf. »Ich helfe dir«, sagt er und lächelt mich so eindeutig doppeldeutig an, dass mir in der prallen Sonne noch ein bisschen heißer wird.

»Hilf mir mal hoch«, sagt Sabina. »Dann decke ich den Tisch.«

»Quatsch«, sagen Nik und ich wie aus einem Munde.

»Wir bringen alles raus«, ergänze ich. »Bleibt ihr mal einfach gemütlich hier sitzen.«

Sabina steckt die Füße zurück ins Wasser. »Na gut«, sagt sie und lächelt. Vielleicht hat sie verstanden.

Kaum im Haus, zieht Nik mich in eine vom Fenster nicht einsehbare Ecke und küsst mich. »Du bist wunderschön heute.« Seine Finger krabbeln unter mein kurzes Strandkleid.

»Heute?« Ich lache und nehme seine Hände weg. »Die Torte!«, erinnere ich ihn und versuche, mich sanft aus seinen Armen zu befreien.

Er hält mich fest, küsst mich wieder. »Gleich …«

Ich lasse mich überzeugen. Heute Abend fahre ich mit meinen Kindern nach Hause. Ich weiß noch nicht, ob wir uns diese Woche überhaupt noch einmal sehen können. Außerdem habe ich Geburtstag, also erlaube ich mir jetzt einfach, noch ein bisschen Nik zu tanken.

Als es klingelt, zucke ich in seinen Armen zusammen.

»Na endlich«, sagt Nik, drückt noch einmal kurz seine Lippen auf meine, dann löst er sich von mir.

»Wer soll das sein?«, frage ich.

Nik lächelt seltsam.

Während ich noch mein Kleid zurechtzupfe, reißt er bereits die Tür auf.

»Happy Birthday, Sweety!«

Im Eingang steht Leo, braungebrannt, die Haare blonder denn je. In der einen Hand hält er einen überdimensionalen Strauß Rosen in Hellrosa, in der anderen seine neue Freundin, deren Namen ich schon wieder vergessen habe. Er klatscht seinen besten Freund ab, dann umarmen sich die beiden.

»Ich dachte, du bist in die Karibik geflogen …«, stammle ich.

»… und rechtzeitig zurück.« Als Leo seiner Freundin die Rosen in die Hand drückt und seine Arme um mich wirft, bevor ich sie begrüßen kann, sehe ich ihr in die Augen. Sie lächelt, genau wie Nik, und ich entspanne mich in Leos Umarmung.

»Geht's dir gut, Sweets?«, raunt er mir ins Ohr. Er nennt mich weiter so, und ich finde es plötzlich schön.

Ich löse mich, sehe ihm in die Augen und erwidere sein sonniges Lächeln.

»Ja«, antwortet er sich selbst. »Offensichtlich macht er dich verdammt glücklich.« Für eine Sekunde meine ich, einen Hauch von Wehmut in seinem Blick zu erkennen, doch schon strahlt er wieder. »Das ist wunderbar«, sagt er, und ich weiß, dass er es ehrlich meint.

DANKE!

Jedes Buch ist für mich ein neues Abenteuer. Denn mit jeder neuen Geschichte, die sich in meinem Kopf spinnt (oder noch mehr in meinem Herz), mit jeder einzelnen Figur, lerne ich etwas über mich, über meine Gefühle, über meine Einstellung zum Leben und zur Liebe. Und mit jedem neuen Roman bin ich zutiefst dankbar, dass ich all dies mit Worten lebendig werden lassen darf und dass es Leser*innen gibt, die ähnlich fühlen wie ich und deshalb meine Bücher mögen.

Danke, dass du vielleicht eine von ihnen bist!

Auch diesmal habe ich mich - so wie jedes Mal, wenn ein neues Buch tatsächlich fertig geworden ist – gefragt, ob ich womöglich noch mehr als das Schreiben selbst die Begegnungen und Beziehungen liebe, die darüber in mein Leben kommen. Was für ein Geschenk, sich so eine Frage überhaupt stellen zu können! Danke von Herzen an alle, die mich auf meinem Weg begleiten, danke für geteilte Begeisterung, Inspiration und Unterstützung! Danke an meine Familie, meine Freundinnen, meine Kolleginnen, meine engagierten Bloggerinnen und an alle Leserinnen - ganz besonders ausdrücklich an all diejenigen, die mir in berührenden Worten erzählen, was meine Geschichten in ihnen bewegen.

BLEIBEN WIR
IN KONTAKT?

Wenn du mehr über meine Bücher und mich erfahren möchtest, findest du mich in den sozialen Netzwerken:

auf Instagram: @majaover
auf Facebook: Maja Overbeck Autorin
im Web: www.majaoverbeck.de

Auf meiner Website kannst du meinen Newsletter abonnieren: majaoverbeck.de/newsletter

Ein paar Mal im Jahr schreibe ich dir darin über das, was mich gerade bewegt: Wo ich mit meiner neuen Geschichte stehe, was ich lese, welche Musik ich höre usw. Außerdem bekommst du kostenlose Leseproben, kannst an Gewinnspielen teilnehmen oder über ein neues Cover abstimmen.

DIR HAT DAS
BUCH GEFALLEN?

Ich freue mich sehr, dass du mein Buch bis zu dieser Stelle gelesen hast. Wenn es dir gefallen hat, wäre es toll, wenn du ihm bei dem Online-Shop eine Bewertung gibst, bei dem du bestellt hast. Oder du schreibst bei einem deiner Lieblings-Buchportale eine Rezension.

Es ist nicht nur sehr schön, Meinungen zu meinem Buch zu lesen. Außerdem hilft es mir auch dabei, weitere Geschichten zu schreiben und neue Leser für meine Bücher zu finden.

KAMPENWAND
VERLAG

Es könnte stürmisch werden

Maja Overbeck

Wenn du vor der Liebe flüchtest und mitten hineinstürmst.
Ein lauer Frühlingsabend, ein unvergesslicher Kuss – was nach dem perfekten Beginn ihres neuen Lebens in Hamburg klingt, ist für Jana eher ein Desaster. Denn Hek, der Typ aus der Hotelbar, ist genau die Sorte Mann, vor der sie gerade aus New York flüchtet: unzuverlässig, untreu und unverschämt unwiderstehlich.

Softcover, 354 Seiten, 12,85 €
ISBN 978-3947738922

Mehr unter: www.kampenwand-verlag.de

Zwei Wochen & Alles

Maja Overbeck

Sein Blick ließ sie vergessen, dass es kompliziert war. Dass sie die Stunden, die noch vor ihnen lagen, genießen würden und alles andere … vediamo."
Eigentlich sollte es ein traumhafter Freundinnenurlaub in Italien werden. Doch dann erfährt Juli beim ersten Cappuccino, dass ihr Freund sie seit Jahren betrügt. Und auf einmal steht sie alleine da.

Softcover, 340 Seiten, 12,85 €
ISBN 978-3947738908

Mehr unter: www.kampenwand-verlag.de